REBELLIERE

EMMA ELLIS

1

IRIS

Was habe ich getan?

Das ist alles, woran Iris denken kann, während sie auf das Chaos zu ihren Füßen starrt – die Eingeweide des Biests sind über den Boden verteilt. Das Herzstück der Gesellschaft ist jetzt nichts weiter als Trümmer und Schutt. Funken. Summen. Das letzte Lied, ein brummender Ton. Die letzten Lebenszeichen auseinandergerissen. Witzig, wie etwas so Mächtiges, so Allumfassendes zerbrechlich wie Porzellan ist, wenn es auf den Zorn einer Frau trifft.

Sie lässt die Brechstange fallen. Ihre Arme sind schwach geworden, der Zorn aus ihr gewichen. Sie zittert, als das Metall aus ihren Fingern gleitet, und zuckt zusammen, als es laut auf dem Boden aufschlägt. Überall Chaos. War das wirklich ihr Plan? So lange auf das Ding einzuschlagen, bis es explodiert? Alles aufzubrechen, alles zu zerstören? Ein Grollen geht durch den Boden. Irgendwo stürzt ein Gebäude ein. Dann noch eins. Ein größeres. Durch einen schmalen Spalt im verrußten Fenster kann sie nur Asche sehen.

War das alles? So schnell? Das Ende von allem?

„Mum", sagt sie.

Mae tritt näher und steht jetzt mitten in der Zerstörung. Sie starrt auf die Flecken, die Splitter – wahrscheinlich überlegt sie gerade, mit welchem Staubsauger man so etwas aufsaugen könnte.

„Mum, es tut mir leid. Scheiße, es tut mir so leid!"

Mae blickt nicht auf. „Ist schon gut, Liebes. Ist schon gut." Ihre Stimme ist so ruhig wie immer. Sie zittert nicht. Wie kann sie nicht zittern?

„Mum!" Iris schreit jetzt. Jemand muss einen Teil der Panik übernehmen. Sie kann das nicht alles allein tragen. Es ist zu viel. Sie wird platzen, wenn sie es versucht. „Mum. Scheiße. Was habe ich getan?"

Mae schaut sie an – ein seltener Moment, in dem sich ihre Blicke wirklich treffen. Dann geht sie auf Iris zu und zieht sie in eine Umarmung. Wann war das letzte Mal, dass ihre Mutter sie in den Arm genommen hat? Ist es zehn Jahre her? Wahrscheinlich eher zwanzig. Die Umarmung fühlt sich an, als würde man Salz in eine offene Wunde streuen – sie zieht den Schmerz nicht heraus, sie macht ihn greifbar. Iris' Arme hängen zuerst reglos an ihren Seiten. Dann, als Mae sie fester hält, beugt sie langsam die Ellbogen, legt die Unterarme an den Rücken ihrer Mutter, die Finger gespreizt, suchend, haltlos, bis sie endlich Kontakt findet. Sie erwidert die Umarmung. Und sie beginnt zu schluchzen. Immer und immer wieder denkt sie: *Was habe ich getan?*

Aber da ist noch diese andere Stimme. Gerade eben war sie lauter, doch jetzt wird sie von der Panik übertönt. Es ist die Stimme, die sie dazu gebracht hat, das alles zu tun. Sie klang freundlich – fast sanft, mit einem leichten Vibrato. Wie ein Schubs in die richtige Richtung.

Du hast getan, was du tun musstest, junge Iris. Du hast es gut gemacht.

Iris vergräbt ihren Kopf tiefer in der Brust ihrer Mutter. Aber es fühlt sich nicht so tröstlich an, wie es sollte. Ihre Mutter ist zu dünn, zu schwach. Mae schwankt leicht, als sie Iris umarmt. Ihre Arme dämpfen

Iris' Ohren, machen ihre Schluchzer dadurch noch lauter. Wenn genug Lärm da ist, wird sie diese Stimme nicht mehr hören – diese böse Stimme, die sie zu solchen Dingen verleitet.

Die Schritte kommen. Sie wusste, es würde nicht lange dauern. Nach dem Klang zu urteilen, nehmen sie die Treppe in Zweierschritten. Näher. Im Flur. Durch die Türen, die sie aufstoßen müssen, weil der Strom ausgefallen ist und die Automatik versagt hat. Keine Sensorlichter gehen an. Die Klimaanlage ist aus, tropft. Jeder Tropfen fällt im Takt der Schritte.

Tropf. Tropf. Tropf.

Und dann – aus dem Augenwinkel – ist Ava Maricelli da. Sie ist kleiner, als sie auf all den Postern wirkt, aber immer noch beeindruckend. Ihr Bizeps wölbt sich unter ihrem eng anliegenden schwarzen T-Shirt. Vielleicht stimmen die Gerüchte und sie stellt ihre eigene Marke von Muskelaufbaumitteln bei XL Medico her. Natürlich schicken sie für ein Verbrechen dieses Ausmaßes die Top-Gesellschaftspolizistin. Ava steht jetzt ganz nah bei ihr, leicht außer Atem von ihrem Lauf die Treppe hinauf.

Iris sollte zu Boden sinken, die Hände heben – aber die Umarmung ihrer Mutter ist so selten, dass sie sie nicht loslassen kann. Avas Lippen kräuseln sich zu einem Lächeln. Sie stürzt sich nicht auf Iris, reißt sie nicht von Mae weg, schleppt sie nicht in irgendein Gefängnis. Sie hat keine Waffe. Stattdessen verschränkt Ava die Arme vor der Brust und nickt.

„Iris Taylor", sagt sie, und ihr Lächeln wird breiter. Selbst aus Iris' Perspektive ist das Funkeln in ihren Augen nicht zu übersehen. „Gut gemacht."

2

— · —

3 Wochen zuvor

Iris sitzt in der Ecke einer Party in einer Wohnung von Leuten mit niedriger Punktzahl. Der Boden ächzt unter dem verdreckten Teppich, während die Gäste tanzen. Die Handabdrücke auf den Fenstern stammen noch aus der Zeit *vor* der Großen Unruhen – und, dem Anblick nach zu urteilen, auch aus der Zeit vor Seife. Die Musik dröhnt so laut, dass sie mit Iris' Wut in Resonanz zu stehen scheint.

Der Typ, der sich an sie kuschelt und sanfte Küsse über ihren Hals haucht, macht es nicht besser. Sie fächelt sich Luft zu, rückt aber nicht von ihm ab. Es ist selten, dass sie sich danach sehnt, begehrt zu werden, die Wärme eines anderen zu spüren. Noch seltener, dass sie es *will*. Solche Sehnsüchte führen zu... physischen Dingen. Unverantwortlichen Dingen. Dingen, die zu einer Last führen können.

Ihr Implantat leuchtet grün. Sie sollte sicher sein. Sie sollte ihrem Körper geben, was er will. Auch wenn dieser Typ – sie kann sich nicht an seinen Namen erinnern – ein bisschen nach altem Käse riecht. Vielleicht hilft ein bisschen Ablenkung, ihre Wut zu dämpfen. Vor einer halben Stunde hatte sie ihren ersten Kontakt mit *Flake*. Diese knusprige, brennende Line Rauschgift hat in ihr ein Verlangens geweckt, das sie so noch nie verspürt hat. Das schlüpfrige Erwachen trifft sie wie ein Schlag in den Magen.

„Ich verstehe es jetzt", sagt sie, während er weiterhin ihr Schlüsselbein küsst. „Warum zum Teufel lassen wir uns das gefallen? Warum gehorchen wir immer und arbeiten so hart –wofür? Es spielt keine Rolle. Wenn es um deine Lebenspunktzahl geht, zählt nur, aus welcher Familie du kommst."

„Ja", sagt er, ohne aufzublicken. „Genau richtig."

„Scheiß drauf. Weißt du, was ich tun werde? Ich werde das ganze verdammte System zu Fall bringen. Alles zerstören!"

„Ja. Böses Mädchen."

Sie ist kein böses Mädchen. Sie war nie ein böses Mädchen. Sie ist eine Vorzeige-Bürgerin, die hart in ihrem Job arbeitet, sich gut präsentiert, sich nie Zeit für Dates nimmt. Doch jetzt, mit der Linie *Flake* in ihrem Blut, wird etwas in ihr freigesetzt. Etwas, das Antworten will. Nein – keine Antworten. *Ergebnisse.* Veränderung. Ihr Magen verkrampft sich vor Sehnsucht, einer Sehnsucht nach etwas, das sie nie gesehen, nie gekannt hat. Vor ihr erstreckt sich ein Abgrund – und er lockt sie mit hellem Licht. Keine brave, unauffällige Iris mehr, die still in der Ecke sitzt. Sie hat ihr Leben verschwendet, so zu sein. Und das macht sie wütender als alles andere. Dass sie diesem widerlichen Schwindel auf den Leim gegangen ist. Dass sie an den Bullshit geglaubt hat. Sie hat die letzten paar Tage damit verbracht, ihre Finger knacken zu lassen, seit sie erfahren hat, dass ihre Lebenspunktzahl bei mageren 270 liegt – trotz jahrelanger Arschkriecherei und Überstunden. Die Wut kocht in ihr, so heiß, dass selbst das kalte Bier sie nicht abkühlen kann. Es lässt ihre letzte Mahlzeit gefährlich nahe an die Oberfläche steigen.

Als sie sich ein wenig näher zu ihm lehnt und hofft, dass seine Berührungen ihre Wut besänftigen, sie produktiv machen, ertönt eine

Stimme, als käme sie von hinten. Sie dreht ihren Kopf ruckartig um, aber da ist nur eine Wand. Die anderen Leute, die herumsitzen oder tanzen, schenken ihr keine Aufmerksamkeit. Die Musik ist sowieso zu laut, um sie zu hören. Die Stimme war in ihrem Kopf. Eine sanfte Stimme, ein Flüstern, das sich hartnäckiger an ihr Ohr schmiegt als der Typ neben ihr.

Du kannst es schaffen, Iris. Du wurdest dafür geboren.

Einen Moment lang überlegt sie, wer das gesagt hat. War es eine Liedzeile? Niemand scheint es gehört zu haben. Seine Hände wandern weiter. Vielleicht haben sie das schon länger getan und sie bemerkt es erst jetzt. Aber es fühlt sich nicht *falsch* an. Alles, was gegen die Regeln verstößt, fühlt sich plötzlich richtig an.

„Warum steigst du nicht auf mich drauf?" nuschelt er, während sie das Surren seines Reißverschlusses spürt.

Es scheint eine dieser Partys zu sein, bei denen Regeln egal sind. Nicht *Eyes Forward*-Gesetze, aber soziale Regeln. Öffentliche Zuneigungsbekundungen führen dazu, dass sich die Gesellschaftspolizei amüsiert. Sie schaut sich um und lacht leise. Keiner achtet auf sie, keine Handys sind gezückt. Sie ist immer so brav. Warum eigentlich? Warum sollte sie nicht aus der Form ausbrechen, in die sie sich selbst gegossen hat?

Sie dreht sich zu ihm, schwingt ein Bein über seine Hüften und setzt sich auf ihn. Seine Hände gleiten an ihr hinab, ziehen sie näher. Sie mustert ihn – nicht der Schlechteste. Das blaue *Flake*-Pulver an seinen Nasenflügeln gibt ihm etwas Herausforderndes, Rebellisches. Sie beißt sich auf die Unterlippe. Sie könnte es tun. Wenn sie will.

„Iris! Was zum Teufel machst du da?" Georgies Stimme reißt sie aus dem Moment. Dann ein ruckartiger Zug an ihrem Arm.

„Was?"

„Du reibst dich an irgendeinem Typen direkt neben einem Haufen Kotze. Verdammt, Iris. Komm schon, Zeit zu gehen."

Sie reiß ihren Arm los und schiebt dann ihre Unterlippe in einem kindischen Schmollen vor. „Ich habe Spaß."

„Ja, hat sie", sagt der Typ – es ist mehr ein Lallen – während er noch immer auf dem Boden liegt.

„Pack deinen Schwanz ein, Arschloch." Georgie spuckt ihn an.

Iris neigt ihren Kopf und kneift die Augen zusammen. Er ist kein besonders guter Fang. Das Erbrochene auf dem Boden bespritzt auch sein Shirt.

Also daher kam der Geruch.

„Na gut", sagt sie mit einem Seufzen und etwas mehr Klarheit als noch eben. „Lass uns gehen."

Georgie beobachtet sie mit zusammengekniffenem Mund. Ein selbstzufriedenes Gesicht, das Iris normalerweise nicht zu sehen bekommt – besonders nicht, wenn man bedenkt, wie oft *sie* Georgie von Partys weggezogen hat, weil diese Mist gebaut hat. Jetzt, da die Lebenspunktzahlen feststehen, können Punkte schneller abgezogen werden, als sie dazukommen. „Zeit, erwachsen zu werden", hat Iris Georgie oft gesagt. Vielleicht ist sie es jetzt endlich.

Sie finden ihre Jacken in einem Haufen Kleidung. Nicht alles sind Jacken – manche Kleidungsstücke sollten definitiv noch getragen werden. Kleidung aus Spitze. Unterwäsche. Es ist nicht viel Haut zu sehen. Gott weiß, warum diese Sachen hier sind und wohin die Besitzer verschwunden sind. Iris entfernt einen Slip von ihrem Jackenärmel und reicht dann Georgie ihren Mantel, während sie sich zur Tür begeben und dabei über Paare steigen, die sich in ähnlichen Posen befinden wie sie gerade eben. Sie ist froh, dass sie gehen. Die Dinge scheinen wilder zu werden als sonst. Ein Tütchen *Flake* liegt direkt neben der Tür, in einem ansonsten leeren Bücherregal. Lines sind bereits vorbereitet und sie überlegt kurz, noch eine zu nehmen. Aber dann bemerkt sie die verstärkten Farben im Raum, die Musik mit Noten, die normalerweise nicht da sind, und beschließt, dass es genug ist.

Sie gehen die Straße entlang. „Hör auf, mich so anzustarren", sagt Iris. Es ist die beste Zeit zum Spazieren, denkt sie immer. So spät in der Nacht gibt es keine Spuren, die die Geschwindigkeit vorgeben. Der Bürgersteig ist leer genug, um im Zickzack zu gehen und ihr eigenes Tempo bestimmen zu können.

„Ich kann nicht anders", sagt Georgie. „Ich versuche herauszufinden, wer du bist. Du hast das Zeug geschnupft. Ich kann es um deine Nase herum sehen. Der Scheiß leuchtet praktisch im Dunkeln."

Iris zuckt mit den Schultern. „Na und? Das machen doch alle. Und du solltest es auch. Ich konnte Dinge sehen. Keine Halluzinationen. Aber es verändert deine Sichtweise, verstehst du?"

„Mmmh." Georgie sieht Iris von der Seite an.

Iris' und Georgies Lust auf Unfug hat ihre Freundschaft vor Jahren besiegelt. Nicht der schlimmste Unfug, nur der leicht störende. Das hat natürlich im Erwachsenenalter nachgelassen, als die Konsequenzen etwas ernster wurden. Obwohl Georgie immer noch dieses Funkeln in den Augen hat, wenn sie unerhörte Dinge sagt. Normalerweise ist Iris die Vernünftigere. Wenn sich die Rollen umkehren, ist Georgie sauer auf sie. Und Iris ist sauer, dass Georgie sauer ist.

Es ist nach Mitternacht und die flackernden Straßenlaternen sind nicht in der Lage, die Nacht zu durchdringen. Sie gehen wie auf Autopilot um die Schutthaufen der zuletzt eingestürzten Gebäude herum. Die Überreste der Großen Unruhen, als Iris geboren wurde, vor etwas mehr als achtundzwanzig Jahren, verursachen immer noch Chaos in Berkshire. Die beschädigten Gebäude bleiben einfach beschädigt. Die

Todesfälle durch gelegentlich in die Straßen einstürzende Gebäude sind selten – kaum eine Schlagzeile wert. Ein paar Pfund für grobe Aufräumarbeiten und dann ist es eben ein weiteres Opfer der Konflikte. Nicht mal die paar Stunden fürs Protokollscheiben scheint es wert zu sein. Die Sanierungsprojekte stocken ständig, während die Bevölkerung weiter schrumpft und der Wohnraumbedarf stagniert. Denn baut man neue Wohnungen, kommen auch neue Leute.

Und davor fürchten sie sich.

Sie riechen die Leiche, bevor sie sie sehen. Ein gespenstischer Arm ist das Einzige, was im Mondlicht sichtbar ist. Sie haben ihn schon mal gesehen – liegt seit über einer Woche dort. Eigentlich wollten sie diesmal einen anderen Weg nach Hause nehmen, aber Alkohol und angespannte Gespräche haben das wohl vergessen lassen. Wenn ihn jemand von der Gesellschaftspolizei gemeldet hat, scheint es niemanden zu kümmern.

Die Leiche kann niemand Wichtiges sein – wahrscheinlich einer mit einer noch niedrigeren Punktzahl als sie. Noch niedriger als der in der St Anne's Road letzten Monat, der ein paar Tage lang liegen gelassen wurde. Der letzte Schub, um die Bevölkerung unter 100 Millionen zu bringen, kommt nicht ohne Opfer, sagen die Verschwörungstheoretiker. *Eyes Forward* hofft auf Mord. Georgie greift nach Iris' Hand und sie beschleunigen ihre Schritte, wobei Iris in der anderen Hand eine Dose Pfefferspray hält.

Sobald die Bevölkerung unter 100 Millionen ist, werden sie die Straßen sicherer machen, sagt *Eyes Forward*.

Sobald die Bevölkerung unter 100 Millionen ist, werden die mit niedrigen Punktzahlen Zugang zur vollen Bandbreite der Gesundheitsversorgung haben.

Sobald die Bevölkerung unter 100 Millionen ist, werden sie die Fruchtbarkeitsimplantate aus den Händen der Frauen nehmen.

Die Lügen stinken schlimmer als die Leiche.

Iris sieht es jetzt. Fühlt es. Das ist das, was das Flake mit ihr gemacht hat. Sie kann es auf nichts anderes schieben. Es ist wie ein Bullshit-Filter. Sie blinzelt ins Dunkel. Die Wahrheit blendet.

Sie schaffen es zurück in ihre lächerlich geräumige Wohnung, die kälter ist als draußen, und wickeln sich in Decken von der Couch.

„Ich mache Tee", sagt Iris.

Georgie schüttelt den Kopf. „Lieber nicht. Wir sind diese Woche schon fast am Limit mit den Nebenkosten."

Iris' Schultern sacken herab und sie zittert. „Dann ein kaltes Getränk?"

„Klar."

Iris geht zuerst auf die Toilette und verflucht sich dafür, nicht die auf der Party benutzt zu haben. Ihr Urin wird die ganze Nacht dort bleiben müssen und das Bad zum Stinken bringen. Sie haben ihr Spülkontingent für den Tag bereits erreicht. Sechs Kreidestriche sind auf der Tafel über der Toilette gezogen, direkt unter dem Schild, auf dem steht: Wenn's gelb ist, lass es ruhen.

„Es ist nach Mitternacht!", ruft Georgie aus dem Wohnzimmer. „Zählt schon für morgen."

„Aber morgen ist Samstag. Wir werden mehr Wasser verbrauchen als an einem Arbeitstag."

„Spül einfach. Mach dir keine Sorgen. Wir gehen in den Park zum Pinkeln – oder zu deinen Eltern."

Als ob sich ihre Eltern mehr Wasser leisten könnten als sie.

„Ich lasse es", entscheidet Iris und schließt den Deckel.

Sie holt zwei Gläser aus der Küche und füllt Limonade ein. Sie hat Zimmertemperatur. Es ist zu teuer, den Kühlschrank anzuschalten.

Das Sofa ist zu klein für den Raum und ist nahe an der Wand platziert, an der der Fernseher hängt. Der Rest der Wohnung ist einfach wärmeabsorbierender Raum. Sie wollten eine kleinere Wohnung, aber die sind schwer zu finden. Quadratmeter sind billig, seit die sinkende Bevölkerung so viele Wohnungen leer gelassen hat. *Eyes Forward* sorgt auf andere Weise für eine boomende Wirtschaft. Steigende Strom- und Wasserpreise halten die mit niedrigen Punktzahlen am Kämpfen. Sie stellen sicher, dass ihr verfügbares Einkommen für staatlich kontrollierte und besteuerte Güter wie Versorgungsleistungen ausgegeben wird, anstatt für ein Sozialleben. Georgie meint, es sei besser, frierend in einer nach Pisse stinkenden Wohnung zu leben, als gar kein Sozialleben mehr zu haben. Iris würde sonst widersprechen, aber heute sieht sie es ein.

„Wer war dieser Typ überhaupt?", fragt Georgie.

„Weiß nicht. Ist mir egal."

Georgie boxt ihr leicht gegen den Arm. „Was ist bloß los mit dir?"

Iris schüttelt den Kopf und blickt sich im Raum um. Ihr Blick glitzert noch immer ein wenig mehr als sonst. „Ich kann's nicht erklären."

Dann kommt die Stimme zurück. Die, die sie schon auf der Party gehört hat. Kein Songtext, keine andere Person hinter ihr, obwohl sie sich trotzdem kurz umdreht. Eine Frauenstimme. Kratzig, wie ein rostiges Rad.

Versuch es zu erklären, Iris. Du musst versuchen, alle aufzuklären.

Sie hatte sie fast vergessen. Sie dachte, sobald das *Flake* nachlässt, verschwindet sie. Aber sie ist immer noch high, das muss es sein.

Sie nippt an der Limonade – die zitronige Süße holt sie zurück in die Realität – und die Stimme bleibt weg.

Zumindest für heute Nacht.

3

— · —

AVA

Ava streift ihre Schuhe ab und geht durchs Wohnzimmer. Am Kaminsims bleibt sie stehen, um die Blumen zu richten. Sie zündet eine neue Kerze neben der alten an, deren Wachs sich auf der Oberfläche sammelt. Ein frischer Zitronenduft breitet sich aus – Zias Lieblingsgeruch. Sie nimmt den Bilderrahmen in die Hände, küsst ihn und poliert dann die Oberfläche. Das lächelnde Gesicht ihrer Zia muss deutlich sichtbar bleiben. Seit elf Jahren gehört das zu ihrer täglichen Routine, doch der Herzschmerz wird nie weniger. Manche Tage sind schlimmer als andere. An manchen Tagen ist er schlimmer als an anderen. Heute ist es erträglich – ein dumpfer Stich, begleitet von einer anhaltenden Leere.

Kurz darauf kommt Mandisa nach Hause. Sie arbeiten im selben Labor, teilen sich aber nur noch selten den Arbeitsweg. Ava greift nach einer Tupperdose mit Resten aus dem Kühlschrank und einem Löffel, lehnt sie sich über die Küchentheke und isst direkt aus der Tupperware.

„Setz dich wenigstens an den Tisch zum Essen", ruft Mandisa, während sie mit noch angezogenen Schuhen durchs Zimmer rauscht. Ihre Hüften schwingend bei jedem Schritt. Ava sieht, wie ihre Absätze über das Parkett kratzen, sagt aber nichts.

„Deine Assistentin hat mir die Infos zur Eröffnungsfeier neuen Fabrik geschickt", sagt Mandisa. „Wirkt ein bisschen lahm, findest du nicht?"

„Ich hab's mir noch nicht angesehen. Wenn es dir nicht gefällt, sag's ihr."

„Sie ist deine Assistentin."

„Du bist diejenige, der die Partys nicht am Arsch vorbeigehen."

„Ach, das schon wieder."

Ava legt den Löffel beiseite und richtet sich auf. „Hör zu, ich hatte einen stressigen Tag. Am Wochenende zu arbeiten macht keinen Spaß. Und egal, wie oft du noch drauf herumreitest – mir wird jede verdammte Party am Arsch vorbeigehen."

Mandisa bleibt vor dem Spiegel stehen, zieht die Haut ihrer Stirn straff und saugt die Wangen ein. Ihre endlosen Posen, denkt Ava, sind der verzweifelte Versuch, die Vergangenheit zurückzuholen. Mandisa scheint mit dem Jetzt nie zufrieden zu sein.

„Wir sind ein Paar, Ava", sagt sie mit einem Hauch von Verzweiflung. Der häufige Streit zermürbt sie beide. „Wir müssen zusammen hingehen. Als Team. Willst du, dass unsere Arbeit darunter leidet? Willst du, dass unsere Punktzahl darunter leidet?"

„Es geht mir am Arsch vorbei. Wirklich."

Mandisa hält ihre Hände vor den Mund und unterdrückt ein scharfes Einatmen. „Ava! Wie kannst du so etwas sagen? Schau dir an, wo wir leben, was wir erreicht haben, was wir alles getan haben, um unsere Punktzahlen so hoch zu treiben."

Alles, was wir getan haben. Ava rümpft die Nase bei diesen Worten. Das, genau das, ist das Problem.

Ava stellt die leere Tupperdose in die Spüle. „Ich gehe baden."

Achtzehn Jahre ist sie jetzt schon in dieser Beziehung. Anfangs hatte sie sich von Mandisas Zuneigung tragen lassen, und Zia hatte Mandisas

Gesellschaft so sehr genossen, dass Ava sich einfach treiben ließ. Als Zia starb, erkannte Ava, wie schwer eine Trennung ist. Sie arbeiten zusammen, leben zusammen. So eng verflochtene Leben trennen sich nicht leicht. Zwischen gesellschaftlichen Verpflichtungen, Punktzahl-Kletterei und dem Ruhm, der nie zu verschwinden schien, wie sie gehofft hatte, hat sie jede Lust und alle Gefühle für Mandisa verloren. Sie hat den Riss zwischen ihnen gespürt, wie jede Faser nach und nach zerriss, bis ihre Beziehung wie ein zerschlissenes Tuch auseinanderfiel.Und trotzdem ist sie noch hier. Plant und schmiedet Strategien, wie sie den Schaden, den Mandisa angerichtet hat, rückgängig machen kann. Aber die verlorenen Leben lassen sich nicht zurückholen. Das Leid lässt sich nicht ungeschehen machen.

Nur eines bleibt: Rache.

Achtzehn Jahre hat sie dafür gebraucht. Jetzt ist ihr Plan endlich bereit.

4

IRIS

Iris starrt ewig in den Spiegel, dreht ihren Kopf in alle Richtungen, verändert die Beleuchtung und passt den Blickwinkel an. Sie sieht aus wie die gleiche Iris – die gleichen widerspenstigen dunklen Locken und die blasse Haut, ein Streifen Sommersprossen über ihre Wangen. Es ist die gleiche Iris, die tut, was man ihr sagt, die hinter Georgie aufräumt, aber selbst genauso viel Unordnung macht, die neben ihrer Arbeit keine Zeit für Dates und Romantik hat. Aber sie fühlt sich anders. Etwas in ihr hat sich unerklärlich verändert.

Sie stellt sich seitlich hin und mustert ihre schmalen Kurven. Ihre Arme sind von Jahren des Kletterns und Boulderns gestählt, mit ein paar Blutergüssen. Dicke Schwielen überziehen ihre Finger. Ihre Körperform wirkt zwar unverändert, doch sie schwört, sie sei mehrere Kilo leichter. Es ist, als bestünde sie aus Luftblasen, als hätte der Schleier der Unwissenheit sie nicht nur bedeckt, sondern jede Pore verschlungen. Jetzt hat sie ihn abgestreift, wie ein reptilienartiger Mensch, und ihre neue Haut ist flexibel und durchlässig. Sie absorbiert alles.

Du bist bereit zu sehen, Iris. Zu sehen, was echt und was falsch ist.

Sie blickt aus dem Fenster und kneift die Augen zusammen. Sie kann gut sehen. Diese Stimme muss verschwinden, oder zumindest Sinn ergeben.

„Es ist diese Droge", sagt Georgie, als Iris' Augen glasig werden.

Es ist Sonntagnachmittag. Iris ist definitiv nicht mehr high und selbst ihr Kater ist längst verschwunden. Es dauert heutzutage länger, die Auswirkungen des Alkohols loszuwerden, aber nicht so lange.

„Mir geht's gut. Ich habe nur so viel zum Nachdenken jetzt." Zu viel, um es überhaupt in Worte zu fassen. Ihre Wut ist fast vollständig verpufft. Sie kann sich nicht erinnern, sich jemals so wenig wütend gefühlt zu haben. Die Jahre in der Wutbewältigungstherapie scheinen Zeitverschwendung gewesen zu sein, wenn eine Line *Flake* sie entspannter macht als Georgie nach einem Bier. Sie ist nicht länger wütend auf die Gesellschaft, auf *Eyes Forward*. Es ist ihr aber auch nicht gleichgültig. Sie ist motiviert, weiß aber nicht, wie sie vorgehen soll. Ihr Mangel an Initiative lässt ihr Herz leicht sinken. Vielleicht ist es doch nur die Droge.

„Ich werde im Internet nach Flake suchen", sagt Iris.

„Willst du bis Montag warten?"

Iris beißt sich auf die Innenseite ihrer Wange. Es ist Jahre her, seit Frauen verboten wurde, außerhalb der Arbeit Computer zu benutzen, aber sie vergisst es immer noch. Noch eine Initiative von *Eyes Forward*, um Frauen unter Kontrolle zu halten und den Klatsch zu stoppen.

Was ist falsch an Klatsch? Wovor hat *Eyes Forward* solche Angst?

„Ich gehe zu meinen Eltern."

Georgie zieht die Augenbrauen hoch. „Wirklich? Du kannst nicht mal bis Montag warten? Du willst sicher nur sehen, ob dieser Schleimer sich gemeldet hat."

Iris braucht einen Moment, um sich an den Schleimer zu erinnern, den Georgie meint. Als sie sich erinnert, schaudert sie. „Nein. Nein, ich will wirklich nach Flake suchen."

„Okay. Nun, ich werde sehen, ob Sam Zeit hat, mir Gesellschaft zu leisten." Ihr Tonfall ist schelmisch.

Iris wirft ein Kissen nach ihr und macht sich dann auf den Weg zur Tür. „Ich bin nicht dein Sponsor. Wenn du sie sehen willst, ist das deine Entscheidung."

„Du solltest mich davon abhalten, sie anzurufen. Du weißt doch, ich bin schwach!"

„Sie ist nicht so schlimm." Sie ist wirklich nicht so schlimm. Ein bisschen snobistisch, schlecht darin, Pläne einzuhalten und unverbindlich. Aber nicht *so* schlimm.

„Was für eine Freundin bist du?", sagt Georgie jener selbstmitleidigen Art, die sie selbst dann perfekt beherrscht, wenn sie sarkastisch ist.

Iris ruft ihre Verabschiedung und schließt die Tür. Georgies Achterbahnbeziehungen strapazieren ihre Geduld selbst in den besten Zeiten. Georgie mit einem Schwarm ist wie ein Hund, der ein Eichhörnchen erblickt. Iris hat sich jahrelang auf die Arbeit und ihre Punktzahl konzentriert, was jetzt wie Zeitverschwendung erscheint, da Georgie dank ihrer britischeren Abstammung und ihres hübscheren Aussehens ebenfalls eine 270 bekommen hat. Während Iris sich anstrengen musste, um ihre mickrige Punktzahl zu erreichen, kümmert sich Georgie viel weniger um die Arbeit und viel mehr um ihre Anziehungskraft.

Die Wohnung ihrer Eltern liegt auf der anderen Seite des Zentrums von Reading, am Fluss entlang. Iris biegt erst falsch ab, bevor sie sich erinnert, dass sie inzwischen umgezogen sind. Ihre neue Wohnung ist näher, im Erdgeschoss, größer als ihre vorherige Wohnung und um einiges seelenloser. Es ist kälter und das nicht nur temperaturmäßig.

Es fehlt die Wärme, die ein Elternhaus sonst immer hat. Alles ist von weißen Wänden und geraden Linien geprägt. Es ist nicht die schlechteste Gegend der Stadt – immerhin ist das Internet zuverlässiger.

Trotz einer unruhigen Nacht und minimaler Nahrungsaufnahme, da Iris' und Georgies Schränke fast leer sind und keine von beiden Lust hatte, sich an einem Samstag mit dem Einkaufen zu beschäftigen, tritt Iris schnell in die Pedale, schlängelt sich an langsameren Radfahrern vorbei und weicht geschickt Bussen und Fußgängern aus, die in die Fahrradspuren überquellen. Dabei grinst sie die ganze Zeit, erfüllt von einer Freude, die sie nicht erklären kann, wie ein Sträfling, der gerade aus dem Gefängnis entlassen wurde. Bis die Stimme zurückkehrt.

Es ist schön, das Land so zu sehen, wie es wirklich ist.

Iris kneift die Augen zusammen und schüttelt den Kopf. Was für eine dumme Aussage. Das ist die Gesellschaft. Niemand nennt es ein Land.

Wach auf, Iris.

Sie stöhnt und lässt für einen Moment den Lenker los, um sich auf die Ohren zu schlagen. Diese Stimme soll endlich den Mund halten – oder wenigstens etwas sagen, das keinen völligen Unsinn ergibt. Sie ist wach. Sie sieht klar. Kryptisches Gefasel bringt sie nur wieder dazu, sich verrückt zu fühlen.

Iris bringt ihr Fahrrad mit einer Vollbremsung zum Stehen – genau so, wie sie es als Kind immer gemacht hat, wenn ihr Vater sie anschrie, vorsichtiger zu sein. Sie schließt es vor dem Block ihrer Eltern ab, einem von nur noch sechs verbliebenen Mittelhochhäusern an der Mill Road. Die anderen gingen nach den Großen Unruhen dem Verfall anheim. Einige stürzten ein, als das angrenzende Irrenhaus zusammenbrach – sie waren nicht stabil genug, um der Wucht eines Gebäudes dieser Größe standzuhalten, das in sich zusammenfiel. Der Schutt liegt bis heute da, wie ein Mausoleum für jene, die darin ums Leben kamen. Niemand machte sich die Mühe, die Leichen zu bergen. Niemand interessierte sich genug für die Pres-X-Nehmer, die wahnsinnig wurden, als das Mittel an die U750er ausgegeben wurde. Es wurde fast zu einem Tabu, jemanden zu kennen, der sich nicht genug anstrengte und trotzdem versuchte, die Belohnung zu ernten.

Iris schaudert immer, wenn sie die Trümmer sieht. Die Gerüchte über die Vorgänge im Inneren sind gruseliger als ein funktionierender Kühlschrank. Die Ältesten der Gesellschaft, die ihre Regressionsjahre in Zwangsjacken verbrachten, an Betten gefesselt in dunklen und überfüllten Schlafsälen. Die wenigen Mitarbeiter, die sich um sie kümmerten, gingen auf Zehenspitzen, um die Stationen – abgesehen von den Schreien der Patienten – still zu halten. Ob der Wahnsinn jemals nachließ, erfuhr niemand.

Niemand verließ jemals diesen Ort.

Schon durch die Haustür riecht die Wohnung noch immer nach frischer Farbe und Holzspänen. Die Böden sind vom Sägemehl befreit worden, alles ist wie immer makellos.Iris stößt die Innentür auf. Sie ist schwerer als erwartet – extra breit, damit später einmal der Rollstuhl ihres Vaters hindurchpasst. Noch benutzt er ihn selten. Es sei nur „für die Zukunft", behauptet er.

„Dad?", ruft Iris, als sie eintritt.

Pashas Stimme ruft ein Hallo aus dem Wohnzimmer, nur geringfügig lauter als der Fernseher und der Staubsauger.

„Hey", sagt sie, als sie sich nähert. Dann kniet sie sich hin und umarmt ihn. Als sie sich zurückzieht, spürt sie sein leichtes Zittern – und sieht, wie sich sein Mund müht, ein Lächeln hervorzubringen. Er ist dünner als beim letzten Mal, als sie ihn gesehen hat.„Wie geht's dir, Dad?"

Seine Hände legen sich auf ihre, der sanfte Druck kaum mehr als eine Federberührung. „Mir geht's gut, Schätzchen."

Sie blickt auf sein unberührtes Mittagessen auf dem Tisch, seine volle Kaffeetasse und den Strohhalm darin.

„Isst du genug?"

„Mach dir keine Sorgen um deinen alten Herrn. Wie geht's dir? Was gibt's Neues?"

„Machst du deine Physiotherapie?"

„Iris, mir geht's gut. Vertrau mir. Erzähl mir lieber von dir."

Seine Haare sind ein einziges Durcheinander, genau wie ihre meistens auch. Sein Pony hängt ihm bis über die Oberkante der Brille und sie streicht ihn zurück. Ihre Mutter hat es vermutlich absichtlich so gelassen, damit sie die Schmutzflecken auf den Gläsern nicht sehen musste.

Iris nimmt ihm die Brille ab und wischt sie mit einem Taschentuch sauber. Das Staubsaugen aus der Küche verstummt und Mae betritt das Wohnzimmer. Iris wirft ihr nur einen kurzen Blick zu, doch es reicht, um ihrer Mutter zu zeigen, dass sie sie bemerkt hat.

„Hallo, Liebes", sagt Mae. „Schön, dich zu sehen."

„Dad hat sein Mittagessen nicht angerührt."

„Er hatte ein großes Frühstück."

„Wirklich, Dad? Was hattest du denn?" Iris' anklagender Ton ist nicht an ihren Vater gerichtet.Behutsam setzt sie ihm die Brille wieder auf und hält dabei seine Haare zurück.

„Ich habe mehr als genug gegessen", sagt er. „Hört jetzt auf, ihr beiden." Selbst seine raue Stimme kann scharf klingen. „Iris", fügt er sanfter hinzu, „möchtest du eine Tasse Tee?"

Sie steht auf. „Ich mache ihn mir selbst."

Sie geht in die Küche und setzt den Wasserkocher auf. Sie hätte nicht kommen sollen. Die geistige Ruhe, die sie vorher hatte, ist weg. Es geht ihm schlechter und ihre Mutter tut nicht genug, um ihm zu helfen.

„Iris." Mae schleicht sich an sie heran wie ein Insekt, Iris wirbelt herum, um sie wütend anzustarren. „Es ist schön, dich zu sehen."

„Er hat abgenommen. Er wirkt dünn."

„Er isst genug. Ich kann ihn nicht zwingen, mehr zu essen. Es fällt ihm manchmal schwer zu kauen."

„Es ist Muskelschwund. Du machst nicht genug Physiotherapie mit ihm."

„Doch, meine Liebe."

„Nicht genug." Sie dreht Mae den Rücken zu und gießt den Tee ein. „Wenn er die richtige Medikation hätte, wäre das kein Problem."

„Hör auf. Du musst damit aufhören, Iris. Ich tue alles, was ich kann." Mae greift nach einem Tuch und wischt die Stelle ab, die Iris gerade benutzt hat. Es gibt dort keinen Fleck, da ist sich Iris sicher. Nicht einmal einen Tropfen.

Da Mae so nah ist, tritt sie zurück Richtung Türrahmen. „Es ist nicht genug, Mum. Es geht ihm wegen dir schlechter. Wenn du nicht so viele Punkte verloren hättest, hätte er immer noch seine Medikamente."

„Ich weiß. Denkst du, ich weiß das nicht? Es ist kompliziert."

Obwohl der Schmerz in Maes Stimme deutlich zu hören ist, kann Iris ihren eigenen nicht mildern. „Du warst die Buchhalterin für eine der reichsten Personen in ganz Berkshire und du hast sie als Kundin verloren. Alles, was du tun musstest, war sie zu behalten. Schleimen, einschmeicheln, was auch immer nötig ist. Das ist es, was alle tun. Was auch immer nötig ist."

„Es war nicht so einfach." Sie hat jetzt ein Geschirrtuch und trocknet die bereits trockene Arbeitsfläche ab. „Bitte, sei nicht so. Komm und iss mit uns zu Mittag. Soll ich dir ein Sandwich machen?"

„Ich möchte nicht riskieren, Krümel fallen zu lassen", sagt Iris durch zusammengebissene Zähne. Die Reinlichkeitsbesessenheit ihrer Mutter gehört zu den Dingen, die sie am wenigsten vermisst, seit sie nicht mehr zu Hause wohnt. Trotzdem weiß sie, dass sie gerade grausam ist. Es ist nicht Maes Schuld, dass sie zwanghaft ist. Maes Gesichtsausdruck wechselt von verkniffen zu niedergeschlagen und Iris wird ganz ernst. „Ich bin nur gekommen, um Dads Computer zu benutzen."

„Okay. Nun, er steht im zweiten Schlafzimmer, neben Kisten mit deinen Sachen, falls du sie durchsehen möchtest. Nimm vielleicht ein paar Dinge mit zu dir nach Hause."

„Tut mir leid, dass ich so viel Unordnung verursache."

„Das meinte ich nicht so."

Iris stapft davon wie ein trotziger Teenager – und hasst sich selbst dafür. Aber sie hasst ihre Mutter noch mehr. Diese lieblose Frau hat ihr nie Zuneigung gezeigt, sie nie getröstet, wenn sie sich das Knie aufgeschürft hatte, und immer nur über den Lärm gestöhnt, den Iris als Kind beim Spielen machte. Sie war so lange zu Hause geblieben, wie sie es ertragen konnte, um ihrem Vater zu helfen, doch die ständigen Streitereien wurden irgendwann für alle ungesund. Jetzt, wenn sie ihren Vater beobachtet, bereut sie, ausgezogen zu sein. Wenn sie nur ihr Temperament besser im Griff hätte – und ihre Mutter aufhören könnte, sie selbst zu sein –, wäre Iris vielleicht noch da und würde darauf achten, dass er isst, sich bewegt und sich um sich selbst kümmert. Es fällt ihr schwer, überhaupt zu Besuch zu kommen. Es fühlt sich an, als würde man zusehen, wie eines der verlassenen Gebäude in einen Trümmerhaufen zerfällt.

Sie meldet sich am Computer an und klickt auf den Shadownet-Browser *Nebula*. Für einen Moment hält sie die Hand über die Monitorkamera, bis *Nebula* vollständig geladen ist.Iris ist sich sicher, dass die Gesellschaftspolizei und *Eyes Forward* Besseres zu tun haben, als Frauen aufzuspüren, die außerhalb der Dienstzeiten Männercomputer benutzen – genauso sicher, wie sie ist, dass jede Frau dieses Gesetz bricht. Nicht, dass sie es je erfahren würde. Niemand spricht über seine Gesetzesverstöße. Man weiß schließlich nie, wer ein Spitzel ist.

Sie sucht nach Informationen über Flake. Es gibt so viele Ergebnisse, dass es schwer ist, zwischen legitimen Informationen und Hörensagen zu unterscheiden, aber die Berichte sind zahlreich. Sie bestehen größtenteils aus kurzen Anekdoten und Empfehlungen:

Beste Party aller Zeiten!

Hab mich deswegen großartig gefühlt!

Unglaublich geil. Bester Fick meines Lebens!

Iris grenzt die Suche ein: Stimmen hören nach Flake.

Nichts. Nur ein paar Berichte über verändertes Hören während des High-Seins. Ihre anfängliche Erleichterung, dass die Stimme keine Nebenwirkung der Droge ist, schwindet, als ihr klar wird, dass diese Erkenntnis ihr nicht viele Erklärungen dafür liefert, warum sie sie hört. Es gibt keinen Grund, den sie sich vorstellen kann, außer dass sie langsam genauso verrückt wird wie die Pres-X-Nehmer in dem verfallenen Gebäude. Es muss eine andere Erklärung geben. Niemand wird über Nacht verrückt.

Sie recherchiert, was in der Droge steckt. Gerüchten zufolge handelt es sich um einen Cocktail aus B-Well und Memorexin, beides von XL Medico hergestellt. Ein Versehen, das der Pharmariese nie kommen sah – es brauchte einen kreativen Straßendealer, um dieses Experiment zu starten. Angeblich mischen sie auch etwas Psilocybin aus einer europäischen Sorte Magic Mushrooms bei. Das erklärt zumindest die funkelnde Sicht.Nach allem, was das Internet hergibt, aus all den Geschichten, scheint es keine negativen Auswirkungen zu geben. Keine Todesfälle. Das ist gut. Es gibt schon genug Tod.

Eine Suche im Nebula ist nie vollständig ohne einen Tauchgang in die dunkelsten Ecken der Foren, wo Hacker aus der ganzen Gesellschaft die autonomen Systeme durchbrechen, die das Internet jeder Grafschaft voneinander trennen. Es braucht keinen Genie-Hacker, um diese Grenzen zu überwinden. Iris könnte so einen Hack programmieren, wenn sie dazu noch geneigt wäre, genauso wie Georgie es einmal konnte. Eine Anhörung zur Bürgerreform reicht jedoch aus – darüber waren sie sich vor einiger Zeit einig. Iris ist immer noch überzeugt, dass der Vorfall vor acht Jahren ihr einige Lebenspunkte gekostet hat. Georgie behauptet immer noch, dass es der Grund dafür war, dass Frauen die Computernutzung verboten wurde, obwohl Iris darauf besteht, dass das Unsinn ist. Georgie hat Größenwahn. Sie mag es, sich selbst für rebellischer zu halten, als sie es tatsächlich ist.

Alles, was Iris tun wollte, war die Pressemitteilung der Schule ihrer Cousine in Schottland zu überprüfen. Da sie sich in der Grauzone des Lebens befanden, zu alt, um von den Eltern abhängig zu sein, zu jung, um eine eigene Lebenspunktzahl zu haben, erhielten sie die banale Strafe, Aufsätze darüber zu schreiben, wie großartig Berkshire ist, und einen separaten Aufsatz für ihre Heimatstadt Reading, und bekamen die strenge Warnung: „Wir werden euch genau im Auge behalten". Die ganze Sache war demütigend. Demütigend, aber nicht auf dem Niveau von Hochverrat, der dazu führen würde, dass der Zugang von Frauen zu Computern in der gesamten Gesellschaft eingeschränkt würde. Kaum eine angemessene Strafe.

Seit wann ist Eyes Forward vernünftig?

„Ach, halt die Klappe!", sagt Iris laut. Vielleicht ist die Stimme ein Echo von Georgie aus vergangenen Jahren, irgendeine Erinnerung, die durch eine schwere Nacht und die Scham über das, was mit diesem

Typen fast passiert wäre, hochkommt. Es wird vorübergehen. Die Verlegenheit nach der Party verschwindet immer, irgendwann.

Sie fährt fort, die zwielichtigsten Foren zu durchsuchen, da ein ruhiger Sonntag sie mit einem Durst nach Klatsch zurücklässt. Die meisten Foren sind den rücksichtslosen Entvölkerungstreibern gewidmet. Größtenteils Verschwörungstheorien, die behaupten, dass *Eyes Forward* Quoten für Todesfälle festgelegt hat. Unplausibel, denkt Iris als erste Reaktion, dann schüttelt sie das Bild der Leiche am St. Peter's Hill von letzter Nacht ab. Wenn es Quoten gäbe, gäbe es mehr. Der ein oder andere Todesfall wird kaum zur angestrebten Reduzierung der Bevölkerung um zehn oder fünfzehn Millionen beitragen. Es ist nur der übliche Unsinn.

Sisters and Spies sind heute besonders lautstark und jammern überall über die Behandlung von Frauen am Arbeitsplatz, darüber, wie Frauen die Computernutzung verboten wurde. Trotzdem scheinen sie sie zu benutzen. Iris scrollt durch solche Kommentare. Von klein auf hatte ihre Mutter versucht, sie darauf aufmerksam zu machen, hämmerte ihr Frauenrechte ein, tadelte sie aber immer für zu viel Bildschirmzeit. Was erwartete sie von Iris? Briefe zu schreiben? Plakate aufzuhängen wie die von *Eyes Forward*?

Iris war ein Wunderkind, dessen begrenzter Zugang zu Bildung dem Rest der Gesellschaft die Chance gab, aufzuholen. Mae bekam, was sie wollte, auf die rückständigste Art und Weise, als Frauen die Internetnutzung außerhalb der Arbeit verboten wurde. Mae verlor daraufhin ihre Lust am Kampf für Gleichberechtigung, während Iris einfach wütend wurde. Zum Schweigen gebracht, aber wütend. Es ist leichter, Wut zu zeigen als Rebellion. Ihre Mutter ist nur eine weitere Sache, die sie ihrer Wutliste hinzufügen kann.

Nach ein paar weiteren Scrolls durch die Foren taucht ein Name auf, den sie schon einmal gelesen hat: Joan Porter. Es scheint jemand zu sein, der mit dem Wahnsinn der ursprünglichen Pres-X-Nutzer in Verbindung steht – anscheinend eine ehemalige XL Medico-Mitarbeiterin. „Niemand will wie Joan Porter sein" ist der Kern der meisten Sätze. Was auch immer. Langweilig. Iris will etwas Saftigeres als eine Person von vor Jahrzehnten.

Nachdem sie sich beruhigt hat und sicher ist, dass sie nicht verrückt wird, weil sie eine Line Flake probiert hat, fährt Iris den Computer herunter und ruft ihre Abschiedsgrüße. Ihre Augen verweilen einen Moment länger auf ihrem Vater, der schwach über eine alberne TV-Quiz-Show lacht, bevor er lallend Abschied nimmt.

Iris schließt die Tür und geht. Ihr Herz bricht jedes Mal ein Stück mehr, wenn sie ihn sieht. Wenn sie wirklich so egoistisch wäre, wie ihre Mutter früher behauptet hat, würde sie ihn überhaupt nicht besuchen. Vielleicht sollte sie das tatsächlich nicht mehr tun.

Sie lieben dich. Und sie sind nützlicher, als du denkst.

Die Stimme wieder. Jetzt weniger rebellisch, eher mitfühlend – wie eine weibliche Version ihres Vaters. Vielleicht wird sie wirklich verrückt.

„Verpiss dich", sagt sie laut, was zu entsetzten Blicken von Passanten führt, dann radelt sie davon.

5

MAE

„Sie hat wieder Nebula benutzt", sagt Mae zu Pasha, während sie ihm hilft, sich von seinem Stuhl zu erheben. Er stöhnt, während sie seinen Rollator unter ihn manövriert. Sie wirft einen Blick auf den Rollstuhl, als er seinen Kopf zur anderen Seite dreht. Es hat keinen Sinn, das wieder zu erwähnen.

„Sie ist ihrer Urgroßmutter so ähnlich", erwidert Pasha mit atemloser Stimme. Mae kann nicht sagen, ob sein Gesichtsausdruck eine Grimasse aufgrund seiner Schwäche oder ein Lächeln über Iris' Fehlverhalten ist. „Sie ist eine erwachsene Frau. Wir können sie nicht aufhalten."

„Du könntest ihr sagen, dass sie deinen Computer nicht benutzen darf."

Sie hat ihm das schon hundertmal gesagt. Warum muss immer Mae die Böse spielen? Es ist schon so, seit Iris geboren wurde. Pasha hat ihr mit Spielen, Witzen und Lachen die Lust am Unfug eingeflößt. Sein leichtes Grinsen war für Iris ansteckend, während Mae immer vernünftig sein und es eindämmen musste. Es war Pasha, der vorschlug, dass sie mit dem Klettern als Hobby anfangen sollte – als Ventil für seelische Belastungen. Iris liebt es, aber Mae konnte nie zusehen. Wie sollte sie damit klarkommen, ihre Tochter drei Meter hoch an einer Boulderwand zu sehen?

Pasha geht jetzt. Seine wackeligen Arme schieben den Rollator, seine Beine schleifen wie tote Gewichte hinter ihm her. Iris hatte recht. Es wird immer schlimmer mit ihm.

Er bleibt stehen, um zu sprechen. Nur eine Handlung ist gleichzeitig möglich. „Ich werde ihr nicht sagen, dass sie ihn nicht benutzen darf. Sie hat einen neugierigen Verstand. Und sie ist nicht dumm.“

Iris' Intelligenz ist es, wovor Mae Angst hat. Sie ist zu neugierig, zu scharfsinnig. Mae schluckt, dann schüttelt sie den Kopf. „Sie wird Dinge herausfinden. Das weißt du. Über mich. Über deine Großmutter.“ Und den anderen Teil der Familie. Mae fügt diesen Teil nicht hinzu. Sie impliziert es nur. Pasha versteht unausgesprochene Worte besser als die meisten.

„Na und?“, sagt er keuchend. „Es wird Zeit, dass wir ihr die Wahrheit sagen. Sie sollte wissen, woher sie kommt. Sie kann damit umgehen.“

Mae schüttelt den Kopf und geht rückwärts, wobei sie ihm mit einer Geste signalisiert, ihr zu folgen. Bei diesem Tempo wird seine Physiotherapie ewig dauern, und sie hat noch einen Berg Arbeit vor sich. Er folgt langsam und sie zählt seine Schritte. Dreißig pro Minute, dreihundert pro Tag. Sie bezweifelt, dass er heute auch nur die Hälfte davon schafft.

„Es ist nicht sicher für sie“, sagt sie.

Er verzieht das Gesicht, dreht sich um und schnappt nach Luft. „Nichts ist sicher für irgendeinen von uns.“

Iris

Die Stimme blieb für den Rest des Sonntags weg, während Iris klettern ging und sich die Wand hinaufzog, um etwas Dampf abzulassen. Die Hand um einen Griff zu schließen und ihr ganzes Gewicht von dieser einen Hand hängen zu lassen, hilft ungemein schlechte Laune in Nichts aufzulösen.

Auch danach blieb die Stimme weg. Sie entspannte sich in ihrer Wohnung mit Georgie und nutzte den Rest der *Eyes Forward*-Schönheitsgutscheine, die sie anstelle der Hälfte ihres Lohns wie die Männer bekommen. Es ist einer der *Eyes Forward*-Anreize, der Iris ärgert, aber Georgie macht das überhaupt nichts aus.

„Als Regierungsangestellte sind wir die Ersten in der Schlange für Schönheitsprodukte", sagt Georgie oft, wenn Iris sich beschwert und sich wünscht, sie würde stattdessen das Geld bekommen. „Du würdest es sowieso nur für dieses Zeug ausgeben."

Georgie würde das. Iris weniger. Was irgendwie seltsam erscheint, weil Iris es definitiv nötiger hätte. Eine Nacht mit schlechtem Schlaf sieht bei Iris aus wie eine ganze Woche Schlaflosigkeit. Ihre blasse Haut kann die dunklen Ringe nicht verbergen. Georgie könnte zwei Wochen lang wach bleiben und würde immer noch umwerfend aussehen. Trotzdem wendet sie akribisch Gesichtsmasken an, bleicht, tönt, lockt, glättet, verlängert und entfernt – je nach Körperteil und Wochentag. Sie behauptet, das sei der einzige Grund, warum sie so ausgeruht wirkt. Iris weiß, nachdem Georgies Vater gestorben war und sie tatsächlich eine ganze Woche lang nicht geschlafen hatte, dass das definitiv nicht der Fall ist.

Die Abteilung für Lebenspunktzahl-Statistiken liegt am Rand von Reading, auf der anderen Seite der Stadt wie das Haus ihrer Eltern. Es ist ein unscheinbares Gebäude. Die meisten würden nicht einmal wissen, dass es die Lebenspunktzahl-Zentrale ist. Wahrscheinlich absichtlich, denkt Iris. Andernfalls würden draußen Horden von Menschen stehen und um eine bessere Punktzahl betteln. Und sie haben keine Protokolle, um mit einer solchen Störung umzugehen. Das Büro ist kaum besetzt, da die Software den Großteil der Arbeit übernimmt.

Ein paar IT-Mitarbeiter lungern draußen herum, Jason eingeschlossen. Sein Vater, der ebenso hässliche Norman Bonnet, ist der Chef von Iris' Chef, und daher ist Jason so unantastbar, wie er denkt. Jason hatte seine Dosis Pres-X-2 vor drei Wochen bekommen und seine alte Haut schmolz zu pubertärer Glätte. Seine Libido schoss zur gleichen Zeit in die Höhe, als ob etwas frische Haut alles wäre, was er braucht, um ein guter Fang zu sein. Ist er nicht, war er nie, wird er nie sein. Er ist ekelhaft, egal wie alt er aussieht. Er folgte ihr vor ein paar Wochen den Flur hinunter zur Arbeit, in die entgegengesetzte Richtung zu seiner. Er pickte sich nur sie speziell heraus, weil sie klein ist, da ist sie sich sicher. Und eine niedrige Punktzahl hat. Eine Frau mit niedriger Punktzahl wird kaum Anklage gegen einen Mann mit einer hohen Punktzahl erheben. Der Gesellschaftspolizei-Bot würde mit einer „Verschwenden Sie nicht unsere Zeit"-E-Mail antworten.

Es war ein Machtspiel, als Jason sie in die Ecke drängte, sie gegen das Fenster presste und sein heißer Atem auf ihrem Hals kondensierte. Er berührte sie nicht mit seinen Händen, nur sein Oberkörper drückte sich in ihre Schulterblätter und sein Schritt in ihren Hintern. Zumindest behielt er seinen Schwanz in der Hose. Ihre Stirn ruhte auf dem kühlen Glas ihres Bürofensters, während er hinter ihr grunzte. Der Dampf um sie herum hinterließ einen Umriss ihrer Köpfe, der noch minutenlang sichtbar blieb – länger als er durchgehalten hätte, wenn sie ihn nur berührt hätte. Das ist das Problem mit seiner Sorte. Er denkt, er hätte die Macht, und genau das macht ihn schwach. Ein Schwanz ist ein armseliger Anhang, besonders wenn er hart ist, mit seiner übermäßigen Blutversorgung. Wenn Iris es wollte, könnte sie diesen spröden Schwanz abbrechen. Das Gemetzel wäre herrlich.

Heute, anstatt sich zu verstecken und zu warten, bis Jason ins Gebäude geht, bevor sie eintritt und ungesehen vorbeihuschen kann, begrüßt sie die Konfrontation. Sie ist bereit dafür, auch wenn ihre Arme vom Klettern gestern halb tot sind. Er wird keinen Widerstand von der kleinen Iris erwarten. Er wird nicht erwarten, dass sich jemand so Sanftes mächtig fühlt. Sie schließt ihr Fahrrad ab, glättet ihre vom Helm zerzausten Haare und grinst.

Das Grinsen verschwindet, als Jason hineingeht und dann seinen Flur hinunter, bevor sie überhaupt den Eingang erreicht hat. Ihre angespannten Muskeln entspannen sich und ihre Finger knacken, als sie ihre Fäuste öffnet. Nächstes Mal.

Solche Gedanken hätten sie erschreckt, bevor sie ihre Lebenspunktzahl erhielt, als sie glaubte, all ihr gutes, anpassungsfähiges Verhalten und Arschkriechen könnten tatsächlich dazu beigetragen haben, ihre Punktzahl zu erhöhen. Jetzt, wo klar ist, dass dem nicht so ist, fühlt sie sich befreit. Es ist diese Leichtigkeit, eine Leere dort, wo einst Ehrgeiz war – Ehrgeiz und die damit verbundene Angst. Jetzt lässt sie sich vom Fluss treiben, anstatt gegen den Strom zu schwimmen.

Es gibt so viele Möglichkeiten, Punkte zu verlieren. Der Fall die Leiter hinunter wird nicht nur von der Schwerkraft unterstützt, er wird von oben herab eingehämmert. Und wenn deine Chefs Konservierte sind, ist dieser Hammer eher ein Vorschlaghammer. Er würde Betonblöcke zu Staub zermalmen. Iris' Lebenspunktzahl ist viel zerbrechlicher.

Was wäre, wenn es keine Lebenspunkte gäbe?

Die Stimme kehrt zurück, als sie sich dem Eingang nähert, und ihre Schultern zucken unwillkürlich nach oben, als hätte jemand sie angetippt. Sie erstarrt für einen Moment, widersteht aber der Versuchung, sich umzusehen. Sie weiß, dass niemand da ist, und hat keine Lust, sich noch verrückter zu fühlen, als sie sich ohnehin schon fühlt. Mit einem flinken Zug zieht sie ihren Mitarbeiterausweis über den Sensor an den Drehkreuzen und ignoriert den Schweißtropfen, der sich in ihrem Nacken sammelt. Ihr Blick bleibt an dem eleganteren Eingang zu ihrer Rechten haften, den Jason gerade betreten hat. Den Eingang für 700-plus. Den Eingang, den sie wegen ihrer Punktzahl nicht benutzen darf. Francis' hochmütige Stimme schallt von dort, als sie Horace, den Butler, begrüßt. Er wünscht ihr einen guten Morgen, nimmt ihren Mantel und putzt dann ihre Schuhe, während Iris sich mühsam durch das steife Drehkreuz quält, dabei in Kaugummi tritt und die Treppe hochstapft, jeder Schritt klebrig von dem Schmutz an ihrer Sohle.

Was wäre, wenn es keine Lebenspunkte gäbe?

Es ist wieder die Stimme, die sie bedrängt, während sie den Flur zu ihrer Abteilung entlanggeht. Sie hat einen Tonfall, den sie nicht einordnen kann, eine atemlose Weisheit. Es liegt ein gewisser Rhythmus in ihrer Geduld, doch ihre Worte sind Unsinn. Es ist, als würde man fragen, was wäre, wenn es keine Luft gäbe, kein Internet, keinen Boden unter ihren Füßen. Manche Dinge existieren einfach. Sie müssen nicht hinterfragt werden.

Sie runzelt die Stirn und versucht sich zu erinnern, wie sie sich neulich Abend gefühlt hat, was sie gesagt hat. *Ich werde das ganze verdammte System zu Fall bringen.* Oder so ähnlich. Das hat sie gesagt, als sie high war. Jetzt ist sie bei der Arbeit. Sie muss konzentriert bleiben. Es ist alles schön und gut, solch rebellischen Unsinn zu sagen, aber solche Wünsche umzusetzen, ist für jemanden wie Iris eine Unmöglichkeit.

Die Wände entlang des Korridors zu ihrem Büro sind mit orangefarbenen Streifen bemalt – Warnstreifen, um dem übrigen Personal mitzuteilen, dass dort eine gefährliche Frau arbeitet. Sie strichen die Wände an ihrem ersten Tag vor sechs Jahren in dieser Farbe, während Iris' Wangen noch röter glühten als die Farbe. Der andere Korridor ist golden gestrichen, um seine Sicherheit vor ihresgleichen zu markieren. Iris kann sich glücklich schätzen, ihren Job zu haben, erinnern Ella und Francis sie ständig. Eine Frau von Iris' Status sollte dankbar sein, sagen sie. Mit Status meinen sie das Leuchten ihres Implantats, das ihre Fruchtbarkeit anzeigt. Es spielt keine Rolle, dass sie sowohl am College als auch an der Universität als Jahrgangsbeste abschloss, dass sie zusätzliche Abschlüsse erworben hat, die ihr mehr Buchstaben hinter den Namen gesetzt haben, als ihr tatsächlicher Name und ihre Berufsbezeichnung zusammen zählen. Dieses grüne oder orange Leuchten ihres Implantats beweist ihre Wertigkeit – oder ihren Mangel daran – mehr als alles andere. Sie wäre längst damit fertig und hätte sich sterilisieren lassen, wenn es ihrem Vater nicht das Herz brechen würde. Er hat schon genug zu verkraften, da muss Iris ihm nicht auch noch den Traum von Enkeln nehmen.

Iris setzt sich, rollt ihre Schultern nach vorn und stopft ihre Bluse in den Rock. Sie zieht eine Seite über die andere, um den fehlenden Knopf zu verbergen, und hofft, dass niemand den Kaffeefleck auf ihrem Rock bemerkt. Sie hat kein Strom- oder Wasserbudget mehr übrig, um die Waschmaschine für mindestens eine weitere Woche zu benutzen, also muss ihre schmutzige Arbeitskleidung genügen. Ihre dunklen Locken sind so unordentlich wie immer und an den Enden noch nass. Die Wattzahl ihres Föhns ist zu hoch, um ihn zu rechtfertigen, wenn die Luft die gleiche Arbeit mit der Zeit erledigt.

Ihr Posteingang ist voll mit Forschungsthemen, die Ideen willkommen heißen, wie man die Kurve der Lebenspunktzahlen ausgleichen kann. In den Jahren, die Iris für die Abteilung für Lebenspunkt-Statistiken gearbeitet hat, haben sie keine ihrer Vorschläge ausprobiert und die sogenannte Kurve ist gleichgeblieben. Ein dicker Keil am unteren Ende, dann ein Abfall, bevor ein steiler Anstieg auf 700 folgt – die Punktzahl, bei der Pres-X-2 verfügbar wird – eine stetige Rate bis 800, wenn die ursprüngliche Pres-X-Formel eingenommen werden kann, und danach ein scharfes Auslaufen. 700-800 ist das Ziel aller und viele kümmern sich danach nicht mehr darum. Konservierungsmedikamente sind ihre oberste Priorität. Der Keil am untersten Ende zeigt, wie leicht es ist, ganz unten anzukommen, und es ist dieser Teil der Kurve, über den Ella und Francis am meisten schimpfen. Die Art, wie sie darüber jammern, ist, als ob die Leute so tief sinken wollten. Es sind natürlich meist Frauen. Eltern werden alle Punkte abgezogen, wenn sie ein nicht lizenziertes Baby bekommen, und seltsamerweise scheinen diese nicht lizenzierten Babys nie einen Vater zu haben.

Es ist weit entfernt von der glatten Glockenkurve, die sie anstreben oder angeblich anstreben. Wenn es wirklich das wäre, was sie wollten, würden sie *irgendetwas* umsetzen, anstatt nur darüber zu reden und zu jammern. Seit ihrer Dosis Flake denkt Iris, dass es nicht ihre Aufgabe ist, die Kurve zu korrigieren, sondern weiterhin die Statistiken zu melden, die die Presse will. Niemand will die Gesellschaft gerechter machen – das ist nur ihr Verkaufsargument.

Iris sitzt an ihrem Schreibtisch in ihrer dunklen, fensterlosen Ecke des kalten Büros. Gelangweilt, überqualifiziert und unterschätzt. Letzte Woche erfuhr sie ihre erbärmliche Lebenspunktzahl, nachdem sie statistische Formeln eingereicht hatte, die – wenn sie daran denken würden, sie zu nutzen – wichtige Informationen darüber liefern könnten, warum die mit den niedrigen Punktzahlen auch so weit unten bleiben. Es wurde nicht von ihr verlangt. Sie investierte zusätzliche Zeit und Initiative. Francis und Ella nahmen ihre Unterlagen mit ausdruckslosen Mienen entgegen und lachten darüber, sobald sie den Raum verlassen hatte.

„Wir brauchen die Statistiken zu gewalttätigem Verhalten unter den niedrig Punktenden", sagt Ella an diesem Morgen. Ihr Haar ist tiefschwarz und zu einer makellosen Hochsteckfrisur gebändigt. Sie ist natürlich konserviert, keine Pres-X-2-Nehmerin. Wirklich konserviert

– eine der hoch Punktenden, die die Behandlung erhalten haben. Die mit den niedrigen Punktzahlen bekommen sie inzwischen gar nicht mehr, nachdem sich herausgestellt hat, dass ihre Psyche der Prozedur nicht standhält. Die Irrenanstalten, vollgestopft mit konservierten niedrig Punktenden, belegen das eindrucksvoll, auch wenn niemand genau weiß, warum. Aus Sicherheitsgründen wurde die erforderliche Lebenspunktzahl auf 800 erhöht – seither sind die Nebenwirkungen verschwunden.

Personalmangel war im letzten Jahrzehnt kaum noch zu bewältigen, da es kaum Menschen unter dreißig gibt, und die im Ruhestand befindlichen sind nur bereit, einzuspringen, wenn sie dabei über die übrigen herrschen dürfen. „Herrschen" ist dabei das passende Wort. Sie würden eine Peitsche schwingen, wenn sie könnten, das Personal für zu langsames Teekochen an den Pranger stellen und verlangen, dass man ihnen die Brotränder von den Sandwiches schneidet.

„Morde, Überfälle", fährt Ella fort. „Und wenn irgendetwas Spezielles zu dieser neuen Droge aufkommt – Flake, heißt sie, oder? – dann brauchen wir dazu auch Informationen."

Iris macht sich ein paar Notizen. „Brauchen wir auch Statistiken zu denen mit den hohen Punktzahlen?"

Ella bleibt stehen und dreht sich langsam zu Iris um. Sie stellt tatsächlich Blickkontakt her. Ihre vollen Lippen lächeln so breit, dass sie sich zu einer normaleren Größe verdünnen. „Ja, Iris. Lass uns einige Statistiken darüber erstellen, wie viel mehr die mit höheren Punktzahlen zur Wirtschaft beitragen. Die Presse würde das gerne wissen." Ihre Augen lächeln mit ihrem Mund – schmal und unheimlich. „Mit dem bevorstehenden Start des neuen Punktzahl-Algorithmus müssen wir die Dinge auf dem neuesten Stand halten." Ella schreitet vor Iris auf und ab – aus keinem Grund, den Iris erkennen kann, außer, um durch den Raum zu stampfen und wichtig zu wirken. „Dies ist die Gesellschaft, in der jeder seinen Platz kennt und jeder etwas erreichen kann."

Iris spricht die Worte lautlos mit, so eingeprägt sind sie in ihrem Verstand. Es ist wie das Summen einer nervigen Melodie, die man nicht aus dem Kopf bekommt, oder eine irritierende Mücke, die herumschwirrt. Die *Eyes Forward*-Slogans sind eine allgegenwärtige Belästigung. Sinnlos, und doch irgendwie erdrückend. Der neue Punktzahl-Algorithmus beherrscht seit Monaten die Nachrichten. Er soll repräsentativer sein, sagen sie. Die DNA-Proben, die jeder abgeben sollte, schienen vor einer Weile sinnvoll, bevor Iris' Geist erwachte. Jetzt, mit ihrem gemischten Erbe, scheint es wie ein weiterer elitärer Mist – entworfen, um das Blut der Reichsten zu reinigen.

„Also müssen wir der Presse die richtige Botschaft senden", fährt Ella fort. „Ermutigung zu zeigen, dass die Gesellschaft inklusiv ist und auf ein gemeinsames Ziel hinarbeitet." Sie demonstriert nicht, was dieses gemeinsame Ziel ist oder wie es inklusiv ist. Sie beugt sich nah zu Iris und sieht auf sie herab. „Du siehst müde aus. Dein Teint ist zu blass. Ich dachte, du sollst jung sein."

Iris zieht ihre Lippen zurück, um ein Lächeln zu formen, und gibt einen Blick auf ihre zusammengebissenen Zähne frei. „Ich arbeite offensichtlich zu hart."

„Ha!" Ella richtet sich auf und hält sich vor Lachen den Bauch. „Eine 270, die behauptet, sie arbeite hart! Die Witze, die ihr mit den niedrigen Punktzahlen erzählt. Zum Totlachen." Sie geht weg, ihre hohen Absätze klirren immer noch bei jedem Schritt auf den gefliesten Boden.

Als Iris wieder allein an ihrem Schreibtisch sitzt, macht sie sich Vorwürfe. Warum hat sie das gesagt? Normalerweise würde sie nie so widersprechen. Was ist bloß in sie gefahren, so etwas zu sagen? Ihre Punktzahl ist schon niedrig genug und ihre Arbeitsplatzsicherheit prekär genug, ohne an Ellas Käfig zu rütteln. Sie ist eine gute Angestellte. Eine gute Bürgerin.

Bist du eine gute Bürgerin?

Die Stimme klingt so real, dass sie fast ihren Atem an ihrem Ohr spüren kann. Es erschreckt sie und sie lässt ihren Stift auf den Boden fallen. Ihr Herz setzt für einen kurzen und schmerzhaften Moment aus, bevor es wieder beginnt, schnell den Rückstand aufzuholen.

Die Stimme hat recht. Inwiefern ist man eine gute Bürgerin, indem man den Hintern von Personen mit hohen Punktzahlen küsst? Eine gute Bürgerin zu sein würde bedeuten, ihre eigenen Leute zu unterstützen, mit ihren Problemen zu sympathisieren, anstatt den Reichsten der Gesellschaft zu fächeln und Trauben zu schälen. Sie lässt Ellas Vortrag Revue passieren und murmelt die Slogans noch einmal. Glaubt Iris wirklich solchen Mist? Sie denkt, dass sie es vielleicht einmal tat, und diesen Glauben loszulassen, ist, als würde man ein Stück ihrer Seele herausschneiden. Ihr Glaube ist nun zerschmettert. Sie ist verloren in der Gesellschaft. Ziellos, ambitionslos, wahrheitslos.

Sie schaut sich die Statistiken an. Mehr als nur die Statistiken. Sie recherchiert. Die Gewaltkriminalität ist gestiegen, die Mordrate hoch. Viele Fälle werden gemeldet, doch ohne wirkliche Ermittlungen werden den Opfern einfach wahrscheinliche Täternummern zugeordnet, basierend auf ihrer Nachbarschaft: Herr X wird in einer punktlosen Straße getötet – also war es ein Punktloser. Herr Y wird in einem U-300-Block getötet – also war es ein U-300. Frau Z wird vor einem U-200-Café getötet – also war es ein U-200.

Für keinen der Mordberichte wurden Punkte vergeben. Da sie gemeldet, aber nicht bezeugt wurden und kein Gesicht gefilmt wurde. Nicht ein einziges Gewaltverbrechen wurde in Nachbarschaften mit hohen Punktzahlen gemeldet. Warum sollte es jemand melden? Die Bürger dort brauchen die Punkte nicht. Keiner mit einer hohen Punktzahl ist eine Petze.

Iris saugt Luft durch die Zähne und lehnt sich in ihrem Stuhl zurück. Die Statistiken sehen schlecht aus, aber sind sie wirklich der Kern des Problems? Die Gesellschaftspolizei und das Anbieten von Punkten dafür sind eine Bestechung für die Armen, die Hungrigen, die von Pulverrationen leben – die Punktlosen, die das abscheuliche Verbrechen begehen, ein nicht lizenziertes Kind zu bekommen. Für die mit hohen Punktzahlen ist es Schutz. Die Punktlosen sind fast alle Frauen; die Väter werden nie genannt, da es heißt, es sei besser, ihren Namen von der Geburtsurkunde fernzuhalten. So wird nur ein Elternteil punktelos. Sie sagen, dass die Väter so ihre Punktzahl behalten und finanzielle Hilfe leisten können, um Essen zu besorgen. Dass sie natürlich bleiben würden. Manche Frauen sind wirklich so leichtgläubig. Ihre alte Nachbarin Nancy war es. Iris hat sie nie wiedergesehen, nachdem sie weggezogen war.

Du siehst es jetzt, oder? Du siehst, was falsch läuft?

Die Stimme ergibt jetzt mehr Sinn und zieht an den neugierigen Teilen ihres Gehirns. Iris widersteht dem Drang, laut zu antworten. Stattdessen nickt sie subtil und trinkt den letzten Schluck ihres Tees. Sie schaut auf die Uhr. Ella wird jeden Moment vorbeikommen und nach diesen Zahlen fragen. Ihre Hände schweben über der Tastatur, die Arme sind unkoordiniert. Es ist, als säße ein Teufel auf einer Schulter und die alte Iris auf der anderen – ein Widerspruch aus Flüstern, das sie zugleich leitet und in die Irre führt. Sie könnte einfach lügen. Eine kleine Lüge – wobei es nicht einmal eine richtige Lüge wäre, eher ein Verschweigen. So wie die echten Statistiken auch der Öffentlichkeit vorenthalten werden. Nur kippt ihre Idee die Waage in die andere Richtung – gegen den üblichen Trend. Ihre Idee bedeutet, die mit niedrigen Punktzahlen zu unterstützen.

Sie kratzt sich an den Handflächen, wischt sich etwas Schweiß von der Stirn und versucht dann, ihren schneller werdenden Atem zu beruhigen. Es wäre so einfach. Sie kennen sie als gute Mitarbeiterin. Sie würden nie etwas vermuten.

Sie tippt die Statistiken, ihre eigene Interpretation davon, und lässt jedes Gewaltverbrechen weg, das sie in der Zeit zu untersuchen hatte, das nie eine Schuldverurteilung oder auch nur einen Verdächtigen hatte. Iris glaubt, dass ihre Untersuchungszeit länger war als die, die die Gesellschaftspolizei je mit der Untersuchung der Verbrechen selbst verbracht hat, also lässt sie deren Annahmen weg.

Es ist keine Lüge, wiederholt sie in ihrem Kopf immer und immer wieder. Doch der Unterschied in den Ergebnissen ist frappierend. Das Weglassen der Annahmen und ungelösten Verbrechen macht die Kriminalitätsrate derer mit niedrigen Punktzahlen niedriger. Viel niedriger. Die Kriminalitätsrate derer mit niedrigen Punktzahlen beträgt ein Drittel von dem, was sie vorher war. Die Einbeziehung der Annahmen ergibt eine voreingenommene Zahl basierend auf diesem verdammten mysteriösen Algorithmus. Sie glaubt nicht an die Spekulationen des Punktzahl-Algorithmus. Es ist nur irgendeine dumme geheime Formel, die *Eyes Forward* vor Jahrzehnten beschlossen hat, um den Wert eines Bürgers zusammenzufassen.

Scheiß drauf.

Ja, sagt die Stimme. *Scheiß drauf.*

Sie grinst. Die Stimme ist in diesem Moment mehr wie eine Freundin als der einsickernde Wahnsinn. Sie unterstützt sie. Sie mailt die Statistiken an Ella – sicher, dass sie eine solche Täuschung von Angesicht zu Angesicht nicht durchziehen könnte – und zerfließt in einer Schweißpfütze.

Die Nachrichten laufen dauerhaft auf einem Fernseher in der Ecke des Büros. Er ist groß genug, dass Iris die Untertitel von ihrem Eckschreibtisch aus lesen kann. Es dauert nur Minuten, bis ihre Statistiken gemeldet werden. Oder besser gesagt: das, was sie immer für ihre Statistiken gehalten hat. Sie berichten nie falsch. Aber ihre neuesten Zahlen zeigen, dass die Gewaltkriminalität im letzten Monat auf dem niedrigsten Stand war. Der Nachrichtenbericht behauptet das Gegenteil.

Die Schweißpfütze auf ihrem Stuhl verwandelt sich in eine Lagune und die Stimme in ihrem Ohr kichert leise.

Du siehst es, oder, Iris? Jetzt siehst du es wirklich.

6

AVA

Beim Anblick des Memorexins, das vom Fließband läuft, bekommt Ava eine Gänsehaut. Das Medikament, das Zia in ihren letzten Jahren ein viel glücklicheres Leben ermöglicht hatte, wird jetzt von so vielen genutzt, und die verfeinerte Memorexin-Formel, an deren Entwicklung Ava mitgewirkt hat, hat für viele der älteren Menschen in der Gesellschaft einen Unterschied gemacht. Es verlangsamte Zias Demenz auf ein beherrschbares Niveau, bis ihr Herz-Kreislauf-System versagte. Es gab ihnen die Chance, mehr glückliche Erinnerungen zu schaffen.

Jetzt nutzt Ava das Medikament für einen anderen Zweck.

Ein bisschen überschüssigen Bestand abzuzweigen, ist nicht allzu schwer, besonders da sie in der Forschung arbeitet. Das und ein Kilo oder zwei des Antidepressivums B-Well sind für jemanden in ihrer Position leicht zu beschaffen. Die Freude an einer hohen Punktzahl besteht nicht nur darin, in den besten Restaurants zu essen.

Dieser Grad an Reichtum ist Immunität.

Avas neueste Forschung beschäftigt sich mit Psilocybin. XL Medico hat ihr die Erlaubnis erteilt, jahrhundertealte Forschungen über die motivierenden und antidepressiven Wirkungen der halluzinogenen Eigenschaften alter Magic Mushrooms wieder aufzugreifen.

Aber Ava hat andere Ideen.

Das Psilocybin öffnet Neuronen aus ruhenden Teilen des Gehirns, Bereiche des Verstandes, die die endlose *Eyes Forward*-Propaganda über die Jahre abgestumpft hat, indem sie jegliche geistige Freiheit erstickte und Bürger zu Papageien machte, die ihre Mantras wiederholen, ohne die geringste Ahnung zu haben, worüber sie sprechen. Aber nicht alle Bürger. Das war ein Versäumnis im Plan von *eyes Forward*. Sie gingen davon aus, dass alle rebellischen Gedanken von denen mit niedrigen Punktzahlen kommen würden, von denen, die in der Gesellschaft am schlechtesten behandelt werden und die geringste Macht haben. Gib jemandem genug Reichtum und er passt sich an – streckt seine Beine mit den kräftigen Schritten aus, die die zusätzliche Macht mit sich bringt. Wenn nur die mit den niedrigen Punktzahlen die Regierung für falsch halten, hört niemand zu. Niemand kümmert sich um jemanden mit einer niedrigen Punktzahl, der über Ungerechtigkeit jammert. Es ist wie weißes Rauschen. Solange die Reichen reich bleiben und gelegentlich ein Armer reich wird, wird die Illusion möglichen Wohlstands aufrechterhalten, und jeder hält den Kopf unten. Alle streben danach zu punkten.

Deshalb haben sie Ava zum Vorbild gemacht. Eine arme Einwanderin der zweiten Generation. Schau, wie weit sie es gebracht hat!

Wenn Ava über ihre eigene Vergangenheit nachdenkt, über ihren eigenen mühsamen Aufstieg auf der Punkteleiter, bemerkt sie die Arthritis in ihren Fingern. Diese Gelenke können auch nur eine begrenzte Menge an Knöchelknacken und Boxsacktraining aushalten. Der Reiz von Mandisas Charme hat schon lange nachgelassen. Es gibt nichts im Ü-900-Club, das sie reizt – nichts außer der Tarnung, die er gegen neugierige Blicke und Verdacht bietet. Niemand würde sie eines Fehlverhaltens verdächtigen. Keine Chance, dass eine 900-Plus das System in Frage stellen würde.

Die Mischung aus Psilocybin, Memorexin und B-Well lässt sich leicht vermischen und muss nicht einmal destilliert werden. Die Zentrifuge verbindet alles perfekt und hinterlässt ein kristallisiertes, blassblaues Pulver, das bereit zur Einnahme ist.

Als die nächsten zwei Kilo fertig sind, geht Ava. Sie läuft die Friar Street hinunter, vorbei an den Schildern, auf denen steht: *Berkshire ist die beste Grafschaft, die es gibt! Behaltet euer Geld in Berkshire. Fördert Berkshires Wirtschaft! Es gibt keinen Ort wie Berkshire. Lust auf ein Abenteuer? Erkunde Berkshire.*

Ava hält ihren Blick geradeaus gerichtet. Sie weiß, was auf den Werbetafeln steht. Sie sind alle gleich, wiederholen sich in jeder Straße. Wenn es nicht die Berkshire-Plakate sind, dann sind es die *Eyes Forward*-Erinnerungen an alle Bürger: *Strebe nach Punkten* oder *Alle Augen sind unsere Augen.* Gelegentlich ist da ihr eigenes Bild, mit verschränkten Armen, als würde ihr Abbild gutes Benehmen und Konformität erzwingen. Wenn man den Statistiken glauben darf, funktioniert es. *Benehmt euch und ihr könnt auch eine 900-Plus werden, genau wie Ava Maricelli!* Das sagt eine Fernsehwerbung. Ihre Position als Top-Gesellschaftspolizistin ist in ganz Berkshire legendär.

Sie trifft ihren Mitarbeiter in einem Café und übergibt ihm den Koffer. Er kleidet sich besser als die meisten 400-Plus. Auf den ersten Blick wirkt er eher wie ein 700-Plus. Man würde ihn für konserviert halten, da sein Babygesicht ihn jünger aussehen lässt als seine achtundzwanzig Jahre.

„Hi Angus", sagt Ava. „Bleibst du auf einen Kaffee?"

Er nickt und grinst dann sein leicht. „Cappuccino."

Sie reicht ihm den Koffer. Dreist. Niemand würde einen Drogendeal vermuten.

„Wie läuft der Vertrieb?", fragt sie.

„Gut. Es setzt sich durch. Glaubst du, es hilft?"

„Das sollte es." Sie beugt sich näher zu ihm. „Die Gerüchte auf Nebula beginnen. Die Leute wachen auf."

Der Kaffee kommt und er nimmt einen Schluck. In seinen Augen liegt eine Dunkelheit – eine Angst, die Ava fehlt. Sie wird von dem motiviert, was zuvor geschehen ist, und er von dem, was kommen wird. Die Angst vor der Zukunft ist weniger intensiv als die vor der Vergangenheit. Er wurde während der Großen Unruhe geboren und war noch ein Kind, als Pres-X die Menschen verrückt machte. Er hat das Chaos nicht mit eigenen Augen gesehen. Das Trauma ist nicht in seine Alpträume eingebrannt.

„Ich muss selbst sehen, dass es funktioniert", sagt er. „Eine Party besuchen oder so."

„Nein. Du kannst das Risiko nicht eingehen. Du musst zu hundert Prozent hinter *Eyes Forward* stehen. Wir beide müssen das."

Er nickt. „Und was ist mit Lloyd Porter?"

Ihre Lippen zucken und ihre Finger knacken, als sie ihre Fäuste ballt. „Um den brauchen wir uns keine Sorgen zu machen. Um den wird sich gekümmert."

7

— · —

IRIS

Die Leiche ist inzwischen so weit verwest, dass sich ein Arm gelöst hat. Eine graue, sehnige Masse aus Fleisch und freiliegendem Knochen liegt schlaff über dem Spalt zwischen Fußgänger- und Fahrradweg, der Rest des Körpers ist unter Trümmern verborgen, bis auf das, was Iris für die Überreste der Schulter hält. Sie bemerkt es nur, weil der Gestank nach verfaultem Kohl eine Fliegenschwärme anzieht, die sich dort sammeln und am verwesenden Fleisch laben. Trotzdem ist niemand gekommen, um die Überreste zu beseitigen.

Iris' Herz schmerzt, als sie vorbeiradelt – und das liegt nicht nur am Brustdruck vom Anhalten der Luft beim Bergauffahren. Irgendjemand muss diese Person doch vermissen. Zwei *Eyes Forward*-Vertreter laufen im Fußgängerschleichtempo an ihr vorbei. Sie gehen immer langsam – Schritt für Schritt, damit jeder sie sehen kann. Gleiche schwarze Anzüge, breitkrempige Hüte, sauber gestutzte Kurzhaarschnitte darunter. Selbst ihre Statur wirkt auf irritierende Weise identisch.

Iris hält in einer Haltebucht und beobachtet sie. Ihre Gesichter tragen denselben leeren Ausdruck wie das *Eyes Forward*-Logo, das an ihren Revers glänzt und in der frühen Abendsonne aufblitzt. Jetzt sind sie nahe bei der Leiche, doch anstatt sie zu registrieren oder zu reagieren, folgen sie einfach der Fußgängerspur auf deren Umgehungskurs, als wäre ein toter, verwesender Körper das Normalste der Welt. Was machen sie überhaupt hier, in dieser Gegend? Normalerweise sieht man sie nur im Stadtzentrum.

Iris beobachtet weiter tut so, als ob sie an ihrem Fahrrad herumschraubt. Die beiden gehen etwa bis zur Hälfte der St Peter's Hill hinauf, überqueren die Straße und reihen sich dann wieder in den Fußgängerstrom zurück nach unten ein. Vielleicht haben sie ein Schritt-Soll zu erfüllen. Sie haben keine Geräte in den Händen, also arbeiten sie nicht für die Gesellschaftspolizei, sondern sind einfach nur unterwegs, als wäre das normal. Niemand sonst scheint sie zu bemerken. Einige Fußgänger geben ihnen etwas mehr Platz auf dem Gehweg, das ist alles.

Hinter Iris zeigt die *Eyes Forward*-Werbetafel das eingemauerte Augen-Design, darunter steht *Alle Augen sind unsere Augen*, zusammen mit den neuen Lebenspunktzahl-Hype-Postern: *Die Gesellschaft. In der jeder seinen Platz kennt und jeder etwas erreichen kann!* Das Bild dazu zeigt zwei junge, wunderschön geschminkte Frauen, die lächeln. Ihre Haut glatt wie poliertes Metall, während ihre Implantate golden leuchten und damit ihre Sterilität zeigen. Offensichtlich *Begehrenswerte*, der Name, der Pres-X-2-Nehmern gegeben wird, bei denen die Frauen immer unfruchtbar sind.

Auf der gegenüberliegenden Straßenseite hängen Drucke des Regierungsauges über Trümmern alter Gebäude. Immer öfter sieht Iris dieses Symbol – an jeder Ecke, jeder Bushaltestelle, jedem öffentlichen Gebäude. Als müsste man die Bürger noch mehr an ihre Ideale erinnern.

Iris steigt wieder auf ihr Fahrrad und tritt in die Pedale, hält dann wieder an und starrt einen Moment lang ohne zu blinzeln auf eines der *Eyes Forward*-Poster. Bei genauerem Hinsehen wird deutlich, dass hier mehrere Vandalen zugange waren. Graffiti, mehr als sie je bemerkt hatte, überziehen die Wände — sowohl intakte als auch zerstörte — und sogar die *Eyes Forward*-Poster selbst. Überall steht „ETC". Wie in et cetera? Iris runzelt die Stirn und zuckt mit den Schultern. Vandalen sind kaum die Hellsten.

Öffne deine Augen, Iris.

Okay, die Stimme nervt jetzt. Ihre Augen sind offensichtlich offen, so offen wie die Augen dieses verdammten Regierungslogos. Oder wie sonst könnte sie die blutigen Schilder lesen? Die Stimme scheint zwischen Lob für ihr Sehen und Tadel für ihre Blindheit hin und her zu wechseln. Sie schnaubt und tut ihre Gedanken als Symptom von Müdigkeit ab und fährt weiter.

Anstatt direkt nach Hause zu fahren, beschließt sie umzudrehen und bei ihren Eltern vorbeizuschauen. Zweimal innerhalb von zwei Tagen zu Besuch zu kommen, ist mehr, als sie normalerweise erträgt, aber etwas treibt sie hin — ruft sie, auf eine Weise, die sie nicht erklären kann. Ist es dieses Graffiti? Vielleicht. Vielleicht hat sie das Akronym ETC schon einmal gesehen. Oder es ist die passive-aggressive SMS ihrer Mutter von heute Morgen, die sie daran erinnert, endlich ihre Kisten mit alten Sachen zu sortieren, die immer noch das Gästezimmer verstopfen.

„Iris, was für eine nette Überraschung", sagt Mae, als sie die Tür öffnet. „Bleibst du zum Essen?"

„Wie geht's Dad? Wo ist er?" Sie geht ins Wohnzimmer, aber Pasha ist nicht da. Mae hat Fotos an die Wand gehängt, Familienfotos von ihnen lächelnd und welche von Iris als Baby. Auf dem Couchtisch liegen ein Lineal und eine Wasserwaage und jedes Bild ist perfekt gerade und ausgerichtet. Iris kämpfe gegen den Drang, ein Foto um ein paar Grad zu verschieben.

„Er ist zu Rolan gegangen. Sie fangen einen Fotokurs oder so an. Du solltest sie besuchen."

„Warum? Moira ist schrecklich und Angus ist einfach seltsam."

„Es wäre schön, wenn du und dein Cousin Freunde wärt."

Iris ignoriert das, da sie überhaupt keine Lust hat, sich mit der Familie anzufreunden, die sie so sehr hasst. „Kann ich den Computer benutzen?"

Mae atmet langsam aus und tritt zur Seite. „Sicher. Du weißt, wo er ist. Er steht im gleichen Raum wie all deine Kisten, die noch sortiert werden müssen."

Die Kisten sind aufgestapelt mit *IRIS*, ordentlich in schwarzem Marker auf jede Seite geschrieben. In ihrer alten Wohnung war ihr Schlafzimmer noch eingerichtet. Lernposter von alten Lehrbüchern und längst vergessenen Prominenten hingen neben Bildern von ihr und Georgie, die Gesichter ziehen, auf der Abschlussfeier, an Geburtstagen. Die Regale und die Kommode waren mit Krimskrams aus ihrer Kindheit vollgestopft, sodass Mae sich weigerte, hineinzugehen. Es war zu chaotisch für sie, um es zu ertragen.

Dieses neue Zimmer besteht aus einem Bett und einem Haufen Kisten. Der Aktenschrank in der Ecke erinnert sie daran, dass dies nicht mehr ihr Schlafzimmer sein wird, sondern ein Büro. Sie ist vor zwei Jahren ausgezogen, aber rausgeworfen zu werden, schmerzt mehr, als sie dachte. Dummes Gefühl. Sie schüttelt den Schmerz ab. Es gab noch ein Schlafzimmer, aber sie haben die Wand eingerissen, um den Wohnbereich für die Mobilitätshilfen ihres Vaters zu vergrößern, also kann sie sich nicht beschweren. Sie wird ein paar Fotos aufhängen, wenn sie dazu kommt, und den Rest der Sachen mit nach Hause nehmen, wenn sie Lust dazu hat. Oder wenn das Nörgeln ihrer Mutter nicht mehr aushaltbar ist.

Nachdem sie ein paar Fotos herausgeholt und in ihre Tasche gestopft hat, hat sie für heute genug ausgepackt. Der Rest sind alles kindische Stofftiere und alte Collegesachen – Zeug, das weggeworfen werden sollte, wenn sie nur ein bisschen an Sentimentalität verlieren würde.

Es gibt auch ein gerahmtes Foto ihrer Urgroßmutter. Iris' Namensgeberin, die sie nie kennengelernt hat. Dieses lächelnde Gesicht verfolgt sie, erfüllt sie mit der Überlebensschuld, die so häufig bei Kindern auftritt, die während der Großen Unruhen geboren wurden, als eine Geburt die Notwendigkeit einer Lebensspende erforderte, um Platz für die zusätzliche Belastung der Gesellschaft zu schaffen. Iris' Überlebensschuld ist schlimmer als bei vielen, weniger schlimm als bei manchen. Das Vermächtnis schlechter Regierungsentscheidungen endet nicht, wenn die Politik aufhört. Die Auswirkungen halten länger an als der vermeintliche wirtschaftliche Nutzen.

Trotz ihrer ärmlichen Herkunft ist Georgie heute, genau wie Iris, am Leben, obwohl Georgies Mutter nicht so viel Glück hatte. Ihr noch sichtbarer Babybauch nach der Geburt führte dazu, dass sie eine Woche nach der Entbindung auf der Straße hingerichtet wurde. Sie hätte es besser wissen müssen, als sich so kurz nach der Geburt in der Öffentlichkeit zu zeigen, sagten die Zeitungen. Georgie bewahrt die Ausschnitte in einem Sammelalbum unter ihrem Bett auf. „Um mich daran zu erinnern, wie scheiße die Gesellschaft ist", sagt sie, wenn sie besonders freimütig ist.

Ihre Mutter hatte ein von der Regierung ausgestelltes Armband, das zeigte, dass ihre Schwangerschaft „neutralisiert" war – der Begriff, den die Presse verwendete. Georgies Tätowierung ist immer noch in ihrem ausgewachsenen Zustand sichtbar, genauso wie Iris'. Die Tätowierungen, die zeigen, dass sie eine Lebensspende hatten, um ihre Geburten zu legalisieren. Aber die Mörder kümmerten sich nicht darum. Sie dachten, Georgies Mutter sei noch schwanger, und taten, was sie mussten, um sicherzustellen, dass das Kind nie geboren würde, während die kleine Georgie in ihrer Wohnung auf der anderen Straßenseite schlief.

Georgie glaubt, dass sie einen Teil der Seele ihres Großvaters geerbt hat, als er euthanasiert wurde und die neugeborene Georgie schreiend in seinen Armen lag, während das Leben ihn verließ. Sie behauptet das jedes Mal, wenn sie Whisky dem Gin vorzieht oder ein verirrtes Haar an einer unweiblichen Stelle wächst. „Das hier ist ein Opa-Eddie-Haar", sagt sie dann. Die Nanotechnologie verband die Schwangerschaft mit dem Spender und die Tattoofarbe wurde mit Spenderblut angereichert. Verschwörungstheoretiker behaupten, ihre Seelen seien miteinander verbunden.

Iris schließt die Box mit dem Foto und verschließt damit auch die Schuld. Während Georgie ein Bild von Opa Eddie auf ihrem Nachttisch stehen hat, zieht Iris es vor, auf Abstand zu bleiben. Die Freundlichkeit im Gesicht ihrer Urgroßmutter fühlt sich für sie nicht wie eine echte Verbindung an, wie Georgie sie behauptet. Für Iris verstärkt sie nur das Gewicht ihrer Schuld.

Mit den geschlossenen und ordentlich gestapelten Kisten – damit Mae wahrscheinlich ein oder zwei Tage lang nicht meckern wird – gibt Iris der Verlockung des Computers nach. Sie setzt sich an den Schreibtisch, bedeckt die Kamera, bevor sie ihn einschaltet, und öffnet dann den Shadownet-Browser. Sie redet sich ein, sie sei nur neugierig. Sie erwartet nichts, aber sie tippt trotzdem ETC in die Suchleiste ein.

Als sie Enter drückt, wird der gesamte Bildschirm schwarz. Sie senkt den Kopf, blinzelt ein paar Mal und reibt sich die Augen. Doch der Bildschirm bleibt schwarz und leer. Gerade als sie irgendwo mit der Maus hinklicken will, um das Fenster zu schließen, erscheint auf dem schwarzen Hintergrund eine kreisförmige Umrandung, die wie Felsen aussieht. Sie rauschen an ihr vorbei, als würde sie sich durch einen Tunnel bewegen. Nebula hat oft Störungen, aber das hier wirkt zu professionell, um ein technischer Fehler zu sein. Die Bewegung setzt sich fort, trotz ihres hektischen Klickens und Drückens der Escape-Taste, bis sie schließlich zum Stillstand kommt. Am Ende des Tunnels leuchtet ein Licht und auf dem Bildschirm bilden sich die Buchstaben ETC. Sie schweben für einen Moment, bevor sie sich ausbreiten und die Worte *Escape The Cave* erscheinen lassen. *Entkomme der Höhle.*

Hä?

Es muss ein Hack sein. Das ist die einzige Erklärung. Sie hat sich seit Jahren nicht mehr mit solchen Dingen beschäftigt, nicht seit ihrer Anhörung zur Bürgerreform, als sie viel zu sehr darauf bedacht war, mit einem hohen Lebenspunktestand zu beginnen, um sich solchen Risiken auszusetzen. Doch jetzt scheint der Ärger auf einmal verlockend.

Ihre Augen funkeln, während ihre Finger über der Maus schweben. Sie sollte sich von diesem Computer fernhalten, ganz sicher. Sie sollte ihn ausschalten und die Finger von diesem Hack lassen. Aber was, wenn...? Sie weiß nicht, worum es bei diesem Hack geht. Wahrscheinlich irgendein dreistes Videospiel, das mehr Ärger bringt als es wert ist. Ja, sie sollte ihn wirklich einfach ausschalten.

So sehr ihr Gehirn ihren Gliedmaßen auch befiehlt, das Vernünftige, Gesetzestreue zu tun, ihre angespannten Hände gehorchen nicht.

Sie erinnert sich an die Ankündigung, die kurz nach ihrer Anhörung zur Bürgerreform gemacht wurde. Frauen wurden ermutigt, andere Fähigkeiten zu erlernen, ihre Studien auf „Fächer zu konzentrieren, die die Sicherheit der Frauen gewährleisten", und ihre Köpfe nicht mit skrupellosen Foren zu belasten. Solche Themen gehören am besten in Cafés und Bars, öffentliche Orte, wo andere beobachten können. Es gab wenig Widerspruch. Zu widersprechen bedeutet, seine Punkte zu riskieren, wenn man als Unruhestifter gilt. Und niemand möchte seine Chancen auf Pres-X-2 riskieren.

Ist Iris besorgt wegen Pres-X-2? Mit achtundzwanzig ist es schwer einzuschätzen. Sie hat noch ein paar Jahrzehnte, bevor sie überhaupt in Frage käme, egal was passiert. Das ist eine Ewigkeit entfernt.

Jetzt aber beginnt dieser verkümmerte Muskel zu erwachen. Ihre Finger prickeln vor Leben, als sie über die Tastatur streichen. Ihre weit aufgerissenen Augen leuchten vor Erwartung auf das, was als Nächstes passieren könnte. Sie befeuchtet ihre Lippen, während sie wartet. Eine leere Textleiste erscheint am unteren Rand und sie tippt ihre Frage ein: *Welche Höhle?*

Die Wörter verschwinden und andere erscheinen Buchstabe für Buchstabe wieder.

P

L

A

T

O

N

S

Platons Höhle.

Sie rümpft die Nase und kratzt sich am Kopf, als der Bildschirm vor ihr verschwimmt und das übliche Forum-Dashboard ihn ersetzt. War das alles?

Ihre Schultern sinken und eine Welle der Enttäuschung überkommt sie, als sie die Ellbogen auf den Schreibtisch stützt. Sie wartet, hofft, dass noch etwas passiert, wenigstens eine Erklärung für *Platons Höhle*. Aber es bleibt still. Kein Hinweis, keine Antwort.

Iris beißt sich auf die Lippe und wippt mit den Füßen, als die Minuten wie Stunden vergehen. Schließlich entscheidet sie sich, einen anderen Weg zu gehen.

„Mum-" Sie schaltet den Monitor aus, bevor Mae die Tür öffnet. Sie ist die Beste, an die sie sich wenden kann. Ihre Mutter, so unbeholfen und zurückgezogen sie auch ist, mag zwar oft wenig hilfreich und eher lieblos wirken, aber sie besitzt eine Weltgewandtheit. Eine Weisheit, die vielen anderen fehlt.

„Ja?", fragt Mae von der Tür aus.

„Was ist Platons Höhle?"

„Wie bitte?"

„Platons Höhle."

Mae zögert einen Moment, dann verschränkt sie die Arme mit der strengen Elternausstrahlung, die sie früher hatte, als Iris klein war. „Wo hast du das gehört?"

Iris zuckt mit den Schultern. „Hab irgendwo ein Graffiti gesehen."

Mae nickt langsam. „Also, soweit ich mich erinnere, war Platon ein antiker Philosoph. Seine Höhlentheorie war eine Art zu sagen, dass Menschen nur das kennen, was ihnen gezeigt wird. Die Welt außerhalb der Höhle ist nicht wahrnehmbar. Eine ziemlich altmodische Denkweise. Nicht die Denkweise der Gesellschaft." Sie hebt dabei ihre Augenbrauen in dieser missbilligenden Art, wie sie es tut, wenn Iris Unordnung hinterlässt.

„Ich verstehe. Ich brauche nur noch fünfzehn Minuten, dann muss ich nach Hause gehen."

Mae weicht zurück und hält ihren Blick länger auf Iris gerichtet, als es von ihrer Position aus natürlich wäre. Als Mae sich umgedreht hat und außer Sicht ist, schaltet Iris den Monitor wieder ein und durchsucht das Forum. Sie möchte ETC nicht eintippen, falls es wieder den

Hack auslöst, aber es hat ihr einen Hinweis darauf gegeben, wonach sie im Forum suchen soll. Ist das die Bedeutung des Graffitis? Platons Höhle? Es klingt nach der Art von subtil verhüllter Anti-Unterdrückungs-Botschaft, die jemand schreiben würde, dem eine Anhörung zur Bürgerreform bevorsteht. Das Forum ist schlecht programmiert und die pixeligen Grafiken stocken oft. Die Suchfunktion ist rudimentär, mit minderwertiger Grafik und einer Schriftart aus dem letzten Jahrhundert. Sie sucht: *Was ist Platons Höhle?*

Ein Bild einer Skulptur erscheint, die einst in London stand, aber zerstört wurde, als *Eyes Forward* die Macht übernahmen. Sie liest die ganze Geschichte. Die Theorie, die der Philosoph Platon hatte, war sein Versuch, nun, Gehirnwäsche ist das einzige Wort, das Iris dafür einfällt, zu erklären. Eine Gruppe wird mehrmals zitiert. Es sind die SAS. Iris atmet scharf ein, als sie das sieht. Die *Sisters and Spies*. Sie ist sich nicht sicher, warum sie überrascht ist, wahrscheinlich weil sie ihre Tiraden normalerweise auf Frauenrechte und dieses Wort beschränken, über das sie immer schwafeln – Feminismus. Es ist die Art von Wort, bei dem man Schaum spuckt, wenn man es ausspricht.

Sie klickt auf einige Links und findet ihre Antwort in einem Forum, das sowohl aktuelle als auch ältere Beiträge enthält. Die Gruppe, bei der ihre Mutter immer wollte, dass sie ihr beitrat, ist immer noch aktiv. Irgendwie fühlt es sich weniger glaubwürdig und mehr wie Unsinn an, zu erfahren, dass dieses ETC-Zeug etwas ist, was sie propagieren.

Iris zuckt zusammen, während sie liest. Sie ist fast ängstlich, der Bildschirm könnte herausspringen und sie beißen. Die Art von Dingen, die sie sagen, sind die Art von Gedanken, die sie seit der Party hat. Wozu das Punktesystem? Welchem Zweck dient es? *Diskriminierung* – noch ein Wort, das ungewollten Speichel sammeln und ausstoßen lässt. Sie sollte das nicht lesen. Sie sollte nicht über Menschen lesen, die die Regierung hassen, die mit *Eyes Forward* nicht einverstanden sind.

Sie windet sich. Ein Jucken breitet sich an ihrem Nacken aus, doch sie liest weiter. Dieses spezielle Forum ist nicht einmal auf Berkshire beschränkt. Über Nebula ist es mit anderen Grafschaften verbunden, mit Teilen der Gesellschaft, die viel weiter reichen als der Hack, der sie vor Jahren in Schwierigkeiten brachte. Sie fühlt sich vielleicht erleuchtet, aber ist sie bereit, sich erneut Problemen auszusetzen? Ist sie bereit, die wenigen Punkte zu verlieren, die sie noch hat? Georgie wäre vermutlich punktelos und würde es einfach akzeptieren, sich damit abzufinden, ohne einen Gedanken daran zu verschwenden. Sie würde es als Ehrenabzeichen tragen oder als Anmachspruch verwenden. Iris ist schweißgebadet bei dem Gedanken, dass sie selbst so weit gehen könnte.

Nebula ist sicher, erinnert sie sich selbst.

Beiträge erscheinen, in denen einige *Eyes Forward*-Vertreter genannt werden – die schlimmsten, die mit den schlechten Ideen, die am meisten Ärger verursachen. Ken Wicks, Kylan Morris und Lloyd Porter. Porter? Dieser Name kommt ihr bekannt vor. Doch sie hat keine Zeit, darüber nachzudenken, als ein neuer Beitrag aufploppt. Der Bildschirm flackert, Schnee ersetzt für einen Moment das Forum, bevor es wieder erscheint. Sie liest den Beitrag nicht, aber der Name springt ihr sofort ins Gesicht. Ihr eigener.

Iris Taylor.

Der Browser schließt sich und sie wird aus Nebula geworfen. Alles, was den Bildschirm jetzt füllt, ist das fröhliche Familienfoto, das normalerweise als Hintergrundbild auf dem Computer ihres Vaters zu sehen ist.

8

IRIS

„Dein Vater wird jeden Moment zu Hause sein", sagt Mae, als Iris sich zum Gehen wendet. „Rolan bringt ihn vorbei. Willst du nicht bleiben und deinen Onkel begrüßen?"

„Heute nicht."

Sie hat Rolan und seine Familie gemieden, seit sie aus Edinburgh zurückgezogen sind. Anfangs schien es aufregend, mit jemandem verwandt zu sein, der eine andere Grafschaft besucht hatte, noch dazu eine so weit entfernte. Aber Rolans Frau Moira machte schnell klar, dass die junge Iris ein schwacher Ersatz für Rolans und Pashas geliebte Großmutter ist.

„Erinnerst du dich an diese köstlichen Kuchen, die Iris immer gemacht hat? Oma Iris natürlich, nicht die junge Iris", würde Moira sagen, als ob das für den Rest der Familie klargestellt werden müsste. „Wie schade, dass Oma Iris jetzt nicht hier sein kann." Und sogar: „Die Welt ist einfach ein traurigerer Ort ohne Oma Iris, findest du nicht?"

Sie war nicht einmal Moiras Großmutter. Das ist vielleicht das, was Iris am meisten stört. Und selbst wenn sie sich nicht freiwillig dazu entschlossen hätte, ihr Leben zu spenden, wäre sie jetzt trotzdem tot oder konserviert, wobei der Gedanke daran Iris einen Schauder über den

Rücken jagt. Die Konservierten gibt es schon ihr ganzes Leben lang, aber der Gedanke, eine Großmutter in ihrem Alter zu haben, fühlt sich immer noch so unangenehm an wie ein durchnässtes T-Shirt.

Ihr Leben-Spende-Tattoo juckt, wenn sie an sie denkt, und an Moiras abfällige Bemerkungen über sie. Das Tattoo ist jetzt verzerrt und verformt, ein staubiger Abdruck des eingegrenzten Augensymbols, das von ihrem Spenderblut ein schmutziges Schwarz-Rot getönt ist. Der Gedanke dahinter war, das Nano-Material durch Scans nachweisbar zu machen, um zu beweisen, dass es nicht gefälscht ist – obwohl es sich für Iris jetzt widerlich und makaber anfühlt. Es brennt heiß, wenn sie die Schuld fühlt. Ihr Arm glüht vor Scham, genauso wie ihre Wangen. Sie hat nie gewählt, dass ein Leben für sie geopfert wird, nie entschieden, unter solch gefährlichen Umständen gezeugt zu werden. Als Fötus hatte sie kein Mitspracherecht. Versuche mal, das Moira und ihrem Sohn Angus zu erklären, der Wochen vor Iris geboren wurde und kein solches Opfer verlangte.

Es ist dunkel, als Iris nach Hause radelt. So lange hat sie vor dem leeren Bildschirm gestanden. Nebula wollte nicht neu laden, egal wie sehr sie den Computer anstarrte, mit den Kabeln herumspielte und das verdammte Ding neu startete. Das Internetsignal war in Ordnung, es war einfach abgestürzt. Für das Shadownet nichts Ungewöhnliches, aber immer unglaublich frustrierend, wenn es passiert.

Iris radelt an den *Eyes Forward*-Plakaten vorbei, auf denen der Slogan der Gesellschaftspolizei immer noch präsent ist, aber eine untergeordnete Rolle neben dem Hype um den neuen Punktzahl-Algorithmus einnimmt. *Die Gesellschaft, wo jeder seinen Platz kennt und jeder etwas erreichen kann!* Seit Monaten wird in der Presse darüber gesprochen, Werbungen mit nervtötend eingängigen Jingles und der Art von Lichtshows, die normalerweise Spielhallen vorbehalten sind. Iris hat sich vor einer Weile darauf eingelassen. Die Art, wie die Werbungen dröhnen, erweckt den Eindruck, dass jeder um ein paar Punkte aufsteigen wird. Es wird nie erwähnt, dass man auch wieder abstürzen könnte. Alle Bürger dürfen sich um eine Punktzahl bemühen, aber es kommt mit einem Haken: Racker dich ab oder du wirst einen Scheiß haben.

Iris beginnt zu denken, dass es nicht so schön ist, aufgeklärt zu sein. Sie war glücklich genug, als sie mit einem kleinen Schimmer Hoffnung geblendet wurde. Jetzt fällt es ihr schwer, sich vorzustellen, dass der neue Algorithmus ihre 270 in irgendeine andere Richtung als nach unten schicken könnte.

Ihr Fahrrad hat inzwischen eine quietschende Kette und die Reifen sind halb platt. Sie hat es am Wochenende vergessen, in Stand zu setzen. Es ist ein billiges Ding. Der Akku geht zu schnell leer und sie kann ihn nur ein paar Mal im Monat aufladen. Diese Aufladungen spart sie für Tage, an denen der Gegenwind brutal ist oder sie einen Kater hat. Den Rest der Zeit ist der Elektromotor ein totes Gewicht, das sie mit sich herumschleppen muss. Ihre Eltern bieten ihr manchmal etwas Strom an, wenn sie sie besucht, aber sie kann deren knappe Mittel nicht einfach so verbrauchen. Außerdem hat sie durch das Radfahren ohne Unterstützung kräftige Beine bekommen. Vielleicht wird sie eines Tages genauso zäh wie Ava Maricelli. Vielleicht hat sie dann genug Power, um Jason zu einem Krüppel zu machen, falls er es noch einmal versucht.

Der Radweg ist nicht voll, die Hauptverkehrszeit ist längst vorbei, also fährt sie in ihrem eigenen Tempo, tritt in die Pedale und fragt sich die ganze Zeit, warum zum Teufel ihr Name auf Nebula erscheinen würde. Sie ist ein Niemand. Niemand bei den SAS kennt sie. Sie hat nie mit jemandem interagiert. Es muss eine andere Iris Taylor geben, irgendeine Unruhestifterin, die mehr Zeit in den Anhörungen zur Bürgerreform verbracht hat als sie.

Doch während sie fährt, hat sie das unheimliche Gefühl, dass Augen sie beobachten, die ihren Körper abtasten, kalte Hände, die über ihre Arme und Schultern streichen. Sie schaudert so heftig, dass sie beinahe das Fahrrad kippt. Sie hält kurz an, um ihren Kopf wieder klar zu bekommen, um sich einzugestehen, dass keine Gliedmaßen oder Augen auf ihr lasten, abgesehen von dem allgegenwärtigen *Eyes Forward*-Logo, das nun fast überall prangt. Erleuchtete Werbetafeln zeigen das Auge, das sich genauso dreht wie im Fernsehen. Kein Links, kein Rechts, es blickt in die Zukunft. Nur jetzt sieht dieses Auge direkt Iris an.

Von der Seite eines Hauses kommt ein Rascheln, das von Kleidung herrührt, die sich an Mauerwerk verhakt hat. Sie dreht ihren Kopf schnell um. In der Dunkelheit ist es schwer, die Formen auszumachen. Die armseligen Straßenlampen beleuchten die Straße kaum, geschweige denn die schattigen Ecken. Es ist wahrscheinlich ein Dealer, nur jemand mit einer niedrigen Punktzahl, der leichte Beute sucht.

Sie tritt die Pedale, um weiterzufahren, aber es kommt keine Bewegung, nur das Geräusch von Metall auf Metall. Die Kette ist abgesprungen. Mist. Sie hockt sich hin, ohne sich um die Ölflecken an ihren Fingern zu kümmern – obwohl es eigentlich keine gibt, weil sie die Kette zu trocken gelassen hat. Sie zieht daran, bis sie wieder auf dem Ritzel sitzt.

Ein weiteres Rascheln, gefolgt von einem leisen Schritt, der über den Asphalt schrappt.

Iris, los! Jetzt!

Die Stimme ist nur geringfügig lauter als die Schritte, aber sie erregt ihre Aufmerksamkeit. Sie steht auf und blickt dann in Richtung ihres blinkenden roten Fahrradlichts zurück. Um das flackernde Licht herum ist es pechschwarz, aber im Lichtstrahl ist eine Silhouette und an ihrer Seite hängend glitzert etwas Metallisches.

Scheiße!

Sie steigt wieder auf das Fahrrad und tritt so kräftig in die Pedale, dass sie ihr ganzes Gewicht einsetzt, während sie betet, dass die ausgetrocknete Kette nicht reißt. Ihre keuchende Lunge saugt den kupfernen Geruch von frischem Blut auf, der sich mit dem immer präsenten Verfall von Körpern mischt. Sie weicht einem abgetrennten Glied aus, das quer über die Straße liegt. Dasselbe wie vorher? Sie kann nicht anhalten, um nachzusehen. In dem langsameren Moment, in dem sie sich wieder stabilisiert, wirft sie einen kurzen Blick nach hinten auf die Gestalt. Eine große Silhouette, in schwarz gekleidet und in ihrer Hand ein langes Messer.

9

— · —

IRIS

Iris kommt an ihrem Wohnblock an. Ihr Herz hämmert nicht nur in ihrer Brust, sondern auch an ihren Schläfen. Schweiß brennt in ihren Augen und trübt ihre Sicht. Mit zitternden Händen schließt sie ihr Fahrrad ab, blickt einmal über ihre Schulter, bevor sie nach drinnen rennt und mit aller Kraft, die sie noch hat, die Treppen hinaufstürmt. Als sie durch ihre Wohnungstür platzt, knallt sie diese hinter sich zu und lehnt sich dagegen, während ihr Atem keuchend ein- und ausströmt und Tränen über ihr Gesicht laufen.

„Herrje, Iris. Was ist denn mit dir passiert?"

Zwischen keuchenden Atemzügen versucht sie, es Georgie zu erklären, aber sie beginnt zu würgen und zu weinen.

„Verdammte Scheiße", sagt Georgie, als Iris es schafft, genug zu erklären. „Meinst du das ernst?"

„Ein Schwert. Ein riesiges Messer. So etwas in der Art. Noch eine Leiche. Ich wäre fast in ein Bein oder einen Arm gefahren. Ich weiß es nicht. Verdammt, Georgie. Da draußen läuft ein Killer herum!"

„Wahrscheinlich ein U750-Konservierter."

Sams Stimme vom Sofa lässt Iris' Herzschlag erneut in die Höhe schnellen. Sie hatte sie dort nicht bemerkt. Hatte nicht erwartet, sie zu sehen, seit sie und Georgie vor etwa einem Monat Schluss gemacht hatten, als Sam vorschlug, sie solle einen zweiten Job annehmen, um mehr Punkte zu verdienen.

„Oh, hi Sam", sagt Iris und versucht, nicht noch aufgeregter zu klingen.

„Sie sind alle verrückt geworden", fährt Sam fort und dreht den Fernseher leiser. „Nicht alle von ihnen wurden weggesperrt. Einige streunen immer noch durch die Straßen und ich wette, nicht alle sind gestorben, als die Anstalten zusammenbrachen. Ziemlich viele Anstalten stürzten ein, da sie alle in wirklich alten Gebäuden untergebracht waren, aber nicht alle. Wie viele Jahre ist das her... achtzehn Jahre? Wir waren Kinder. Ich schätze, diese Konservierten sind jetzt in ihrer Blütezeit. Sie würden auch ungefähr so alt aussehen wie wir."

Iris mustert Sam und fragt sich, ob Sam auf ihr eigenes Alter anspielt. Mit ihren kurzen Haaren, an einer Seite rasiert, und ihrer kräftigen Statur sieht sie nicht aus wie eine Konservierte. Konservierte lassen Georgies Glamour-Level halbherzig erscheinen. Sam ist eine Ü-500, liegt also eher im mittleren Punkte-Bereich. So niedrig war die Grenze für Pres-X nie. Die Nebenwirkungen waren zu gut dokumentiert, als die U-600er eine Chance hatten.

„Vielen Dank, Sam", sagt Iris. „Das ist wirklich beruhigend. Genau das, was ich hören wollte." Sie macht keinen Versuch, ihren Sarkasmus zu verbergen.

„Georgie, seit wann triffst du dich wieder mit Sam?" Iris geht zum Kühlschrank und nimmt ein lauwarmes Bier heraus. Der Kühlschrank dient heutzutage nur noch zur Aufbewahrung, was sinnlos erscheint, da die anderen Schränke auch nicht voll sind. Sie können sich nie einen großen Einkauf leisten. Iris öffnet einen Schrank und tritt zurück, um den Anblick zu betrachten. Tatsächlich sind die Schränke voll.

„Sam hat uns Lebensmittel besorgt", sagt Georgie. „Ist sie nicht süß?"

„Ähm-"

„Ich tue nur meinen Teil für die mit den niedrigen Punktzahlen", sagt Sam. Ihre Selbstgefälligkeit lässt Iris fast wieder würgen. Sam hat selbst kaum eine Spitzen-Punktzahl. Sie tat immer so, als ob Georgie zu viel für ihre Verhältnisse abbekommen würde, indem sie mit ihr zusammen war. Aber sie ist snobistisch und gemein und hat ein Gesicht wie eine Katze, die gegen einen Laternenpfahl gelaufen ist. Iris erinnert sich wieder daran, warum Georgie ihr gesagt hat, sie solle sie davon abhalten, Sam zu kontaktieren. An Wohlstand gewöhnt man sich zu leicht. Es ist zu einfach, sich daran zu gewöhnen.

„Wo warst du überhaupt? Warum kommst du so spät nach Hause?", fragt Georgie. Ihre Haare sind ein Durcheinander – auf einer Seite ganz zerzaust und auf der anderen plattgedrückt. Scheint eine gute Sache zu sein, dass Iris spät dran ist. Georgies Gerade-gefickt-Gesicht ist viel besser, als ihr Beim-Ficken-Gesicht.

„Bei meinen Eltern." Sie weiß nicht, wo sie anfangen soll oder wie sie erklären soll, was sie online gesehen hat, ihren eigenen Namen in dem Unsinn. Es fällt ihr schwer, sich das überhaupt jetzt vorzustellen. Das war vor einer Nahtoderfahrung. Vor einer Begegnung mit einer frischen Leiche.

Iris geht ins Badezimmer und überprüft die Duschminuten. Sie haben noch drei Minuten übrig. Georgie wird wahrscheinlich nach ihrer Nacht mit Sam auch noch welche wollen, aber das ist Iris egal. Sie muss sich abschrubben, dieses kribbelnde Gefühl von ihrer Haut bekommen. Drei Minuten werden nicht reichen. Sie dreht das Wasser kochend heiß auf und hofft, dass das hilft, etwas von dem Gefühl wegzubrennen. Sie duscht energisch und benutzt ihre Nägel, um die Seife in jeden Zentimeter zu arbeiten, rote Kratzer kreuzen sich auf ihrer Haut. Sie wäscht ihre Haare, obwohl es nicht nötig ist – als ob eine gründliche Reinigung irgendwie ihren befleckten Geist und ihre Erinnerungen säubern könnte. Als sie sich abtrocknet, haben sich die Schauer, die sie vorher spürte, kaum gelegt. Die kurze Erleichterung verfliegt, weil sie sich schuldig fühlt, so viel Wasser verbraucht zu haben. Sie streicht die Minuten auf der Liste durch und ist nun für die Woche im Minus. Sie wird später auf einige Duschen verzichten müssen, um es wieder auszugleichen.

Georgie klopft und kommt herein, bevor Iris sie hereinbittet. Dr Dampf entweicht dabei.

„Tut mir leid wegen des Wassers", sagt Iris. „Ich werde meinen Anteil für den Monat kürzen."

„Mach dir keine Sorgen darum. Scheiße, Iris. Du siehst furchtbar aus."

Mit dem verschwundenen Dampf wird der Spiegel klar. Furchtbar ist noch nett ausgedrückt. Sie ist so blass wie diese Leiche. „Dieses Forum online. Sie kannten meinen Namen. Mein Name war überall auf einer Seite, die über *Eyes Forward* herzog. Was, wenn *Eyes Forward* jetzt hinter mir her ist?"

Georgie starrt Iris an, als wäre sie so verrückt, wie sie sich fühlt, und dabei hat sie die Stimme noch gar nicht erwähnt. „Vielleicht ist es eine andere Iris Taylor."

„Wie viele Iris Taylors kann es schon geben?"

„Es muss mehr als eine geben. Es gibt über hundert Millionen Menschen in der Gesellschaft. Wenn *Eyes Forward* hinter dir her wäre, wären sie hier, an der Tür, um dich mitzunehmen. Einen Killer loszuschicken ist nicht ihr Stil."

Sie hat recht. Iris weiß, dass sie recht hat. Und doch weiß sie auch, was sie gesehen hat und wovor die Stimme sie gewarnt hat. Sie sind vielleicht nicht hinter ihr her, aber da draußen ist jemand. Jemand Böses, der böse

Dinge tut. Und noch eine Leiche, ein weiterer Mord, der wahrscheinlich nie untersucht werden wird, weil er in einem armen Stadtteil passiert ist.

„Sams Theorie klingt wahrscheinlicher", sagt Georgie.

Iris wirft ihr einen Blick zu. Es ist so typisch für Georgie, Sams Ideen zu unterstützen, jetzt, wo Sam wieder in ihrem Leben ist.

„Du hast wahrscheinlich zu viel Zeit online verbracht, im Shadownet", meint Georgie, bevor Iris irgendeine Art von Verteidigung aufbringen kann. „Du weißt, dass wir das nicht tun sollen. Es fällt wahrscheinlich auf."

Iris blinzelt und hält ihre Tränen zurück. „Hab ich nicht. Nur ein bisschen. Aber viele Frauen tun das, nicht nur ich."

„Das tun sie nicht, nicht viele. Nicht wirklich. Es war scheiße, als sie uns unsere Computerrechte wegnahmen, aber jeder hat sich irgendwie angepasst. Sich daran gewöhnt. So ist es eben. Und es ist nicht so schlimm, nicht für uns. Zumindest haben wir das Glück, in Berkshire zu leben, der besten Grafschaft."

Georgies Worte lassen Iris zusammenzucken. Die Stimme kehrt zurück wie eine Feder, die ihre Ohren kitzelt.

Ist es wirklich die beste Grafschaft?

Iris schaudert, doch die Stimme wiederholt sich, und sie muss Georgies Logik in Frage stellen. Warum sagen sie das immer? Warum behaupten das so viele Plakate, ohne jeglichen Vergleich oder Begründung? Sie alle wiederholen es, fast täglich, und jeder Bürger soll sich geehrt fühlen, an solch einem Ort zu leben.

Iris zieht ihr Handtuch fester und spannt ihre Arme an. „Warum?"

„Warum was?"

„Warum ist Berkshire die beste Grafschaft zum Leben?"

Georgie zuckt mit einer Schulter. „Das weiß doch jeder."

„Warst du je woanders, um es vergleichen zu können?"

Georgie verzieht das Gesicht. „Igitt. Nein. Natürlich nicht.“

Iris hebt ihre Augenbrauen und verlässt dann das Badezimmer, wobei ihr Haar eine Spur von Wassertropfen auf dem Boden hinterlässt. „Sam, warst du schon mal in einer anderen Grafschaft?“

Sam wendet ihre Aufmerksamkeit vom Fernseher ab und dreht sich langsam zu Iris um – die Augen weit aufgerissen, fast entsetzt. „Gott, nein. Wieso? Berkshire ist der beste Ort zum Leben.“

„Das sagen dir die Plakate. Das ist es, was *Eyes Forward* dir eintrichtern will.“

Iris geht in ihr Zimmer, bevor Sam Zeit hat zu widersprechen, wringt ihr Haar aus und zieht dann ihren Schlafanzug an. Er ist dick und flauschig, tröstlich und warm. Georgie verabschiedet sich von Sam und Iris entspannt sich ein wenig. Sie schließt ihre Augen und stellt sich einige der schöneren Teile von Berkshire vor: den hübschen Flussabschnitt in Pangbourne, die Ferienhäuser in Aldermaston, die Schaufenster in der Broad Street mit mehr hochrangigen Restaurants als irgendwo sonst in der Gesellschaft. Nicht, dass sie hineingehen könnte, aber es ist schön, davon zu träumen. Sie fördern etwas Ehrgeiz. Überall sonst müssen heruntergekommene Spelunken, Elend und Grau sein. Berkshire ist die beste Grafschaft, die es gibt. Das weiß sie. Es muss wahr sein.

Sie tupft ihr Haar mit dem Handtuch ab und atmet ein paar Mal tief durch. Adrenalin. Das ist es, was diesen Abend mit ihr nicht stimmt. Kampf-oder-Flucht-Hormone spielen ihrem Gehirn einen Streich.

„Gibt's was Neues in den Nachrichten?“, fragt Iris.

„Nein. Jede Menge Zeug über den Punktzahl-Algorithmus. Ich hab den Jingle den ganzen Tag im Kopf. Ich höre ihn bei der Arbeit so oft, dass es mich langsam wahnsinnig macht. Oh, und irgendeine Geschichte darüber, dass Flake Chaos verursacht.“

Flake. War das, was sie gesehen hat, eine Halluzination? Eine verzögerte Nachwirkung? Wird sie tatsächlich verrückt?

„Vielleicht könntest du morgen bei der Arbeit zuhören?", fragt Iris. „Möglicherweise gibt es eine Geschichte, die sie nicht senden. Sie haben in letzter Zeit nicht einmal über die Leichen berichtet."

„Ich bin nur in der Personalabteilung des Nachrichtensenders. Es ist ziemlich selten, dass ich etwas mitbekomme." Georgie dreht sich um und Iris setzt ihren flehendsten Gesichtsausdruck auf. Er kommt nicht an Georgies übliches Schmollgesicht heran, aber er erfüllt seinen Zweck. „Aber klar. Ja, ich werde zuhören und Fragen stellen, wenn ich kann. Komm her." Georgie zieht Iris in eine Umarmung und Iris lehnt sich an, lässt zu, dass Georgie etwas von ihrer Kälte wegnimmt.

Als sie Kinder waren, sagte Georgie immer, sie stelle sich vor, Nachrichtensprecherin zu sein, mit einem Visagisten, der sich in den Werbepausen um sie kümmert, während sie Politiker oder Aktivisten mit Fragen bombardiert und dabei mit rubinroten Lippen lächelt und mit verführerisch dicken Wimpern in die Kamera starrt. Solche Spitzenjobs sind natürlich für jemanden mit unter 300 Punkten unmöglich zu bekommen.

„Ich habe bei der Arbeit einige Statistiken gefälscht", sagt Iris. Ihr Adrenalin lässt nach und sie fühlt sich so niedergeschlagen, dass ein Geständnis wie eine gute Idee erscheint.

Georgie zieht sich zurück, ihre Augen sind weit aufgerissen. „Verdammt, Iris. Das ist ziemlich riskant, oder?"

„Sie haben sowieso gelogen. Sie haben einfach runtergerasselt, was sie sagen wollten. Lügt da mein Chef oder die Nachrichten?"

„Wahrscheinlich fügen beide ihre eigenen Ausschmückungen hinzu."

Iris lässt sich auf das Sofa sinken, zieht ihre Knie an die Brust. „Mein Job macht keinen Sinn, wenn sie einfach irgendwelche Statistiken erfinden, die ihnen passen. Ich habe zwei Chefs. Zwei! Und einen Chef-Chef für das ganze Gebäude – Norman, dieser Arsch Bonnet. Es ist wie ein Gefängnis."

Georgie nimmt ein paar Kekse aus dem Schrank, setzt sich dann neben sie und reicht Iris einen unzerbrochenen.

„Weil du brillant bist und sie nicht wollen, dass du woanders arbeitest." Sie nimmt einen Bissen und Krümel fallen ihr auf die Brust. Eine große Abneigung gegen Krümel ist die einzige Eigenschaft, die Iris von den zwanghaften Tendenzen ihrer Mutter geerbt hat. „Du siehst es nicht, oder?", fährt Georgie kauend fort. „Du hast die gesamte Statistik-Software programmiert. Deine Firewalls haben deine Abteilung selbst für die besten Hacker undurchdringlich gemacht. Du hast das gesamte Sicherheitsnetzwerk für die *Eyes Forward*-Zentrale aufgebaut. Allein. Du weißt alles über Lebenspunktzahlen und sie wollen dich da haben, wo sie dich im Auge behalten können. Sie haben Angst vor dir. Denk mal darüber nach. Du bist die klügste Person in Berkshire und trotzdem haben sie dich an diesen Schreibtisch gesetzt. Du bist mächtiger, als du denkst."

Iris beißt in ihren Keks. Scheiß auf die Krümel. „Ich bin arm. Ich bin weiblich. Ich bin fruchtbar. Ich bin Abfall."

„Vielleicht haben sie dir eine Scheiß-Punktzahl gegeben, weil sie nicht wollen, dass jemand so Brillantes wie du Macht hat. Hast du schon mal daran gedacht?"

„Sie haben mir eine Scheiß-Punktzahl gegeben, weil mein Vater zu einem Viertel Grieche ist und ich auf eine Scheiß-Schule gegangen bin."

„Ja, das auch. Ich meine nur... du gerätst vielleicht nicht mehr in Schwierigkeiten, wenn du Regeln brichst, aber das heißt nicht, dass sie dich nicht im Auge behalten wollen. Du bist immer noch ein Genie, Iris."

Das ist sie nicht, da ist sich Iris sicher. Vielleicht als sie ein Kind war und sich ab dem Alter von fünf Jahren für fortgeschrittenes Programmieren interessierte. Sie war die Art von Kind, die Computer verstehen konnte, aber Schwierigkeiten hatte, ihr T-Shirt richtig herum anzuziehen. Ihre Begabungen ärgerten ihre Eltern mehr, als dass sie sie stolz machten. Weniger Bildschirmzeit, mehr lesen, sagten sie immer wieder. Versuche, dich von Angesicht zu Angesicht zu unterhalten, statt nur online. Sie ging auf die Forderungen ihrer Eltern ein in dem verzweifelten Versuch, sich in eine Welt einzufügen, in der es so wenige Menschen in ihrem Alter gab, mit denen sie sich anfreunden konnte. Ihre Eltern, beide Waisen, ließen sie die Eltern-Kind-Beziehung als etwas Heiliges begehren. Das heißt, bis sie es nicht mehr tat.

Georgie gibt ihr einen Kuss auf die Wange. „Hab keine Angst. Sie schicken niemanden, um dich zu töten. Du bist zu wichtig für sie. Das gesamte Lebenspunktesystem liegt in deinen Händen."

„Wohl kaum. Ich kenne nicht einmal den Algorithmus", sagt Iris mit einem schnaubenden Lachen.

Georgie wischt die Krümel auf den Boden und greift dann nach der Fernbedienung. „Niemand kennt den Algorithmus."

10

— · —

AVA

Vom Bestattungsinstitut aus kann Ava das Gebäude der Gesellschaftspolizei sehen. Ihr Foto flankiert den Eingang. Ihr Kopf ist darauf leicht gesenkt, aber nicht genug, sodass ihre Augen wie kleine Dolchschlitze wirken. Der Blickwinkel von unten lässt sie erscheinen, als würde sie mit ihrem künstlich verstärkten Bizeps auf die Leute herabblicken. Sie hat dieses Bild schon immer gehasst. Sie als eine Art beeindruckende Kraft darzustellen, ist eine Lüge. Natürlich ist sie in Kampfkünsten ausgebildet und kann sich verteidigen, aber sie ist nicht diese konfrontative, harte, zähe Person, als die sie auf dem Foto wirkt. Und dieses Bild ist überall. Jedes Mal, wenn sie jemand Neues trifft, merken die Leute, wie viel kleiner sie im echten Leben ist. Als würden sie erwarten, dass sie die Größe des drei Meter hohen Posters hätte.

Trotz der geistigen Qualen, die mit dem Job einhergingen, hat es wunderbar funktioniert. Sie ist das Aushängeschild für *Eyes Forward*. Niemand würde je vermuten, dass sie etwas anderes sein könnte.

Sie nimmt ihr Handy heraus und öffnet Nebula. Sie verbringt immer noch viel zu viel Zeit damit, durch die Foren der *Sisters and Spies* zu scrollen – es ist schön, Gesellschaft und Gefährten zu haben. Sie bieten Vernunft im Wahnsinn. Sie sendet eine Nachricht, in der sie von XL

Medicos Beteiligung an den Pres-X-Morden berichtet, dass B-Well nur für die mit den hohen Punktzahlen funktionierte, dass Pres-X von Anfang an dazu bestimmt war, abzulaufen und seine Benutzer psychotisch und suizidal zu machen. Jahrelang saß sie auf den Beweisen und wartete auf den richtigen Moment. Jetzt dreht sie den Hahn auf und überflutet das Shadownet mit der Wahrheit. Und die Wahrheit ist mächtig, wunderschön. Ein Schmetterling, der aus seinem Kokon schlüpft.

Ava schaut über ihre Schulter, dann zur anderen Seite. Das andere Personal ist schon vor einer Weile nach Hause gegangen. Sie weiß, dass sie allein im Gebäude ist, aber es ist unmöglich, nicht paranoid zu sein, wenn man einen solchen Hochverrat begeht. *Eyes Forward* ist ständig präsent. *Alle Augen sind unsere Augen,* aber man darf die anderen Sinne nicht vergessen. Die Straßen hören zu. Sie können riechen, und sie lieben Rache.

Das Gebäude der Gesellschaftspolizei ist so dunkel wie eh und je. Kein Licht entweicht den Lücken in den vernagelten Fenstern. Achtzehn Jahre lang ist sie nun schon als die oberste Gesellschaftspolizistin gebrandmarkt. Dennoch durfte sie das Innere des Gesellschaftspolizei-Gebäudes nie sehen. Ihre Anfrage nach Zugang wird immer mit einer „Nur auf Einladung" und „Nicht notwendig"-Nachricht beantwortet. Wer auch immer diese Nachrichten schickt, weist sie an, Selbstverteidigungskurse für Personen mit einer Punktzahl von über 800 zu geben, eine Spendengala zu veranstalten oder eine Rede bei einer Veranstaltung zu halten. Doch es gibt nie ein Gesicht zu dem Namen.

Ava hat ihre Vermutungen.

Sie hat sich eine optische Gasbildkamera von XL Medico ausgeliehen. In der Dunkelheit, mit nur wenigen Menschen draußen, die sie stören könnten, funktioniert alles perfekt. Durch das spiegelnde Glas an der Front ihres eigenen Geschäfts, L.M. Bestattungen, stellt sie die Kamera auf ein Stativ und richtet sie auf die andere Straßenseite. Es ist, wie sie vermutet hat – und doch kann keine noch so große Vorahnung den Knoten der Überraschung in ihrem Bauch lösen. Die Realität trifft sie wie ein Schlag und sie stößt scharf die Luft aus.

Sauerstoff. Der gesamte Sauerstoff wird aus diesem Gebäude extrahiert. Die Fenster an der Seite sind verdunkelt, bis auf ein paar kleine Lücken im obersten Stockwerk, wo die Verkleidung schlampig angebracht wurde – ein unpassendes Durcheinander aus spitzen und stumpfen Winkeln des alten Gebäudes. Und in diesen kleinen Lücken im obersten Stockwerk ist nicht das verräterische Blau des Sauerstoffs auf der OGI zu sehen, sondern stattdessen der eher violette Farbton von Stickstoff und Kohlendioxid. Eine kühle Gasmischung. Eine nicht brennbare Mischung.

Ava erschaudert bei diesem Anblick, obwohl sich bereits Schweiß an ihrem Haaransatz sammelt. Ihre Vermutungen haben sich bestätigt, ihre Nerven zittern.

Ohne Atemgerät geht niemand in dieses Gebäude. Der digitale Schlüsselkarten-Scanner an der dicken Stahltür in der Gasse zeigt, dass gelegentlich jemand hineingeht. Ava weiß das. Sie hat es beobachtet. Genau das hat ihren Verdacht auf den Sauerstoffmangel gelenkt. Einmal im Monat legt ein Vertreter von *Eyes Forward* ein Atemgerät an und geht hinein, um sich um das zu kümmern oder zu warten, was auch immer in diesem Gebäude ist. Und was auch immer es ist, muss kühl gehalten werden. Feuerfest.

Ein neuer Monat steht kurz bevor. Sie ist bereit.

Da der neue Lebenspunktzahl-Algorithmus kurz vor der Einführung steht, ist klar, dass ein *Eyes Forward*-Vertreter dafür sorgen wird, dass in diesem Gebäude alles in Ordnung ist.

Lloyd Porter wird am ersten März seine Runde machen.

Die Hypothese, mit der sie den Abend begann, ist der einzige Grund, den sie sich ausdenken kann. Es arbeiten überhaupt keine Menschen in der Zentrale der Gesellschaftspolizei. Nur Computer. Jede Menge wärmeproduzierende Computer und all die wertvollen Daten, die sie sammeln. Es ist eine Informationsschatzkammer für *Eyes Forward*.

11

IRIS

Iris verlässt das Haus früh morgens, gerade als der Tag anbricht, um zur Arbeit zu gehen. Die Nacht davor hat ihr keinen Schlaf gebracht und sie schreckte alle paar Minuten hoch, wobei das durch die Jalousien scheinende Mondlicht sie an Metallspitzen erinnerte. Ihr Gebäude ist nicht so schlimm wie die Wohnheime der Punktlosen – kaum äußere Risse und fast alle Fenster und Türen schließen richtig, aber die Rohre knarren und die Schritte aus den Wohnungen anderer Bewohner erschüttern jeden Boden. Jede winzige Bewegung hielt sie wach.

Als sie den Hügel hinunterfährt, erntet sie einige Klingelzeichen und wütende Grunzer, weil sie ihre Hände an den Bremsen hält und es für den morgendlichen Verkehr zu langsam ist, während sie nach dem Körper Ausschau hält, der in der Nacht zuvor auf der Straße lag. Aus dem reibungslosen Verkehrsfluss wird deutlich, dass es kein Hindernis gibt. Stattdessen ist ein weiteres Gebäude eingestürzt und hat Ziegel und Beton über den Boden verstreut, wobei sich ein Rinnsal bis auf die Fußgängerwege zieht. Niemand schenkt dem eingestürzten Gebäude einen zweiten Blick. Es war kein Wohnheim für Punktlose, sondern ein Block für U-100er – Häuser für Menschen, denen es nicht am schlechtesten geht, sondern für jene, die sich gerade erst vom schmutzigsten

Bordstein hochgekämpft haben. Niemand, um den man sich kümmern müsste, scheinen die meisten zu denken. Das angrenzende Gebäude hat mehr Dampf an den Fenstern, Kisten und Habseligkeiten stapeln sich draußen – hauptsächlich Kinderspielzeug, wie es aussieht. Wer auch immer in diesem Gebäude gewohnt hat, ist einfach einen Block weiter eingezogen.

Es ist schwer, genau zu bestimmen, wo sie war, als sie den Körper sah, aber nach ihrer adrenalingeladenen, verschwommenen Erinnerung scheint die Stelle in Höhe des eingestürzten Gebäudes ungefähr zu passen. Sie wird noch langsamer. Ihr Gehirn arbeitet zu hektisch, als dass sie effizient Rad fahren könnte, und ihre Knochen werden kalt. War das, was sie gesehen hat, ein Opfer des Einsturzes? Oder eine Person mit einem Metallwerkzeug, die versucht hat, Menschen zu retten? Ist sie geflohen, anstatt zu helfen?

Großartig. Schuldgefühle zusätzlich zur Paranoia. Das ist genau das, was sie braucht.

Die Fußgängerwege sind weniger belebt als früher. Iris erinnert sich, dass sie einst so überfüllt waren, dass es unmöglich war, aus der Mitte heraus etwas außerhalb der Menge zu sehen. Heute hingegen ist es leicht, Schlitze von Tageslicht durch die Lücken im stetigen Strom der Menschen zu erkennen. Über zwanzig Millionen weniger in der Gesamtbevölkerung der Gesellschaft in Iris' Lebenszeit, obwohl das anscheinend immer noch nicht genug ist. Ihr Fruchtbarkeitsindikator-Implantat, das rund um die Uhr leuchtet, lässt sie das nie vergessen. Trotz der Großen Unruhe, der Lizenzen, die für Babys benötigt werden, und der Zahl der Älteren, die aufgrund schlechter Reaktionen auf Pres-X gestorben sind, liegt die Gesellschaft immer noch hinter ihrer globalen Bevölkerungsverpflichtung zurück. Ein globales Ziel ist für die meisten Bürger schwer zu begreifen. Selbst Nicht-Berkshire-Ziele sind schwer zu verstehen. Iris schlug bei einem Arbeitstreffen kürzlich vor, dass – da alle Statistiken lokal aufgeschlüsselt sind – auch die Bevölkerungsziele entsprechend angepasst werden sollten. Francis und Ella waren von ihrem Beitrag alles andere als beeindruckt. „Deinesgleichen sollte man sehen und nicht hören", sagte eine von ihnen.

Deinesgleichen.

Die Stimme begleitet sie auf ihrer Fahrt und erinnert sie daran, was sie bald erwarten würde. Ist sie verrückt oder ist es eine willkommene Gesellschaft? Iris ist sich nicht sicher. Ein Wingman, eine Verstärkung. Eine Heimsuchung? Sie dreht ihren Kopf nicht mehr ruckartig herum, wenn sie sie hört, und akzeptiert, dass sie irgendwie in ihr ist. Ein schlummernder Teil ihres Gehirns, der wieder zum Leben erweckt wurde, vielleicht. Ein Freund.

Ja, denkt sie. Wahnsinn trifft es wohl ganz gut.

Die vierteljährliche Aktualisierung des Premierministers wird in den nächsten Tagen mit den neuesten Zählungen, Gesamtzahlen und demografischen Daten erwartet. Es erscheint so sinnlos, da der neue Punktzahl-Algorithmus bald herauskommt und das alle ihre Ergebnisse verändern könnte. Ihr Vorschlag, das Update zu verschieben, wurde von Ellas üblichem Schnauben und Francis' Zungenschnalzen beantwortet, das so laut ist, dass Iris überrascht ist, dass sie sich nicht dabei im Mund verletzt. Also muss Iris die Daten zusammenstellen, wie in jedem Quartal. Es macht die Arbeit noch stressiger, dass Ella und Francis Iris mehr als sonst nerven. Normalerweise geht sie das mit der Präzision an, die Georgie auf ihre Augenbrauen anwendet. Doch diesmal hat sie bereits beschlossen, einfach irgendetwas aufzuschreiben und dann Däumchen zu drehen.

Jason lungert am Eingang herum, die E-Zigarette in der Hand. Der Nebel verdeckt die Hälfte seines Gesichts, doch sein bedrohliches Grinsen ist noch immer zu sehen. Einmal in vierundzwanzig Stunden Angst zu haben, reicht vollkommen, und Iris zögert, nachdem sie vom Fahrrad abgestiegen ist. Ella und Francis werden noch eine Weile nicht da sein. Sie ist überrascht, dass Jason hier ist, um ehrlich zu sein. Vielleicht lässt sein Vater ihn hart arbeiten, zwingt ihn, sich zu beweisen. Iris schmunzelt bei dem Gedanken. Er ist der Sohn eines 800-Plus – das ist der einzige Beweis für seine Würdigkeit, den er braucht.

Vor ein paar Monaten, bevor Jason mit seinen Annäherungsversuchen begann und während einer besonders schlimmen Kältewelle, als sie und Georgie kein Geld mehr für die dringend benötigte zusätzliche Heizung hatten, fasste Iris sich ein Herz und bat Norman Bonnet um eine Gehaltserhöhung. Sein Büro roch nach schwitzigem Speck und er stocherte sich gerade das Fett aus den Zähnen. Iris musste sich zwingen, nicht zu würgen, als er einen langen, faserigen weißen Faden und den dazugehörigen Speichel aus seinem Mund zog und ihn dann achtlos auf seinen Schreibtisch legte.

Iris sagte, sie sei bereit, zusätzliche Arbeit zu übernehmen, sagte, sie habe eine Beförderung verdient. Sie zählte ihre Leistungen auf, die deutlich machten, dass sie für den Job, den sie macht, deutlich überqualifiziert ist. Mr. Bonnet, wie er angesprochen werden möchte, antwortete, indem er ihr Äußeres musterte, sie langsam von oben bis unten betrachtete und ihr Kleid kritisierte. Es sei nicht eng genug. Es würde ihr nicht wirklich schmeicheln.

„Du bist nicht strebsam genug", sagte er. „Es wäre schade, wenn so ein hübsches kleines Ding wie du nie Pres-X-2 bekäme. Es wäre schade für dich, wenn du zu alt wirst. Du musst dich besser kleiden. Dein Gesicht verbessern. Deine Prioritäten richtig setzen."

Hübsch ist eine Übertreibung, denkt Iris. Vielleicht lässt sie die Nähe zu Georgie und ihrer ewigen Schönheit so denken. Sie ist kein Schwein.

Sie gibt sich einfach nicht viel Mühe, wie Mr. Bonnet richtig bemerkt hat. Sie verlängert nicht einmal ihre Wimpern. Vielleicht mögen die alten Perversen sie deshalb. Sie denken, sie sei unschuldig. Hübsche Mädchen bekommen jedoch die besseren Jobs. Schönheit vor Verstand, immer. Zumindest für Frauen.

Iris straffte ihre Schultern. „Ich verdiene eine Beförderung, Mr. Bonnet. Ich habe mehr verdient als diesen Job."

Er schmatzte mit den Lippen und wischte sich den Mundwinkel mit seiner Krawatte ab. Der Ketchup-Rest hinterließ einen Fleck auf dem Stoff. Er hat wahrscheinlich Hunderte von Krawatten. „Du bist eine Frau", sagte er, als ob Iris sich dessen nicht bewusst wäre. „Eine fruchtbare noch dazu. Was für eine Botschaft würde das aussenden, wenn dir Beförderungen wie Süßigkeiten in den Schoß fallen würden."

Als ob eine Beförderung nach sechs Jahren wie das Verteilen von Süßigkeiten wäre. Iris gab bei seiner Bemerkung nicht nach und knickte nicht ein. „Und wenn ich gold wäre?", fragte sie. Eine sinnlose Frage. Es wird wahrscheinlich zwanzig Jahre dauern, bis ihr Fruchtbarkeitsindikator-Implantat golden für Unfruchtbarkeit leuchtet.

„Verbessere deine Punktzahl und ich werde darüber nachdenken", sagte er.

Sterilisation garantiert einem 50 Punkte, aber Iris will sich nicht sterilisieren lassen. Warum sollte sie auch? Ein Teil der Lektionen ihrer Mutter über Sisters and Spies, die sie als Kind immer wieder gehört hatte, war hängen geblieben: Warum lassen sich stattdessen nicht die Männer sterilisieren? Es gab nicht viel, was sie aus diesen Lektionen mitgenommen hatte, aber das hatte sich wirklich eingeprägt. Sie wappnete sich für weiteren Spott. „Ich brauche eine Beförderung, um meine Punktzahl zu erhöhen, Mr. Bonnet", sagte sie.

„Und das ist das große Dilemma des Lebens. Schade für dich, aber so ist es nun mal", sagte er in einem teilnahmslosen Ton, bevor er sich räusperte und sich über seinen Schreibtisch beugte. Er ist ein schwergewichtiger Mann und das Holz ächzte, als er das tat. „Es gibt natürlich auch andere Möglichkeiten, deine Punktzahl zu erhöhen. Mein Sohn Jason wäre erfreut, zu helfen. Genauso wie ich, wenn wir schon dabei sind."

Danach verließ sie sein Büro. Besser schweigen als streiten. Besser wegrennen, als auf seinen Schreibtisch zu kotzen.

Jasons schweres Atmen und Körperpressen hätten genauso gut genehmigt worden sein können. Aus ihrer halb versteckten Position um die Ecke des Gebäudes beobachtet Iris jetzt, wie Jason seine Lungen mit seiner E-Zigarette füllt, sein Kinn hebt und dann seine Lippen leckt. Ein erneuter Drang, sich zu übergeben, überkommt sie. Plötzlich wird ihr sehr bewusst, dass ihr frühes Erscheinen sie allein im Gebäude mit ihm und seinem ranzigen Atem lässt. Horace, der Butler, kommt gerade an, um die 700-Plus-Leute an ihrem Eingang zu begrüßen. Er wird Jasons perverser Natur keine Beachtung schenken. Iris' Implantat leuchtet grün. Die Strafen für sexuelle Übergriffe auf Frauen außerhalb ihrer orangen Zeit sind minimal. Sie ist jetzt leichte Beute.

Auf der anderen Straßenseite gibt es ein paar Cafés und sie beschließt, dass das eine sicherere Option wäre, als allein mit Jason und seinen frisch mit Pres-X-2 befeuerten Absichten im Gebäude zu sein. Sie schließt ihr Fahrrad ab und geht zum ersten Café, läuft dann aber weiter. Es ist nur für 400-Plus. Weiter die Straße runter bleiben die Lebenspunktzahl-Anforderungen unerbittlich hoch. Jetzt erinnert sie sich, warum sie sich nie die Mühe macht, in ein Café zu gehen, und stattdessen den ekligen Kaffee aus dem Personalraum trinkt. Sie bleibt eine Weile auf der Straße stehen, verschränkt die Arme vor der Brust, als der Wind auffrischt und durch ihre dünnen, billigen Kleidungsschichten schneidet. Als das Zittern dann auf ihren Kiefer übergreift und ihre Zähne genauso viel Lärm machen wie die Busspur, dreht sie sich um und geht zurück zur Arbeit.

Über dem Meer von Köpfen im Fußgängerverkehr erkennt sie das dunkle Haar ihres Cousins Angus. Er glättet es so stark, dass es die Locken, die er ihrer Meinung nach hat, begradigt. Sie senkt ihr Kinn noch tiefer, zieht die Schultern nach vorne und versucht, sich in der Menge klein und unsichtbar zu machen. Sie hat Angus seit Monaten nicht mehr gesehen und hat jetzt keine Lust auf Höflichkeiten. Sie hat ihn nur ein paar Mal getroffen, aber er sieht ihrem Vater so ähnlich, dass sie ihn nicht übersehen kann. Er mag zwar der Seite ihres Vaters ähneln, aber seine Persönlichkeit und Einstellung hat er von seiner Mutter Moira. Er nickt bei ihren Sticheleien gegen Iris und redet von seiner Lebenspunktzahl, als wäre er ein 900er. Moira hatte kürzlich ihr Pres-X-2 bekommen und in dem kurzen Moment, in dem Iris sie sah, war es, als hätte sie eine Schlacht gewonnen. „Das Altern ist der Feind. Wir dürfen niemals aufgeben." Das hat sie tatsächlich gesagt. Und während sie das sagte, stand Angus die ganze Zeit daneben mit seinem üblichen Lächeln, irgendwo zwischen Selbstgefälligkeit und Mitleid.

Er ist jetzt näher, und die langsame Spur ist nicht langsam genug. Sie blickt nach links und überlegt, in die schnelle Spur zu springen, aber die ist so verstopft mit Menschen, dass sie keine Lücke sehen kann. Angus ist jetzt nur noch wenige Leute entfernt und kommt immer näher. Vielleicht wird er in die schnelle Spur wechseln, aber ihr Herz sinkt ein wenig, als er es nicht tut. Iris zieht die Schultern noch mehr hoch, beugt die Knie leicht und stellt sich vor, sie sei winzig – eine Ameise, ein Floh, ein Wurm.

„Iris", sagt er, als sich ihre Wege kreuzen. Er springt aus seiner Spur, um sich ihr anzuschließen. „Schön, dich zu sehen."

Verdammt! „Hi, Gus." Sie setzt das beste Lächeln auf, das sie zustande bringen kann.

„Willst du einen Kaffee trinken gehen? Der Laden hier oben ist ganz gut. Ich kann dich mit meiner Punktzahl reinbringen."

„Wie großzügig von dir." Iris blickt zum Eingang ihrer Arbeit. Jason lungert immer noch draußen herum wie eine Ratte, die auf Abfälle wartet. Es ist auch immer noch bitterkalt. Angus und seine ewige Selbstgefälligkeit erscheinen als die am wenigsten bedrohliche Option, also nickt sie. „Gerne."

Angus zeigt dem Barista seine Punktzahl-App und unterschreibt dann, dass er für Iris verantwortlich ist. Als wäre Iris irgendeine Minderjährigere oder eine Schwerverbrecherin. Sie wäre fast rausgegangen, als sie den Haftungsausschluss sah: Ich übernehme die volle Verantwortung für die Handlungen von...

Iris verschränkt die Arme und knirscht mit den Zähnen, während sie sich zu einem Tisch begibt. Der Ort ist innen nicht so schick, wie sie es erwartet hatte, obwohl sie, da sie noch nie irgendwo über 300-plus war, geschweige denn 400-plus, eigentlich keine Ahnung hatte, was sie erwartet hatte. Das Personal wirkt größtenteils gelangweilt. Vielleicht braucht es ein 700-Plus-Café, bevor der Kaffee mit Begeisterung serviert wird. Es riecht jedoch göttlich und es ist viel wärmer als draußen.

Iris' Latte kommt mit einem kunstvollen Blattmuster serviert, so schön, dass es ihr leid tut, ihn zu trinken.

„Also, was gibt's Neues bei dir?", fragt Angus. „Hab deinen Vater neulich gesehen."

„Es geht ihm schlechter, ich weiß."

„Mein Vater hat angeboten, seine Medikamente zu besorgen, aber er hat abgelehnt. Sagte, er würde das schon hinkriegen."

„Das klingt nach Dad." Sie beißt sich auf die Innenseite ihrer Wange. Pashas Stolz ist seine schlimmste Eigenschaft. Er würde lieber leiden und riskieren, dass Iris ihn verliert, als zuzugeben, dass er Hilfe braucht. „Also", sagt sie und lenkt das Thema weg vom Schmerz. „Wie gefällt es dir, wieder hier unten zu sein? Vermisst du Edinburgh?"

„Ein bisschen. Aber es gefällt mir hier."

„Weil Berkshire die beste Grafschaft überhaupt ist?"

„Nun, Edinburgh liegt in der Grafschaft Midlothian, und Midlothian ist die sauberste und sicherste Grafschaft in der Gesellschaft."

Iris grinst. „Steht das so auf den Plakaten?"

„Ja, das tut es. Überall."

Iris nippt an ihrem Kaffee und fragt sich für einen Moment, was auf Plakaten in anderen Grafschaften steht. Sagt irgendeine, dass sie Mist ist, am unsichersten, die schlechteste? Sie verdrängt den Gedanken aus ihrem Kopf. Was bringt es schon, über andere Grafschaften nachzudenken?

„Ich glaube, Dad hat erwähnt, dass du hier unten irgendwas Geschäftliches am Laufen hast?"

„Ja. Ich bin in der Projektleitung für das neue XL-Medico-Gebäude tätig. Wir verwandeln ein altes Einkaufszentrum in eine moderne Fabrik. Hast du schon die Fortschritte gesehen? Es ist jetzt fast fertig und auf dem neuesten Stand der Technik."

„Schön."

„Sie werden dort Pres-X-2 herstellen. Ich habe mit Ava Maricelli zusammengearbeitet. Kannst du das glauben? Eine echte Berühmtheit."

Iris stellt ihre Kaffeetasse etwas zu fest ab, sodass der Kaffee über den Rand schwappt. „Wann hast du angefangen, für sie zu arbeiten?"

„Vielleicht vor sechs Monaten", sagt er beiläufig, als ob es ihn nicht einmal interessieren würde.

Iris' Körper taut in Sekunden auf und ihre Temperatur schnellt in die Höhe. „Du weißt, dass sie meine Mutter als ihre Buchhalterin gefeuert hat, und deshalb ihre Lebenspunktzahl halbiert wurde. Das war vor etwa sechs Monaten."

„Oh, das tut mir wirklich leid zu hören."

„Ganz schön zufällig, findest du nicht?", fragt Iris zwischen zusammengebissenen Zähnen. „Was hast du getan? Jemand anderen empfohlen?"

„Nein. Iris, ich würde nie-"

Iris verdreht die Augen. „Ja, klar. Ihr mit den hohen Punktzahlen seid doch alle gleich. Ihr passt aufeinander auf und scheißt auf alle anderen. Ich wette, sie hat jetzt irgendeinen Freund von dir mit einer hohen Punktzahl, der ihre Konten führt."

„Wirklich, Iris-"

„Spar's dir. Dieser Kaffee schmeckt übrigens verbrannt."

Sie lässt die Hälfte des Kaffees stehen und geht hinaus. Jason und sein Dampf-Atem erscheinen ihr plötzlich als geringeres Übel im Vergleich zu ihrem Arschloch von Cousin.

Zumindest ist der Eingangsbereich des Lebenspunktzahl-Statistikgebäudes jetzt leer. Hoffentlich ist Jason in sein Loch zurückgekrochen und bleibt dort für den Rest des Tages. Iris schiebt sich durch das Drehkreuz und geht ihren Flur entlang, wobei ihr Implantat orange aufleuchtet. Gut. Zumindest sollte ihre fruchtbarste Zeit Jasons Annäherungsversuche auf Abstand halten. Sie ist so unfickbar, wie es nur geht.

Sie macht sich einen Becher Instantkaffee in der Küche und bereut es halb, die Tasse nicht ausgetrunken zu haben, die Angus gekauft hat.

Auch wenn er ein böser Scheißkerl ist, bringt es nichts, die Getränke dafür verantwortlich zu machen. Es schmeckte nicht wirklich verbrannt. Hochmut kommt vor dem Fall, denkt sie. Sie ist ihrem Vater zu ähnlich.

Eine Woche voller sinnloser Statistiken hat sie bei der Arbeit demotiviert. Wenn sie sich in ihrem Büro umschaut, fühlt sich alles erdrückend und bedrückend an. Die Uhr tickt laut. Ihre digitale Anzeige hat keine Zeiger, das Ticken ist nur dazu da, Panik über die Zeiteinhaltung zu verbreiten. Der Wasserkocher ist auf fünfundachtzig Grad eingestellt, was für Kaffee in Ordnung ist, aber ihr Tee ist immer lauwarm und schlecht aufgebrüht. Sie muss sich beeilen, ihn zu trinken. Es gibt nichts, was sie daran genießen könnte. Die Raumtemperatur wird kühler gehalten, als es irgendjemand mag, und die Trennwand um ihre Kabine ist unerträglich hoch. Es gibt kein Fenster. Es ist, als wäre sie in einem Loch. Einer Höhle. Jede Einrichtung und Dekoration erscheint ihr jetzt wie ein Werkzeug, um den Geist zu brechen und das erwartete Verhalten zu erzwingen.

Es ist ihr nicht erlaubt, sich die Beine zu vertreten und das Gebäude zu erkunden. Ein solcher Szenenwechsel ist nur Männern oder sicheren Frauen gestattet. Besonders jetzt, wo Iris' Implantat orange leuchtet, muss sie überall mit Tadel und Grimassen rechnen. Die wenigen Mitarbeiter, die dort arbeiten, sind geübt darin, missbilligende Gesichtsausdrücke zu zeigen. Iris mit ihrer niedrigen Punktzahl und als einzige unsichere Frau ist normalerweise das Ziel solcher Belästigung. Früher hat sie das immer ertragen, es als Teil des Lebens abgetan, dass es in ihrem Alter und mit ihrem Geschlecht zu erwarten sei. Aber warum? Warum sollte es so sein? Sie zieht ihre Schultern zurück, streckt ihre Arme aus und füllt jeden Raum um sich herum aus. Sie ist nicht länger bereit, das Gefühl zu akzeptieren, klein und unbedeutend zu sein, sich nur als potenzielle Belastung zu sehen. Wenn überhaupt, ist sie für diese Abteilung jetzt noch weniger zu gebrauchen. Ihre Gedanken und Überlegungen weiten sich aus. Sie hat die Höhle verlassen.

An jeder Wand verkünden Poster *Eyes Forward*-Slogans: *Strebe nach Punkten, Alle Augen sind unsere Augen*, gespickt mit der eigenen Marke an hirnbetäubendem Mist der Lebenspunktzahl-Statistikabteilung: *Die Gesellschaft verlässt sich auf uns! Wenn wir berichten, werden sie Erfolg haben!* Sogar die Stühle sind wie Diktatoren, unterdrücken den Komfort und zwingen ihre Benutzer in eine aufrechte, unbequeme Haltung. Iris experimentiert mit verschiedenen Möglichkeiten, sich zu lümmeln – eine leichte Neigung zur Seite, ihr Hintern rutscht weiter nach unten. Doch nichts fühlt sich natürlich an. Alles wirkt erzwungen, als würde sie in eine Förmlichkeit hineingedrängt.

Es dauert nicht lange, bis Ella und Francis eintreffen, angekündigt durch ihr Parfüm und gegenseitige Komplimente über ihre Outfits, während sie ihre sozialen Pläne und wichtige Leute besprechen, die sie getroffen haben.

„Es ist das Aufregendste, was wir seit langem im Kalender hatten", sagt Ella. Ihre Stimme ist noch quietschender als sonst.

„Wundervoller Anreiz", sagt Francis und betont das 'wunder' extrem. „Und alles geht auf diese Abteilung zurück."

„Wir bewirken hier wirklich etwas."

„Oh, ich weiß, Ella. Ich fühle mich wie eine Pionierin – wir retten die Gesellschaft." Francis ballt triumphierend die Faust.

„Und so gekleidet. Perfekt."

Ihre lauten und egoistischen Stimmen hallen noch nach, nachdem sie in ihr Büro gegangen sind.

Iris kratzt sich am Kopf. Diese Abteilung? Vielleicht setzen sie endlich einen von Iris' Vorschlägen um. Ihr Herz schwillt kurz bei dem Gedanken, bevor sie sich erinnert, dass sie dafür nie Anerkennung bekäme. Sie versucht erneut zu lümmeln und kauert sich in die Ecke.

Es ist dir egal, erinnert sie sich selbst.

„Iris, in mein Büro." Francis' hochtrabende Stimme lässt sie aufschrecken.

Iris' Experiment mit dem Lümmeln hat ihr einen stechenden Schmerz im Rücken eingebracht. Sie richtet sich langsam auf, hört das Knacken ihrer Schultern und schlurft dann zu Francis' Büro. Sie weiß, dass er sie wegen ihrer Haltung zurechtweisen wird. Das hätte sie eigentlich kommen sehen müssen. Wie erleuchtet sie auch sein mag, am Ende wird ihr das keine bessere Punktzahl oder mehr Geld einbringen. Diese ganze Punktzahl-Geschichte ist einfach Schwachsinn. Aber die anfängliche Kühnheit, das System zu zerschlagen, inspiriert von Flake, ist der Realität gewichen, und mit der Realität kommen Angst und Verzweiflung. Sie muss immer noch für Essen und Heizung bezahlen. Das System ist kaputt und sie fühlt sich hilflos. Was kann eine einzelne Frau schon wirklich ändern?

Alles, was du willst.

Die Ermutigung der Stimme ist hartnäckig, wenn auch momentan wenig inspirierend. Ohne Anweisungen oder Ideen mangelt es diesem Anflug von Wahnsinn an Substanz, genauso wie den *Eyes Forward*-Slogans. Schlagworte, das ist alles. Leer und nutzlos.

„Mach die Tür hinter dir zu, Iris", sagt Francis mit scharfer Stimme. „Setz dich."

Francis und Ella sind beide anwesend, in ihren eigenen gepolsterten, bequemen Stühlen.

„Wir müssen etwas von delikater Natur besprechen", erklärt Ella. „Die Kurve. Sie ist immer noch zu steil, selbst nach Jahren unserer Bemühungen. Wie du weißt, ist der Strebe-nach-Punkten-Slogan die Grundlage der Gesellschaft, aber die Glockenkurve der Vermögensverteilung, die wir anstreben, ist immer noch zu steil mit diesem grässlichen Keil am unteren Ende. Unsere vierteljährlichen Ideenbesprechungen haben nichts Nützliches hervorgebracht."

„*Eyes Forward* hat keine der Ideen umgesetzt", sagt Iris. „Zum Beispiel, Pres-X-2 universeller verfügbar zu machen-"

Francis hebt einen Finger. „Es gab keine vernünftigen Ideen. Tatsache ist, wir müssen diesen Aufstieg schwieriger gestalten. Es ist zu einfach aufzusteigen und zu schwierig, die Punktzahl-Leiter wieder hinunterzurutschen."

Iris zuckt zusammen und umklammert eine Faust fest mit der anderen Hand. Die Punktzahl ihrer Eltern wurde halbiert, als sie geboren wurde, dann nach Jahren des Strebens erneut halbiert, als ihr Vater aus gesundheitlichen Gründen aufhören musste zu arbeiten. Dann noch einmal halbiert, als ihre Mutter ihre lukrativste Kundin verlor. Der Weg die Punktzahl-Leiter hinunter scheint ihr mehr als einfach genug.

„*Eyes Forward* und die Gesellschaftspolizei sind sich eines neuen Rauschmittels bewusst, das von denen mit niedrigen Punktzahlen missbraucht wird", sagt Ella. „Besonders von den Jüngeren mit niedrigen Punktzahlen." Sie rümpft die Nase und Francis macht es ihr nach. „Deshalb bieten wir dir die Gelegenheit, deine Punktzahl beträchtlich zu erhöhen."

Zwischen ihren Augenbrauen bildet sich eine Falte. „Verstehe..."

„Wir wissen, dass du Herrn Bonnet um eine Beförderung gebeten hast. Nun, hier ist deine Chance. Wir möchten, dass du den Konsum von Flake überwachst. Du erhältst einen speziellen Zugang zur App der Gesellschaftspolizei. Und wenn du die Quelle dieser Droge, ihre Verteiler und Hersteller findest, kannst du dich aus deiner derzeitigen Punktzahl herausarbeiten und dich über diese rückständigen Personen mit niedrigen Punktzahlen erheben. Das könnte sehr lukrativ für dich sein."

Iris braucht einen Moment, um zu begreifen, was Ella sagt, und als sie es tut, stockt ihr für einen Moment der Atem. „Sie wollen, dass ich petze?"

„Das ist ein unreifer Ausdruck dafür, seinen Beitrag für die Gesellschaft zu leisten. Diese Droge ist eine Bedrohung. Sie verursacht allerlei verräterische Gedanken, ganz zu schweigen von den unbekannten gesundheitlichen Folgen. Du würdest der Gesellschaft einen großen Dienst erweisen."

„Wenn es die mit den niedrigen Punktzahlen einfach umbringen würde, wäre das kein so großes Problem, verstehst du? Ist das klar?", sagt Francis mit verkniffenem Gesicht.

„Glasklar", sagt Iris tonlos.

„Und junge Leute, die auf der Punktzahl-Leiter nach oben klettern, nehmen es. Wenn wir denen die Punkte abziehen, würde das bestimmt der Kurve in Berkshire helfen."

„Es könnte den Keil am unteren Ende größer machen", sagt Iris und bereut fast ihren frechen Ton.

„Nun", sagt Ella mit einem Kichern, „dafür haben wir später einen Plan."

Iris verengt ihre Augen zu Schlitzen und verschränkt dann die Arme. „Und was ist mit dem oberen Ende?"

Ella und Francis pressen ihre Lippen zusammen. „Wie bitte?", fragt Francis.

„Nun, die Bestrafung von Flake-Verteilern mag auf der einen Seite des Gipfels einen Unterschied machen, aber was tun Sie für die über 700, um die Kurve dort abzuflachen?"

Francis saugt Luft durch ihre Zähne. „Nun, wir mildern die Strafen ab und haben einen neuen Anreiz für die mit hohen Punktzahlen, mehr Punkte zu verdienen. Nicht, dass es dich etwas angeht, aber das sollte die Kurve an diesem Ende in Ordnung bringen."

Iris unterdrückt ihr Schnauben. „Ich verstehe. Also wollen Sie, dass der Graph eine Gerade wird und dann eine Stufe."

„Wenn du nicht helfen willst oder nichts Aufschlussreiches zu sagen hast, kannst du gehen. Geh zurück an deinen Schreibtisch", sagt Francis, bissiger als sonst. „Aber diese Aufgabe kommt mit Privilegien. Internet-Privilegien."

„Du wirst rund um die Uhr Internetzugang benötigen", sagt Ella. „Die Abschaltung außerhalb der Arbeitszeit auf deinem Handy wird deaktiviert, sodass du mit den Nachrichten und dem Internet-Klatsch Schritt halten kannst."

Iris' verschränkte Arme lockern sich. „Und ein Computer zu Hause?"

„Du darfst einen auf Kredit kaufen, wenn du möchtest."

Iris denkt darüber nach. Internetzugang rund um die Uhr würde bedeuten, dass sie frei recherchieren kann, warum ihr Name auf Nebula stand. Sie könnte Flake recherchieren, ohne sich Sorgen zu machen, erwischt zu werden. Sie hätte die Art von Freiheit, die Männer haben. Na ja, nicht ganz, aber viel mehr als jetzt. Und sie muss nur sagen, dass sie *versuchen* wird zu petzen. Sie muss es nicht wirklich tun. Sie könnte es schaffen. Sie könnte dieses Spiel mitspielen.

Sie lächelt ihr süßestes Lächeln und nickt. „Sehr gut."

12

IRIS

Eine Petze. Kann Iris sich wirklich dazu durchringen, so etwas zu tun? Sie grübelt darüber nach, während sie nach Hause radelt und hofft, dass der Wind in ihrem Gesicht ihr etwas Perspektive gibt. Ein paar punktlose Frauen mit schreienden Babys ziehen gerade in ein Wohnheim für Punktlose direkt an der *Gosbrook Road* ein. Aber lauter als das Geschrei sind die Beschimpfungen einiger Passanten.

„Geschieht euch recht, da ihr eine Last erschaffen habt!"

„Schlampe!"

„Hure!"

Iris hält den Blick auf die Straße vor ihr gerichtet, den Mund geschlossen und den Kiefer angespannt. Es gibt nichts, was sie tun kann, um zu helfen. Sie ist eine armselige unsichere Frau mit nur 270 Punkten. Ein Niemand.

Ihre Brust schnürt sich zusammen, als sie sich vorstellt, wie es wäre, auf einer Party die App der Gesellschaftspolizei zu aktivieren und dabei jemanden mit niedriger Punktzahl zu erwischen. Der Hass, der ihr entgegenschlagen würde, wäre noch schlimmer als der, der den punktlosen Frauen gilt. Man würde sie als Petze beschimpfen, als Verräterin.

Eine Verräterin an deinen Leuten oder an denen mit hohen Punktzahlen?

Die Stimme spricht das Offensichtliche aus. Sie ist sanft, doch ihr rätselhaftes Nörgeln treibt Iris Kopfschmerzen in den Schädel. Natürlich will sie keine Verräterin an den eigenen Leuten sein. Aber sich gegen die mit den hohen Punktzahlen zu stellen, hätte schlimme Folgen. Es ist, als würde eine Version ihres Bewusstseins auf ihrer Schulter sitzen, an Fäden ziehen und versuchen, sie in die richtige Richtung zu lenken – hin zu einer braven Bürgerin, die den Idealen von *Eyes Forward* entspricht.

Sie schüttelt den Kopf und reibt sich dann den Nacken, während sich ihr Rücken vor Anspannung verkrampft. Nein. Sie kann nicht tun, worum sie gebeten wird. Selbst die alte Iris, die Iris vor dem Flake, hätte das nicht getan.

Die Anspannung in ihren Muskeln lässt nach, als sie sich daran erinnert, dass sie nur so tun muss, als würde sie petzen. Täuschung fällt ihr immer leichter. Sie hat kaum geschwitzt, als sie über die neuesten Statistiken gelogen hat. Sie kann nicken und lächeln, egal welche schrecklichen Ideen Ella und Francis für sie haben, da sie ihr ohnehin keine wirkliche Wahl gelassen haben. Zweifellos wird ihre Punktzahl noch weiter gesenkt, wenn sie nicht den Anschein erweckt, mitzumachen.

Warum ist dir deine Punktzahl so wichtig?

Es ist eine dumme Frage dieser gequälten Stimme in ihrem Kopf. Natürlich ist es leicht zu sagen, dass sie mit dem ganzen Lebenspunktzahl-Mist abgeschlossen hat – aber sie muss immer noch essen. Sie muss immer noch ihre Wohnung heizen. Ihre drogengetränkten Ideen waren genau das gewesen: angetrunkene Prahlerei. Rebellion ist ein Luxus, den sich nur die Reichen leisten können. Und warum sollten die überhaupt rebellieren wollen? Deshalb ist das ganze System im Arsch. Die Armen werden unterdrückt, damit sie funktionieren. Die Reichen dürfen tun und lassen, was sie verdammt nochmal wollen.

Nach der Arbeit hält Iris am Laden und kauft sich Instant-Nudeln fürs Abendessen. Vor einiger Zeit hat sie herausgefunden, dass man sie einfach in kaltem Wasser einweichen kann, bis sie irgendwann weich genug zum Essen sind – spart Strom. Dazu ein bisschen Gemüsesoße, die nur ein paar Sekunden in der Mikrowelle braucht, und schon hat sie ihr übliches, kostengünstiges Abendessen. Wirklich befriedigend ist das allerdings nicht. Der Duft aus dem Imbiss neben dem Laden lässt ihr das Wasser im Mund zusammenlaufen – etwas, das ihr eigenes Essen garantiert nicht schaffen wird.

Als sie den *St Peter's Hill* hinauffährt, stauen sich die Fahrräder vor ihr und kommen schließlich ganz zum Stillstand. Wütendes Geklingel und ein paar aggressive Flüche ertönen, während die Radfahrer gezwungen sind, abzusteigen und ihre Räder zu schieben – es geht einfach zu langsam voran. Noch bevor Iris sieht, was los ist, verrät es ihr der Geruch. Der süßliche, abgestandene Duft von feuchtem Beton, wie er von eingestürzten Gebäuden stammt, vermischt sich mit dem metallischen Kupfergeruch und dem dumpfen Muff eines frischen Leichnams. Feiner Staub aus den Trümmern hängt in der Luft und reizt Iris' Augen, als sie näherkommt. Als sie am Gebäude vorbeifährt, ist sie wie ein Hund, der sich vom bloßen Gestank leiten lässt.

Sie weicht leicht nach links aus, weg vom Geruch, und umgeht einen Körper, dann schwenkt sie ein paar Schritte später erneut aus, um einen weiteren zu vermeiden. Es sind nur die oberen Hälften sichtbar, der Rest liegt unter Ziegeln und Putz.

Aber es sind noch mehr.

Als Iris' Augen genug getränt haben, um wieder klar sehen zu können, steigt sie aufs Rad und setzt vorsichtig an. Doch als ihr Vorderrad über einen schimmernden Blutstrom rutscht, der den Hügel hinunterläuft, verliert sie fast das Gleichgewicht. Das Blut stammt nicht aus dem eingestürzten Gebäude – es bahnt sich seinen Weg von einem Haufen Leichen, der weiter unten auf der Straße liegt. Keine zerquetschten Körper unter Trümmern, sondern Menschen, deren Haut von brutalen, gezielten Wunden zerfurcht ist. Wunden, wie sie nur eine Waffe schlagen konnte – lang, glänzend, aus Metall. Genau so eine, wie Iris sie gesehen hatte.

Iris' Magen dreht sich, die Straße verschwimmt vor ihren Augen und ihre Arme beginnen zu kribbeln. Sie schwankt auf ihrem Fahrrad, bis sie gezwungen ist, den Fuß auf den Boden zu setzen. Mit wackeligen Bewegungen manövriert sie sich aus der Fahrradspur, weg vom wütenden Verkehr – aber näher an die Leichen heran. Ihre Augen sind noch offen, starren ins Leere, der letzte Blick wie ein nie erhörtes Gebet.

Iris wendet hastig den Kopf ab, kalter Schweiß bricht auf ihrer Haut aus. Das ist ein schlechter Teil der Stadt. Wohnheime für Punktlose und U-100-Blocks säumen diese Straße. Hier könnten die Leichen tagelang liegen bleiben, ohne dass sich jemand kümmert. Weitere Tote, deren Schicksal niemals jemand untersuchen wird.

Sie schluckt mühsam den Kloß in ihrem Hals hinunter und öffnet zum ersten Mal die App der Gesellschaftspolizei. Mit zitternden Händen hält sie die Kamera dicht an die Gesichter, die sie erreichen kann, ohne sich zu weit nach vorne zu lehnen. Das Gesicht der nächstgelegenen Frau ist erschreckend jung, doch das Blut, das sich in jeder Falte ihrer Haut gesammelt hat und sich mit dem Staub vermischt, lässt ihren Teint grau und fleckig erscheinen – eine Illusion von Alter, das sie nie erleben wird. Ihre hellblauen Augen stehen offen, starr vor Entsetzen, alte, eingetrocknete Tränen ziehen helle Spuren über ihre Wangen. Sie scheint etwa in

Iris' Alter zu sein und ist, dem Zustand ihrer Kleidung nach zu urteilen, eindeutig nicht konserviert.

Das könnte Georgie sein.

Iris lädt ihre Fotos in die App der Gesellschaftspolizei hoch. Das ist alles, was sie tun kann. Vielleicht vermisst jemand diese Frauen und vielleicht hilft es zu wissen, was mit ihnen passiert ist. Obwohl wahrscheinlich niemand nach ihnen suchen wird. Niemand will Punktlose als Freunde.

Mit ihrem jetzt rund um die Uhr verfügbaren Internetzugang überprüft sie die Nachrichten, aber da ist nichts. Die einzige Geschichte, mit der sich die Nachrichten befassen, handelt von der bevorstehenden Veröffentlichung des neuen Punktzahl-Algorithmus und darüber, wie ganz Berkshire auf Nadeln sitzt. Aufnahmen zeigen, wie in den Einrichtungen für Personen mit Spitzenpunktzahlen Wimpel aufgehängt werden, ein Interview mit einem 800-Plus, der sagt, dass er aufgrund seiner langen Abstammung aus Großbritannien sicher ist, die 900 zu übersteigen. Iris stöhnt. Überhaupt nichts über die Zahl der Toten in den Nachbarschaften für Leute mit niedrigen Punktzahlen. Es interessiert niemanden.

Sie kommt nach Hause und findet Georgie lebendig und wohlauf vor, nicht dass sie wirklich befürchtet hätte, dass eine der Leichen Georgie sein könnte. Sie ist weder punktlos, noch unter 100. Sicherlich würde niemand Georgie etwas antun wollen, obwohl die seelische Qual schon Folter genug ist.

Sobald Iris zur Tür hereinkommt, läuft Georgie auf sie zu und sie umarmen sich.

„Du hast es auch gesehen?", fragt Iris.

Georgie nickt und verstärkt ihre Umarmung. „Es ist schrecklich. Ich bin so froh, dass es dir gut geht."

Iris holt zwei Flaschen Bier aus dem Kühlschrank, reicht eine Georgie und trinkt die Hälfte ihrer eigenen in einem Zug. Georgie hat gerade geduscht und ihr platinblonder Pixie-Schnitt hängt wie ein Vorhang über die eine Seite ihres Gesichts. Sie wechselt alle paar Minuten die Seite, während ihre Haare trocknen. Sie behauptet, das gäbe Volumen.

„All diese armen Menschen. Und das Verkehrschaos."

Iris nickt. Wie typisch für Georgie, die praktischen Dinge anzusprechen.

„Warum räumt das niemand weg?", fragt Georgie. „Es ist würdelos."

„Ich habe es gemeldet. Vielleicht wird es jemand tun."

„Was? Über die Gesellschaftspolizei-App?"

„Ja. Dachte, kann ja nicht schaden."

Georgie stößt einen langen, lauten Seufzer aus. „Na ja, ich schätze, das ist wenigstens etwas." Sie trinkt etwas von ihrem Bier und verzieht dann das Gesicht, was zeigt, wie bitter es ist. „Sam hat uns heute Abend zur Eröffnung einer Cocktailbar eingeladen."

Iris verschluckt sich fast an ihrem Bier und ihre Augen tränen von der Anstrengung, es herunterzuschlucken. Sie überprüft das Datum auf ihrem Handy. „Ich weiß nicht. Es ist Donnerstag. Ich muss morgen arbeiten."

„Ach komm schon", sagt Georgie und beugt die Knie, als würde sie gleich betteln. „Nur ein paar Cocktails. Ich brauche das. Ich muss dieses Bild der Leichen irgendwie aus meinem Kopf bekommen. Wir brauchen etwas Aufmunterung."

Das fünfte Rad am Wagen für Georgie und Sam zu spielen, klingt nach der möglicherweise schlechtesten Art, einen schrecklichen Anblick aus dem Kopf zu bekommen. „Ich weiß nicht-"

„Und wir kommen nicht zu spät. Es ist ein Lokal für 500-Plus. Wir waren noch nie an einem so schicken Ort."

Iris' kleine Kostprobe vom Leben mit hoher Punktzahl scheint nicht bei einem halbausgetrunkenen Kaffee von Angus zu enden. Eine Bar – eine echte Cocktailbar. Sie leckt sich die Lippen. Das zimmerwarme Bier in ihrer Hand schmeckt mittlerweile nur noch sauer und schal. Sie hat diese Cocktails schon gesehen, kunstvoll dekoriert, mit bunten Garnituren. Viel verlockender als ein Kaffee, den ein mürrischer Barista widerwillig serviert.

„Klar. Okay. Warum nicht?"

13

—·—

IRIS

Iris wühlt in ihrem Kleiderschrank, auf der Suche nach ihrem glamourösesten – oder am wenigsten schlichten – Outfit. Es dauert nicht lange, so wenig Kleidung besitzt sie. Etwas ohne Flecken, etwas, das sie nicht zum Klettern trägt, würde schon reichen. Ihr Wühlen verlangsamt sich, als ihr plötzlich schwindelig wird – der Abstand zwischen ihrem Kopf und dem Boden scheint mehr zu schwanken, als er sollte. Nur Aufregung, redet sie sich ein. Oder Angst – körperlich fühlt es sich gleich an. Vielleicht war es auch das hastige Bier oder die Tatsache, dass sie noch nichts zu Abend gegessen hat. Oder vielleicht ist es wirklich Aufregung, vermischt mit der schweren Schuld, sich nach dem, was sie gerade gesehen hat, überhaupt vergnügen zu wollen.

Du kannst dem Leiden ein Ende setzen, Iris.

Sie schnaubt lachend und ist froh, dass Georgie nicht in der Nähe ist, um zu fragen, worüber sie lacht. Dumme Stimme, die Unsinn redet. Es gibt immer Leid. Die menschliche Rasse auszulöschen ist so ziemlich der einzige Weg, dem ein Ende zu setzen, und sie ist sich ziemlich sicher, dass die Stimme das nicht vorschlägt.

Sie zieht die Vorhänge zu und versucht, das bisschen Wärme im Raum zu halten. Nur das schwache Licht der alten Lampe auf ihrem

Schreibtisch bleibt. Einen Moment lang setzt sie sich aufs Bett, dehnt ihren Nacken und ihre Arme – die Art von Dehnübungen, die sie nach einer Kletterpartie macht. Doch die Art, wie sie vorhin die Fahrradlenker umklammert hat, hat ihre Muskeln genauso verkrampft. Langsam lockert sie sich, ihre Anspannung lässt nach und gibt der zurückkehrenden Aufregung Raum. Es ist okay, aufgeregt zu sein, auch wenn diese Aufregung einen Hauch von Beklemmung mit sich bringt. Sie sollte sich nicht schuldig fühlen, weil sie Spaß haben will. Diese Überlebensschuld taucht immer wieder auf, meist zu den seltsamsten Zeiten. Sie hatte nichts mit den Leichen zu tun, die sie heute gesehen hat, und trotzdem atmet sie, während sie es nicht mehr tun.

Eine Bar für Personen mit einer hohen Punktzahl! Iris schließt einen Moment die Augen und versucht, es sich vorzustellen, um die Aufregung Wurzeln schlagen zu lassen. Vielleicht kann sie einige Person mit einer hohen Punktzahl treffen – keine Konservierten, sondern echte Menschen in ihrem Alter. Sie können nicht alle wie Sam sein. Sie holt ihre Schminktasche heraus. Solche Pläne verdienen die volle Aufmerksamkeit. Vielleicht wird sogar der Umgang mit einer Person mit hoher Punktzahl ihre eigene Punktzahl verbessern. Berkshire ist wirklich der beste Ort, da es so viele Bars für Personen mit hohen Punktzahlen gibt und mehr solcher Personen als in jeder anderen Grafschaft. Deshalb ist es die beste Grafschaft überhaupt.

Was interessiert dich die Punktzahl-

„Ach, halt die Klappe!", sagt sie zu der Stimme, bevor sie ihre Blase zum Platzen bringt. Sie muss ein bisschen rausgehen, ein wenig Spaß haben, und das raue, ständige Nörgeln ist hinderlich. Wie kann sie wissen, dass die Punktzahl keine Bedeutung hat, wenn sie nicht sieht, worum es hier geht?

Sie trägt Rouge auf und eine zweite Schicht Mascara, dankbar, dass Georgie immer dafür sorgt, dass ihre Schönheitsvorräte gut gefüllt sind. Während sie ihre Wangen pudert und sich in die Art Frau verwandelt, die Norman Bonnet meint, wie sie sich präsentieren sollte, wird ihr klar, dass sie wieder voll und ganz in dieser Schublade steckt. Platons Höhle ist tief, und herauszuklettern erfordert zu viel Anstrengung. Es gibt keine Griffe wie an der Boulderwand. Es ist, als wären die Wände aus Glas.

Es gibt etwas Tröstliches im Vertrauten. Wisch den Staub weg, und er sammelt sich wieder an denselben Stellen. Die Fenster verschmieren immer wieder, egal wie streifenfrei man sie putzt.

Die Fesseln der Normalität heften sich an ihre Knöchel wie schwere Ketten, die sie zurückziehen. Sie hat sie so lange mit sich herumgeschleppt, da kann sie sie auch behalten. Nicht mehr leicht und impulsiv mit ihrem Erwachen, sacken ihre Schultern herab, als ihr klar wird, dass Georgie recht hatte. Es ist besser, es einfach zu akzeptieren und mit dem Leben weiterzumachen. Ihr kurzes Intermezzo verräterischer Gedanken war genau das. Eine Fußnote im großen Ganzen. Sie hat einen Schlussstrich darunter gezogen. Sie will nicht als zerstückelte Punktlose enden. Es gibt Sicherheit mit einer höheren Punktzahl und Sicherheit in dessen Verfolgung.

Ihr Ehrgeiz hat einen erneuerten Schub erhalten. Vielleicht ist so eine Gelegenheit genau das, was ihr gefehlt hat. Eine Pause vom alten Trott bei der Arbeit und den gleichen alten Partys an den Wochenenden. Es ist wahrscheinlich nicht so schlimm, eine hohe Punktzahl zu haben. Natürlich begann Sam mit einer absurd hohen Punktzahl dank der Abstammung ihrer Eltern. Sie muss sich kaum anstrengen.

„Alles, was ich anprobiere, sieht scheiße aus", ruft Georgie aus ihrem Zimmer, bevor sie zu Iris' Zimmer geht. „Und meine Wimpern. Die sind alle verklumpt." Georgie ist natürlich wunderschön. Ihr glattes Haar reflektiert das Licht wie ein Spiegel und dass ihre Wimpern verklumpt sind, stimmt einfach nicht. Manchmal denkt Iris, Georgie hätte einen betrügerischen Spiegel in ihrem Zimmer, einen, der ihr Lügen zeigt.

„Du siehst toll aus", sagt Iris. „Wirklich toll. Hör auf, dir Sorgen zu machen. Sam wird dich mit oder ohne Wimpernklumpen mögen."

„Vielleicht treffe ich ja doch noch jemand anderen, jemanden, der noch besser ist. Wir sind nicht exklusiv."

Iris rollt mit den Augen und richtet ihre Aufmerksamkeit wieder auf ihr Aussehen. „Was auch immer."

„Komm schon, Iris", sagt Georgie und setzt sich auf das Bett. „Es war schrecklich, diese Leichen. Aber du hast alles getan, was du konntest."

Iris' Versuch, nichts als Aufregung auszustrahlen, täuscht Georgie nicht. Ihre beste Freundin kennt sie zu gut und kann jedes Unwohlsein spüren, wie ein Hund ein Keks riechen kann. Iris kann ihr nicht all ihre Sorgen erzählen, von ihrem Jobangebot, bei dem sie die Punktlosen verraten soll, dass es in dem winzigen Raum ein bisschen stickig und luftlos ist, dass das Einatmen dieser zirkulierten Luft muffig ist und sie runterzieht, dass sie sich selbst verrät, indem sie sich darauf freut, mit Leuten mit hohen Punktzahlen zu fraternisieren. Ihre emotionalen Widersprüche nagen an ihr. Erweckt zu werden und sich dann wieder der Konditionierung zu fügen, ist, als würde man in zwei verschiedene Richtungen gezogen, und sie reißt dabei förmlich in der Mitte. Es ist, als hätte sie gerade den Fuß nach oben bekommen, und nun wurde sie wieder brutal zurückgeholt.

„Ich kann es einfach nicht aus meinem Kopf bekommen. Der ganze Tod", sagt sie. Eine einfachere Erklärung.

Iris ist fertig mit schminken. Es wird etwas mehr als Eyeliner und eine Hochsteckfrisur brauchen, damit sie aussieht, als gehöre sie in eine 500-Plus-Bar. Sie dreht sich zur Seite, richtet sich auf und begutachtet ihre kaum bemerkbaren Kurven, dann lässt sie wieder ihre Schultern sinken.

„Machst du dir Sorgen wegen diesem Schlitzer-Typ?", fragt Georgie. „Es ist wie du gesagt hast, wahrscheinlich nur eine arme Seele, die Hilfe wollte."

Iris bereut es, Georgie davon erzählt zu haben. Georgie wäre geblieben und hätte geholfen. Sie wäre nicht so paranoid gewesen und abgehauen. Sie hätte zumindest gefragt, anstatt auf die seltsame Stimme in ihrem Kopf zu hören. Georgie hätte Freundlichkeit gezeigt statt Wahnsinn. Aber sie war nicht da. Es war verdammt gruselig.

„Hast du dein Pfefferspray dabei?", fragt Iris.

„Es passt nicht in meine Handtasche." Georgie hält ihre zierliche Clutch hoch. Sie sieht aus, als würde sie kaum mehr als die paar Pailletten fassen, die die Vorderseite zieren.

„Dann nimm doch eine größere Tasche."

Georgie legt den Kopf schief, während sie ihre Tasche inspiziert, und lässt sie dann an ihrer Seite hängen. „Nein, das ist die beste. Du hast doch Pfefferspray dabei, oder? Das passt auf jeden Fall in deine Tasche."

Iris nickt und greift nach ihrer größeren, praktischeren Tasche – einem gestreiften Leinending, das eher für einen Supermarktbesuch als für eine noble Bar geeignet ist, aber es wird schon gehen. Nach mehreren Outfit-Wechseln, um die beste Mischung aus verführerisch, sauber und bequem genug zum Radfahren zu finden, brechen sie auf und fahren in die Stadt. Sie nehmen die kleineren Straßen, um die Leichen zu umgehen, und lassen beim Bergabfahren die Bremsen los, damit der Wind Georgies Haaren das letzte bisschen Volumen verleiht, das sie angeblich so dringend braucht.

An der Tür der Bar steht Security und überprüft ihre Namen beim Einlass – riesige Kerle, von denen Iris vermutet, dass sie tagsüber Ziegelhaufen von eingestürzten Gebäuden wegräumen. Iris stolpert über ihren Namen, als sie zappelig dasteht, wie jemand, der dringend auf die Toilette muss. Georgie ergeht es kaum besser; sie lässt ein kleines Quietschen hören, als sie durch die Türen gehen.

Sie werden von Vanilleduft und Musik in einer Lautstärke empfangen, bei der man sich noch unterhalten kann. Kunstvolle Leuchten, die mit Kristallen verziert sind, tauchen einladende Stühle und einen Boden, der wie fließendes Wasser in Farben schimmert, in weiches Licht.

Sam sitzt in einer Nische mit ein paar anderen Leuten, die vermutlich ihre Kollegen sein müssen. Zahnärzte scheinen immer das gleiche strahlende Lächeln und gut sitzende Klamotten zu haben und gestikulieren so vorsichtig, als würden sie Kronen und Veneers erklären. Sam zeigt ihnen ihr eigenes strahlendes Lächeln und winkt ihnen zu.

„Hi, Georgie. Oh, Iris, du bist auch gekommen. War mir nicht sicher, ob das dein Ding ist." Sams Stimme hat einen enttäuschten Unterton, der Iris' Rücken jucken lässt.

„Nun," Iris versucht, lässig zu klingen, „ich wurde eingeladen."

„Ist das hier nicht toll?", fragt Sam. Sie wendet sich direkt Georgie zu und winkt einem Barkeeper, der mit einem Tablett voller Cocktails herüberkommt und sie auf den Tisch stellt. Hohe, elegante Gläser, die im Licht funkeln. Iris nimmt eines und nippt daran. Ihre Augen weiten sich vor Entzücken, als sie Geschmacksnoten von so exotischen Aromen wahrnimmt, dass sie nicht einmal weiß, was es ist.

Sie seufzt quer durch die Bar, als sie Angus entdeckt. Natürlich ist er hier. Es gibt so wenige Menschen unter dreißig in dieser Stadt, die sich eine solche Bar leisten können. Nur neun andere Personen in ganz Reading haben ihre Lebenspunkte zur gleichen Zeit wie Iris und Georgie erhalten. In der ganzen Stadt. Iris und Georgie haben natürlich die niedrigsten. Die meisten Schwangerschaften, die die Große Unruhe überlebt haben, stammten von Eltern, die es sich leisten konnten, ein Leben zu kaufen, und daher die hohe Punktzahl hatten, um den Kredit zu finanzieren. Dass Iris und Georgie am Leben sind, grenzt an ein Wunder.

Iris nimmt noch einen Schluck von ihrem Drink. Göttlich.

„Ich höre, du arbeitest in der Statistikabteilung?" Die Frage kommt von einer süßen Brünetten mit dunklen Augen, in denen Iris sich verlieren könnte. Sie stellt sich als Kira vor. Als Iris sich ihr zuwendet, wirft sie ihr Haar über die Schulter, auf eine Art, die Iris denken lässt, sie flirte.

„Ja. Ich analysiere hauptsächlich Daten."

„Na, du musst ja ziemlich clever sein, um all die Zahlen zu verstehen."

Ja, definitiv Flirten. Iris' Einladung scheint jetzt erklärbarer. Sie ist hier, um Sams Freundin zu unterhalten.

„Arbeitest du mit Sam in der Zahnarztpraxis?" Iris blickt durch ihre Wimpern nach oben und nippt an ihrem Strohhalm. Sie könnte weitaus Schlimmeres tun, als sich mit einer wie Kira einzulassen. Und sie scheint auf jeden Fall viel charmanter zu sein als der Typ von neulich.

„Oh nein. Ich kenne Sam eigentlich über Freunde von Freunden. Du weißt schon, wie das läuft."

„Klar."

„Also, du musst all die Zahlen für das vierteljährliche Bevölkerungs-Update von *Eyes Forward* bearbeiten."

„Jap. Im Büro ist gerade die Hölle los," sagt Iris. Sie nimmt noch einen Schluck von ihrem Drink und hält dabei Blickkontakt. Nur weil sie selten flirtet, heißt das nicht, dass sie schlecht darin ist.

Kira lehnt sich näher. „Irgendwelche Insider-Infos? Haben wir die Kurve abgeflacht? Sind wir diese fiese Stufe am punktlosen Ende losgeworden?"

Iris beißt sich auf die Unterlippe und lässt ein mädchenhaftes Lachen hören. „Tut mir leid. Vertraulich bis zur Bekanntgabe."

„Iris verrät mir nicht mal die Arbeitsstatistiken," sagt Georgie und stößt Iris an. „Sie kann ziemlich gut Geheimnisse bewahren."

„Na ja," sagt Kira, „meine Eltern haben über 800 Punkte und sie sagen, es stehe eine große Ankündigung bevor. Irgendwas über die Anpassung des Ungleichgewichts, ein Anreiz."

Über 800! Iris leckt sich die Lippen. „Tja, darüber weiß ich leider nichts."

Sie glauben das alles. Siehst du das nicht? Deshalb musst du die Wahrheit sagen.

Die Stimme kommt so plötzlich zurück, dass Iris sich ein wenig an ihrem Drink verschluckt. Kira lächelt und gibt Iris höflich den Raum, den sie zum Husten braucht, während ihre Wangen vor Verlegenheit glühen.

„Stark, nicht wahr?" Kira lächelt.

Iris nickt und versucht, es wegzulachen. Warum ist die Stimme jetzt zurück? Sie inspiziert ihren Drink. Er ist hellrosa mit Goldglitter, kein blauer Flake-Überzug drin oder am Rand. Warum verschwindet die Stimme nicht einfach? Sie ist definitiv nicht high.

Ich verschwinde nicht, Iris. Du musst es sehen. Du musst es sie sehen lassen.

Iris murmelt eine Entschuldigung und macht sich dann auf den Weg zur Toilette. Sie geht langsam, kämpft gegen den Drang an, zu rennen. Obwohl sie so viel Zeit mit dem Make-up verbracht hat, spritzt sie sich kaltes Wasser ins Gesicht und über den Hals, in der Hoffnung, die aufkommende Nervosität zu vertreiben.

Iris. Deine Angst gilt nicht mir. Sie gilt der Gesellschaft. Dem, was passiert.

„Verschwinde!", schreit sie in den Spiegel. Sie ist allein im Badezimmer. Zumindest wird niemand sonst mitbekommen, dass sie verrückt ist. Sie beugt sich näher an den Spiegel, ihr Blick bohrt sich in ihre eigenen Augen. Als sie sich nah heranlehnt, beschlägt ihr Atem das Glas und ihre Augen verschwimmen zu schwarzen Löchern.

Sie ist nicht verrückt. Unmöglich. Sie ist eine gute Bürgerin. Sie arbeitet hart und mag Klettern. Das sind die Dinge, die Iris ausmachen, die sie daran erinnern, wer sie ist. Nicht diese Stimme, nicht irgendein nerviger Dämon, der ihr sagt, sie solle schlechte Gedanken haben.

„Ich bin Iris Taylor," sagt sie zu sich selbst. „Ich bin Iris Taylor. Ich bin Iris Taylor."

„Iris?"

Georgies Stimme lässt Iris herumfahren. Georgie steht da, mit weit aufgerissenen Augen und hochgezogenen Mundwinkeln. „Alles okay bei dir?"

„Klar", sagt sie lässig, nun ja, so lässig, wie sie es eben hinbekommt. „Musste nur husten. Das Getränk hat meinen Hals gereizt."

„Alles klar. Na, vielleicht noch eins? Kira holt gerade eine Runde. Ich glaube, sie mag dich."

Iris räuspert sich, zerzaust ihre Haare und überprüft dann ihr Make-up auf Verschmierungen. Sie fühlt sich nicht oft zu Frauen hingezogen, aber ein bisschen Leichtsinn mit Kira könnte genau die Ablenkung sein, die sie braucht, um ihren Kopf frei zu bekommen. „Super. Lass uns was trinken gehen."

Iris

Ein weiterer Cocktail reicht nicht aus, um Iris zu entspannen. Sie zuckt zusammen, wenn Kira ihren Arm streichelt, blickt über ihre Schulter, wenn sie andere Stimmen hört, und findet Sams ständiges Gerede über den neuen Algorithmus und was auch immer der neue

Ausgleichsanreiz sein könnte, ermüdend. Iris unterdrückt ein Gähnen, wann immer das Gespräch in Richtung Lebenspunktzahl-Statistiken abdriftet. Sie ist hergekommen, um Spaß zu haben, nicht um über die Arbeit zu reden.

Angus' Anwesenheit ist eine Ablenkung. Er entdeckt sie und winkt – sie wendet sich ab. Er denkt wahrscheinlich, sie versuche, sich die Punktzahl-Leiter hochzuschlafen, was angesichts der Art, wie sie mit Kira zu flirten versucht, durchaus zutreffen könnte.

Nach ein paar weiteren Cocktails sagt Iris zu Georgie, dass sie für heute Schluss machen sollten. So verlockend Kira auch ist und so sehr sie sich amüsieren möchte, sie muss morgen immer noch arbeiten. Iris und Kira tauschen Nummern aus und genießen eine kurze Umarmung sowie einen Kuss auf die Wange. Ihre Köpfe verweilen für ein paar Sekunden nah beieinander, bevor Iris sich zurückzieht. Noch mehr, und Angus wird es wahrscheinlich der Familie erzählen, und ehe sie sich versieht, werden ihre Eltern Kira zum Sonntagsessen einladen wollen.

Iris und Georgie gehen, leicht taumelnd, und holen ihre Fahrräder ab. Sie steigen zunächst auf das falsche Rad, bevor sie kichernd wieder tauschen.

Sie radeln durch das belebte Stadtzentrum, vorbei an den Menschenmengen, die sich auf den Straßen tummeln, auf der Suche nach einem Platz in den Bars oder die neugierig hineinschauen. Taschendiebe, wahrscheinlich Personen mit den niedrigsten Punktzahlen. Wenn man so wenige Punkte zu verlieren hat, warum nicht? Iris verkürzt ihren Taschenriemen und hält die Hand so fest wie möglich darauf, um sicherzustellen, dass nichts verloren geht.

Die Fahrradbrücke über die Themse ist ungewöhnlich leer, fast unheimlich. Es ist eine Stille, die Iris nicht gewohnt ist, aber sie schenkt dem keine weitere Beachtung und fährt weiter in Richtung Gosbrook

Road, am Fuße des St. Peter's Hill. Ihr Fahrrad wackelt leicht. Ist es der Alkohol oder ein Zittern im Boden? Sie bremst etwas ab und lauscht auf das verräterische Grollen eines einstürzenden Gebäudes, aber es bleibt still – nur der Wind saust vorbei. Georgie scheint nichts zu bemerken und fährt unbeirrt weiter.

„Also, Kira...", sagt Georgie, die Betonung am Ende verleiht dem Ganzen einen schelmischen Ton.

„Ja."

„Sie scheint nett zu sein."

„Jap", sagt Iris tonlos, fast wie das Geräusch einer sich schließenden Tür.

Georgie schielt herüber. In der Dunkelheit kann Iris erkennen, dass sie ihr trauriges, schmollendes Erzähl-mir-den-Klatsch-Gesicht macht. Iris lacht und schüttelt den Kopf. Georgie erzeugt genug Klatsch für sie beide und lechzt immer nach mehr, während Iris selten den Wunsch verspürt, etwas zu wissen oder zu teilen.

Hinter ihnen gehen einige Lichter an und Iris dreht sich um. Sie sind blendend hell, nicht nur die üblichen trüben Straßenlaternen, sondern eher wie Flutlichter, die sich auf Fahrrädern mit weit besserer Leistung als ihre nähern. Sie sind jetzt an den Wohnungen für höhere Punktzahlen vorbei und nähern sich ihrem schäbigen Stadtteil. Solche Fahrräder sieht man hier selten – niemand hat das elektrische Guthaben, um so etwas aufzuladen. Vielleicht gestohlen, oder es sind Personen mit hohen Punktzahlen, die sich verirrt haben.

Iris und Georgie fahren nebeneinander und tauschen Blicke aus, zucken leicht mit den Schultern und erhöhen dann instinktiv ihr Tempo. Anstatt etwas Abstand zwischen sich und die blendenden Lichter hinter ihnen zu bringen, wird der Schein immer heller. Die Fahrräder hinter ihnen kommen näher und leuchten ihnen den Weg. Iris dreht sich erneut um, aber sie wird zu stark geblendet, sodass alles um sie herum ausgelöscht wird. Sie kann nichts als das Licht sehen und als sie sich wieder nach vorne wendet, lässt das Nachbild ihre Sicht noch dunkler werden als zuvor. Sie blinzelt, um die Flecken loszuwerden, und verlässt sich einen Moment lang auf Georgies Umriss neben ihr, um sich zu orientieren.

Die Fahrräder sind jetzt näher. Viel näher. Das Rattern ihrer Fahrer ist genauso laut wie ihr eigenes. Sie könnten einfach zur Seite fahren und sie vorbeilassen, aber irgendetwas sagt Iris, dass sie das nicht tun sollte – ein Instinkt, der sich aus ihrem Bauch herauskämpft und ihr sagt, schneller zu fahren. Iris schaut zu Georgie hinüber, kneift das Auge zusammen, das den Lichtern am nächsten ist, und die beiden treffen sich mit den Augen – Georgies Instinkt stimmt mit ihrem überein.

Sie strampeln den Hügel hinauf. Im Augenwinkel, in diesem zusammengekniffenen Auge, sieht Iris es: diesen langen Metallglanz im Licht.

Iris. Sie kommen, um dich zu holen.

Die Stimme warnt sie. In ihrem Herzen weiß sie das, ihre Intuition stimmt zu.

„Georgie, Scheiße!"

Iris' Tonfall reicht aus, um Georgie klarzumachen, dass sie sich vom Licht entfernen müssen, weg von den Personen auf diesen Fahrrädern, weg von dem, was auch immer dieser lange Metallspieß ist. Sie treten immer schneller in die Pedale, ihre Fahrräder ächzen und klappern dabei. Die anderen Fahrräder sind jetzt bei ihnen, ein Hauch von Reifen auf Iris' Hinterrad bringt sie fast aus dem Gleichgewicht, doch sie reißt am Lenker und richtet sich wieder auf, gewinnt ein oder zwei Zentimeter. Sie macht einen Schlenker und Georgie reagiert, indem sie weiter auf die Straße ausweicht.

Die Luft rauscht am Metall vorbei, als es neben Iris herabsaust. Sie hört das Zischen, spürt den Windhauch an ihrer Wange. Ihr Mantel verfängt sich in der Klinge und reißt am Ellbogen. Ein sauberer Schnitt, messerscharf, der nicht einmal hängen bleibt. Die Klinge kommt wieder hoch.

„Georgie, duck dich!"

Georgie, die Augen wild vor Panik, neigt sich nach rechts und schlingert dann über die ganze Straße, als sie versucht, sich zu stabilisieren. Sie schreit Iris' Namen, als sie von der Straße kippt und in die Grasböschung stürzt.

Ein Fahrrad quietscht hinter ihnen, als es zum Stehen kommt, während das andere sich seitlich neben Iris positioniert. Sie macht eine scharfe Rechtskurve, setzt ihren Fuß auf den Boden und schleudert ihr Fahrrad in einer 180-Grad-Wende herum, um dann direkt auf die Person zuzufahren, die Georgie verfolgt. Sie hat keine Zeit, die Größe des Mannes wahrzunehmen, den dicken Baumstamm seines Oberkörpers, seine Höhe, die mehr als einen Kopf größer ist als sie oder Georgie. Doch solche Gedanken kommen ihr nicht in den Sinn, und ihr Rad prallt gegen sein Bein. Sein Knie knickt ein, er stürzt und flucht, während das andere Fahrrad schnell aufholt. Die Bremsen des Fahrers knirschen, als er direkt neben ihr anhält und mit der Klinge nach ihr schlägt. Iris duckt sich, als das Metall an ihr vorbeifliegt, greift in ihre Handtasche und sprüht ihm das Pfefferspray direkt ins Gesicht.

Ein kehliges Grummeln dringt aus dem Gesicht, das größtenteils von einer engen Kapuze verdeckt ist, doch die Wolke des Pfeffersprays trifft seine Augen und seinen Mund. Ein Schmerzschrei entfährt ihm, während er sich panisch die Augen hält. Der andere Mann erhebt sich und zieht eine kleinere Klinge von seinem Gürtel. Iris ist schnell und sprüht auch ihm das Spray ins Gesicht. Mit einem Wimmern sinkt er zu Boden und fällt auf seinen Partner.

Iris ergreift Georgies Hand, zieht sie aus der Böschung und sie treten in die Pedale. Mit aller Kraft fahren sie los.

Iris

„Oh mein Gott, Iris", sagt Georgie, als sie durch ihre Tür kommen.

Es ist das erste, was eine von ihnen gesagt hat. Iris' Lungen brennen vor Anstrengung. Sie ist noch nie in ihrem Leben so schnell geradelt. Alles tut weh, jetzt, wo sie in Sicherheit sind, und sie setzt sich auf den Boden neben der Haustür. Ihre Beine sind zu schwach, um es bis zum Sofa zu schaffen. Ihr Herz hämmert so stark, dass es aus ihrer Brust springen könnte, und sie zittert schlimmer als ein einstürzendes Gebäude.

Iris sieht Georgie an. Sie hat es nicht besser überstanden. Ihr Gesicht ist geisterhaft bleich, ein starker Kontrast zu den rosafarbenen Rändern ihrer Augen. „Lass mich dich ansehen." Iris kriecht zu ihr, zieht dann Georgies schlammige Ärmel hoch, bevor sie ihren Hals überprüft und die Trümmer von der Grasböschung abstreift. Sie zieht sanft an ihren Füßen und bewegt ihre Arme. Ein paar Schürfwunden vom Kies, das ist alles. Nichts gebrochen. Keine großen Wunden.

Iris' Jacke hatte nicht so viel Glück. Der Riss von dem Messerschwert, oder was auch immer es war, geht quer durch, und die Füllung kommt heraus. Sie untersucht es, dann zieht sie an der Füllung. Das hätte ihr Arm sein können. Ihr Fleisch. Diese Füllung hätte ihr Blut sein können. Oder Georgies.

„Lass uns..." Iris' Stimme zittert. Worte scheinen weit weg und unerreichbar. Sie schluckt, versucht ihr Herz zu beruhigen. „Lass uns etwas Heißes trinken. Etwas... etwas Kamillentee... mit Zucker."

„Der Strom-"

„Scheiß auf den Strom."

Während der Wasserkocher brodelt, hilft Iris Georgie beim Ausziehen und stellt sie dann unter die Dusche. Sie streicht den gesamten Spülgang des nächsten Tages, um das Wasser auszugleichen. Ihre Pisse kann für den Tag stehen bleiben. Das ist jetzt nicht wichtig.

Sie hätten Georgie töten können, hätten sie beide töten können. Wer auch immer sie waren. Dieser Gedanke geht ihr immer wieder durch den Kopf. Iris kann das Bild von Georgie, aufgeschlitzt und blutend auf dem Asphalt, nicht abschütteln. Es ist so real vor ihren Augen, als wäre es eine Vorahnung. Ihre Freundin, ihre beste Freundin seit Kindertagen, die Freundin, mit der sie aufgewachsen ist, mit der sie in Schwierigkeiten geraten ist, mit der sie getratscht hat... Sie hätten sie töten können.

Sie macht die heißen Getränke, dann setzt sie sich aufs Sofa. Ihre geballten Fäuste drücken gegen ihre Schläfen und sie zieht an ihren Haaren, während sie weint. Dann greift sie nach einem Kissen, vergräbt ihr Gesicht darin und schreit, genauso wie sie es als Kind getan hat, wenn sie so voller Wut war, dass es keinen anderen Ausweg gab. Sie schreit und weint in ihr Kissen, bis es zu nass zum Benutzen ist.

Nutze diese Wut, Iris.

Sie weist die Stimme jetzt nicht zurück. Die Stimme ist nicht ihr Wahnsinn; sie ist ihr Schutzengel. Und sie hat recht. Ihre Wut brennt heißer als je zuvor. Sie ballt ihre Fäuste so fest, dass ihre Fingernägel ihre Handflächen einschneiden und ihre Finger ein dumpfes Knacken von sich geben. Sie knirscht mit den Zähnen und bekommt ihren Atem unter Kontrolle, lange und stetig ein- und ausatmen gegen angespannte Brustmuskeln und durch einen zusammengepressten Mund. Wut fühlt sich zu sanft, zu ambivalent an.

Sie kocht vor Zorn.

Sie öffnet die Gesellschaftspolizei-App, um den Vorfall zu melden, obwohl sie weiß, dass es ohne Videomaterial und ohne Gesichtserkennung nirgendwohin führen wird. Nur eine weitere Statistik.

Kommt ihr bekannt vor.

Georgies Zittern hat ein wenig nachgelassen, als sie aus der Dusche zurückkommt. Beide in ihre wärmsten Pyjamas gekleidet, setzen sie sich auf das Sofa, und Iris reicht ihr eine Tasse Tee. Iris' Hände sind ruhig, nicht einmal ein leichtes Zittern. Ihr Zorn hat sie gefestigt.

„Gott sei Dank hattest du das Pfefferspray", sagt Georgie und starrt in ihre Tasse. Der Dampf sammelt sich um sie herum.

„Ja. Hab die ganze verdammte Dose verbraucht. Ich hab noch eine in meinem Zimmer. Du solltest auch welches bei dir tragen."

„Irgendwie scheint meine Handtaschenauswahl jetzt nicht mehr so wichtig."

Iris legt ihren Arm um sie, drückt ihre Schultern und vertreibt die Angst aus ihr. „Alles ist gut, Georgie. Uns geht es beiden gut."

14

IRIS

Iris hatte nicht vor, am Wochenende zu einer Party zu gehen. Der Donnerstag war schon traumatisch genug – nach draußen zu gehen, scheint unnötig. Ein gemütlicher Samstagabend zu Hause ist genau das, was sie braucht. Nüchtern, erholsam, sicher. Georgie beschützen.

Aber dann sagt Georgie: „Ich will es ausprobieren."

„Was?"

„Flake. Du wirktest danach so anders, als wäre all dein Trauma verschwunden. Als würdest du Dinge verstehen, die ich nicht verstehe."

„Tja", schnaubt Iris. „Die Wirkung lässt nach."

„Nein, tut sie nicht." Georgie mustert Iris' Gesicht und starrt sie auf eine Weise an, wie es nur beste Freundinnen können – Freundinnen, die jede Sommersprosse und jeden Makel der anderen kennen. „Du hast irgendwie eine andere Perspektive. Nicht negativ anders. Aber du verhältst dich anders."

Iris wendet ihr Gesicht ab und fühlt sich beschämt im Rampenlicht. Ihre Kostprobe von Flake führte dazu, dass sie vom Zustand der Dinge enttäuscht war, dann von sich selbst enttäuscht, weil sie nichts änderte, und dann enttäuscht, dass sie diese Sichtweise aufgab. Nichts daran war gut. „Ich habe keine Ahnung, wo ich es herbekommen soll", sagt sie.

„Du weißt, dass es bei Marny etwas geben wird."

Auf Marnys Partys gibt es jede erdenkliche Droge. Wenn Iris dabei ist, verbringt sie die Nacht normalerweise damit, ihre Hand über ihr Glas zu halten, um versehentliche Dosen zu vermeiden, während sie Leuten ausweicht, die mit verschwitzten, grünen Gesichtern herumtaumeln und die nächste Ecke zum Kotzen suchen. Georgie findet sie lustig und einen Ort, um andere lustige Leute zu treffen, aber Iris empfindet sie meist als nervige Kopfschmerz-Verursacher. Und es ist nicht so, als wolle sie Marny je wiedersehen. Sie geht ihr seit Monaten aus dem Weg.

Georgie hat in der Redaktion bei der Arbeit nichts Nützliches über verrückte Messerstecher gehört, die durch die Straßen streifen, nichts über einen Ausbruch aus einer Pres-X-Anstalt. Jede Menge Geplänkel über Flake-Konsum natürlich und über den Hype um den Punktzahl-Algorithmus, aber keine Spur von den echten Nachrichten. Ablenkungspolitik, nennt Georgie das.

„Wenn es eine echte Gefahr gäbe, mehr als sonst, würde es irgendwo Gerüchte geben. Ablenkungspolitik kann auch nicht alles vertuschen", sagt Georgie in diesem quengelig bettelnden Ton, der Iris dazu bringt, aus reiner Bosheit nein sagen zu wollen.

„Ich weiß nicht. Es scheint einfach nicht vernünftig dieses Wochenende."

„Marnys Wohnung ist nur ein paar Straßen entfernt", sagt Georgie, „nicht unten am Hügel."

„Aber direkt neben einem punktelosen Block. Und ich bin orange."

„Na und? Wir bleiben bis zum Morgen, damit du nicht erwischt wirst, wenn du draußen bist. Wir bleiben sowieso immer bis zum Morgen. Es ist nur eine fünfminütige Fahrt. Ich will es ausprobieren. Ich muss es."

Iris denkt an ihren neuen Arbeitsauftrag, an ihre Aufforderung, Flake-Lieferanten zu verpfeifen. Sie wird dort sicher welche finden. Den

Dealern aus dem Weg zu gehen, scheint der beste Weg zu sein, nicht in Versuchung zu geraten und nicht zur Verräterin zu werden.

„Bitte, Iris. Nach Donnerstagabend brauche ich das, und ich will nicht ohne dich gehen."

Der Gedanke, dass Georgie allein ausgeht, lässt Iris' Magen sich zusammenziehen. Iris will sie in Sicht- und Hörweite haben, irgendwo, wo sie sie bei Bedarf packen kann. Iris sehnt sich nicht nach dem Rausch von Flake – die verbesserte Sicht und die zerstreute Wut waren nett, aber nichts, was sie wirklich braucht. Was sie braucht, ist ein Tritt in den Hintern. Ihre Gedanken haben sich in den letzten Tagen zu einem Nichts verfestigt; Erleuchtung verwandelte sich in Untätigkeit. Vielleicht würde ihr eine kleine Line ein paar Ideen geben, wie sie mit ihrem Dilemma bei der Arbeit umgehen soll – ein Dilemma, das sich rund um den Konsum von Flake dreht. Sie will auf keinen Fall wieder mit irgendeinem Trottel auf dem Boden enden.

Georgie schaut sie mit großen Augen und einer schmollenden Unterlippe an. Es ist fast unmöglich, diesem Blick zu widerstehen. Iris senkt ihr Kinn, lässt die Schultern hängen – ihr Widerstand ist dahin. Mit einer Mischung aus Müdigkeit und Rastlosigkeit denkt sie sich: Was soll's.

15

IRIS

Die Party ist schäbiger als die meisten. Der Geruch von Urin und ungewaschenen Achseln vermischt sich mit dem beißenden Duft von Aftershave, das in Iris' Kehle brennt, aber nicht durch den Dunst des anderen Gestanks dringt. Die Wohnung ist überfüllt, der ganze Block ist es. Marny hat um die 300 Lebenspunkte, der Block ist für alle unter 400. Anhand der Gäste sieht man sofort, dass jeder Bewohner seine Freunde mit niedrigeren Punktzahlen eingeladen hat. Iris und Georgie kommen mit einer Kiste Billigbier an, waten durch die fröhliche Menge – na ja, einige sind fröhlich, andere bereits in hitzige, alkoholgetränkte Debatten vertieft – und bahnen sich ihren Weg zur obersten Etage bei Marny.

„Das sieht ja spaßig aus", sagt Iris mit einem subtilen Hauch von Sarkasmus, den Georgie nicht zu bemerken scheint.

„Der Typ da drüben", sagt Georgie. „Er sieht genauso aus wie ein Mann, mit dem ich letztes Jahr geschlafen habe."

„Georgie, ich glaube, das ist er."

„Oh!" Sie kichert und legt die Hände über den Mund. „Ich glaube, du könntest recht haben."

Georgie hat vor dem Verlassen ihrer Wohnung eine ganze Flasche Wein getrunken und stößt bei jedem zweiten Schritt gegen das Geländer, wobei sie jedes Mal lacht. Iris, nüchtern und wachsam, mustert jedes Gesicht, an dem sie vorbeistolpern. Sie hat keine Ahnung, wie die Männer am Donnerstag aussahen. Ihre Sturmhauben hielten sie gut versteckt, aber sie könnte ihren Husten wiedererkennen, wenn sie dieselben Typen nochmal mit Pfefferspray besprühen würde. Sie konnte nicht einmal mit Sicherheit sagen, dass es Männer waren. Ihre stämmigen Körper waren ihr einziger Anhaltspunkt. Aber vielleicht hat das Pfefferspray ihre Augen gerötet und ihre Haut wund gemacht. Vielleicht würden sie Iris und Georgie erkennen und beim Anblick von ihnen zusammenzucken. Mit einer Hand stützt sie Georgie, die andere hält die Dose Pfefferspray in ihrer Tasche.

„Sollen wir dir etwas Wasser besorgen?", fragt Iris, als sie Marnys Wohnung erreichen.

Sie winkt Iris ab. „Du bist immer so vernünftig, Iris."

Iris blickt sich im Raum um und denkt, dass es definitiv nicht vernünftig war, auf dieser Party aufzutauchen. Es ist kaum nach acht, die Musik dröhnt, der Bass kommt durch den Boden und kitzelt bis in ihre Nase. Ein paar Stühle brechen direkt neben ihr zusammen, als drei Leute versuchen, sich auf denselben zu setzen, und jemand anderes übergibt sich in die Spüle.

„Oh, mach dir keine Sorgen um die Stühle. Ich besorge neue auf Kredit und erhöhe vielleicht meine Punktzahl genug, um aus diesem Gefängnis zu entkommen." Marnys Stimme dringt durch die Menge, bevor sie erscheint. Ihr funkelndes Oberteil erzeugt einen Discokugel-Effekt an der Wand neben ihr. Sie betrachtet Iris und Georgie eine Weile, bevor sie sie begrüßt. „Hi, Iris. Wie geht's dir?"

Marny scheint die Nüchternste dort zu sein, neben Iris. Sie umarmt Iris, zieht sich dann zurück und lässt ihren Blick mit einem halben

Lächeln an Iris' Körper auf und ab gleiten. Jetzt erinnert sich Iris, warum sie Marny eine Weile gemieden hat.

„Gut. Danke, Marny", antwortet Iris. „Und dir?"

„Umso besser, jetzt wo du hier bist." Sie schreit über die Musik, die jemand gerade noch ein oder zwei Stufen lauter gedreht hat. Marnys Blick wandert zu Iris' Hand am orangen Implantat und Iris zuckt unter ihrem Blick zusammen. Marny weiß jetzt, dass sie heute Abend wahrscheinlich keinen Mann aufreißen wird.

Iris' Wangen erröten und sie hat keine Antwort. Small Talk mit voller Lautstärke zu führen, scheint so viel schwieriger, als etwas zu murmeln. Sie verlagert ihr Gewicht auf den Füßen und meidet einen Moment lang Marnys verführerischen Blick, bis die Peinlichkeit jeden Riss und jede Spalte im Raum füllt und sich Gänsehaut auf Iris' Armen ausbreitet.

„Ich hole mir nur schnell etwas zu trinken", sagt Iris und dreht Marny den Rücken zu, gießt sich dann eine große Wodka-Cola aus dem Alkoholvorrat auf der Theke ein und kippt die Hälfte hinunter, gerade als Marny wegen eines Verschüttungsnotfalls weggerufen wird.

„Wow", sagt Georgie. „Das war so peinlich."

„Ja." Iris leert den Rest ihres Drinks.

An den seltenen Gelegenheiten, an denen sie überhaupt Verlangen nach jemandem verspürt, bevorzugt Iris normalerweise Männer. Männer sind einfach, hatte sie Georgie eines Abends erklärt, deren eigene Vorlieben in die andere Richtung gehen. Man muss sie nur füttern und ficken, dann sie sind glücklich. Frauen sind zu kompliziert. Sie brauchen Zeit. Sie hatte das so gesagt, als hätte sie die Erfahrung, um eine solche Behauptung zu untermauern. Sowohl sie als auch Georgie wissen, dass das nicht stimmt. Vor einigen Monaten hatte sie sich weibliche Gesellschaft gegönnt und Marny dachte, es stecke mehr dahinter als eine betrunkene, spätnächtliche Fummelei, und seitdem weicht Iris ihr aus.

Eine Stunde später erinnert Georgie Iris daran, dass sie Flake probieren möchte. Iris beobachtet, wie sie zur einen Seite schwankt, dann überkompensiert und zur anderen Seite stolpert, lachend wie ein Kind, das beim Kekse-Klauen erwischt wurde. Sie scheint nicht betrunkener zu sein als vorher – aber vielleicht ist es Iris – und der Unterschied zwischen ihnen ist derselbe. Neben der Mikrowelle steht ein Spiegel mit einem blauen Häufchen des kristallinen Pulvers, das niemand zu beanspruchen scheint.

„Na ja", sagt Georgie, „viele Leute hier nehmen es und es scheint allen gut zu gehen." Sie hat während des Satzes mindestens dreimal Schluckauf.

Iris nimmt einen Schluck von ihrem Bier, hält es eine Weile im Mund, bevor sie schluckt, in der Hoffnung, dass das die Trockenheit vertreibt. „Na, dann ist es wahrscheinlich in Ordnung."

Georgie greift nach Iris' Hand und drückt sie. „Wie viel hast du letztes Mal genommen?"

„Ich kann mich ehrlich gesagt nicht erinnern. Lass uns einfach ein kleines bisschen nehmen."

Iris entdeckt einige Leute mit der verräterischen Bestäubung um ihre Nasenflügel, also fragt sie nach. „Wie viel ist eine Dosis, also, für jeden?" Ihr wird klar, dass ihre Drogensprache sie als die unwissende Anfängerin zeigt, die sie ist. Ein Mann nickt und ist so freundlich, ihnen je eine Line zu machen, lächelt sie an und reicht ihnen dann einen kleinen Zylinder zum Schnupfen.

„Du zuerst", sagt Georgie.

Iris lehnt den Zylinder ab. Das Schnupfgerät von jemand anderem zu benutzen, fühlt sich einfach zu viel an. Stattdessen rollt sie einen Kassenbon aus ihrer Tasche und zieht eine Line. Es brennt wie zerstoßenes Glas, aber der Kick setzt sofort ein. Sie grinst und reicht den Kassenbon an Georgie weiter.

Georgie steht aufrecht, ihre Augen weiten sich bis zur Größe von Untertassen und ihr Mund bleibt in einem O stehen. Sie sagt eine Weile nichts, starrt nur umher, den Kopf langsam von einer Seite zur anderen drehend. Die Wirkung auf Iris ist nicht weniger intensiv, nur weniger überraschend. Die Lichterketten am Fenster tanzen im Takt der Musik, jede wählt ihren eigenen Teil des Rhythmus. Die Vibrationen durch den Boden fühlen sich seismisch an und sowohl Iris als auch Georgie greifen nach dem Tisch, um ihr Gleichgewicht zu halten.

Jedes Gespräch wird von der Musik in Wellen durchzogen: das Lästern, die Bestürzung, das Lachen. Im Halbdunkel sind ihre Gesichtszüge jetzt deutlich zu erkennen, als könnte sie jede Kontur ihrer Gesichter sehen. Die mit niedrigen Punktzahlen sind so offensichtlich an ihrer abgetragenen Kleidung, ihren weniger geschminkten Gesichtern zu erkennen, wie sie in ihren eigenen Gruppen abseits der 200er und 300er stehen. Trotz der üblichen Freundschaften über Punktzahl-Grenzen hinweg versammeln sich die Leute immer noch in Massen mit ihresgleichen. Das *Eyes Forward*-System fungiert dabei wie ein Schäferhund für die Schafe.

Die Fruchtbarkeitsimplantate der Frauen leuchten durch das gedämpfte Licht und zeigen ihren Status an, während das fehlende Leuchten an den Händen der Männer wie schwarze Löcher hervorsticht.

Sie könnten mit einigen U-200ern in der angrenzenden Ecke reden, aber Iris möchte nicht beleidigend oder aufdringlich wirken. Sie könnten sich zu den 300-Plusern gesellen, die sich in der Mitte des Raums versammeln, aber die werden Iris und Georgie wahrscheinlich einen Blick zuwerfen und sie als leichte Beute betrachten. In der Ecke sitzen einige Leute, die ungefähr Iris' und Georgies Punktzahl zu haben scheinen, und Iris fühlt sich zu ihnen hingezogen. Sie nimmt Georgies Hand und sie schlängeln sich durch die Menge.

Iris nimmt nur vage wahr, wer spricht. Die Stimmen sind klar; den Sprecher zu verfolgen, ist die Herausforderung. Jedes Gespräch ist wie die Hintergrundmusik, ein Summen mit gelegentlichem Crescendo und Diminuendo. Sie strengt sich an zu hören, lehnt sich vor und möchte jedes Wort auffangen und die anderen Ablenkungen um sich herum ignorieren: das Laserlicht, das zerbrochene Glas, der Mann, der stolpert – all diese Dinge lenken ihre Aufmerksamkeit ab und dringen in ihre Sinne ein. Sie lehnt sich weiter vor und legt die Hände hinter die Ohren, um den Schall abzulenken, dann rückt sie näher an die Gruppe heran. Das Gespräch dreht sich um die Leichen. Niemand scheint jemanden davon zu kennen, aber es gibt Berichte und Gerüchte über einige vermisste Angehörige.

„Das sind die Leichen, die wir sehen können. Was ist mit denen unter den Trümmern, in der Themse?"

„Ich habe seit Tagen keinen bedeutenden Gebäudeeinsturz mehr gesehen, also können sie diese Ausrede nicht benutzen."

„Es ist ein verrückter Serienmörder oder vielleicht eine Bande."

„Es ist *Eyes Forward*, die die mit den niedrigen Punktzahlen auslöscht. Das ist es, was sie wollen."

Das stimmt nicht. Du weißt, dass es nicht stimmt.

Die Stimme erschreckt Iris. Sie zuckt zusammen, ihr Herz friert für einen Moment ein. Es muss das Flake sein. Es sind erst Minuten vergangen, seit sie es genommen hat, und die Stimme ist zurückgekehrt, lauter als die dröhnende Musik, sogar lauter als der schwere Bass, der durch die Lautsprecher pumpt. Sie kann es in ihren Schläfen, ihrer Brust, ihrer Kehle spüren. Es ist, als wäre die Stimme in ihr und flüsterte zu ihren Knochen.

Denk darüber nach, Iris. Denk darüber nach, wie falsch alles ist.

Es ist falsch. Die Leichen. Der Mangel an Berichten. Die verzerrten Statistiken. Es ist falsch, aber zu wissen, dass etwas falsch ist, ändert nichts.

Du könntest es aber, Iris. Du bist mächtiger, als du denkst.

Georgie hatte Iris erst vor ein paar Tagen als mächtig bezeichnet. Ein Kompliment von einer Freundin, die sie tröstete. Das war alles. Aber Georgie spricht jetzt nicht. Sie ist abgelenkt und spielt mit einem Feuerzeug, fasziniert von der winzigen Flamme.

Iris ist so auf die Stimme fokussiert, dass sie die Hände kaum bemerkt, die sich von hinten an sie heranschleichen. Dicke Finger und schmutzige Nägel. Sie dreht sich um und erkennt den Typen – irgendeinen Schmarotzer von einer Party letztes Jahr. Sie hatte ihm damals den Ellbogen in den Magen gerammt und tut jetzt fast dasselbe, ganz und gar nicht interessiert an einer weiteren Standpauke von Georgie. Er versucht es ein zweites Mal und so verlockend seine Berührung auch ist, sie stößt ihn weg und stellt sicher, dass ihr Implantat sichtbar ist.

Der Klatsch macht die Runde. Jeder hat eine Idee, eine Meinung. Iris reckt den Hals und lehnt sich vor, aber als ihre Argumente sich wiederholen, steht sie auf und geht zu einer anderen Gruppe. Sie flattert von Klatsch zu Klatsch. Sie will alles hören, jede Meinung und jedes Gerücht. Sie lechzt nach Informationen.

„Denen ist diese Gegend scheißegal. Die Leichen, so viele jetzt. Niemand tut etwas."

„Strebe nach Punkten? Wir streben hier nur danach zu überleben!"

„Ich habe ein paar Konservierte belauscht, müssen 900-plus gewesen sein, die sagten, es werde einen großen Schritt geben, um das Ungleichgewicht anzugehen."

„Du glaubst doch nicht ernsthaft, dass das etwas ändern wird. Ich würde nicht mal staunen, wenn die mit den höchsten Punktzahlen all diese Leute einfach aus Spaß umbringen, weil sie wissen, dass niemand etwas dagegen tun wird. Sie bekommen ihren Kick und räumen ein paar Leute einfach weg."

Die Gruppe spricht mit lebhafter Begeisterung, wirft die Hände in die Luft und schüttelt die Köpfe, obwohl ihre Gesichter traurig sind. In ihren ausgehöhlten Augen und den schlaffen Mundwinkeln ist deutlich zu sehen, dass sie kaum noch in der Lage sind zu lachen. Hier gibt es keine Freude. Nur Kampf.

Iris sitzt da und reibt sich die Arme, bis sie bis ins Mark erschüttert ist. Die Tatsache, dass das *Eyes Forward*-System nichts gegen die Morde unternimmt, ist schon schlimm genug. Der Gedanke, dass diese sogar abgesegnet sein könnten, lässt ihr der letzte Drink beinahe wieder hochsteigen. Es sind nur Gerüchte, sagt sie sich. Das übliche verleumderische Zeug, das sie vor Wochen einfach ignoriert hätte, um interessantere Gesprächsthemen zu finden: Arbeit, Dating, Einrichtung, mit wem Georgie schläft, der neue Punktzahl-Algorithmus. Doch jetzt hängt sie an jedem Wort und wünscht sich, sie könnte alles aufschreiben, dieses Gefühl festhalten, um später, wenn der Flake-Kick nachlässt, einige Beweise zu haben.

Hör zu, Iris. Hör dir alles an.

Sie hat Georgie irgendwo zwischen den Gruppen verloren, entdeckt sie aber wieder bei der ersten Gruppe, fasziniert, sich vorlehnend und nickend. Iris kehrt zurück, setzt sich neben sie, kuschelt sich an sie und eine Frau mit lila Haaren auf der anderen Seite. Sie hört das alles zum ersten Mal. Dieses Gefühl, das Iris vor einer Woche hatte, kehrt zurück. Damals war es ein blendendes Erwachen. Jetzt ist es mehr wie ein konstantes Glitzern, das Migräne und Übelkeit verursacht. Ihr Herz flattert, rieselt bis in ihren Magen. Aufregung und Nervosität sind sich so ähnlich. Was fühlt sie gerade?

„Ich frage mich, ob dasselbe auch anderswo passiert – in anderen Grafschaften?", fragt Iris.

Die Gruppe wendet sich ihr zu, wie Blumen, die sich zur Sonne drehen. Alle runzeln die Stirn und imitieren erschrockene Gesichter.

„Andere Grafschaften?", fragt eine Frau, deren Augen die Farbe von Flake haben.

Diese Idee scheint selbst für diese freidenkende Gruppe einen Schritt zu weit zu gehen. Iris zieht sich ein wenig zurück, weicht zurück in die Schatten.

„Wisst ihr, ich glaube, dass das eine Untersuchung wert wäre", sagt ein Mann, jünger als Iris, vielleicht gerade Anfang zwanzig, unbelastet von der Aufgabe, seine eigene Lebenspunktzahl zu erhalten und zu verbessern.

„Wir sind hier eingepfercht", sagt eine Frau, die lauteste von allen, mit Gift in ihrer Stimme. „Sie erzählen uns nie etwas über den Rest der Gesellschaft. Verdammt, ich kenne nicht mal jemanden, der in anderen Grafschaften war."

„Mein Cousin", sagt Iris. „Er hat in Schottland gelebt."

Ein Schweigen legt sich über die Gruppe, alle Augen sind wieder auf sie gerichtet. „Wirklich?", fragt die Frau mit den lilafarbenen Haaren, kaum mehr als ein Flüstern.

„Ja. Er sagt, es ist der fairste Bezirk."

„Na ja, besser als Berkshire kann's nicht sein", sagt der junge aussehende Mann mit einer Weisheit, die älter wirkt, als sie es sein sollte. „Berkshire ist der beste Bezirk zum Leben."

Iris nippt an ihrem Getränk. „Das steht halt auf den Schildern."

Wieder Stille. Eine verdutzte, betäubte Stille. Wäre die Musik nicht so laut, ist sich Iris sicher, sie könnte das Rattern der Zahnräder in ihren Köpfen hören.

„Mir ist das nie aufgefallen. Du hast recht!", sagt der größte Typ und spuckt beim Reden, während er sein dunkelblondes Haar nach hinten schiebt, das fast so lang ist wie Georgies, wenn auch viel weniger gepflegt. „Alles, was wir tun, ist Schilder zu lesen."

Georgie zieht Iris näher an sich heran und flüstert ihr ins Ohr: „Iris, du hast versucht, es mir zu erklären. Ich hab's vorher nicht kapiert, aber jetzt verstehe ich es. Es ist nicht richtig. Die ganze Gesellschaft. Es ist, als wäre es nicht einmal… ich kann es nicht beschreiben… es ist nicht einmal eine Gesellschaft. Es ist eine Idee, die uns aufgezwungen wird. Die Gesellschaft ist nicht real."

„Iris?", ruft die wütende Frau. „Ist das dein Name? Iris *und weiter*?"

„Taylor."

Die Frau blinzelt heftig, wischt sich etwas von der blauen Kruste von der Nase, dann huschen ihre Augen hin und her. „Iris Taylor. Ich kenne diesen Namen."

Iris erinnert sich an ihren Namen auf Nebula, ihr Mund wird trocken. Sie nippt an ihrem Getränk und weicht leicht zurück. „Es ist wahrscheinlich einfach ein häufiger Name."

Die wütende Frau hakt nicht weiter nach, sondern kehrt zurück zu ihrem wütenden Monolog über *Eyes Forward*-Werbung. Der Typ ihr gegenüber starrt mit glasigen Augen auf ihre Brüste. Er hat eindeutig Flake genommen – und Flake wirkt auf jeden Menschen anders.

Iris richtet sich auf, zieht ihr Top zurecht, um weniger Haut zu zeigen, und bemerkt Marny, die nur wenige Schritte entfernt neben ihr schwebt. Verdammt. Sie ist in der Falle. Der Brüste-Starrer glotzt immer noch und scheint in diesem Moment die beste Fluchtmöglichkeit zu sein. Sie rutscht zu ihm hinüber, nimmt sein Gesicht in ihre Hände und küsst ihn. Das wird Marny hoffentlich vertreiben – und der Kuss ist ehrlich gesagt gar nicht so schlecht.

„Wir werden das ganze verdammte System zu Fall bringen."

Nicht Iris spricht. Dieser Satz durchbricht die Lust, die sie beim Kuss empfunden hat. Sie löst sich von seinen Lippen, dreht den Kopf und sucht nach der Quelle der Stimme, beobachtet die Reaktionen der anderen. Es scheint nicht aus ihrer Gruppe gekommen zu sein – aber sie selbst hatte schon solche Worte ausgesprochen. War es die Stimme? Oder gibt es andere, die ihre Vision teilen, die ebenfalls das gesamte Hierarchiegebilde von *Eyes Forward* und dem Lebenspunktzahl-System zum Einsturz bringen wollen?

Sie schnappt sich Georgie und drängt sich durch eine Gruppe, dann noch eine, bis sie eine kleine Gruppe auf dem Boden sitzend entdeckt: die Nasen verkrustet blau, Joints in der Hand. Umgestürzte Bierflaschen liegen auf dem Linoleum, Bier sickert auf den Boden.

„Was immer nötig ist", sagt eine Frau. Ihre dicken Brillengläser lassen ihre Augen zornig wirken. „Dieser Mist muss aufhören. Alle müssen aus der Höhle entkommen, wie es das Graffiti sagt."

„Ich stimme zu", sagt Iris. „Lasst uns das verdammte System zerstören."

„Wie?", fragt Georgie mit kleiner, klarer Stimme, wie ein Scheinwerfer im Nebel. „Ihr sagt das immer, aber wie?"

„Das *Eyes Forward*-Gebäude niederbrennen", sagt ein Mann. Seine Schultern sind doppelt so breit wie die von Iris. Er sieht aus, als könnte er ein Gebäude allein mit seinen Händen abreißen.

„Wir sind nur eine Grafschaft", sagt ein Mann mit einer höheren Stimme, als Iris es von jemandem mit einem Buzzcut erwartet hätte. Das Licht der Diskokugel glitzert auf seiner dunklen Haut wie Diamanten.

„Vielleicht gibt es diese Probleme in anderen Grafschaften gar nicht", sagt eine Frau mit blauen Haaren, in deren Stimme eine Naivität mitschwingt, die Iris zum Lachen reizen könnte.

„Doch, gibt es. Ich habe Kontakt zu einigen SAS-Mitgliedern in anderen Grafschaften", sagt die Brillenträgerin.

„*Sisters And Spies*?", fragt der Muskelprotz spöttisch. „Die sind doch genauso nutzlos wie *Eyes Forward*."

Trotz seiner abfälligen Bemerkung breitet sich ein warmes Gefühl in Iris aus beim Gedanken an die SAS, vertreibt ihre Kälte vollständig, und sie lächelt breit. Sie rückt näher zu der Frau mit der Brille, ein bisschen ehrfürchtig. Vielleicht gehört sie zu den *Sisters*.

„Wartet ab", sagt die Brillenträgerin langsam und fixiert jeden Einzelnen von ihnen mit ihrem Blick. „Die Leute werden immer wütender. In anderen Grafschaften gibt es auch ETC-Graffiti. Bald wird jeder revoltieren. Ich schwöre, dann brauchen wir nur einen Baseballschläger und zehn Minuten, um die ganze Scheiße zu Fall zu bringen."

„Alles beginnt mit der Gesellschaftspolizei," zischt der Muskelprotz und schlägt eine Faust in die andere Hand.

„Viel können wir gegen die nicht machen", sagt der mit dem Buzzcut. „*Alle Augen sind unsere Augen* ist keine Übertreibung. Ich habe neulich 10 Punkte abgezogen bekommen, weil jemand gefilmt hat, wie ich Pappe in die falsche Recycling-Tonne geworfen habe."

„Verdammte Lebenspunktzahlen", sagt der mit den breiten Schultern und schlägt diesmal so laut in seine Hand, dass Iris zusammenzuckt. „Wenn es die nicht gäbe, wenn die Leute nicht so besorgt um ihre Chancen auf Pres-X-2 wären, könnten wir alles durcheinanderbringen. Ganz einfach."

Die Brillenträgerin nickt zustimmend. „Es ist eine Bestechung von *Eyes Forward*. Sogar eine Erpressung. Sie kontrollieren jeden mit diesem Medikament."

Hörst du zu, Iris? Hör weiter zu.

Iris' Knie wippen auf und ab. Sie hört zu. Sie hat noch nie so aufmerksam zugehört.

„Da fangen wir also an", sagt der mit dem Buzzcut, nur ist seine Stimme jetzt tiefer, entschlossener. „Das ist es, was die SAS tun sollten. Das Lebenspunktzahl-System manipulieren, dort Chaos verursachen und der Rest wird folgen. Die Leute werden sich nicht mehr um die Gesellschaftspolizei kümmern, wenn es keine Punkte mehr dafür gibt. Ohne Punkte müsste sich die Verteilung von Pres-X-2 ändern."

„Bald kommt der neue Algorithmus raus. Vielleicht wird dann alles besser", sagt die Blauhaarige mit solcher Unschuld, dass der Muskelprotz laut loslacht.

„Ich arbeite für die Lebenspunktzahl-Statistikabteilung", sagt Iris und hält dann den Atem an, als ihr Magen zu Boden sinkt. Sie erzählt Fremden nie, was sie beruflich macht. Aber ihre Zunge ist locker und sie kann sie nicht aufhalten und... nun ja... diese Gruppe scheint harmlos genug zu sein. „Was auch immer ich tue, sie verfälschen trotzdem die Zahlen."

„Klingt plausibel", sagt die Brillenträgerin. „Die Wahrheit ist denen doch egal. Alles, worum sich *Eyes Forward* kümmert, ist Kontrolle."

Georgie nickt. „Wer hat diesen verdammten Algorithmus überhaupt erfunden?"

„Lloyd Porter, habe ich gehört", sagt der mit den breiten Schultern.

„Ich habe von den SAS gehört, dass es jemand namens Percy Greyshot war", sagt die Brillenträgerin.

Der mit dem Buzzcut kratzt sich am Kopf. „Ich habe gehört, es war jemand namens Bruce Clarke.“

„Nun“, sagt Iris, ihre Stimme zittert vor Aufregung, „dann wissen wir, womit wir anfangen müssen.“

16

— · —

Iris

Irgendwann am frühen Samstagmorgen löst Iris den Arm des Mannes von sich. Die Sonne ist noch nicht aufgegangen und draußen liegt der neblige Dunst eines Tages, der noch nicht begonnen hat. Der Mann protestiert und greift erneut nach ihr, doch sie rückt zurück. Seine Augenbrauen senken sich in einem verwirrten oder verletzten Ausdruck – Iris ist sich nicht sicher, welcher. Sie ist nur froh, dass sie ihre Kleidung anbehalten haben.

Sie überprüft ihr Handy; es ist fünf Uhr morgens. Zumindest sieht es so aus, als hätte sie die Gesellschaftspolizei-App nicht geöffnet. Sie haben nur ein paar Selfies gemacht, das ist alles. Mit einem Mund, der sich wie alter Teppich anfühlt, macht sie sich auf die Suche nach Georgie. Sie steigt über die anderen bewusstlosen Partygäste hinweg, ihre Schuhe machen kratzende Geräusche wie Klettverschluss auf dem Boden. Auf der Theke liegt ein kleiner Spiegel mit Pulverresten und sie fragt sich kurz, ob das ihren Heimweg erleichtern oder erschweren würde. Sie entscheidet sich für Letzteres und gießt sich stattdessen ein Glas Wasser ein. Während sie es hinunterstürzt, schaut sie in das Glas und bemerkt, wie schmutzig es ist. Etwas, das wie Asche aussieht, schwimmt darin, und der trübe Abdruck mehrerer Lippen färbt den Rand. Sie stellt das

Glas ab. Marny liegt glücklicherweise in den Armen von jemand anderem – noch halb wach, mit umherwandernden Händen. Iris wendet den Blick ab, um nach Georgie zu suchen.

Marnys Wohnung riecht siruppartig süß, wie abgestandener Orangensaft gemischt mit Cola und dem augentränendem Geruch von Spirituosen. Sie verlässt die Wohnung durch die noch offene Tür in den Flur, wo der Geruch zu altem Kohl und klumpigem Erbrochenen in der Ecke wechselt. Während das schmutzige Glas es nicht geschafft hat, ihren empfindlichen Magen aufzurühren, schafft es dieser Geruch. Sie lehnt sich gegen die Wand, während Hitze ihren Hals hinaufsteigt. Sie reißt sich zusammen, schluckt ein paar Brocken hinunter und findet dann Georgie in fast der gleichen Position wie sie selbst, mit einer Frau, die Iris nicht kennt und deren Arm deutlich schwerer wegzubewegen ist als der des Mannes. Georgie stöhnt, als Iris sie sanft wachrüttelt und sich den Schlaf aus den Augen reibt. Eine klebrige Speichelspur zieht sich über ihr Kinn, an dem ihre Haare kleben. Iris huscht in die nächste Wohnung, um einen feuchten Lappen zu finden, wischt dann Georgies Gesicht ab und holt ihr ein Glas Wasser.

„Komm schon, G. Es ist Zeit zu gehen.“

Georgie küsst die Frau fest auf den Mund, während sie sich murmelnd verabschiedet, dann stolpern sie und Iris aus der Wohnung.

Die Dunkelheit vor der Morgendämmerung wirkt grell, da das Flake immer noch Iris' Sehvermögen verstärkt. Mondlicht prallt von Fenstern und Bürgersteigen ab und zerstreut sich in sternförmigen Lichtreflexen. Iris kneift die Augen zusammen und bedauert, ihre Sonnenbrille nicht dabeizuhaben. Offenbar sind sie nicht die Einzigen mit niedrigen Punktzahlen, die gerade verschiedene Partys verlassen und nach Hause schlurfen, doch der Fahrradverkehr ist glücklicherweise gering, sodass sie auf der langsamen Spur ohne allzu viel Ausweichen und Ärger dahintrudeln können.

„Ich hatte so eine lustige Nacht", sagt Georgie, die mehr schlafend als wach klingt. „Du auch?"

Iris reibt sich die Stirn und kämpft damit, sich an das meiste zu erinnern. „Ja, ich glaube schon."

Es hatte Gespräche über Anti-Gesellschafts-Zeug gegeben, gefährliche Gespräche. Keine Gesellschaftspolizei, da ist sie sich sicher. Obwohl sie Nummern ausgetauscht haben. Hat sie etwas Dummes gesagt? Wahrscheinlich, aber hoffentlich nichts allzu Dummes. Sie glaubt nicht, dass sie so betrunken war, obwohl sich in ihrem Kopf immer noch alles dreht – vielleicht war sie es doch. Sie gähnt, während sie versucht, sich zu erinnern. Jemand hatte etwas über Lebenspunktzahlen oder die Gesellschaftspolizei gesagt. Sie hatte sich vorgestellt und sie taten so, als ob sie ihren Namen kannten. War das echt oder nur eine falsche Erinnerung? Sie kann einen Schleier aus Farben vor sich sehen und ihre erhobenen Stimmen über der Musik hören, verschwommen und verzerrt.

Gefährlich, in einem solchen Zustand zu sein. Gefährlich und dumm. Sie hätte etwas sagen können, das sie nicht hätte sagen sollen. Kann sie diesen Leuten vertrauen? Sie blickt auf die Straße vor sich und ihre Beine schmerzen, bevor sie überhaupt richtig Kraft aufgewendet hat. Es geht den ganzen Weg nach Hause bergauf und in ihrem schläfrigen Tempo wird es mindestens noch zehn Minuten dauern. Iris ist sich nicht sicher, ob sie die Kraft dazu hat. Georgie scheint stabil genug zu sein, um ihren Kopf zu drehen, ohne mit ihrem Fahrrad zu schwanken. Sie kommt viel besser zurecht und legt ihre Hand auf Iris' Lenker.

„Komm schon", sagt sie. „Ich bringe dich nach Hause und mache uns etwas zu essen."

Der Mondstreifen und die flackernden Straßenlaternen sind wenig hilfreich, als sie nur wenige Sekunden Radfahrt entfernt mit einer Masse kollidieren, die den Fahrradweg blockiert. Für einen Moment wird Iris an den Donnerstagabend zurückversetzt, aber es herrscht eine Stille in den frühen Morgenstunden. Es lauert niemand in den Gassen und es gibt keine blendenden Fahrradlichter hinter ihnen. Der frühe Morgen ist regungslos. Iris weicht dem Zusammenstoß zu stark aus, sodass ihr Fahrrad zur anderen Seite kippt. Dann stürzt sie und macht sich darauf gefasst, auf den Asphalt zu prallen. Stattdessen ist ihre Landung weich. Zu weich. Matschig.

„Iris!", ruft Georgie. Sie starrt Iris direkt an und spricht langsam, jede Silbe betonend, als wäre Iris taub. „Nimm meine Hand. Keine Panik. Schau nicht nach unten. Nimm einfach meine Hand."

Iris erstarrt bei Georgies Tonfall, greift aber nach ihrer Hand. Sie fasst zu und spürt, dass es die gleiche Weichheit ist wie die Masse unter ihr. Sie schluckt, ihr Mund ist noch trockener als einen Moment zuvor. „Georgie!"

„Schau nicht hin, Iris. Ich hab dich." Und sie zieht Iris auf die Beine.

Iris klopft sich Hintern und Ellbogen ab und hält dabei den Blick auf Georgie gerichtet. Es fühlt sich nicht wie Kies und Staub an, der ihre Kleidung bedeckt. Es ist klebrig.

„Schau mich an, Iris. Okay?", sagt Georgie streng. Es gibt keine Unsicherheit, keinen Raum für Diskussionen. „Steig wieder auf dein Fahrrad. Wenn wir zu Hause sind, schließ die Augen, zieh deine Kleidung aus und spring unter die Dusche. Okay?"

Iris' Kopf zittert zu einem Nicken. Georgie spricht nie auf diese Weise. Der Ton ihrer Stimme ist wie der eines Kapitäns, der einer Besatzung auf einem sinkenden Schiff Anweisungen gibt, aber Iris will nicht sehen, will nicht wissen, was Georgie dazu gebracht hat, so zu reagieren, und will sich ein solches Bild schon gar nicht in ihr Gedächtnis brennen. Georgie reicht ihr das Fahrrad und sie fahren los, während Georgie Iris anweist, geradeaus zu schauen.

Nicht zurückschauen. Nicht nach unten schauen.

Es dauert nicht lange, bis sie unter einer schwachen Straßenlaterne auf eine weitere solche Masse stoßen, die sie diesmal bemerken, bevor eine von ihnen damit kollidiert. Und noch eine.

Und noch eine.

Iris' Instinkte hatten gewusst, worauf sie gefallen war, aber es zu sehen, lässt sie Galle schmecken. Die Brocken, die sie vorhin hinuntergeschluckt hatte, kämpfen sich wieder nach oben. Trotz der Kühle der frühen Stunde brennt ihr der Schweiß in den Augen und die Straße dreht sich um sie.

„Oh mein Gott, Georgie."

Die Straßen riechen nach Metall, nicht nach dem fauligen Gestank einer alten Leiche. Diese sind alle frisch, Blut fließt noch, Gliedmaßen verdreht und verkrampft in Kampf oder Flucht. In der Stille gurgelt das Geräusch entweichender Flüssigkeit in einen Abfluss. Die Straßen sind ansonsten ruhig. Zu ruhig.

Es sind zu viele Körper, um sie zu zählen. Sie sind aufgetürmt, fleischige Hügel des Todes, Panik noch in ihren Gesichtern, sich krallend, um übereinander zu klettern und zu fliehen – ein vergeblicher Versuch, sich festzuhalten.

Georgie schnieft Tränen zurück. „Was zum Teufel ist hier passiert?"

Das Schlucken reicht nicht mehr aus, um die Übelkeit zu unterdrücken. Iris' Kehle gibt nach. Sie erbricht sich auf den Bürgersteig, mehr von Schuld als von Übelkeit überwältigt, als etwas davon auf eine Leiche spritzt. Eine junge Frau, in zerlumpter Kleidung, dünn, wahrscheinlich punktlos. Ihre Augen sind noch geöffnet, ihr Mund in einem stummen Schrei erstarrt.

Sie alle sehen aus wie die Ärmsten der Gesellschaft. Arm. In den Augen von *Eyes Forward* entbehrlich. Die Gespräche der Nacht überschwemmen Iris' Gedächtnis. Ihr Kater ist verschwunden und ihre Stimmen spielen sich mit perfekter Klarheit ab. Als sie den Kopf hin und her dreht, ist es die Frische des Blutes – noch flüssig und tröpfelnd –, die sie erkennen lässt: Wer auch immer das getan hat, könnte noch hier draußen sein.

Sie horchen auf Schreie oder irgendeinen Tumult. Es ist nichts zu hören. Es ist, als wäre dies ein Hinterhalt gewesen, ein Killer, der aus den Schatten kam und alle innerhalb von Sekunden massakrierte.

„Die Wohnung meiner Eltern ist näher", sagt Iris.

„Lass uns dorthin gehen."

Sie rasen auf ihren Fahrrädern wie noch nie zuvor. Schlängeln sich um Leichen, stoßen gegen einige, stolpern beide mehr als einmal. Es hat keinen Sinn, nach Lebenszeichen zu suchen – wer auch immer das getan hat, war gründlich.

Bei Iris' Eltern angekommen, hämmern sie gegen die Tür. Es ist halb sechs morgens, keine übliche Zeit für Besucher. Keine Antwort. Iris verflucht die neue Wohnung – für die alte hatte sie noch einen Schlüssel. Sie denken wahrscheinlich, es sei ein Betrunkener oder ein Randalierer. Iris ruft das Handy ihrer Mutter an.

„Mum! Ich bin's, Iris. Mach auf."

Mae kommt langsam, schlaftrunken, um die Tür zu öffnen. „Iris. Um diese Zeit-" Sie keucht auf. „Mein Gott, was ist passiert?"

Iris und Georgie rennen hinein, dann schlagen sie die Tür hinter sich zu und keuchen heftig. Sie sind in Sicherheit.

Vorerst.

17

— · —

IRIS

Mae rät beiden, sich hinzulegen, aber sie schlafen nicht. Der Schlaf entzieht sich ihnen, denn jedes Mal, wenn sie die Augen schließen, sehen sie nur den Tod. Sie duschen und verbrauchen dabei eine kostbare Menge von Mae und Pashas Wasser, waschen ihre Haare und schrubben sich die Haut wund. Mae gibt ihnen saubere Kleidung und sie kuscheln sich im Gästezimmer aneinander, halten sich fest und wollen sich nicht loslassen. Iris spürt den Rhythmus von Georgies hämmerndem Herzen und vermutet, dass ihres ebenso heftig schlägt.

Sie versuchen, es Mae zu erklären, aber ihnen fehlen die Worte für diesen Schrecken. Es gibt keine Worte, um etwas so Schreckliches zu beschreiben. Es gab so viel Tod. Ein übelriechender Teppich aus Blut und Eingeweiden.

In den Nachrichten hört man nichts davon. Kein einziges Wort.

Als der Morgen anbricht, schaltet Iris Pashas Computer ein, lädt Nebula und durchsucht dann das Shadownet. Sie findet Foren, in denen sie sich mit Menschen aus anderen Ländern unterhalten kann.

Überall in der Gesellschaft dasselbe Bild: Massenmord an Menschen mit niedrigen Punktzahlen. Leichen ... so viele Leichen, und fast alle sind Frauen. Punktlose Frauen, einige mit Babys, die noch an ihre Brust geschnallt waren. Schwer zu identifizieren, da ihre Telefone und Geräte mitgenommen oder zerstört wurden.

Es ist Jahre her, dass Georgie im Shadownet gesurft hat, und sie liest mit offenem Mund. Ihre Glieder zittern so stark, dass sie nicht tippen kann. Iris' Finger streifen über die Tastatur, auf der Suche nach den Fragen, deren Antworten sie vielleicht gar nicht wissen wollen.

„Was zum Teufel geht hier vor, Iris?"

Iris antwortet nicht, sondern sucht weiter. Zuerst stößt sie auf Berichte über andere Themen – irgendein Leak über die Pres-X-Probleme vor Jahren, über die U-700er, die damals verrückt wurden. Sie fotografiert den Artikel mit ihrem Handy, falls sie ihn später nicht wiederfinden sollte, und scrollt dann weiter.

Auf der Suche nach Antworten, nach einer Erklärung, nach irgendeiner Rechtfertigung.

Im Shadownet gibt es Kontrollen. Der einst sichere Raum, in dem Menschen ihre Bedenken äußern konnten, ist kein abgeschiedener Chatroom mehr. Foren werden abgeschaltet. Eyes Forward Cybersecurity verstärkt ihre Bemühungen wie nie zuvor. Normalerweise ließen sie die Leute im Shadownet tratschen, doch jetzt verschwindet ein Forum nach dem anderen. Worte verschwinden schneller, als Iris sie lesen kann. Suchergebnisse tauchen auf und werden Sekunden später durch Fehlermeldungen und dieses verfluchte, eingemauerte Augenlogo ersetzt.

Selbst *Sisters and Spies* wurden zum Schweigen gebracht.

Iris lehnt sich zurück, beißt sich auf die Nägel und kratzt sich dann am Kopf. Neben ihr umarmt Georgie ihre Knie, stille Tränen laufen über ihre Wangen.

Es gibt keine Antwort, keine Erklärung, keine Rechtfertigung, nur eine Mauer des Schweigens wie dieses verdammte *Eyes Forward*- Logo. Eine Höhle.

Iris blickt zu Georgie, deren glasige Augen wie Spiegel ihre eigene Qual widerspiegeln. Was macht man, wenn es niemanden gibt, der hilft? Niemanden, den es kümmert.

Aber dich kümmert es, Iris.

Die Stimme entfacht einen Funken in ihr. Sie hatte nicht bemerkt, wie sehr sie sie vermisst hatte – doch jetzt, da das Shadownet verstummt ist, ist diese Stimme die Freundin, die sie braucht. Die Stimme der Vernunft, der Ermutigung. Während ihre Gedanken zuvor von einem dunklen Ort zum nächsten gewandert waren, ordnet diese Stimme alles, bündelt ihre Gedanken zu einem einzigen, messerscharfen Fokus.

Iris scrollt durch ihre Telefonkontakte. Sie hat letzte Nacht einige Nummern von den Leuten bekommen, mit denen sie gesprochen haben – den Leuten, die etwas unternehmen wollen. Sie kann nicht online mit ihnen sprechen, aber sie können sich von Angesicht zu Angesicht treffen.

Ihr Vater ist jetzt wach. Sein Rollstuhl quietscht durch den Flur.

„Iris, Schatz?"

„Ja, Dad."

„Komm her." Er öffnet seine Arme für eine Umarmung und Iris eilt zu ihm. Sie weint und weint. Georgie gibt ihnen eine Minute, dann schließt sie sich an, alle ihre Arme umschlingen sich. Mae beobachtet sie aus der Ecke. Iris blickt hinüber, als das Sonnenlicht sich in einer Träne spiegelt, die Mae noch nicht vergossen hat.

„Was passiert hier, Dad?"

Er hält sie fester. „Ich weiß es nicht. Aber du bist sicher, okay? Du bleibst hier-"

„Nein." Iris zieht sich zurück. „Ich muss raus. Ich muss mich mit ein paar Leuten treffen."

„Auf gar keinen Fall", sagt Mae, so streng wie Georgie zuvor klang. „Bitte, Liebling. Bleib hier, wo wir wissen, dass es sicher ist. Deine Freunde können gerne herkommen."

Georgie nickt. Mae und Pashas Wohnung ist ein genauso guter Treffpunkt wie jeder andere.

Iris ruft die Leute an, mit denen sie letzte Nacht gesprochen hat. Ihre zitternden Finger kämpfen mit dem Touchscreen, aber sie schafft es, weil sie nicht texten will, nichts Nachverfolgbares hinterlassen will. Benommene, verkaterte Stimmen antworten – diejenigen, die noch bewusstlos auf der Party liegen. Sie sind noch nicht einmal weg. Sie haben noch die Ruhe des Nichtwissens und denken, ihr Kater sei das Schlimmste an diesem Tag. Andere antworten mit dem Zittern der Panik – diejenigen, die es nach Hause geschafft haben. Diejenigen, die das Massaker gesehen haben. Iris gibt ihnen die Adresse. Einige sagen, sie würden kommen.

Die Frau mit den blauen Haaren kommt als Erste an. Skylars Haare sind im Tageslicht blauer, als sie auf der Party erschienen. Sie war allein nach Hause geradelt und hatte eine ähnliche Erfahrung gemacht wie Iris und Georgie.

Sie sitzt im Wohnzimmer und sinkt tief in den Sessel. Ihre Beine sind mehr vom Schock als vom Radfahren müde. Ihre Augen sind rot, ihr Gesicht fast so blass wie das einer Leiche. „Sie sind weg. Die Leichen. Hab ich mir das eingebildet? Es waren so viele."

„Wirklich?", sagen Iris und Georgie gleichzeitig.

„Ehrlich. Die Straßen sind sauber. Ich fühle mich, als würde ich verrückt werden." Sie macht den Eindruck, als könnte sie es tatsächlich. Ihre Augen sind wild und ihr Körper zittert, als wäre sie diejenige, die getötet hat. Wenn Iris es nicht selbst gesehen hätte, würde sie Skylar nicht glauben. „Habt ihr letzte Nacht Fotos gemacht?"

„Nein", sagt Iris mit einem Hauch von Bedauern. „Gott, daran habe ich gar nicht gedacht. Wir sind einfach geflohen."

„Es gibt einige Blutflecken", fährt Skylar fort und wischt sich die Augen. „Aber selbst die Leichen, die schon seit Ewigkeiten dort lagen, sind weg."

Der mit den breiten Schultern und die Brillenträgerin kommen als Nächstes. Johan wirkt wütender, als Iris es je war. Iris weicht zurück, als er hereinkommt, aus Sorge, er könnte explodieren.

„Wer zum Teufel tut so etwas? Wir haben gerade erst die Party verlassen, aber viele sind gegangen und zurückgekommen. Alle erzählen, was sie gesehen haben. Ich bin kurz nachschauen gegangen und sofort zurück zu Tash gekommen."

Tash scheint mit sich selbst und auch mit Johan umgehen zu können. Sie ist fast genauso breit. Sogar ihr Brillengestell ist robust. „Was zur Hölle? Es ist nicht in den Nachrichten. Gar nichts."

Ezra, der Mann mit der hohen Stimme und dem Buzzcut, kommt als Letzter an. Sein Gesicht ist tränenverschmiert. Er kann seine Worte kaum durch seine panischen Atemzüge herausbringen. „Meine Schwester. Ich kann sie nicht erreichen. Sie ist punktlos. Sie hat ein Baby bekommen. Mein kleiner Neffe. Ich habe nichts von ihnen gehört."

„Hast du sie als vermisst gemeldet?", fragt Iris.

„Natürlich. Aber nur eine Standardantwort. Ich habe ihre ID zur Gesichtserkennung geschickt. Wenn irgendein Gesellschaftspolizist ein Foto macht, werden sie mich benachrichtigen. Das ist alles. Ich habe versucht, ihre Freunde anzurufen, andere Punktlose. Nichts. Ich war in ihren Wohnheimen. Normalerweise sind da Massen von Leuten eingesperrt, Kinder schreien. Der Ort roch seltsam, wie, ich weiß nicht, wie irgendein Lösungsmittel. Ich kann es nicht beschreiben. Nicht sauber, eher wie ein gasiger Geruch. Und es ist leer. Sie sind alle weg. Ich konnte nicht lange bleiben. Das Gebäude knarzte. Ich kenne diesen Klang, wir alle kennen ihn. Es steht kurz vor dem Einsturz."

Georgie reibt seinen Arm, obwohl er ihre Berührung nicht zu spüren scheint. „Vielleicht sind sie losgezogen, um ein neues Wohnheim zu finden", sagt sie. Ihre Stimme ist weich vor Mitgefühl. „Es gibt ein paar leere Gebäude, die näher an der Stadt sind. Ich wette, sie sind dorthin gegangen."

Ezra antwortet nicht. Georgies Stimme dringt nicht durch seine Angst. Es ist, als hätte sie nie gesprochen. Niemand sonst sagt etwas. Keine Worte des Trostes oder der Beruhigung. Das sinkende Gefühl in Iris' Magen sagt ihr, was sie längst weiß, was sie sicher ist, dass alle wissen. Sie müsste es nicht hören, doch die Stimme kehrt trotzdem zurück.

Du weißt, was mit ihnen passiert ist, Iris. Und du weißt, wer das getan hat.

18

— · —

IRIS

Die sechs durchsuchen den ganzen Sonntagnachmittag die Straßen. Pashas und Maes Bitten, drinnen zu bleiben, stoßen auf taube Ohren. Sie gehen hinaus, alle Hände haltend, eine Kette aus Angst und Entschlossenheit. Und Skylar hatte recht. Die Leichen sind verschwunden. Alle.

Sie lassen die Fahrräder stehen und entscheiden sich fürs Laufen, besorgt, sie könnten etwas übersehen, wenn sie sich zu schnell bewegen. Einen Hinweis, einen Hilferuf, irgendeinen Beweis für das Geschehene.

Georgie hält Iris' Hand so fest, dass es schmerzt. Stattdessen haken sie sich unter, ihre Oberkörper berühren sich, auf der Suche nach jedem bisschen Trost. Gelegentlich hält Georgie inne, um sich die Nase zu putzen, zu schluchzen, weil ihre Knie nachgeben. Iris lässt nicht los. Georgies Schreie von vorletzter Nacht verfolgen sie genauso sehr wie das Massaker. Sie kann Georgie nicht verlieren. Sie wird sie nie loslassen.

Die Straßen sind noch immer ruhig, verlassen im Vergleich zum üblichen Trubel. Der Wind, der normalerweise von Menschen, Fahrrädern und dem Verkehr abgehalten wird, heult nun ungehindert.

Die *Eyes Forward*-Plakate und -Billboards hängen noch überall. Sie gehen auf eines zu, das unten einen Blutfleck aufweist, der über das

ETC-Graffiti verschmiert ist. Iris blickt zu Ezra und sieht, wie er ein Taschentuch aus seiner Tasche zieht, um etwas davon abzuwischen.

„DNA", sagt er. „Ich könnte sie irgendwohin schicken. Wir haben doch alle unsere DNA für den neuen Algorithmus eingeschickt, oder? Vielleicht können sie sie testen."

„Gute Idee", sagt Iris mit sanfter Stimme.

Wann immer sie zuvor eine Leiche gesehen hatte und klar war, dass es sich um einen Punktlosen handelte, hatte sie angenommen, dass es niemanden interessierte. Da niemand die Leiche abholte, wurde nie ermittelt, und in der Presse stand nichts. Aber das ist Teil der Illusion, wird ihr jetzt klar. Ezra ist der Beweis dafür: Selbst die Ärmsten haben Menschen, die sie lieben. Nicht nur die mit den hohen Punktzahlen zählen.

Die meisten Bürger wissen nichts davon. In den Geschäften und Bars gehen die Menschen ihrem Alltag nach, als hätte Berkshire noch ein schlagendes Herz. Wären sie nicht in diesem kurzen Zeitfenster auf den Straßen gewesen, als die Leichen noch da waren, wären sie nicht im Shadownet gewesen, bevor die Foren geschlossen wurden, hätten sie mit niemandem gesprochen – sie würden es nie erfahren. Die Nachrichten berichten weiterhin nichts, außer vom Hype um den neuen Punktzahl-Algorithmus, den Bars, die zur Feier Wimpel aufhängen, und der Begeisterung von *Eyes Forward* über das kommende Upgrade.Ein übertrieben aufgeregter Moderator verkündet, dass bald zweite Dosen von Pres-X-2 erhältlich sein werden – ist das nicht einfach das Wunderbarste für die Ü-700er?Kein Wort über ein Massaker irgendwo. Eine Blase der Ignoranz. Ablenkungspolitik.Sicherlich: Wenn die Nachrichten nicht darüber berichten, ist es nicht passiert. Und wenn die Regierung es nicht anerkennt, kann es nicht wichtig sein.

Der einzige Hinweis sind die leereren Fußgänger- und Fahrradwege und das Fehlen schreiender Kinder, die ihre Sorgen aus den Wohnheimen für Punktlose herausrufen. Der einzige Beweis ist die Stille.

Sie haben Ezras Familie nicht gefunden. Sie wandern durch die Straßen, durchsuchen die Zentren für Pulverrationen der Punktlosen, dann überprüfen sie andere Wohnheimgebäude. Es gibt Gerüchte unter denen mit niedrigen Punktzahlen, Anzeichen von Besorgnis, aber niemand spricht zu laut. Wieder ist der Mangel an Lautstärke das Beunruhigendste. Bloß das Flüstern gegen das Schreien der Normalität.

Wenn niemand sonst es gesehen hätte, würde Iris annehmen, es sei eine Halluzination, eine weitere Nachwirkung des Flake.

Ich bin keine Halluzination, Iris. Die Leichen waren es auch nicht.

Sie nickt als Antwort auf die Stimme. Ihr atemloser Ton hat eine Verzweiflung, die Iris fühlt, als würde sie von ihrer Angst angetrieben.

Als sie schließlich zum Gebäude von Ezras Familie zurückkehren, um zu sehen, ob sie nach Hause gekommen sind, ist es weg, in Nichts zusammengefallen. Eine Staubwolke hängt darüber wie ein Heiligenschein des Verlusts. Ein weiterer Trümmerhaufen, der sich zu den anderen gesellt.

Ezra sinkt auf die Knie, die Hände auf den Boden gestützt, und stößt ein Heulen aus, das die anderen bis in den Magen trifft – ein Laut, der Tränen in die Augen treibt. Ein beängstigender Schrei der Verzweiflung. Sie alle setzen sich neben ihn auf den Asphalt und weinen ebenfalls. Sie weinen um seinen Verlust, um den Verlust für die ganze Gesellschaft .Menschen gehen um sie herum, machen einen großen Bogen, anstatt sich zu kümmern. Sie müssen nichts sagen – ihre Gesichter verraten alles: keine große Sache. Es ist einfach das, was passiert. Sie hätten es besser wissen müssen, als eine Last zu erschaffen. Wahrscheinlich denken sie, es sind nur ein paar Punktlose, die ihr Zuhause verloren haben.

Wahrscheinlich glauben sie, ihr lästiges Kind sei in einem eingestürzten Gebäude umgekommen.

„Sie sollten sich mehr anstrengen, anstatt sich auf alte Gebäude zu verlassen", sagt ein Fußgänger.

Iris bemüht sich nicht, zu sehen, wer es gesagt hat. Sie hat keine Kraft zu reagieren. Eine Hand hält Georgies, während sie mit der anderen die Handfläche auf den Bürgersteig schlägt. Ihr Blut befleckt den Boden – das Blut eines weiteren Bürgers.

Der Geruch hat Iris' Nase nicht verlassen. Er hat sich in ihre Sinne eingebrannt. Wenn sie sich in der Kälte umarmt, fühlt sich ihr Fleisch wie ihr Fleisch an. Wenn sie in die Gesichter der Menschen blickt, sind es ihre Augen, die sie anstarren. Wenn sie Georgie ansieht, ist sie so blass wie die Leichen.

Sie erhält eine Nachricht von Ella: *Wenn du dieses Wochenende auf deinen Partys für Leute mit niedrigen Punktzahlen bist, vergiss deine Aufgabe nicht.*

Ihre Schultern verspannen sich, ihr Nacken knackt und sie steckt ihr Handy weg. Ihre Sicht trübt sich. Sie sieht nicht, was vor ihr ist – nicht den Boden, nicht die Menschen. Alles, was sie sieht, sind Ella und die Gesichter der anderen mit den hohen Punktzahlen, während sie das System zerstört.

Irgendwie wird sie alles zerstören.

Das Flake ist längst aus ihrem System, aber sein Eindruck bleibt. Ihre Entschlossenheit hält an, zieht sich zusammen wie eine Faust. Sie ist nicht in Untätigkeit verfallen wie beim letzten Mal. Sie kann weder die Augen schließen noch leugnen, was geschieht.

Scheiß drauf. Scheiß auf dieses ganze System.

Nutze diese Wut, Iris.

Die Stimme ist das Einzige, was Sinn ergibt. Der einzige logische Klang im Wahnsinn. Sie versucht nicht, sie wegzuschieben. Sie hört zu und nickt, als wäre sie eine alte Freundin.

In den anderen sieht sie die Motivation, den Herzschmerz, der zu einem Wunsch nach Handeln führt. Iris' Wut wird geteilt, vervielfacht.

Eine Person, die einen Aufstand anzettelt, ist nichts weiter als ein Wutanfall. Eine Gruppe, das ist eine Rebellion.

Sie haben kein weiteres Wort über ihre Idee verloren; Angst hält ihre Münder verschlossen.Aber Iris spürt es in der Luft, sieht, wie ihre Wangen über mahlenden Zähnen zucken.Gerade als sie es ansprechen will, heult eine Sirene durch die Straße – so laut, dass sie sich alle die Ohren zuhalten müssen. Nach ein paar Sekunden wird sie gedämpft, ersetzt durch das Klingeln und Vibrieren jedes Handys und Geräts. Wie alle anderen greift Iris nach ihrem Handy. Eine Nachricht füllt den Bildschirm:

Bedenken wegen krimineller Aktivitäten. Alle mit einem Punktestand unter 400 müssen umgehend nach Hause zurückkehren. Diese Ausgangssperre tritt sofort in Kraft.

19

IRIS

Zurück in ihrer kalten Wohnung kuscheln sich Iris und Georgie auf dem Sofa zusammen, teilen sich eine Decke und gönnen sich eine Tasse heißen Tee. Die Nachrichtenankündigung dauert ewig. Iris holt ihr Handy heraus, erinnert sich an ihren neuen Internetzugang.

„Wie kommt's, dass du online gehen kannst?", fragt Georgie.

„Meine Chefin hat's mir erlaubt. Wegen des anstehenden Quartalsberichts könnte sie mich zum Arbeiten brauchen." Die Lüge kommt zu leicht über ihre Lippen. Doch neben der Schrecklichkeit des Wochenendes erscheint eine kleine Flunkerei wie nichts.

Sie hat den Shadownet-Browser nicht auf ihrem Handy, prüft aber die normalen Nachrichtenseiten: *Ankündigung in Kürze. Alle unter 400 Punkten müssen zu Hause bleiben*, steht da nur. Immerhin unternehmen sie etwas, denkt Iris. Immerhin handeln sie.

Iris schaut sich die Forumsbilder an, die sie früher gesehen, aber nicht richtig Zeit hatte zu lesen. Ein Leak darüber, dass Pres-X von XL Medico vergiftet wurde, ein weiterer Versuch von *Eyes Forward*, die weniger Wohlhabenden zu eliminieren, um ihre utopische Gesellschaft zu schaffen, in der es nur Reiche gibt. Der Leak wirkt echt, mit Beweisen und wissenschaftlichen Erklärungen, die Iris nicht wirklich versteht, aber weit über belanglosen Klatsch hinausgeht.

Davor sind die Selfies, die sie am Vorabend gemacht haben. Lächelnd, betrunken, ahnungslos, was kommen würde. Im Hintergrund eines Bildes ist etwas, das Iris nicht erwartet hätte zu sehen. Sie zoomt rein, sicher, dass sie sich irren muss, aber das vergrößerte Bild bestätigt es. Angus. Was zum Teufel macht er auf einer Party? Man sieht, was er in der Hand hält. Er übergibt jemandem eine große Menge Flake.

Angus ist ein Flake-Dealer?

Die Vorstellung ist so absurd, dass Iris keinen Sinn darin erkennen kann. Doch sie hat keine Zeit, weiter darüber nachzudenken, denn die Erkennungsmelodie der Nachrichten dröhnt aus dem Fernseher und reißt ihre Aufmerksamkeit an sich. Wie Tash, Johan, Ezra, Skylar und all die anderen mit niedrigen Punktzahlen, die Bescheid wissen, erwartet sie einen Bericht über das Massaker – eine Erklärung, wo die Leichen geblieben sind, dass die Ausgangssperre zu ihrer eigenen Sicherheit verhängt wurde, weil jemand es gezielt auf die Punktniedrigsten abgesehen hat. Aus einer verdrehten Hoffnung auf Fairness und Mitgefühl erwarten sie zu hören, dass die Gesellschaftspolizei und *Eyes Forward* mit allen Mitteln ermitteln, dass sie versprechen, herauszufinden, was passiert ist, dass ihre Gedanken bei den Familien der Opfer sind.

Der Nachrichtensprecher übergibt das Wort direkt an einen Vertreter von *Eyes Forward*, dessen Gesicht so ausdruckslos wie immer ist, seine Augen halb verborgen unter dem Schatten seines Hutes. Sein schwarzer Anzug ist das Einzige, was darauf hindeutet, dass er trauern könnte, aber den tragen sie immer.

„Eine böse und schreckliche Tragödie hat sich in Berkshire ereignet", sagt er, seine Stimme ohne jegliche Variation in der Tonlage.

Iris und Georgie wappnen sich für die Geschichte, für die Details, die sie bezeugt haben, für die vollständige Erzählung des Grauens.

„Ein hochrangiger Vertreter von *Eyes Forward* wurde ermordet. Lloyd Porter war ein geschätztes Mitglied von *Eyes Forward* und war in den letzten Jahrzehnten maßgeblich an der Funktion der Gesellschaft beteiligt. Sein Mord hat den Kern von *Eyes Forward* erschüttert.“

In der Pause, die er für den dramatischen Effekt einlegt, tauschen Iris und Georgie Blicke aus, ihr Verständnis ist verwirrt, das kann nicht sein. Vielleicht baut er zum schlimmsten Teil auf, bereitet sie sanft auf die schrecklichsten Nachrichten vor.

Er fährt fort. „Seien Sie versichert, dass dieser Mord mit allen uns zur Verfügung stehenden Mitteln untersucht wird. Wir glauben, dass er mit der neuen Straßendroge Flake in Verbindung steht. Jeder, der im Besitz dieser Droge erwischt wird, verliert all seine Punkte. Jeder Punktlose, der damit aufgegriffen wird, wird inhaftiert.“

Iris reibt sich mit den Handballen die Augen, während Georgie sich die Schläfen massiert. Hat er das gerade wirklich gesagt?

„Alle unter 400 Punkten werden unter Ausgangssperre gestellt, bis wir eine Spur zu dem Mord haben. Zwischen 19 Uhr und 7 Uhr an Wochentagen und ganztägig an Wochenenden müssen Niedrigbewertete zu Hause bleiben oder eine von einem 800-Plus unterschriebene Genehmigung vorweisen, die ihre Gründe für den Ausgang erklärt. Wir appellieren an Zeugen, Beweise für dieses abscheulichste aller Verbrechen zu liefern. Seien Sie versichert, wir werden jeden Stein umdrehen-“

Georgie schaltet den Ton des Fernsehers stumm und starrt auf das Bild des ermordeten Mannes, das nun den Bildschirm füllt. „Sie machen so einen Aufstand wegen des Mordes an einem der Ihren? Einem. Ein

Mord. Was ist mit dem ganzen Block von Punktlosen, der verschwunden ist?"

Iris' Mund steht offen. Es dauert eine Weile, bis sie Worte formen kann. „Es ist ihnen egal. Es ist ihnen buchstäblich egal."

„Aber wir haben es gesehen. Es war nicht nur die Droge, oder?"

Zweifel schleicht sich in Georgies Stimme ein, wie auch in Iris' Gedanken. Sie haben es gesehen. Sie ist sich sicher, oder?

„Komm schon, G", sagt Iris und verleiht ihrem Ton etwas Bestimmtheit. „Wir haben es gesehen, berührt, gerochen. Unsere Kleidung war voller Dreck. Es ist ihnen einfach egal."

Das ist die schmerzhafte Wahrheit, eine alte Wunde, die wieder aufreißt, nie heilt, wie eine Infektion, die nie behandelt wird.

Die Punktlosen zählen nicht. Die mit niedrigen Punktzahlen zählen nicht. *Eyes Forward* denkt, ein Massaker an armen Frauen ist weniger wichtig als die Tötung eines reichen Mannes.

20

MAE

Mae hat sich seit der Nachricht nicht von ihrem Platz bewegt. Sie ist nicht aufgesprungen, um das Getränk aufzuwischen, das sie vor Schreck umgeworfen hat, und hat nicht einmal mit dem Gummiband an ihrem Handgelenk geschnalzt, welches sie immer trägt. Ihr Strickzeug liegt untätig auf ihrem Schoß, mit ein oder zwei heruntergefallenen Maschen, die sie nicht bemerkt hat.

„Wie geht es dir?", fragt Pasha, seine Stimme von Sorge durchzogen. Seine Hand streckt sich nach ihr aus, aber sie erwidert keine Zuneigung. Sie kann seine Wärme nicht spüren.

„Mir geht's gut", sagt sie wie auf Autopilot. Das sagt er doch immer, warum also nicht auch sie?

„Mae-Käfer. Sprich mit mir. Dein Vater ist gerade gestorben."

Sie hört die Besorgnis in seiner Stimme. Gefühle, wie fühlt sich das an? Sie empfindet nichts. Da ist ein Vakuum, wo früher Gefühle waren, als hätte der Tod ihres Vaters ihre Sinne getötet.

„Ich habe ihn seit Jahren nicht gesehen. Ich war mir nicht einmal sicher, ob er noch am Leben war. Was gibt es da zu sagen?"

„Wie du dich dabei fühlst."

Er würde sie weniger lieben, wenn er wüsste, wie sie sich fühlt, dass sie, während der Schock nachlässt, ein Lächeln unterdrückt. Wenn sie eine höhere Punktzahl hätte und rausgehen dürfte, würde sie losgehen und Champagner kaufen. Obwohl sie sich dank ihres Vaters und des von ihm entworfenen Lebenspunktesystems keinen Champagner leisten kann.

„Ich fühle nichts", sagt sie. Sie ist zur Hälfte ehrlich. Sie beendet den Satz einfach nicht. Nichts außer Freude... nichts außer Erleichterung... nichts außer Misstrauen. Es fällt schwer zu glauben, dass er wirklich tot ist. Böse Menschen sterben nicht einfach. Das Böse lebt einfach weiter.

Zumindest weiß Iris nicht, wer er war, und sie wird es nie erfahren. Sie haben sich dafür entschieden, Maes Familie vor ihr geheim zu halten. Es machte keinen Sinn, ihr zu erzählen, dass ihr Genom mit solcher Boshaftigkeit durchzogen ist.

„Macht mich mein Mangel an Traurigkeit unmoralisch?", fragt sie. „Vielleicht bin ich im Grunde genauso schlecht wie er."

Seine zitternde Hand verstärkt ihren Griff und sie legt ihre andere Hand darauf, drückt sie und versucht, ihre Stärke und Entschlossenheit zu vermitteln, sein stabiler Fels in einem reißenden Fluss zu sein. Dann lässt sie seine Hand los, nimmt ihr Strickzeug wieder auf und korrigiert die heruntergefallenen Maschen. „Mir geht's gut. Wirklich."

21

IRIS

Die Nachrichten kommen rein, sobald die Sendung vorbei ist.

Tash: *Was zum Teufel? Ein einziger Mann!*

Johan: *Scheiß auf den Kerl.*

Ezra: *Immer noch keine Neuigkeiten von meiner Schwester.*

Skylar: *Wer zum Henker ist überhaupt Lloyd Porter?*

Ähnliche Flüche und Ungläubigkeit kursieren stundenlang zwischen ihnen, die Spannung steigt. Iris' Finger hämmern mit jeder Nachricht härter auf ihr Handy ein und Georgie bricht sich zwei Nägel ab, aber es ist ihr egal.

Sie wollen Taten sehen, Iris. Du bist nicht allein.

In der Woche seit sie zum ersten Mal Flake genommen hatte, dachte sie, sie wäre allein, unfähig, genau zu artikulieren, woher ihr Unbehagen kam. Äußerlich hatte sich nichts verändert. Die Gesellschaft war, was sie ihr ganzes Leben lang gewesen war. Die Wände der Höhle änderten sich nie. Sie selbst veränderte sich jedoch und das zu erklären, war, als würde man einem Wurm das Sehen erklären. Es ist, als hätte sie eine völlig neue Farbe entdeckt, und jetzt sieht Georgie sie auch. Iris muss nicht nach dem richtigen Vokabular suchen, es spielt keine Rolle. Sobald es da ist, ist es fest verankert – das Gefühl, das Wissen, dass die Art, wie die Gesellschaft ist, nicht so ist, wie sie sein sollte.

Die spürbare Wut im Nachrichtenthread heizt sich auf. Es sind jetzt nicht mehr nur leere Worte, da ist sich Iris sicher. Da ist ein Zorn, der nicht zurückgehalten werden kann, eine durstige Rache, die gestillt werden muss. Nachdem das Gezeter und die Wut lange genug geköchelt haben, fasst Iris den Mut, die Frage zu stellen, von der sie hofft, dass sie alle sie stellen wollen: Sollen wir dem ein Ende setzen?

Die Antworten kommen von allen vier sofort. Eine einfache Antwort: Ja, kombiniert mit einem „Verdammt ja" von Johan.

Sie formulieren einen Plan – zumindest ein Ziel – die Wurzel der Ungerechtigkeiten der Gesellschaft anzugehen, und sie sind sich alle einig, wie sie dabei vorgehen wollen.

Der Plan ist einfach: die Gesellschaftspolizei auflösen, das klassenbasierte Lebenspunktesystem abschaffen und *Eyes Forward* stürzen.

„Ja, wirklich einfach", sagt Georgie, ihre Stimme trieft vor Sarkasmus. Sie hat keine Begeisterung für die Sache verloren. Sie ist genauso wie Iris, noch ziemlich ahnungslos, wie sie einen solchen Plan umsetzen sollen.

Vielleicht, wenn Iris weiter darüber nachdenkt, wird es ihr einfacher erscheinen – dann wird sie vielleicht anfangen, es zu glauben. Doch die Aufgabe fühlt sich in Wirklichkeit unmöglich an, auch wenn es ihnen nicht an Ideen mangelt. Besonders Tash ist begierig darauf, ihre Hacker-Muskeln spielen zu lassen, und Johan darauf, jeden anderen Muskel spielen zu lassen. Wenn Leidenschaft ausreichen würde, würden sie alles erreichen, was sie sich erhoffen – und noch mehr.

Das Team: Iris, eine ehemalige Genie-Coderin und Hackerin. Georgie, eine durchschnittliche Coderin und angehende TV-Moderatorin. Tash, eine extrem gute Hackerin – je mehr sie sie kennenlernen, desto nützlicher scheint sie zu werden. Johan, ein wütender Typ, dessen

Fähigkeiten sich auf körperliche Kämpfe beschränken. Ezra, eine Pfütze der Trauer. Und Skylar... Iris ist sich nicht sicher, wofür sie nützlich sein wird.

Ein Dreamteam.

Wenn dieses Team nur auch mit hochmoderner Hacker-Ausrüstung und Waffen ausgestattet wäre.

Iris schläft in der Nacht zum Sonntag nicht viel. Sie bezweifelt, dass einer von ihnen es tut. Was ihnen an Ressourcen fehlen mag, machen sie mit Entschlossenheit wett. Irgendwie werden sie es schaffen. Sie werden *Eyes Forward* zu Fall bringen.

***

Die Atmosphäre bei der Arbeit am Montag ist ausgelassen. Iris' Körper fühlt sich an wie ein totes Gewicht und sie schleppt ihn zu ihrem Schreibtisch. Das Wochenende lastet auf ihr, als läge sie unter Trümmern.

Die Konservierten und andere Mitarbeiter mit hohen Punktzahlen sind überaus aufgeregt, lachen über ihre Kaffeetassen, die übliche Flut von Komplimenten untereinander nur gelegentlich unterbrochen von der Erwähnung der Tragödie von Lloyd Porters Tod.

Iris sitzt allein in ihrer dunklen Ecke, ihr Computer verbirgt ihr Gesicht, wofür sie dankbar ist. Sie können nicht sehen, wie sie über jeden ihrer Witze und jedes Lachen die Zähne fletscht, können nicht sehen, wie ihr Gesicht vor Wut dunkelrot anläuft.

Sie wünscht sich halb, sie könnte ihre Ohren verschließen wie ihre Augen. Die andere Hälfte von ihr will zuhören. Das Hauptthema ihrer Aufregung ist ein großes Treffen für die mit den höchsten Punktzahlen heute Abend in der alten Kirche im Stadtzentrum. Einige lokale Prominente werden anwesend sein, zur großen Freude von Ella und Francis. Sogar Ava Maricelli wird eine Rede halten.

„Es ist so exklusiv", sagt Ella zu Francis. „Und das wird mein erstes Treffen als 900-Plus sein."

„Ich habe am Wochenende auch ein paar Punkte bekommen, dank des *Eyes Forward*-Anreizes." Francis lehnt sich vor, als versuche sie, subtil zu sein, aber ihrer Stimme fehlt der sanfte Ton der Bescheidenheit.

Die Erwähnung eines Anreizes erregt Iris' Aufmerksamkeit. Kira aus der Bar hatte einen Anreiz erwähnt und es gab ähnliche Gerüchte auf der Party. Sie hält inne mit dem Tippen, um ein wenig zu lauschen.

„Ich kann es kaum erwarten, diese Kurve in ein paar Tagen zu sehen", sagt Ella und reibt sich die Hände. „Wenn die Zählungen da sind."

Iris mag letzte Woche bei der Arbeit geschludert haben, aber sie war nicht völlig abwesend. Sie kratzt sich am Kopf und versucht sich zu erinnern, ob sie etwas vergessen hat. Vielleicht haben sie endlich eine ihrer Ideen umgesetzt, obwohl ein Anreiz, der nur den höchsten Punktesammlern zugutekommt, keine Glocken läuten lässt.

„So eine hässliche Sache, dieser Mord an Lloyd Porter", sagt Francis. „Trotzdem, wenigstens bedeutet das, dass die mit einer niedrigen Punktzahl unter Verschluss sind. Macht die Dinge einfacher." Sie blickt in Iris' Richtung und Iris wendet den Blick ab.

Ihr glucksendes Lachen lässt Iris' Blut kochen. Wie kann jemand so erfreut sein? Sehen sie nicht, was passiert? Verstehen sie es nicht? Einer mit einer hohen Punktzahl wird getötet, und sie verhängen eine Ausgangssperre. Hunderte von Personen mit niedrigen Punktzahlen werden massakriert, und nirgendwo ist auch nur ein Hauch von Besorgnis zu spüren.

Nutze diesen Zorn, Iris.

Wie? Was soll sie tun? Ihnen ins Gesicht schlagen? Sie würde verdammt gerne ihre Zähne ausschlagen, diese plastikartigen konservierten Gesichter für immer eindrücken. Ella und Francis sind so hohl, dass sie nach einem Schlag gleich einknicken würden. Iris streckt sich und krümmt ihre Finger, dehnt die Glieder, die sie benutzen möchte, um all ihren Hass in eine Faust zu legen.

Ella und Francis gehen zu ihrem Büro, Ella lässt unterwegs ihr Handy fallen. Sie bückt sich, um es aufzuheben, und ihr Rücken knackt so laut, dass Iris zusammenzuckt. Ellas Hand fliegt zu ihrem Mund, während ein Zittern ihren Arm hinunterläuft und ihre Augen feucht werden.

„Francis", sagt sie, so leise. Wenn Iris nicht aufgepasst hätte, hätte sie es verpasst. „Es passiert wieder. Es ist zu früh!"

„Oh, Ella. Es ist nur ein Knacken. Selbst die Gelenke von Kindern knacken."

Ella greift nach einigen Papieren und spähte auf die Worte, bewegt die Seite näher heran, dann wieder weiter weg. „Ich kann noch lesen. Gott sei Dank!"

„Na, na." Francis reibt ihre Schulter. „Es ist alles in Ordnung. Lass uns dir etwas Tee holen."

„Koffein? Nein! Nicht mehr. Es lässt einen altern. Ich kann nicht. Oh Gott. Ich altere wieder zu schnell!"

Iris' Lippen zucken zu einem Lächeln und sie dreht sich, um sich mehr hinter ihrem Computer zu verstecken. Dieses Spektakel ereignet sich in der einen oder anderen Form fast täglich und ist der unterhaltsamste Teil ihres Arbeitslebens. Ihre konservierten und begehrenswerten Chefs scheinen zu vergessen, dass das Konservierungsmedikament zwar die Uhr zurückdreht, sie aber nicht vollständig anhält. Sie altern immer noch, sie fangen nur von vorne an. Jetzt geraten Ella und Francis in

Panik wegen der ein oder anderen auftauchenden Falte und wie müde sie aussehen, wenn sie eine Nacht nicht schlafen.

Iris beißt sich auf die Lippen und unterdrückt ein Lachen, während sie ihren Tee schlürft, befreit von der Angst, die ihre konservierten Chefs quält. Sie starren sie oft an, zwicken sie manchmal sogar in die Wangen und kommentieren ihre müden Augen. Sie sehen aus wie Mitte dreißig, aber runzeln die Stirn, wenn sie Iris frisch aussehend sehen. Wahrscheinlich weisen sie auf jeden Makel hin, wie ihr fehlendes Make-up, und nörgeln sich durch Iris' Fehler in einem geschmacklosen Versuch, ihre eigenen kleinen ästhetischen Mängel zu rechtfertigen. Es ist nur Eifersucht, da ist sich Iris sicher. Sie müssen beide etwa hundertzwanzig Jahre alt sein. Iris kann sehen, dass die Naivität der Jugend bei ihnen längst verschwunden ist. Das ist es, worauf sie neidisch sind, nicht auf Iris' Haut oder Haare oder Sehkraft. Sondern auf die reine Glückseligkeit der Ahnungslosigkeit dessen, was noch kommen wird. Nichts Köstliches schmeckt je so gut wie beim ersten Mal, wenn man es isst. Ihre alten konservierten Leben haben den bitteren Geschmack der Erfahrung.

Iris lächelt, als sich Ellas und Francis' Fröhlichkeit in Sorge verwandelt. Es hat etwas Sadistisches, Freude an den Problemen anderer zu haben, aber Ellas knackender Rücken ist kaum ein Problem. Statt körperlicher Gewalt ist ein Kichern über die kleinen Beschwerden ihrer Chefin das Beste, was sie zustande bringt.

***

Iris bleibt länger im Büro, tut nicht viel, scheut sich nur davor, nach Hause zu gehen. Sie will nicht vor Georgie zu Hause sein, will sich keine Sorgen machen. Sicher, Georgie wird sich um sie sorgen, aber damit kann sie im Moment besser umgehen. Georgie ist weitaus pragmatischer. Sie wird nicht wegen ein paar Minuten in Panik geraten wie Iris.

Als nur noch eine halbe Stunde bis zur Ausgangssperre bleibt, macht sich Iris auf den Weg. Ella und Francis sind auf der Damentoilette und bleiben länger, um direkt zu ihrem exklusiven Treffen in der alten Kirche zu gehen, anstatt nach Hause und wieder zurück zu fahren. Durch das Fenster zu ihrem Büro beobachtet Iris, wie sie ihr Make-up auffrischen und ihre Haare machen. Auf dem Schreibtisch direkt vor dem Büro liegt Ellas Handy. Es liegt dort den ganzen Tag, seit sie es vor ihrer Rücken-knackenden Panik fallen ließ.

Iris zögert. Es ist niemand sonst in der Nähe, wie immer, niemand achtet auf sie. Es sind nur sie und das Handy einer 900-Plus.

Du weißt, was zu tun ist.

Die Stimme ist unheimlich in ihrer Anweisung, eine stetige Gewissheit. Iris schaut sich noch einmal um, dann bewegt sich ihr Arm und trifft die Entscheidung, bevor ihr Gehirn aufholt.

Scheiß drauf.

Sie schnappt es sich, steckt es in ihre Tasche, bevor sie ihre Meinung ändert, und macht sich auf den Weg zur alten Kirche.

Iris radelt hart und schnell in die Stadt. Es ist nicht weit, nur ein paar Minuten, und sie fährt die ganze Zeit über die Schnellspur. Sie parkt ihr Fahrrad ein Stück entfernt, damit sie nicht wie die mit einer niedrigen Punktzahl aussieht, die sie ist, und geht dann die letzten hundert Meter zu Fuß. Über die schachbrettartig angeordneten Pflastersteine sprießen Unkräuter aus den Fugen. So kleine Pflanzen, denkt sie. So schwach. Sie sind eigentlich nichts. Aber da sind sie, drücken sich nach oben und erheben sich über den Beton. Sie bauen ganze Gebäude aus Beton und die spindeldürren Dinger können trotzdem Fuß fassen. Selbst die stärksten Substanzen sind brüchig, wenn der Gegner entschlossen genug ist.

Sie zeigt Ellas Handy mit ihrer 900er Lebenspunktzahl beim Hineingehen vor. Sie weiß, dass sie nicht konserviert aussieht. Sie sieht genau wie eine Achtundzwanzigjährige mit einer niedrigen Punktzahl aus, dünn und schlecht gekleidet, aber in der Menge der anderen Ankömmlinge ist sie hinter auffälligen Mänteln und Handtaschen verborgen und bleibt irgendwie unbemerkt.

Sie hält sich im Hintergrund, allein, und versucht, mit den Schatten zu verschmelzen. Die Kirche wurde seit Jahrzehnten nicht mehr als religiöses Gebäude genutzt, aber innen riecht es immer noch feucht nach altem Weihrauch und Kerzen. Die Buntglasfenster sind in einigen Wänden noch erhalten, obwohl die religiösen Szenen auf manchen mit dem *Eyes Forward*-Logo übermalt wurden. Die Wände bröckeln wie bei so vielen alten Gebäuden, aber innen wurden Stützbalken errichtet, um das Versammlungshaus von denen mit den höchsten Punktzahlen und seinen kostbaren Besuchern zu retten. Iris wagt ihr Glück und schnappt sich ein paar Häppchen von einem Silbertablett, dann isst sie sie und versucht, nicht zu stöhnen. Frischer weicher Käse auf blättrigem Teig, belegt mit Feige. Echte Feige, nicht getrocknet. Es ist die Art von Essen, das nur in den exklusiveren Delikatessenläden erhältlich ist. Für einen Moment denkt Iris, dass es sich vielleicht lohnt, mehr Punkte zu sammeln, wenn es bedeutet, Zugang zu solchem Luxus zu haben.

Aber jeder verdient gutes Essen, Iris.

Ja, ja, antwortet sie der Stimme und formt die Worte mit den Lippen, ohne einen Ton von sich zu geben. Ich weiß.

Sie nimmt den Raum in Augenschein, die High Society von Berkshire, alle plaudernd und lachend. Größtenteils Konservierte, einige haben noch den rosigen Schimmer einer kürzlichen Pres-X-2-Behandlung. Sie zählt vier *Eyes Forward*-Vertreter, obwohl es schwer zu sagen ist, da sie herumlaufen und alle gleich aussehen. Ava Maricelli mischt sich unter die Menge. Sie wirkt so viel kleiner als auf ihren vielen Fotos. Sie müssen ihre Muskeln digital verbessert haben. Ihr Bizeps ist groß, aber in echt bei weitem nicht so bullig. Ihr Gesicht ist auch weniger gemein, weniger streng, eher ernst.

Norman und Jason Bonnet gehen durch den Raum, klopfen den anderen Männern auf den Rücken und werfen den Frauen langsame und lüsterne Blicke zu. Norman nimmt ein Häppchen von einem Teller und leckt sich die Lippen, bevor er es isst, obwohl Iris denkt, dass das Lippenlecken mehr mit der Frau zu tun hat, die er vor sich anstarrt. Sie erschaudert, als würde sie seine Augen auf sich spüren, als würde sein Speichel ihren Hals hinunterlaufen. Die restlichen Häppchen, die sie in der Hand hat, sind nicht mehr verlockend.

Auf der anderen Seite des Saals entdeckt sie ausgerechnet Angus. Ihr aufmüpfiger Cousin unterhält sich mit denen mit den höchsten Punktzahlen. Iris puhlt etwas Teig zwischen ihren Zähnen heraus, während sie ihn beobachtet, wie er herumstolziert, als würde er dazugehören. Er ist vielleicht ein 500er, bei weitem nicht 800-plus. Was zum Teufel macht er hier? Mehr Flake-Deals? Sie wendet den Blick ab und wendet ihre Kinderlogik an – wenn sie ihn nicht sehen kann, kann er sie auch nicht sehen. Doch ihre Kopfhaut kribbelt vor Unbehagen und sie verkriecht sich tiefer in die Ecke.

Sie schreibt Georgie eine Nachricht, dass sie später nach Hause kommt. Sie hat immer noch Ellas Handy, also kann sie damit durchkommen, nach der Ausgangssperre draußen zu sein, wenn sie jemand erwischt – solange sie keine Gesichtserkennungssoftware benutzen. Es ist ein Risiko, ein großes. Aber was hat sie schon zu verlieren, ein paar mickrige Punkte? Sie hat Wissen zu gewinnen, und das ist weitaus wertvoller. Sie will wissen, was dieser Anreiz ist, worüber die mit den hohen Punktzahlen so aufgeregt sind.

Durch die Tür stockt ihr der Atem, als sie Francis und Ella entdeckt. Sie versteckt sich noch tiefer hinter den hohen Samtvorhängen, die den Raum säumen. Ellas Gesicht ist gerötet, wahrscheinlich weil sie sich in Abwesenheit ihres Handys an den Wachen vorbei erklären musste.

Scheiße.

Iris wendet sich von ihnen ab und zieht ihre Bluse hoch, um so viel wie möglich von ihren Haaren zu bedecken. Es ist nicht so, dass sie die feurig roten Locken ihrer Mutter hat, aber ihre Locken könnten trotzdem auffällig sein.

Ellas schriller Flüsterton kommt näher. „Ich weiß, dass jemand hier es hat. Ich kann es auf deinem Handy orten. Irgendeine billige Schlampe mit niedriger Punktzahl hat es genommen."

„Psst, Ella", sagt Francis. „Du willst doch nicht dafür bekannt werden, dass du dein Handy verloren hast."

Iris lässt das Handy auf dem nächsten Tisch liegen und sucht sich eine andere Ecke, näher bei Angus, während Francis und Ella sich von hinten anschleichen. Das war eine dumme Idee. Was hatte sie sich dabei gedacht?

Der Raum ist jetzt voll, was Ella und Francis beim Herumgehen ausbremst, da sie ständig mit Schultern zusammenstoßen, plaudern und für all die Bürger mit hoher Punktzahl ein Lächeln aufsetzen. Die Lichter im Raum werden gedimmt und Scheinwerfer erhellen die Bühne. Der Raum wird ruhiger, die noch Plaudernden werden von anderen zur Ruhe ermahnt, und Ava Maricelli tritt ans Mikrofon. Im Scheinwerferlicht fällt es Iris schwer zu glauben, dass sie der Dämon der Gesellschaftspolizei sein soll, die bekannteste Marionette von *Eyes Forward*. Sie steht da, die Schultern leicht gesenkt, in einem schwarzen Leinenanzug, ihr langes dunkles Haar zu einem Zopf geflochten, aus dem sich einzelne Strähnen gelöst haben.

„Danke, dass Sie alle heute Abend gekommen sind", sagt Ava mit einer Stimme, die sie noch sanfter erscheinen lässt. „Die Ereignisse der letzten Tage waren dramatisch, aber *Eyes Forward* möchte, dass Sie alle wissen, dass die Gesellschaftspolizei für Sie da ist. Der vorzeitige Start des Anreizprogramms hat viele von uns überrascht. Es scheint, dass es einen Hack gab, der einige von Ihnen per E-Mail aufforderte, mit der Säuberung früher zu beginnen. Wir entschuldigen uns dafür – das Problem wird bereits behoben. Seien Sie versichert, dass Ihre Punkte weiterhin gezählt werden, aber das Anreizprogramm ist vorerst noch ausgesetzt, bis wir alle technischen Probleme gelöst und die Sicherheit aller Teilnehmer gewährleisten können. In den nächsten paar Wochen werden Tötungen nicht zu Ihrer Punktzahl zählen."

Ein kollektives Stöhnen geht durch das Publikum, während Iris so erstarrt ist, dass sie kaum atmen kann. Gänsehaut überzieht jeden Zentimeter ihrer Haut. Ein Anreizprogramm. Eine Säuberung. Ihr Magen dreht sich bei dem Wort. Punkte, die vergeben werden. Jede Erkenntnis hallt in ihrem Kopf wie eine Standuhr.

Ava fährt fort: „Ich weiß, dass das einige von Ihnen enttäuschen wird. Aber angesichts der Tragödie von Lloyd Porters Tod hat Ihre Sicherheit für uns oberste Priorität. Lloyd war ein wichtiges Mitglied von *Eyes Forward* und das hätte zu keinem schlechteren Zeitpunkt passieren können. Das Update des Punktzahl-Algorithmus muss nun in seiner Abwesenheit stattfinden und die Arbeit, die er geleistet hat, muss jetzt neu verteilt werden. *Eyes Forward* sucht gerade nach einem Ersatz, aber das bedeutet, dass die Lebenspunktzahl-Verfolgung in den nächsten Tagen weniger genau sein wird als üblich. Der Algorithmus ist ein lebendiges Ding, es ist nicht so einfach, wie einen Computer am Laufen zu halten. Lassen Sie uns eine Schweigeminute für Lloyd Porter einlegen, während wir uns an seine großartige Leistung erinnern."

Die Menge senkt die Köpfe, was Iris die Gelegenheit gibt, sich genauer umzusehen. Das ist also das Anreizprogramm, von dem Ella und Francis gesprochen haben. Ihre rechte Hand ist zu einer Faust geballt und sie drückt sie mit der linken. Diese Gerüchte, die sie auf der Party abgetan hatte, stimmten. All diese getöteten Menschen waren Teil eines Anreizprogramms.

Ein fester Griff an Iris' Arm und ein atemloser Befehl „Komm mit mir" ertönt in ihrem Ohr.

Selbst wenn sie protestieren wollte, könnte sie nicht. Der Griff ist fest, Finger bohren sich in ihren Bizeps und sie wird durch eine Tür in einen Flur gezerrt, weiter bis in die Herrentoilette.

„Was zum Teufel machst du hier?", fragt Angus, als er seinen Griff löst.

Iris reibt sich den Arm, wo seine Hand war, die blauen Flecken bilden sich bereits. „Das könnte ich dich genauso gut fragen."

„Nach der Ausgangssperre. Wie zum Teufel kommst du sicher nach Hause?"

Sicher? Als ob Angus sich um so etwas wie die Sicherheit von Leuten mit niedrigen Punktzahlen kümmern würde. „Ich denke, meine Fragen sind viel wichtiger als deine. *Eyes Forward* setzt tatsächlich Anreize für dieses Massaker? Du weißt davon, oder? Warum? Du bist doch nur ein 500er."

Sein Mund formt eine dünne Linie und er bewegt kaum die Lippen, als er spricht. „Ich bringe dich nach Hause", sagt er, während er wieder nach ihrem Arm greift.

Iris reißt sich los. „Um Himmels Willen, Angus. Ich wusste, dass du ein Snob bist, aber das hier... das! Du bist durch und durch böse. Nicht überraschend, bei deiner Mutter."

„Halt die Klappe, Iris. Du verstehst das nicht."

Sie spuckt ihm ins Gesicht. „Verdammter Mörder. Verdammter Abschaum."

Iris stürmt zur Tür und sprintet zu ihrem Fahrrad. Ihr Herz schlägt schneller, das Brennen in ihren Lungen fühlt sich fast befriedigend an. Sie hebt die Hände und hält ihr Gesicht bedeckt, falls irgendwo Gesichtserkennungssoftware aktiv ist. Sie ist längst über die Ausgangssperre hinaus, doch das kümmert sie nicht. Punkte verlieren? Scheiß drauf. Doch wenn jemand ihr in den Weg tritt, wird sie ihm die Faust ins Gesicht rammen. Während sie in die Pedale tritt, zieht sie an den Lenkern, so hart wie sie treten kann. Sie hätte Angus schlagen sollen, hätte alle von ihnen schlagen sollen. Sie hätte das ganze Gebäude niederbrennen sollen, mit ihnen allen darin.

Bald, Iris. All das wirst du bald tun.

22

— · —

AVA

Ava verlässt die Bühne, erleichtert, endlich wieder unter normalem Licht zu stehen, statt im grellen Scheinwerfer, der sie blind für die Reaktionen des Publikums machte. Sie lächelt diejenigen an, die mit ihr sprechen wollen, während sie in großen Schritten um Menschengruppen herumgeht und Abstand hält. Über die Jahre hat sie gelernt, dass dies der beste Weg ist, Gespräche zu vermeiden. Jeder weiß: Ava ist eine vielbeschäftigte Frau. Vielleicht ein wenig exzentrisch – aber das ist kein Verbrechen. Als eine der führenden Forscherinnen von XL Medico, zusätzlich zu ihrer Arbeit im Bestattungsunternehmen und ihren Aufgaben bei der Gesellschaftspolizei, ist ihr Terminkalender berüchtigt voll. Ihre Leistungen und ihr hingebungsvoller Dienst haben sie zu einer Berühmtheit gemacht und jeder versteht, dass sie kaum Zeit für Plaudereien hat.

Die Leute glauben alles.

Sie nickt, winkt und dankt ihnen für ihr Kommen. Einige wollen sie nach Fortschritten bei Konservierungsmedikamenten fragen. Wann können sie ihre zweite Dosis Pres-X-2 bekommen? Können sie das Altern ganz stoppen? Sicherlich sollte ein über 900-Jähriger keine knackenden Knochen und steifen Gelenke mehr erleben müssen, und es sollte inzwischen doch einen Impfstoff gegen graue Haare geben. Sie hat das alles schon gehört. Hunderte Male. Die mit den höchsten Punktzahlen sind zu wichtig, um älter zu werden. Die Wirtschaft ist darauf angewiesen, dass sie begehrenswert bleiben. Niemand will mit einer alten Schachtel Geschäfte machen.

Die Weisheit des Alters mit der Ästhetik der Jugend, das ist es, was alle verlangen. Obwohl Weisheit Mangelware zu sein scheint.

Einige weitere Äußerungen folgen ihr an diesem Abend. In letzter Zeit wirken sie immer unheimlicher. Im Laufe der Jahre hat sich die Anspruchshaltung der Menschen mit den höchsten Punktzahlen zunehmend mit Gift vermischt. Besonders zur Zeit der vierteljährlichen Bevölkerungsstatistik-Updates erreicht dieses Gift seinen Höhepunkt.

„Was werden wir gegen die Plage der Punktlosen tun? Wird die Säuberung ausreichen?"

„Hat XL Medico noch keinen Weg gefunden, die Sterilisation der belastenden Frauen mit niedrigen Punktzahlen durchzusetzen?"

„Warum sollten Punktlose eine Wahl haben, wenn die Gesellschaft keine Wahl hat, als sie zu ertragen?"

„Sicherlich kann *Eyes Forward* sie einfach verhungern lassen. Als Strafe für Lloyd Porters Ermordung."

„Wissen Sie, wenn sie am Verhungern wären, könnte das den Anreiz für uns sicherer machen. Ihre Entschlossenheit ein bisschen schwächen. Wir würden ihnen einen Gefallen tun."

„Wer glauben diese Leute mit niedrigen Punktzahlen eigentlich, wer sie sind? Sie tun nichts für die Gesellschaft."

Ava sträubt sich bei ihren Worten, lächelt mit zusammengebissenen Zähnen und gibt ihr Bestes, um ihren Gesichtsausdruck so aussehen zu lassen, als ob ihre Worte es wert wären, darüber nachzudenken. Sie blickt an ihnen vorbei zu den Buntglasfenstern mit dem *Eyes Forward*-Logo und stellt sich vor, ihre Köpfe hindurchzuschlagen.

Avas Lächeln wird angespannter und verkniffener, während sie versucht, es aufrechtzuerhalten. Die sanften, empathischen Augen, die sie sich über die Jahre beim Betreiben des Bestattungsunternehmens angeeignet hat, haben sich zu schmalen Schlitzen verhärtet. Mandisa wird ihr sagen, dass solche Grimassen Falten verursachen. Sie kann solche Dinge mit einem Hauch von Überlegenheit sagen. Es ist fast zwei Jahrzehnte her, seit Mandisa ihre Pres-X-2-Behandlung erhalten hat, und ihre Haut ist noch immer so glatt wie in der Woche danach. Ihr glänzendes Haar wirkt wie eine Platte aus schwarzem Diamant, auch wenn Ava weiß, dass sie es inzwischen färbt. Mandisa strahlt stets, trotz des hektischen Tempos ihrer Arbeit; der Versuch, die Leaks über die Probleme mit Pres-X vor einigen Jahren einzudämmen, war alles andere als einfach. Das arme Lämmchen. Dank Mandisas und XL Medicos Einfluss hat es die Geschichte bis heute nicht in die Mainstream-Nachrichten geschafft. Ava bezweifelt, dass sie dort jemals auftauchen wird.

Mandisa unterhält sich mit den anderen Personen mit hohen Punktzahlen mit Leichtigkeit und ohne Anspannung in Nacken- oder Gesichtsmuskeln, weil Mandisa eine von ihnen ist. Als Britin in achter Generation gleitet sie durch den Raum voller suprematistischem Snobismus. Ava kann sie dieser Tage kaum ansehen. So schön Mandisa auch ist, ihr Anblick lässt Ava die Haut kribbeln. Früher hegte sie noch eine gewisse Zuneigung zu ihr, solange Zia noch lebte, doch mit Zias Tod endete diese Scharade. Es ist, als würde man an einem Bonbon lutschen: Es schmeckt gut, aber irgendwann weiß man, dass es einem die Zähne verfaulen wird.

Ava beobachtet die egoistischen Gesten, kombiniert mit den Rufen der Anerkennung, „Na, wenigstens unternimmt *Eyes Forward* endlich etwas!" und sucht sich einen ruhigen Platz zum Stehen. Sie will sich an diesem Abend definitiv nicht an Gesprächen beteiligen.

Ava macht sich auf den Weg in die Ecke, wo Angus steht. Er starrt sie schon seit Ewigkeiten an, winkt sie mit Panik in den Augen heran, hebt die Augenbrauen zu einer angespannten Stirn, bevor er seinen Kopf zurückwirft, als ob er versuchen würde, Ava an einer Angelschnur heranzuziehen. Sie fühlt sich schlecht für den Jungen. Er wusste, worauf er sich einlässt, aber bei einem Hauch von Gefahr knickt er ein wie ein Grashalm. Er ist zu jung dafür. Vielleicht war er nicht die beste Wahl für einen Geschäftspartner.

„Was ist los?", fragt Ava.

„Iris. Du weißt schon, Mae Taylors Tochter – meine Cousine – sie war hier."

„Ist sie eine 800-Plus?"

„Nein. Gott weiß, wie sie hereingekommen ist. Ist das schlimm?"

Ava denkt einen Moment darüber nach. Sie hat Iris nicht mehr gesehen, seit sie ein Kind war, aber wenn sie nur etwas wie ihre Eltern ist, ist das überhaupt nicht schlimm. Sie erinnert sich an sie als brillante Coderin in jungen Jahren. Zweifellos hat Mae sie in Nebula und *Sisters and Spies* eingeführt. Ava wäre überrascht, wenn Iris eine *Eyes Forward*-Unterstützerin wäre, und selbst wenn, es schadet nicht, wenn sie irgendetwas weiß. Sie macht sich eine geistige Notiz, Iris' Telefon anzuzapfen; sie im Auge zu behalten, könnte das Vorsichtigste sein.

Ava wird klar, dass Iris vielleicht nicht einmal weiß, wer sie wirklich ist. Ava hat Iris' Abstammungsinformationen nur aufgrund ihrer übermäßigen Stunden auf Nebula entdeckt. Iris Taylors Name taucht so oft auf, sie hat ihre Sorgfaltspflicht erfüllt.

„Nein", sagt Ava. „Sie wird die Nachricht verbreiten, denke ich, aber ich werde sichergehen. Das könnte gut sein. Sehr, sehr gut."

23

IRIS

Iris schickt eine Nachricht an die Gruppe, sobald sie sicher in ihrer Wohnung ist und nicht mehr Gefahr läuft, wegen Nichteinhaltung der Ausgangssperre erwischt zu werden. Mit zitternden Fingern und verschwommener Sicht von Schweiß und Tränen tippt sie: *Sie bringen sie um. Es stimmt. Es ist ein von der Regierung genehmigtes Massaker. Es geht in zwei Wochen wieder los.*

Sie betrachtet noch einmal das Foto von Angus und dem Flake auf der Party, lädt es dann in die Gesellschaftspolizei-App hoch, fühlt sich aber nicht besser. Es reicht nicht. Sie will ihm immer noch ins Gesicht schlagen.

Iris atmet langsam aus, als würde sie all das Schlechte aus sich herausstoßen, all die giftige Luft, die sie in diesem Raum eingeatmet hat. Sie hält ihren Bauch und drückt weiter, atmet alles aus – die ganze Anspannung, den Hass und die Zweifel. Als sie einatmet, geschieht es mit der Realität. Sie tun es wirklich. Sie werden die mit den niedrigen Punktzahlen wirklich töten. Und sie sind wirklich begeistert davon.

Sie geht ins Badezimmer und übergibt sich dann. Sie nutzt die letzte Spülung des Tages, um das loszuwerden. Auf keinen Fall kann sie eine Schüssel voll Kotze bis morgen gären lassen.

Es dauert eine Weile, bis sie eine Antwort bekommt. Solche Nachrichten brauchen Zeit, um zu sacken. Und als sie schließlich reagieren, geschieht es in Form von Flüchen und Schock. Iris wünschte, sie hätte Beweise, wünschte, sie wäre nicht die Einzige, die es gehört hat – dass es nicht allein ihre Aufgabe wäre, die schlechten Nachrichten zu überbringen. Es ist der letzte Nagel im Sarg für Ezras Familie. Jetzt wird er wissen, dass ihre Tode nichts weiter als Teil eines kranken Spiels waren.

Georgie schreibt, dass sie die Nacht bei Sam verbringt. Iris ist allein in ihrer Wohnung, niemand ist da, um sie zu trösten, niemand, der ihr sagt, dass sie das Richtige tut, indem sie sie warnt. Sie läuft auf und ab und kaut an ihren Nägeln, bis ihre Finger bluten. Sie muss mehr als nur diese Leute warnen. Jeder sollte wissen, was sie heute Nacht erlebt hat. Aber was kann sie dagegen tun? Sie ist immer noch machtlos. Sie setzt sich, schließt die Augen und reibt sie dann. Die Erinnerung an das Massaker ist noch so frisch in ihrem Gedächtnis. Sie kann immer noch die Weichheit des Körpers unter sich spüren. Sie schaudert und muss sich fast wieder übergeben.

Wenn sie keinen Weg finden können, es zu stoppen, macht es dann überhaupt Sinn, es ihnen zu sagen? Hat sie ihre Herzen nur mit Angst vor einem weiteren Massaker gefüllt?

Schrei es von den Dächern, Iris. Sag es allen.

Die Stimme hat recht. Wenn genug Leute es wissen, können sie sich verteidigen. Wenn sie die Nachricht verbreitet, haben vielleicht mehr eine Chance, sich in Sicherheit zu bringen. Sobald sie sicher ist, dass die Übelkeit vorüber ist, isst Iris etwas übrig gebliebene Pasta mit Soße, doch sie schiebt das Essen nur auf ihrem Teller hin und her, ihr Hunger längst von ihren Sorgen verdrängt. Sie weiß, dass die Reichen und Mächtigen immer bekommen, was sie wollen. Welche Chance hat der Wille der Armen gegen den Einfluss der Reichen? Die Armen sind zerbrechlich, spröde, leicht zu brechen. Die Reichen dagegen scheinen aus Stahl gemacht zu sein.

Immerhin gehören sie und Georgie nicht zu den Menschen mit den niedrigsten Punktzahlen. Das ist ein kleiner Trost. Zumindest, so hofft sie, wird Georgie in Sicherheit sein.

24

MAE

Es ist lange her, dass Mae einen Leichnam gesehen hat. Sie wohnt in der Nähe ihrer Arbeit, sodass sie denen ausweicht, die auf den Straßen auftauchen. Der letzte Leichnam, den sie sah, war bei Iris' Geburt, als sie an jenem Strand waren, als Pashas Großmutter starb. Es war so friedlich für sie. Ein schmerzfreies Ende war der einzige Lichtblick der vom Staat erzwungenen Sterbehilfe aus der Zeit der Großen Unruhen. Sie sah aus, als würde sie schlafen, während sie Baby Iris in den Armen hielt. Trauer kam sofort in dem Meer von Emotionen, das Mae nach der Geburt traf. Pashas Mischung aus Unglaube und Freude prallte durch ihn hindurch, als sein Körper vor Tränen bebte, verstärkt durch den Mangel an Medikamenten. Mae war überwältigt von Liebe, für das winzige Baby, das sie ursprünglich nicht haben wollte, und für die Ältere, die ihr Leben gab. Nie zuvor hatte sie solche Wärme in sich gespürt.

Sie hofft, dass der Leichnam, zu dem sie jetzt unterwegs ist, ein qualvolleres Ende erlitten hat. Ein Mann, der so viel Elend verursacht hat, verdient nicht den Frieden, der Pashas Großmutter gewährt wurde. Sie hofft, es hat wehgetan. Dass seine letzten Momente voller Angst waren. Sie hofft, seine Augen quollen vor Schreck hervor und dass er an seinem eigenen Blut erstickte, gefärbt von Reue für alles, was er getan hatte.

Es ist seltsam. Ein Leben lang Gleichgültigkeit gegenüber dem Mann, ihn aus ihrem Leben gestrichen, nicht wissend, ob er lebendig oder tot war. Jetzt, da sie weiß, dass er tot ist, hasst sie ihn.

Mae hatte nicht erwartet, die E-Mail zu erhalten, die sie als nächste Angehörige benannte. Sie wusste nicht, dass ihr Vater wusste, dass sie noch am Leben war. Es erscheint dumm zu denken, er hätte es nicht gewusst. *Eyes Forward* muss jeden im Auge behalten. Es gibt keine Geheimnisse in der Gesellschaft.

Sie geht von ihrem Büro zum Bestattungsunternehmen und verzichtet auf das Fahrrad. Eine langsame Reise ist vorzuziehen, um das Unvermeidliche hinauszuzögern. L.M. Bestattungen ist der einzige Ort, dessen Punktzahlgrenze hoch genug ist, um sich um ihren Vater zu kümmern. Es gehört zufälligerweise auch ihrer ehemaligen Klientin und Ex-Freundin, Ava Maricelli. Sie hält inne und begibt sich in den Wartebereich am Rand der Fußgängerwege, als das Bestattungsunternehmen in Sicht kommt. Sie kann verschnaufen, ein wenig abkühlen. Der Fußgängerverkehr ist voller Körperwärme und abgestandener Luft, oder vielleicht sind es nur ihre Nerven.

Sie hat das Gelände seit Jahren nicht mehr betreten, Ava schon so lange nicht mehr gesehen, nicht seit Ava vorschlug, für ihre Sache weiter zu gehen, als Mae bereit war. Ihre Freundschaft litt, als Ava zu größeren Höhen aufstieg. Mit Macht kommt großer Ehrgeiz. Es ist einfach für Ava. Sie hat niemanden, um den sie sich sorgen muss. Mae hat zu viel zu verlieren.

Mae atmet tief durch, strafft die Schultern und geht dann die letzten paar Schritte.

Sobald sie das Bestattungsunternehmen betritt, ist der Geruch von Blumen überwältigend, und Maes Augen brauchen Zeit, sich an das schwache Licht zu gewöhnen. Es soll wahrscheinlich sanft und beruhigend sein. Mae findet es dunkel und verwirrend. Sie weiß, dass ihre Sicht früh nachlässt. Das war auch beim letzten Mal so, als sie in diesem Alter war.

„Kann ich Ihnen helfen?" Der Mann am Empfang hat einen gequälten Gesichtsausdruck, der von Mitgefühl trieft, das Mae nicht braucht.

„Ich bin Mae Taylor, die nächste Angehörige von Lloyd Porter. Ich glaube, sein Leichnam ist hier."

Er faltet die Hände vor seiner Brust und nickt dann langsam. „Mein aufrichtiges Beileid. Er ist im Aufbahrungsraum. Darf ich Ihnen den Mantel abnehmen und Sie hineinführen?"

Mae zögert, tritt einen Schritt zurück und zupft dann an ihren Ärmeln. Will sie ihn wirklich sehen? Welchen Nutzen hätte das? Zumindest würde sie wissen, dass der Mistkerl wirklich tot ist. Sie blickt zur Tür, dann zurück zum Rezeptionisten, schnippt das Band an ihrem Handgelenk und reicht ihm dann ihren Mantel. „Na gut. Ist Ava Maricelli im Haus?"

„Nein. Heute nicht. Sie kommt nicht oft her."

Ihre Schultern entspannen sich und eine kleine Welle der Erleichterung nimmt ihren Schweiß mit. Zumindest eine Person weniger aus ihrer Vergangenheit, der sie heute begegnen muss. „Kein Problem. Danke."

Sie folgt ihm zum Aufbahrungsraum, zwanzig Schritte bis zur Tür, dann tritt sie allein ein. Sie schaut eine Weile nicht hin und starrt stattdessen geradeaus an die Wand, bis die Neugier alles andere überwiegt.

Ihre Lippen ziehen sich beim Anblick von ihm zurück. Sie hatte ihm nie geähnelt, bevor er Konserviert wurde. Sie kam definitiv nach ihrer Mutter, ganz flammendes Haar und blasse, sommersprossige Haut. Das ist wahrscheinlich ein Grund, warum er solche Abneigung gegen sie hatte. Nur ihren Intellekt hatte sie von ihm geerbt.

Der Leichnam liegt flach da, immer noch in diesem verdammten Anzug. Das tiefste Schwarz mit dem eingemauerten Augen-Logo auf dem vorderen Revers eingeprägt. Es ist alles, was sie je tragen. Seine Hände sind auf seiner Brust verschränkt, als würde er das Herz umklammern, das er nie hatte. Sie geht näher, direkt zu ihm, und starrt auf den Mann hinab, der ihr das Leben gab, ihr jedoch alles nahm. Auf dem kleinen Tisch daneben steht eine Schachtel Taschentücher. Die wird sie nicht brauchen. Auch ein Stuhl, falls ihre Knie vor Trauer nachgeben. Sie bleibt stehen.

Der Bericht des Gerichtsmediziners besagt, dass er sieben Schnittwunden am Bauch hatte, obwohl Mae das durch seinen Anzug nicht sehen kann. Sie kämpft gegen den Wunsch an, nachzusehen, um sicherzugehen, dass die Wunden wirklich da sind, dass er nicht im Begriff ist, wieder zum Leben zu erwachen. Die Konservierten sehen tot oder lebendig nicht anders aus. Seine Augen sind geschlossen, aber sein Teint hat noch Farbe, und sein Kollagen ist nicht geschrumpft. Sie streckt eine Hand aus und kneift in seine Wange. Ein fester, scharfer Kniff, der versucht, einen blauen Fleck zu hinterlassen. Eine lebende Person würde zusammenzucken, aber diese Leiche liegt einfach nur da.

Er ist wirklich tot.

Er muss jetzt hundertvierzig Jahre alt sein, obwohl er genauso alt wie Mae erscheint, sogar ein paar Jahre jünger. Die Anzeichen des mittleren Alters haben sich über seine konservierte Haut geschlichen. Eine leichte Verfärbung unter seinen Augen, feine Linien über seiner noch prallen

Haut, einige Furchen über seiner Nase und über seiner strengen Stirn. Keine Lachfalten. Nicht gerade überraschend.

Mae neigt den Kopf zur Seite und erkennt ihn. Obwohl seine Gesichtszüge dem standardmäßigen *Eyes Forward*-Erscheinungsbild entsprechen –kräftigerer Kiefer, tieferer Haaransatz, stählerner Ausdruck – hätte sie ihn als einen der vielen *Eyes Forward*-Vertreter abgetan, wenn sie nicht mit Sicherheit wüsste, dass es ihr Vater ist, so ähnlich sehen sie alle aus, und doch nicht wie der Vater, den sie kannte. Sein schwarzes Haar ist in seinem Ton unverändert, selbst in seinem Lebensalter. Anders als bei Mae, der täglich ein neues graues Haar zu sprießen scheint und ihre rote Mähne aufhellt. Er muss seine Haare gefärbt haben, um sie seinem Anzug anzupassen. Ein Hauch von Grau würde nicht genügen. Sie wären unterscheidbar.

Mae versucht sich zu erinnern, wann sie ihn zuletzt gesehen hat. Als sie die Fördergelder erhielt, um die hypothetische Formel zu entwickeln. Sie war besser als er. Klüger. Er brauchte sie. Dann verschwand er mit ihrer Arbeit, verdrehte sie und machte die Gesellschaft zu dem elitären Höllenloch, das sie heute ist. Ihr Magen hebt sich und ihre Kehle brennt, wenn sie an all das denkt, was er getan hat – wie zerstörerisch er gewesen ist.

Gott, sie hasst ihn.

Sie sollte Worte finden, doch ihre Zunge liegt träge. Ihre Lippen sind zu fest geschlossen, um Worte zu formen. Was gibt es zu sagen? Überhaupt etwas? Zu dem Mann, der sie erschuf, aber nie nährte. Dem Mann, der ihr das Leben gab, sie aber nie liebte. Irgendwelche letzten Äußerungen zu dem Mann, der sie und ihr Land zerstört hat. Aber ihr Kopf ist leer. Sie hat keine Worte für solchen Hass. Stattdessen zählt sie die Bodendielen, die Blumen und den Takt der leise spielenden Musik.

Sie blickt ihn noch einen Moment länger an und ihr Mundwinkel hebt sich zu einem Lächeln. Sie atmet tief ein, ihre Lungen füllen sich vollständig, mühelos. Eine Last, die sie so viele Jahre niedergedrückt hat, ist verschwunden.

Er ist weg. Er ist wirklich weg.

Sie dreht sich auf dem Absatz um und geht hinaus.

„Nochmals mein Beileid, Frau Taylor", sagt der Rezeptionist, sein Ausdruck so gequält, dass sie denkt, er müsse eine Verletzung verbergen.

„Ich nehme an, die Beerdigungskosten werden von seinem Nachlass übernommen?", fragt sie.

„Wenn Sie das wünschen. Ich kann mit einem Nachlassanwalt sprechen. Haben Sie irgendwelche Wünsche für die Trauerfeier? Ich habe hier einige Broschüren."

Sie ignoriert die Broschüren. „Halten Sie es billig. Den einfachsten Sarg. Eine Masseneinäscherung. Kein Grab. Keine Blumen. Lassen Sie es so erbärmlich sein wie möglich."

„Oh, ähm... in Ordnung..."

„Entsorgen Sie die Asche im Mülleimer. Vielen Dank."

Mae holt ihren Mantel, bevor er die Chance hat, ihn ihr zu reichen, und verlässt das Bestattungsunternehmen. Die Temperatur ist milder geworden. Eine kühle Brise bahnt sich ihren Weg durch den dichten Fußgängerverkehr und streift Mae, als sie die frischeste Luft seit Langem einatmet. Aufblähend. Leicht. Wie ein Ballon. Mit einem Lächeln im Gesicht und einem „Scheiß auf ihn" auf den Lippen schwebt sie zurück zur Arbeit.

25

IRIS

Iris schleppt sich am nächsten Tag mehr aus Gewohnheit als aus Pflichtgefühl zur Arbeit. Ihr Muskelgedächtnis bringt sie morgens aus dem Bett, kleidet sie an und setzt sie aufs Fahrrad, um den Hügel hinabzugleiten. Sie gibt ihren Gliedmaßen keine Anweisungen mehr. Sie spürt nichts, als der Stoff ihrer Bluse ihren Körper streift. Auch der Wind in ihrem Gesicht bedeutet ihr nichts. Sie ist überall taub.

Die Straßen sind sauber, ruhiger, kein Gestank von verwesenden Leichen heute.

Sie schleift ihre Füße im Korridor entlang, ohne sich darum zu kümmern, leise wie eine Maus hereinzuschleichen. Was bringt es, in der Gesellschaft zurückhaltend und höflich zu sein, wenn alles, was sie interessiert, dein Lebenswert ist? Jason und Norman sind nicht da – eine kleine gute Nachricht.

Ella und Francis kommen an und für einen kurzen Moment sitzt Iris aufrechter und setzt ihr fleißiges Arbeitsgesicht auf. Aber nur für einen Augenblick, wieder leitet sie ihr Muskelgedächtnis. Einen Moment später erschlafft ihre Haltung und sie bevorzugt eine unbequeme Haltung und einen schmerzenden Rücken, anstatt enthusiastisch über die Arbeit auszusehen.

„Ein großer Mann wurde ermordet", sagt Ella und steht demonstrativ nahe an Iris' Schreibtisch. „Vielleicht, wenn du einige Flake-Dealer entdeckt und der Gesellschaft geholfen hättest, mit diesen Schurken umzugehen, wäre Lloyd Porter heute noch hier."

Iris atmet laut durch die Nase aus und tippt weiter auf ihrer Tastatur. Sie tippt nichts Lesbares, sie tut nur so. Offensichtlich verfolgen sie den Angus-Hinweis nicht weiter. Zweifellos wollen sie, dass stattdessen ein U-200 gefasst wird.

„Die Presse braucht die Statistiken zum Flake-Konsum. Wie viele des teuflischen Abschaums mit niedriger Punktzahl es benutzen und seine Auswirkung auf Gewaltkriminalität und Verrat."

Iris hört auf zu tippen. Sie verlangen Märchen. „Es gibt keine Statistiken. Niemand überwacht den Flake-Konsum. Die Raten der Gewaltkriminalität sind wie immer."

„Na", sagt Ella in einer Tonlage, die an das Kratzen von Kreide auf einer Tafel erinnert. „Das werden wir ja sehen." Sie geht davon. Ihre dünnen Beine stampfen jeden Schritt aus, während sie etwas darüber murmelt, wie unhilfreich die mit den niedrigen Punktzahlen sind.

Iris ist solche Kommentare gewohnt und nimmt ihr vorgetäuschtes Tippen wieder auf. Nach ein paar Minuten dreht Francis den Fernseher lauter. Ihr Gesicht ist voller Freude, als der Reporter sein falsches ernstes Gesicht aufsetzt. Der Ausdruck wirkt fest und aufrichtig, während Iris von Georgie weiß, dass genau dieser Nachrichtensprecher in schallendes Gelächter ausbricht, sobald die Kameras in die Werbepause schalten – egal wie ernst die Geschichte ist. Er lässt auch gerne einen fahren, wenn er Leute interviewt, nur damit sie nach seinem Belieben Grimassen schneiden. Ziemlich professionell.

„Wir haben von unserer Statistikabteilung gehört, dass Flake unter der Bevölkerung mit niedrigen Punktzahlen wütet, mit einem Anstieg der

Gewaltkriminalität um zweihundert Prozent als Folge." Die Person, die neben dem Nachrichtensprecher sitzt, rümpft bei der Statistik die Nase. Er muss gerade seine Blähungen losgelassen haben.

„Die neuen Gesetze bezüglich des Flake-Konsums scheinen unwirksam zu sein, da sie bisher seinen Gebrauch nicht eingedämmt haben. Zur Erinnerung an alle: Wer beim Flake-Konsum erwischt wird, wird als punktlos eingestuft. Punktlose, die die Droge benutzen, müssen eine Gefängnisstrafe verbüßen."

Iris schluckt und versucht, sich an die Party am Wochenende zu erinnern. Niemand hat die Gesellschaftspolizei gespielt, da ist sie sich sicher.

„*Eyes Forward* und die Gesellschaftspolizei befürchten weitere abscheuliche Verbrechen, wie den tragischen Mord an Lloyd Porter. Als Ergebnis haben wir diese Nachricht." Er hebt ein Stück Papier hoch und klopft damit auf den Tisch, als würde er davon ablesen anstatt vom Teleprompter. „Die Gesellschaftspolizei-App wird auf jedem Gerät automatisch heruntergeladen und das Melden von Verbrechen ist keine Option mehr, sondern unerlässlich. Jeder, der dabei erwischt wird, ein Verbrechen nicht zu melden, wird dieses Verbrechens für schuldig befunden. Die App funktioniert sogar auf Frauenhandys, wenn sie offline sind, also gibt es keine Ausrede. Drastische Zeiten erfordern drastische Maßnahmen, daher wurde beschlossen, dass Frauen mit Punktzahlen über 800 nun rund um die Uhr Internetzugang haben werden, wie Männer es tun, damit sie die Nachrichten zu ihrer Sicherheit im Auge behalten können. Diese Initiative wird streng überwacht, um etwaige Sicherheitsunregelmäßigkeiten zu erkennen. Diese Änderungen treten mit sofortiger Wirkung in Kraft."

Francis dreht die Lautstärke wieder herunter und wendet sich Iris zu. „Na, wenigstens unternimmt jemand etwas gegen all die Kriminellen mit niedriger Punktzahl."

Atme, Iris. Atme. Du wirst dem bald ein Ende setzen.

Die Stimme beruhigt sie auf eine Weise, wie es die Wutmanagement-Therapie nie getan hat. Es ist fast so effektiv, wie an einer Kletterwand zu sein. Sie schwebt über allem, erhebt sich darüber. Ihr Vortäuschen gehört ihnen allein.

Ella nickt Francis zu. „Jeder, der es nicht meldet, konsumiert es, denke ich. Und ich bin mir sicher, dass all diese Junkies mit ihren niedrigen Punktzahlen aufgedeckt werden."

Iris hält ihren Blick auf den Computerbildschirm gerichtet und vermeidet Blickkontakt, dann nimmt sie einen Stift und macht sich Notizen, oder zumindest sieht es so aus, als würde sie sich Notizen machen. Sie kritzelt, kritzelt und vermeidet die Blicke der Konservierten. Sie ist eine miese Lügnerin. Ihr Gesicht verrät sie immer. Sie errötet zu leicht. Das ist etwas, wofür sie ihrer Mutter danken kann.

Der ernste Ausdruck des Nachrichtensprechers wandelt sich in einen aufgeregt freudigen. „Nun zu den weiteren Nachrichten. Zweite Dosen von Pres-X-2 für alle mit einer Punktzahl von 700 und mehr sollen bald aus der Fabrik kommen! Dank Ro Developments liegt die Renovierung im Zeitplan. Hier ist Rolan Taylor, der uns alles dazu erzählen wird."

Das weckt Iris' Aufmerksamkeit, sie schaut auf. Das Gesicht ihres Onkels füllt den Bildschirm. Der Bruder ihres Vaters sieht ihm verblüffend ähnlich, nur mit einem kantigeren Kiefer, und seine Haare sind so gestylt, dass seine Locken geglättet wirken.

„Hier bei Ro Developments haben wir unermüdlich daran gearbeitet, das zu renovieren, was einst das Herz von Reading war." Iris ist sich sicher, dass Rolan eine andere Stimme benutzt. Er klingt tiefer, heiserer. Unter Rolans Gesicht sind alte Fotografien von vor Jahrzehnten zu sehen, als das Zentrum einmal ein Einkaufszentrum war, dann als es nichts als eine Ruine war. „Dieses alte Gebäude wird nun für einen außergewöhnlichen Zweck genutzt, um die Gesellschaft mit Pres-X-2 zu versorgen. Die neue Fabrik wurde nach höchsten Standards mit den neuesten Geräten fertiggestellt." Die Aufnahmen verlassen nun Rolan und zeigen das Innere der Fabrik, lächelnde Mitarbeiter winken in die Kamera. „Wir hauchen Reading neues Leben ein und Ro Developments hat viele weitere Projekte in Planung. Die Teile der Grafschaft, die während der Großen Unruhe am meisten beschädigt wurden, bekommen endlich die Aufmerksamkeit, die sie verdienen. Ro Developments, das schlagende Herz von Berkshire."

Iris zerbricht ihren Stift in der Mitte. Es spielt keine Rolle, was die Stimme jetzt sagt, sie ist so wütend, dass ihr bestimmt Dampf aus den Ohren kommt. Verdammter Rolan, ihr eigener Onkel, der vom Chaos profitiert. Für jedes Gebäude, das zerstört wird, jeden Einsturz eines Wohnheims für Punktlose, wird er da sein, um den Scheck für den Wiederaufbau entgegenzunehmen. Kein Wunder, dass Angus so ein Arsch ist. Iris dachte immer, Rolan wäre in Ordnung und Moira wäre Angus' einziges elitäres Elternteil, aber Rolan ist genauso schlimm. Wie können er und ihr Vater Brüder sein? Pasha hätte nie so eine Einstellung.

Rolan baut die Höhle, in der sie alle leben, und verstopft den Ausgang.

Den ganzen Tag sitzt Iris in ihrer Ecke, hält sich zurück und plant, anstatt zu arbeiten. Sie sehnt sich nach der Kletterwand, nach frischer Luft, um der miesen Büroatmosphäre zu entkommen. Sie beobachtet, wie ihre konservierten Chefs herumstolzieren, plaudern und lachen, während sich in ihren Schläfen Kopfschmerzen ausbreiten und ihr Kiefer vor Anspannung schmerzt. Gelegentlich erinnern sie sie daran, mit ihrer Arbeit fortzufahren und drohen ihr mit Punktabzug. Zweifellos hoffen sie, sie punktlos zu machen, nur damit sie sie in ein paar Wochen töten können.

Töten. Das ist es tatsächlich, was sie wollen.

Ein kalter Schauer läuft ihr über den Rücken, doch so kalt es in ihr auch sein mag, äußerlich brennt sie vor Wut. Sie zerbricht zwei weitere Stifte, bevor sie ihre Rage zügelt. Was hat ihr Wut-Therapeut ihr immer gesagt? Zähle deine Atemzüge, stell dir vor, wie deine Wut einen Ballon füllt und lass ihn einfach los.

Was für ein Schwachsinn.

Als sie nach Hause kommt, brodelt der Ärger immer noch in ihr. Sie schließt ihr Fahrrad ab und stampft mit festen Schritten die Treppe zu ihrer Wohnung hinauf. Die Tür öffnet sie mit einem Ruck, knallt sie dann zu und tritt im nächsten Moment dagegen, wobei sie vor Schmerz aufschreit. „Verdammt!" Sie greift sich ihren Fuß, während sie mit der anderen Hand wütend gegen die Tür schlägt. „Verdammt!" Jetzt schmerzt auch ihre Hand. Gibt es keine schmerzfreie Entlastung für diese Wut? Keinen produktiven Weg, all das rauszulassen?

Rache, Iris. Rache wird helfen.

„Ich weiß nicht, wie ich mich rächen soll! Ich weiß nicht, wie ich sie aufhalten kann!"

„Mit wem redest du da?" Georgie kommt aus dem Badezimmer. Ihr Gesicht ist so rot, wie Iris vermutet, dass ihr eigenes ist.

„Verdammte Elite. Mörderisches Gesindel", schreit Iris.

Georgie schnieft und wischt sich mit einem Taschentuch die Augen, dann beginnt sie auf und ab zu gehen und an ihren Nägeln zu kauen.

„Hast du dir schon was überlegt?", fragt Iris. „Hast du einen Plan? Wir müssen etwas unternehmen. Weißt du, dass mein Onkel auch von dem Gemetzel profitiert? Er und seine grässliche 800er-Frau werden für jeden abgerissenen Niedrigpunktzahl-Block abkassieren."

„Das ist furchtbar. Es tut mir leid." Georgies Stimme ist leise, atemlos. Die geringe Lautstärke erregt Iris' Aufmerksamkeit genauso wie ein Schrei.

„Was ist los?" Erst jetzt bemerkt sie, dass auch ihre Augen rot sind, mit rosa Streifen darunter von Tränen. Georgie weint nie über das gelegentliche Schniefen hinaus. Sie ist immer die Optimistin, die Ruhige, die bereit ist, alles mit Pragmatismus und einem Hauch von Glamour anzugehen. Weinen liegt einfach nicht in ihrer DNA.

Georgie widerlegt all das und schluchzt, die Art von atemlosem Weinen, das Kinder tun, wenn sie so untröstlich sind, als ob ihre ganze Welt untergeht. Iris läuft zu ihr und zieht ihren zitternden Körper in eine Umarmung.

„Hey, wir werden uns etwas ausdenken. Wir werden diese Bastarde kriegen. Hörst du? Wir geben nicht auf."

„Darum geht es nicht, Iris. Ich meine, das ist so schrecklich, aber das ist nicht der Grund, warum ich weine."

„Was? Wie kann es das nicht sein? Was ist schlimmer?"

Sie löst sich, schluckt und holt dann zitternd Luft. „Ich bin schwanger."

26

IRIS

„Wer ist der Vater?", fragt Iris. Ihr Ton ist vielleicht zu harsch, zu herablassend. Sie legt ihren Arm wieder um Georgie und versucht, unterstützender zu sein, jetzt keine Standpauke zu halten, obwohl sie das eigentlich am liebsten tun würde. Wie konnte Georgie nur so dumm sein? Georgies Handimplantat leuchtet blau. So eine hübsche Farbe für etwas so Schreckliches.

Georgie weint weiter und starrt auf den Boden. „Irgendein Typ von einer Party vor ein paar Wochen."

„Welcher? Ich kann mich an keinen Typen erinnern. Du bist doch zu neunzig Prozent lesbisch."

Georgie zuckt mit einer Schulter und putzt sich dann die Nase. „Ja, aber diese zehn Prozent beißen mich manchmal in den Arsch."

Das ist noch untertrieben. Iris presst die Lippen zusammen und verbeißt sich ihr Urteil, nicht ganz erfolgreich. „Verdammt nochmal, G. Warst du orange? Hast du während deiner orangen Zeit mit irgendeinem Kerl geschlafen?"

„Mein Implantat wurde erst am nächsten Tag orange. Ich dachte, ich wäre sicher." Sie geht zum Sofa und lässt sich fallen, zieht die Knie hoch, um sie zu umarmen.

Iris setzt sich behutsamer neben sie. „Na ja, du weißt, was du zu tun hast."

„Ich weiß. Glaub mir." Sie wischt sich die Nase ab und schaut Iris dann mit diesen flehenden, unmöglich-abzulehnenden Augen an. „Kommst du mit? Ich will das nicht alleine machen."

Iris legt ihren Arm um sie und küsst ihre Stirn. „Du weißt, dass ich das tun werde."

***

Abtreibungskliniken sind mittlerweile häufiger als Eckläden und ihre örtliche Klinik bietet rund um die Uhr Termine an, sieben Tage die Woche. Es erscheint im Moment fast sinnlos, dass die mit den niedrigen Punktzahlen alle unter Ausgangssperre stehen. Doch sie brechen sofort auf und schaffen es bis 18 Uhr dorthin. Sie ziehen ihre Jacken hoch, um ihre Gesichter zu verbergen, als sie die Klinik betreten. Das Letzte, was sie wollen, ist, gesehen zu werden und zum Gesprächsthema zu werden.

Der Warteraum ist weiß gestrichen und unangenehm hell. Es riecht nach der Art von Kiefern-Desinfektionsmittel, das sie in Schulen und anderen unterfinanzierten Gebäuden verwenden. Harte Plastikstühle, die knarzen, sich aber weigern nachzugeben. Es gibt keine Zeitschriften, keinen Fernseher und auch kein Radio. Stille und Langeweile setzen die gesamte Hirnkapazität für Sorgen und Reue frei. Schritte hallen wider, jedes Flüstern ist zu hören. Zum Glück sind nur sie beide da – abgesehen von der Empfangsdame, die das Einfühlungsvermögen eines Skorpions hat.

Georgie weint nicht mehr. Ihre roten Augen haben einen fernen, abwesenden Glanz. „Ich hätte nichts gegen ein Baby, eines Tages."

„Na ja, vielleicht wartest du, bis du eine Lizenz hast."

„Oder du schaffst diesen Lebenspunktzahl-Schwachsinn ab."

Iris dreht ruckartig den Kopf, um sie anzustarren. „Psst!", zischt sie.

„Tut mir leid."

Trotz des leeren Warteraums warten sie fast eine Stunde, bevor Georgie aufgerufen wird. Sie nimmt Iris' Hand, als sie aufsteht, und Iris geht mit ihr in das Arztzimmer, wo die Stühle und die Beleuchtung genauso unangenehm sind.

Sie geben keine Pillen mehr, sagt der Arzt. Er hat ein strenges Gesicht, eines voller Missbilligung, als ob Georgie die erste schwangere Frau wäre, die er je gesehen hat. Er sagt nie, dass sie es hätte besser wissen müssen, aber es wird durch seinen Ton und die Art, wie er seine Oberlippe zurückzieht und über seine Nase hinweg starrt, impliziert. Iris fühlt sich schuldig, obwohl sie nur zur Unterstützung da ist. Sie drückt Georgies Knie und spürt, wie sich ihre Muskeln anspannen.

„Es ist ein Eingriff", sagt er. „So ist es zuverlässiger."

Georgie stimmt mit einer Gleichgültigkeit zu, von der Iris weiß, dass sie so falsch ist wie ihre Wimpern. Sie will es einfach nur loswerden, sagt sie. „Bringen wir es hinter uns."

Georgie unterschreibt die Formulare und geht dann in einen anderen Raum, während Iris draußen wartet. Iris wippt mit den Füßen, knackt mit den Knöcheln und schließt dann die Augen, als ob sie schlafen könnte. Als das nicht klappt, läuft sie auf und ab, setzt sich wieder und trommelt dann mit den Fingern einen Rhythmus auf den Nebenstuhl, bis der stählerne Blick der Empfangsdame sie zum Schweigen bringt. Sie schaut auf die Uhr. Fünfundvierzig Minuten.

Kurz darauf taucht eine benommene und schwindlige Georgie auf. Ihre Aussprache ist verwaschen und sie hat Mühe, die Papiertüte mit Pillen und Kondomen festzuhalten, die sie in der Hand hält.

„Gegen Schmerzen", sagt der Arzt, als er Georgie mitteilt, dass sie gehen darf. Er gibt ihnen einen Zettel, der sie für das Ausgehen nach der Sperrstunde entschuldigt, wie ein verdammter Schuldirektor.

Sie gehen nach Hause, auf der langsamen Spur, Georgie an Iris gelehnt, die beiden im Zickzack unterwegs. Als sie vor ihrem Gebäude stehen, schlingt Iris ihren Arm unter Georgies Achsel und trägt sie halb die Treppe hinauf. „Nur noch ein paar Stufen", sagt sie, während ihr Arm und Rücken von der Anstrengung schmerzen.

Georgie antwortet nur mit Vokallauten und etwas Sabber. Als sie zu Hause ankommen, hilft Iris ihr ins Bett. Dann stellt sie ein Getränk und einen Snack auf ihren Nachttisch und sagt ihr, sie solle sich ausruhen. In ein paar Stunden wird sie sich wieder pudelwohl fühlen.

„Ich bring dir eine Wärmflasche."

„Eleeekkrik", murmelt Georgie, und Iris ist sicher, dass sie ihr sagt, sie solle auf den Strom achten, aber sie ignoriert das und setzt den Wasserkocher auf. Georgies Genesung ist wichtiger als alles andere, wofür sie den Strom brauchen.

Iris legt die Wärmflasche aufs Bett und deckt Georgie zu. Sie schläft schon und ihre Nase pfeift kleine Schnarchgeräusche. Als Iris das Licht ausmacht, erschrickt sie, als sie sieht, wie ihr Implantat leuchtet. Nicht mehr blau, aber auch nicht grün. Georgies Implantat ist golden geworden.

Die Farbe der Sterilität.

27

— · —

IRIS

Iris dachte, Georgie würde vielleicht bis zum Morgen durchschlafen, aber es ist zehn Uhr abends, als Georgie einen Gruß murmelt und ins Badezimmer geht. Für ein paar Minuten wartet Iris und lauscht der Dusche, Georgies Summen beim Waschen. Sie beobachtet, wie der Dampf aus dem Badezimmer entweicht und das Fenster über der Tür beschlägt. In ein Handtuch gewickelt geht Georgie zurück in ihr Schlafzimmer und Iris wappnet sich für den Moment, in dem sie es bemerkt. Da schreit Georgie. Iris läuft zu ihr und sie bricht in ihren Armen zusammen.

„Es ist gold! Was haben sie mir angetan?"

Iris findet Kekse im Schrank und setzt Georgie an den Tisch. Sie legt ihr eine Decke um die Schultern, aber ihr Zittern hört nicht auf.

„Es ist wahrscheinlich gold, weil du gerade eine Behandlung hattest", sagt Iris und versucht, sie beide zu beruhigen. „Es wird bald wieder grün werden."

„Du weißt, dass das nicht stimmt. Gold bedeutet steril. Völlig un-fruchtbar. Sie haben mich sterilisiert, Iris. Ich weiß es."

Iris legt ihren Arm um sie. Trotz der Decke fühlt sie sich kalt an. Iris prüft ihre Stirn auf Fieber. „Kann ich dir etwas bringen? Ich gehe zum Laden. Was immer du willst."

Georgie schüttelt den Kopf und schiebt die Kekse weg. „Ich wünschte, meine Mutter wäre hier. Oder Opa, sogar mein Vater."

Eine beste Freundin ist kein Ersatz für Familie, hat Georgie früher behauptet, wenn Iris über ihre Mutter jammert. Es ist ein gedankenloser Jammer, das zu verunglimpfen, was sie hat und Georgie am meisten begehrt.

Georgies Mutter wurde während der Großen Unruhen getötet, wenige Tage nach Georgies Geburt. Sie hatte noch einen Babybauch. Sie trug ein Armband, das zeigte, dass Georgies Geburt neutralisiert worden war. Opa Eddie hatte sein Leben geopfert, damit Georgie geboren werden konnte. Die Tätowierung, die teilweise aus seinem Blut bestand, war am Tag ihrer Geburt in Georgies Unterarm gestochen worden. Das hielt die *Enough*-Schläger nicht auf. Sie sahen eine Frau mit einem Bauch und prügelten sie auf der Straße zu Tode, als sie hinausging, um Windeln zu kaufen, während Georgie in der Wohnung darüber schlief. Georgie kratzt an ihrer Tätowierung, dem Zeichen, das sich als wirkungslos erwies, um Gewalt und Tragödie fernzuhalten. Zwei Menschen starben, damit Georgie leben konnte. Der eine Mord auf Iris' Schultern ist schlimm genug. Sie kann sich nicht vorstellen, wie schlimm es für Georgie sein muss. Ihre Schuld tobt mit ihrer Traurigkeit.

Georgie schnieft leise, während sie versucht, ihre Tränen zurückzuhalten. Iris kann an einer Hand abzählen, wie oft sie Georgie weinen gesehen hat – und zwei davon waren in den letzten Stunden. „Ich wünschte, ich hätte es behalten", sagt sie. „Dann hätte ich wenigstens ein Baby."

„Du willst kein Baby."

„Aber niemals? *Nie?*"

Iris antwortet nicht. Sie hatte immer angenommen, nie. Niemand bekommt mehr Babys. Na ja, niemand, der nicht punktlos enden will. Das Gerede vom Widerstand gegen *Eyes Forward* hat sie so vieles hinterfragen lassen, doch Iris hat nie ihre eigenen mütterlichen Instinkte oder deren Fehlen hinterfragt. Manche Dinge werden so hart eingetrichtert, dass sie sich nie ändern. Konditionierung, die nicht rückgängig gemacht werden kann.

Georgie geht zurück ins Bett, um ihren Albtraum wegzuschlafen, um sich zusammenzurollen und zu hoffen, dass der Schmerz vergeht – sowohl der körperliche als auch der seelische. Iris macht ihr noch eine Wärmflasche, dann verlässt sie die Wohnung, um spazieren zu gehen, merkt aber schnell, dass sie unter verdammter Ausgangssperre steht und nicht einmal das darf. Stattdessen bleibt sie an der Straßenecke stehen. Die Nacht ist kalt und die kühle Brise prickelt überall auf ihrer Haut wie Nadeln. Körperliches Unbehagen, um das seelische zu vertreiben.

Die Straßen sind ruhig. Die meisten Menschen in diesem Teil der Stadt stehen unter Ausgangssperre. Der Wind trägt Müll und Trümmer, die in Wirbeln über den verlassenen Bürgersteig fegen. Ein Stück den Hügel hinunter flackern Kerzen vor einem der eingestürzten Wohnheime für Punktlose. Es gab immer noch keine Berichterstattung, keine offiziellen Untersuchungen des Gemetzels, keine Gesellschaftspolizei.

Ein paar Babys weniger, ein paar unverantwortliche Frauen weniger – das werden die meisten Leute denken. Diese Todesfälle dienten dem Gemeinwohl der Gesellschaft.

Iris' Inneres brodelt, Wut schäumt durch sie hindurch. Sie hat kein Ventil für ihren Zorn und er will ausbrechen, entfesselt werden und durch die Straßen toben. Sie fällt auf die Knie und schreit. Sie schreit und schreit, bis ihre Kehle brennt.

Du weißt, was du mit deiner Wut machen sollst.

„Ich weiß es nicht!", schreit sie und es ist ihr egal, ob die Leute denken, sie sei verrückt. Sie *ist* verrückt. Sie ist wahnsinnig vor Wut. „Ich weiß verdammt nochmal nicht, was ich tun soll!"

Auge um Auge, Iris. Bring sie zu Fall.

28

—·—

MAE

Für jemanden, der Routine und Ordnung bevorzugt, der die Vorhersehbarkeit und Regeln der Arithmetik der Mehrdeutigkeit von Gesprächen vorzieht, hat Mae gelernt, erstaunlich gut mit der Zufälligkeit des Lebens umzugehen – zumindest denkt sie das. Obwohl Iris sie immer noch als gefühlskalten Sonderling sieht, liegt es nicht an mangelnder Liebe zu ihrer Tochter, sondern daran, dass sie zu viel davon hat. Maes Nähe verdirbt alles. Sie ist vergiftet. Sieh dir Pasha an. Iris hatte recht. Sein Niedergang ist ganz ihre Schuld.

Der Besuch der Leiche von Lloyd Porter – der Begriff Vater passt einfach nicht, sie denkt an ihn mit Namen oder Titel, ein *Eyes Forward*-Vertreter – hat ihre Woche schon genug durcheinandergebracht. Die Erleichterung über seinen Tod war nur von kurzer Dauer. Sie hat immer noch ein strauchelndes Buchhaltungsgeschäft zu führen, einen kranken Ehemann zu pflegen, ein Haus zu putzen und Lebensmittel mit ihrer erbärmlichen Punktzahl zu beschaffen. Es ist die Art von Punktzahl, die nur Haltbares erlaubt und Reinigungsmittel, die zu neunundneunzig Prozent aus Essig bestehen und auch so riechen. Sich der Freude hinzugeben ist ein Luxus für die Wohlhabenden, sowohl in Bezug auf die Punktzahl als auch auf die Zeit.

Das Auftauchen der *Eyes Forward*-Vertreter in Maes Büro ist daher eine weitere Störung, auf die sie gerne verzichten würde. Sie marschieren ohne Vorwarnung oder Höflichkeiten herein. Gott sei Dank ist ihre Empfangsdame beim Mittagessen.

„Mae Porter?", fragt der, der vor den anderen beiden steht, mit einer solch monotonen Stimme, dass sie fast roboterhaft klingt. War die ihres Vaters jemals so monoton? Sie kann sich nicht einmal erinnern, dass er je ein Wort zu ihr gesagt hat, doch die Stimme ihrer Mutter ist ihr als gingetränktes Lallen ins Gedächtnis eingebrannt.

Sie zuckt bei ihrem Mädchennamen zusammen. „Taylor. Mae Taylor."

„Tochter von-"

„Ja", sagt sie. Sie braucht keine Erinnerung.

„Kommen Sie mit uns."

Die drei Vertreter drehen sich um, ohne auch nur zu prüfen, ob sie folgt – so sicher sind sie sich ihres Gehorsams. Und natürlich gehorcht sie. Sie ist ihnen nicht gewachsen. Sie steht mit müden Beinen auf – sie hat zu lange gesessen –, fährt ihren Computer herunter, hinterlässt eine Notiz auf dem Schreibtisch für die Empfangsdame und folgt ihnen. Es sind sechsunddreißig Schritte von ihrem Schreibtisch bis zu dem Auto, das sowohl die Fahrrad- als auch die Fußgängerspur blockiert. Die anderen Verkehrsteilnehmer machen keine Bemerkung. Es ist eindeutig ein Eyes-Forward-Auto. Stattdessen halten sie ein paar Sekunden inne, um Mae anzustarren, als sie ihr Büro verlässt und einsteigt. Sie hält den Kopf gesenkt, den Blick auf den Boden gerichtet und hebt ihre Handtasche vor ihr Gesicht, um ihre errötenden Wangen zu verbergen.

Sie fahren fünf Minuten die Straße hinunter. Wäre da nicht der Busverkehr, hätte die Fahrt dreißig Sekunden gedauert. Es wäre sicher schneller gewesen zu laufen, obwohl Mae dankbar ist, ihre Beine ausruhen zu können und für die geschwärzten Fenster, die sie verbergen. Ihr Herz rast, als ihr klar wird, wohin sie fahren. Sie kennt das Gebäude gut. Es ist der Ort, an dem Iris arbeitet.

„Geht es meiner Tochter gut? Ist etwas passiert?"

Sie antworten nicht. Sie steigen aus dem Auto aus, als es geparkt ist, und geben minimale Anweisungen. „Folgen Sie uns hier entlang."

Im Gebäude gehen sie durch den blau und gold gestrichenen Korridor – Männer und Frauen sicheren Alters. Maes Herz beruhigt sich ein wenig, als sie denkt, dass Iris zumindest nicht diesen Weg gehen wird. Sie kommen in einem spärlich möblierten Büro mit Jalousien an, die einer der Vertreter schließt, einem leeren Tisch und einem Stuhl, von dem Mae annimmt, dass er für sie ist, also setzt sie sich.

Die drei Vertreter stehen dicht beieinander, mächtig im Vergleich zu ihr auf dem Stuhl. Ihre nahezu identischen Gesichter blicken von hoch oben über breiten Schultern auf sie herab. Ihre Kinne sind massiv, ihre Nasenlöcher wirken wie riesige Höhlen.

„Der Tod Ihres Vaters hat eine Lücke in der Belegschaft hinterlassen", sagt einer von ihnen. „Wir haben aus Gesprächen, die einige von uns mit ihm geführt haben, verstanden, dass Sie ziemlich intelligent sind, anscheinend sogar noch intelligenter als er." Er grinst.

Mae lehnt sich zurück, eine vergebliche Bewegung, um Abstand zu gewinnen, da einer der Vertreter direkt hinter ihr steht. „Ich... ich bin nur eine Buchhalterin."

„Wenn man die Daten von vor ein paar Jahrzehnten durchgeht, scheint klar zu sein, dass Sie maßgeblich an der Entwicklung des Punktzahl-Algorithmus beteiligt waren." Er spuckt beim Sprechen, der Sprühnebel landet auf Maes Gesicht.

„Es war hypothetisch", sagt sie leise und hofft, dass sie ihre zitternde Stimme nicht hören. „Ich interessierte mich für die Arithmetik, nicht für die Diskriminierung von Menschen." Sie zuckt bei ihren Worten zusammen, doch ihre Offenheit bleibt unbemerkt. Sie verlagert ihr Gewicht, kreuzt und entkreuzt ihre Beine und sitzt dann auf ihren Händen.

„Der Punktzahl-Algorithmus erfüllt seinen Zweck nicht mehr, wie Sie wissen. Der Start des neuen Algorithmus steht bald bevor, wie Sie sicher in den Nachrichten gesehen haben. Lloyd Porters Arbeit muss fertiggestellt werden. Sie sind hier, um uns bei der Überholung des gesamten Systems zu helfen."

„I-Ich-", stottert Mae, ihr Kopf dreht sich.

„Der Lebenspunktzahl Ihres Vaters ist vererbbar." Der hinter ihr spricht jetzt. Sie dreht ihren Kopf, um einen Blick zu erhaschen. „Ist Ihnen bewusst, dass nur die enge Familie von *Eyes Forward*-Vertretern seine Lebenspunktzahl erben kann?"

„Ich... ich bin mir dessen bewusst." Ihre zitternde Stimme lässt sie unsicher klingen, aber sie ist Buchhalterin. Natürlich weiß sie das.

„Nun, wir werden diese Regel als Gefälligkeit auf Sie ausdehnen, wenn Sie der Gesellschaft durch diese Übergangsphase helfen. Ich bin mir sicher, Sie würden eine Punktzahl von 900 genießen. Die Gesundheit Ihres Mannes würde sicherlich davon profitieren."

Maes Zappeln hört auf und sie sitzt starr da. Pasha. Mit so einer Punktzahl könnte sie ihm die beste Medizin besorgen, die es gibt. Er könnte wieder gehen, laufen, seine Kraft zurückgewinnen. Und alles, was sie tun muss, ist die Arbeit ihres Vaters zu beenden, einen neuen Algorithmus zu erstellen, von dem sie zweifellos hoffen, dass er die Gesellschaft noch unfairer macht, als sie es ohnehin schon ist. Aber sie wäre eine 900.

In der Gesellschaft zählt nur das.

29

IRIS

Ein paar Tage später besucht Iris nach der Arbeit ihre Eltern. Vielleicht hat Georgies Sehnsucht nach ihren verstorbenen Eltern auf sie abgefärbt. Georgies Verluste geben eine neue Perspektive darauf, was man schätzen sollte. Oder vielleicht ist es die Vorstellung, dass Eltern für einen da sein sollten, wenn die Welt den Bach runtergeht, um den Knoten im Magen zu lösen und zu sagen, dass alles gut wird. In einer elterlichen Umarmung liegt etwas, wonach sie sich sehnt, obwohl Besuche bei ihnen normalerweise mehr Stress verursachen als lindern. Ihre Sorgen verschwinden nicht von allein.

Sie radelt wieder an den Mahnwachen der Punktlosen vorbei und die Trauernden sind immer noch da, wenn auch weniger. So viele gehen vorbei und bemerken es nicht einmal. Trauer ist nicht ansteckend, sie ist ein einsamer Gemütszustand. Manche können sie wie Staub abschütteln.

„Iris", sagt ihre Mutter, als sie die Tür öffnet. „Komm rein. Wir müssen reden."

„Ist mit Dad alles in Ordnung? Wow." Sie bleibt kurz hinter der Tür stehen, um alles in sich aufzunehmen. „Was sind das für neue Geräte?" Da sind Überwachungskameras draußen, die Bilder auf Wandmonitoren zeigen, und Lautsprecher in den Ecken. Dann, durch die Tür zum

Wohnzimmer, steht da ein Sessel in aufrechter Position. Alles scheint brandneu und teuer – das ist bei den neuesten Sachen immer so. Wie haben sie sich das leisten können?

Pasha kommt ohne Krücken auf Iris zu, mit einem breiten Lächeln, sein ganzes Gesicht bewegt sich. Iris' Kinnlade klappt herunter. Sie hat ihren Vater schon lange nicht mehr so beweglich gesehen.

„Komm und gib deinem alten Herrn eine Umarmung", sagt er. Sie läuft zu ihm und er hält sie fest, fast mit der Kraft eines gesunden Menschen.

„Was ist passiert?", fragt Iris, ihren Kopf an seine Schulter gelehnt. Es ist die beste Umarmung seit Jahren. „Machst du deine Physiotherapie? Kümmert Mum sich endlich um dich?"

„Ich habe einen neuen Job", sagt Mae.

„Gut. Wurde auch Zeit."

„Vorsicht, er nimmt die Medikamente erst seit einem Tag."

„Liebling, mir geht's gut", sagt Pasha. „Besser als je zuvor. Die Medikamente wirken Wunder."

Iris tritt einen Schritt zurück und betrachtet ihn. Klar, er ist immer noch dünn und hat viel Muskelmasse verloren, aber seine Gliedmaßen funktionieren und er zittert überhaupt nicht. Sie hält ihre Hände an ihre Brust, ihr Herz quillt über vor Freude.

„Hör zu, Iris", sagt Mae. „Wir müssen reden. Komm und setz dich."

Maes Stimme wird leiser als sonst und Iris' Freude schwindet, als sich Misstrauen durch ihren Bauch bohrt. Dass ihr Vater gesund ist, all die neuen Sachen... es ist wie ein anderes Haus als das, das sie zuletzt besucht hat, mit anderen Menschen. Maes Ton vermittelt keine Freude über ihr Glück. Es riecht nach etwas anderem, Unheimlichem. Ist es Schuld? Scham?

Iris folgt ihnen ins Wohnzimmer, wo die Ausstellung teurer, auf Kredit gekaufter Gegenstände weitergeht. Physiotherapie-Ausrüstung, ein Laufband, Gewichte und eine neue Fernbedienung mit größeren Knöpfen, die für zittrige Hände konzipiert ist. Sogar ein glänzender neuer Staubsauger steht in der Ecke und ein wunderschönes neues Schachset mitten im Spiel auf dem Couchtisch. Es riecht nach Styropor-Verpackungen. Diese Sachen müssen gerade erst angekommen sein.

Iris setzt sich auf das neue Sofa. Seine samtige cremefarbene Oberfläche ist so sauber, dass sie Angst hat, es zu beschmutzen. Keine Federn bohren sich in sie – stattdessen ist es mit seinen orthopädischen Kissen perfekt bequem.

Pasha setzt sich neben Mae, ihre Finger sind verschränkt. Sie starren auf ihre Füße, die Schultern nach vorne gerollt, als würden sie sich vor Iris ducken. Sie sitzt da und beobachtet eine Weile, wie ihre Eltern nach Worten ringen.

„Wollt ihr mir sagen, warum ihr so komisch seid? Welcher neue Job kann euch möglicherweise die Punktzahl geben, um all diese Sachen zu bekommen?"

Mae nickt, dann räuspert sie sich. „Mein neuer Job..." Sie hält wieder inne und atmet tief durch. „Ich arbeite für *Eyes Porter*. Wir sind besorgt um deine Sicherheit. Mit diesem Lloyd Porter-Mord-"

Iris schnalzt mit der Zunge und winkt abweisend ab. „Ich mache mir mehr Sorgen über die Morde an den ganzen Personen mit niedrigen Punktzahlen."

„Das solltest du nicht. Deine Punktzahl ist nicht so niedrig. Aber Lloyd Porter, nun ja... Du solltest wissen... Ich habe seinen Job übernommen."

Iris' Augen werden groß. Das ist ein riesiger Job, bei dem *Eyes Forward* jeden deiner Schritte genau beobachten wird. Die Art von Job, die ein hohes Profil innerhalb der Regierung hat, besonders mit dem Start des neuen Algorithmus. Es ist weit über dem üblichen Beruf ihrer Mutter. „Du machst den Punktzahl-Algorithmus? Wie? Wie zum Teufel...?"

„Es gibt vieles, was ich dir erzählen muss", sagt Mae. Sie spricht so langsam, als würde sie Iris für ein Kind halten. „Wir wollten dich vor all dem beschützen. Wir wollten dir nur die Last ersparen, das zu wissen. Aber jetzt, nun, es ist sicherer für dich, wenn du es weißt. Bitte versteh, es war vor langer Zeit. Vor Jahren. Ich war dumm. Ich hätte nie gedacht, dass es auf diese Weise verwendet werden würde. Es war hypothetisch, das ist alles. Es war meine Doktorarbeit, nur eine Theorie."

Iris hebt die Schultern und starrt ihre Mutter an. „Was war nur eine Theorie?"

„Der Punktzahl-Algorithmus. Es war meine Doktorarbeit. Ich habe bei seiner Entwicklung geholfen."

Iris zuckt zusammen, ihr Puls pocht in ihrem Kopf und ihr Gehirn wiederholt, was Mae gerade gesagt hat. Ihre Mutter hat bei der Entwicklung des Punktzahl-Algorithmus geholfen. Ihre Mutter hat den Algorithmus erschaffen, der das Leben der Menschen ruiniert. Aber das wurde vor Jahren entwickelt, das genaue Datum fällt ihr nicht ein. Im Geschichtsunterricht wurde es durchgenommen. Ihre Mutter war wahrscheinlich ein Wunderkind. Die Sonderlinge sind meist die Klugen. Ihre Brust schwillt leicht an mit einem kleinen Funken Hoffnung. Vielleicht ist das eine gute Sache. Vielleicht kann ihre Mutter helfen. „Also kannst du ihn verbessern? Fairer machen? Kannst du ihn reparieren?"

Mae schnappt das Band an ihrem Handgelenk. „Das ist nicht wirklich das Ziel. Ich muss nur sicherstellen, dass du in Sicherheit bist."

„Sicher?" Iris lacht fast. Ihre Mutter hat immer den Kopf im Sand. Sie hat keine Ahnung, wie die Welt wirklich ist. „Weißt du, was sie mit den Punktlosen machen? Verstehst du das überhaupt?" Iris' Wunsch nach weniger Stress durch den Besuch bei ihren Eltern schien vor ein paar Minuten noch in weiter Ferne. Jetzt ist ein solcher Luxus Lichtjahre entfernt.

„Pass auf deinen Ton auf, wenn du mit deiner Mutter sprichst, Iris."

Iris wirft ihrem Vater einen Blick zu. Normalerweise ist er derjenige, auf den sie sich verlassen kann, um ihre Seite gegen die Nörgeleien und das Gemecker ihrer Mutter zu unterstützen. Haben sie vergessen, wie sie und Georgie nach dem Massaker aufgetaucht sind? Das bequeme Sofa fühlt sich jetzt weniger angenehm an, die nachgiebigen Kissen ersticken eher, als dass sie stützen. Sie schaut sich all die neuen Sachen an – Besitztümer, die mit schmutzigem Kredit gekauft wurden. Ein komfortables Leben ersetzt den gesunden Menschenverstand.

„Keiner von uns ist sicher, bis die Lebenspunktzahlen repariert sind", sagt Iris und betont jedes Wort überdeutlich, um es klar zu machen. „Wir sind alle nur eine falsche Wendung davon entfernt, selbst punktlos zu werden. Wisst ihr, dass sie ein weiteres Massaker planen? Ein größeres!"

„Du und dein Vater müssen meine Priorität sein", sagt Mae. „Ich kann nicht die ganze Gesellschaft ändern. Dieser Job bedeutet, dass dein Vater seine Medikamente bekommen kann."

„Dad wird es gut gehen, wenn du einfach deinen ursprünglichen Job richtig machst. Das hier ist Gier."

„Nein, Iris-"

Iris spürt, wie ihre Wangen heiß werden und sich Tränen in ihren Augen sammeln, als sie kurz davor ist, zu explodieren. „Du hast ihre Gesichter nicht gesehen. Die Angst, die sie gefühlt haben müssen. All diese Menschen, die einfach getötet wurden, nur weil sie eine beschissene Lebenspunktzahl haben – bedeutet dir das nichts? Du kannst es ändern. Du kannst es fair machen."

„Dein Vater–"

„Mae", sagt Pasha mit scharfem Unterton. „Iris hat recht. Wir sind egoistisch. Du könntest hier mehr tun."

Mae schüttelt den Kopf und lehnt sich von ihm weg. „Nein. Hör zu, Iris. Du musst das verstehen. Ihr beide seid wichtig. Ich brauche euch zu Hause. Seid besonders vorsichtig. Lloyd Porter, nun, er war mein Vater."

Iris stockt der Atem, ihre Hände fliegen zu ihrem Mund.

„Wir hatten lange keinen Kontakt mehr", fügt Mae hinzu, als ob das es irgendwie in Ordnung brächte.

Iris macht im Kopf eine grobe Rechnung. Sie hat nicht das arithmetische Talent ihrer Mutter, aber die Summe ist einfach. Lloyd Porter war alt. Richtig alt. „Aber er war, also, über hundertfünfzig." Sie weiß, was das bedeutet. Sie will es nur nicht aussprechen. Eine Stille tritt ein, während sie den Mut findet, die Worte laut zu sagen, ihre eigene Stimme es bestätigen zu hören. „Du bist konserviert."

Die Abendsonne taucht den halben Raum in Schatten und Maes gerötete Augen glänzen von gläsernen Tränen im Halbdunkel. „Es gibt so vieles, was du nicht weißt. Ich habe versucht, dich vor all dem zu schützen."

Iris versucht, sich auf die Zunge zu beißen, ihren Ton sanft zu halten und ihre Wut zu zügeln, aber sie platzt heraus: „Konserviert! Du? Und was ist mit Dad?"

Pasha schüttelt den Kopf. „Nein, nur deine Mum."

Iris starrt Mae mit eisigen Blicken an. Die Frau, die sie für ihre Mutter gehalten hatte. „Verdammter Silberlöwe."

„So ist es nicht."

„Doch, genau so ist es. Du bist eine von denen. Eine *Eyes Forward*-Liebhaberin. Arbeitest für sie, zwängst diesen Algorithmus in das Leben der Menschen, *ruinierst* das Leben der Menschen. Du hast buchstäblich das Land ruiniert, nur um die Macht darüber zu haben, wer lebt und wer stirbt, wer altert und wer nicht. Du hättest genauso gut selbst all diese Menschen töten können! Und jetzt denkst du, es sei alles okay für dich, bei ihren kranken Spielen mitzumachen, weil du all die feinen neuen Gadgets magst."

„Die Medikamente deines Vaters-"

„Finde einen anderen Weg! Sprich mit seinem Arschloch von Bruder. Du bist zu stolz, um Hilfe von ihm anzunehmen, aber nicht zu stolz, um allen anderen den Rücken zu kehren? Oder lass es bleiben. Behalt deine beschissene Punktzahl und warte einfach. Ich werde das ganze verdammte System zu Fall bringen. Irgendwie. Ich werde die ganze verfickte Gesellschaft niederbrennen, bevor sie noch jemanden verletzen können."

„Nein! Iris. Du musst in Sicherheit sein. Bitte-"

„Verpiss dich mit deinem 'Sei vorsichtig', Mae Porter." Porter. Sie kennt diesen Namen. Nicht von Lloyd Porter. Nicht von ihrer Mum. Iris steht da, keucht vor Wut, während sie versucht, sich durch den Schwindel ihres Zorns zu erinnern. „Porter. Da war eine Frau. Noch eine Porter. Ich habe diesen Namen gesehen..."

„Setz dich, Iris."

Iris stampft mit dem Fuß auf. „Nein. Die andere Porter. Wer war das?"

Mae seufzt, macht dann kurz Blickkontakt, bevor sie wieder auf den Boden starrt. „Joan. Joan Porter war meine Mutter. Du hast ihren Namen vielleicht irgendwo auftauchen sehen. Wahrscheinlich in Nebula. Sie war nicht sehr bekannt, aber ab und zu taucht ihr Name auf."

„Warum? Wer war sie? Warum sollte der Name deiner Mutter auftauchen?"

„Sie hat Pres-X erfunden."

Iris setzt sich dann. Ihre Knie sind schwach, der Raum dreht sich. Sie spürt die Scham ihrer Mutter. „All diese Menschen, die verrückt wurden und in Anstalten starben. Das warst du."

„Nein. Das war meine Mutter, und nein. Ich hatte nichts damit zu tun."

„Außer, dass du Pres-X genommen hast." Iris starrt ihre Mutter jetzt an, ihre Haut im mittleren Alter, die eigentlich über hundert Jahre alt ist. Ihre Unbeholfenheit, ihre bizarre Weisheit. Sie ist eine alte Frau im falschen Jahrzehnt, im falschen Leben. Es ist so verdammt offensichtlich jetzt, wo sie es weiß. Sie hat es vorher nie gesehen, weil sie in Satans festsaß. „Du bist genauso schlimm wie alle anderen. Ich kann das einfach nicht glauben."

30

IRIS

Iris leert den Inhalt ihrer Kisten in eine große Tasche, bevor sie das Haus ihrer Eltern verlässt, und schleppt sie nun zurück in ihre Wohnung. Sie zieht die Tasche über den Boden und lässt sie über jede Unebenheit und Bordsteinkante holpern. Dass sie all ihre Sachen mitgenommen hat, wird ihre Mutter erfreuen, was sie noch mehr ärgert als ihre schmerzenden Muskeln vom ständigen Ziehen und Zerren. Aber damit kappt sie alle Verbindungen. Sie will nichts mehr mit diesen Leuten zu tun haben, will keine Spur von sich in ihrem Haus zurücklassen.

Konserviert, ihre Mutter. Sie kann es einfach nicht glauben. Doch, eigentlich schon. Aber unter all der Seltsamkeit und Kälte ihrer Mutter dachte sie wirklich, dass da ein guter Mensch steckt. Nicht jemand, der sich für ein längeres Leben verkauft.

Diese Schlampe.

Sie haben sie die ganze Zeit belogen. Ihre eigene Familie sind *Eyes Forward*-Anhänger, machen jetzt gemeinsame Sache mit ihnen, arbeiten an dem Algorithmus, der weiterhin diskriminieren und zum Tod so vieler führen wird. Wie konnten sie nur? Wie konnte sie nur?

Es juckt sie und sie möchte sich blutig kratzen, um sich von ihrem befleckten Blut zu befreien. Ihrem Blut. Diese Leute sind das, woraus sie gemacht ist. Galle brennt in ihrer Kehle und sie erbricht sich direkt vor ihrem Wohnblock. Es ist nicht genug. Sie kann sich nie von dem befreien, was in ihr steckt.

Sie lieben dich, Iris. Sie versuchen nur, dich zu beschützen.

Halt die Klappe, sagt sie der Stimme, diesmal lautlos. Ihre Nachbarn müssen nicht wissen, dass sie verrückt ist. Es ist klar, dass die Stimme wieder anfängt, Unsinn zu reden.

Als sie die Tasche durch ihre Wohnung und in ihr Zimmer geschleppt hat, kippt sie sie um und schüttet den Inhalt aus. Erinnerungen an ihre wenigen Jahre verstreuen sich auf dem Boden und sie lächelt. Ihre Mutter würde dieses Chaos hassen. Inmitten des Durcheinanders ist das gerahmte Foto ihrer Urgroßmutter, nicht der *Eyes Forward*-Familie mütterlicherseits. Ihre Namensvetterin. Die alte Iris.

Iris Taylor.

Sie kratzt an ihrer Tätowierung und etwas klickt in ihrem Kopf, aber die Zahnräder drehen sich zu langsam, blockiert von ihrer Wut. Sie kneift die Augen zusammen und sucht in den Tiefen ihres Gedächtnisses nach der Erinnerung, die gerade außer Reichweite ist. Sie muss im Internet suchen und erinnert sich an ihren neuen Zugang. Sie nimmt ihr Handy aus der Tasche und installiert den Shadownet-Browser Nebula. Es dauert eine Ewigkeit, bis er heruntergeladen ist, und als er fertig ist, sind die Foren spärlich. Alles, was mit den SAS zu tun hat, wurde abgeschaltet. Irgendwie haben sie es trotz Nebulas versprochener Anonymität und Sicherheit vor dem Zugriff von *Eyes Forward* geschafft, es abzufangen und nach Belieben zu zensieren. Es ist wohl alte Technik heutzutage. Die Grafiken sehen genauso aus wie immer. Niemand hat je daran gedacht, sie zu aktualisieren.

Codewörter werden anstelle der Initialen verwendet, um die Bots auszutricksen. Bizarre Ausdrücke wie *Sichere Arbeit Suchen*, wobei das

Akronym großgeschrieben wird. Leicht für einen Menschen zu erkennen, wenn man weiß, wonach man sucht.

Es gibt nichts Nützliches, das sie finden kann, nur die üblichen Tiraden über Frauenrechte und gegen die *Eyes Forward*-Kontrolle. Viel Anti-Gesellschafts-Zeug. Ein Satz, den Iris schon einmal auf der Party gehört hat: Die Gesellschaft ist nicht real. Es ergibt nicht viel Sinn, aber es klingt wahr. Dann, nach einem Geistesblitz, der den Computerbildschirm heller aufleuchten lässt, sucht sie nach ihrem Namen. Dem Namen ihrer Urgroßmutter.

Iris Taylor taucht überall auf.

Nebula ist instabil. Sie erkennt die Anzeichen eines bevorstehenden Absturzes und ihr Handybildschirm ist frustrierend klein, um so schnell wie nötig zu lesen, was sie braucht. Aber es reicht. Sie versteht den Kern. Sie wagt es nicht einmal zu blinzeln, aus Angst, etwas zu verpassen, während sie auf der Innenseite ihrer Wange kaut und auf ihr Handy starrt, scrollt und scrollt.

Bei all dem Bösen, das die Seite ihrer Mutter getan hat, hat die Seite ihres Vaters dagegen gekämpft.

Es gibt jahrelange Berichte darüber, wie Nebula gegründet wurde, um Menschen – in erster Linie Frauen – einen Raum zu geben, in dem sie frei sprechen können, wie die SAS ein Regierungsgebäude hackte, um Informationen über verdeckte Deals mit Großkonzernen zu finden, wie sie versuchte, die Einführung von Lebenspunktzahlen vor Jahrzehnten zu stoppen, wie sie gefälschte Ausweise für Schwangerschaftsflüchtlinge beschaffte, um über Grenzen zu kommen, und wie sie Bestechungen und Deals aufdeckte, die nach Vetternwirtschaft rochen und darauf ausgelegt waren, die dicksten Geldbörsen zu füllen.

Und ihre Urgroßmutter stand im Mittelpunkt von all dem.

Es gibt jahrzehntealte Dankesbekundungen von Frauen. Sie danken Nebula, SAS und nennen Iris Taylor namentlich dafür, dass sie ihre Flucht mit ihrem Baby ermöglicht und ihnen während der Großen Unruhe Sicherheit geboten hat. Noch ältere Beiträge auch, viel ältere, Whistleblower-Beiträge darüber, als *Eyes Forward* Grafschaften abschottete und ihre Slogans erfand, die jede Grafschaft dazu aufriefen, in sich geschlossen zu bleiben: *dezentralisiert ist evolviert!* Was auch immer das bedeuten soll.

Die SAS erzählten Geschichten darüber, wie unterversorgt bestimmte Teile Großbritanniens als Folge davon sind – nicht dass es *Eyes Forward* kümmern würde. Sie haben diese Orte aufgegeben, weil die Gründungsmitglieder von *Eyes Forward* aus Berkshire stammten. Berkshire hat wirklich mehr Personen mit Punktzahlen über 800 als jede andere Grafschaft. Sie haben den Reichtum hier gehortet.

Die SAS durchbrachen die autonomen Systeme mit ihren Hacks und ermöglichten es Familien, in Kontakt zu bleiben, als das Reisen immer schwieriger und dann unmöglich wurde. Als die Kommunikation unterbrochen wurde, fanden die SAS andere Wege.

Danke, Schwestern. Danke, Iris. Dank Nebula kann ich mit meiner Tochter sprechen.

Danke, Iris. Mit meinem neuen Ausweis konnte ich in eine andere Grafschaft auswandern.

Danke, Schwestern und Iris Taylor. Ich kann mir jetzt Lebensmittel leisten.

Danke, Iris und den Schwestern. Ich sehe *Eyes Forward* jetzt als die Monster, die sie sind. Mein Partner auch.

Die Danksagungen gehen weiter und weiter, bis es klar wird. Iris Taylor war nicht nur ein Mitglied der SAS. Sie hat sie gegründet.

Iris Taylor hat Nebula nicht nur benutzt. Sie hat es erfunden.

Dann die Beileidsbekundungen. Für ihren Mann Angus, nach dem Iris' Cousin benannt wurde. Sie vermuten, dass er von *Eyes Forward* als Strafe für Iris' Verbrechen ermordet wurde, dass Iris eine Zielscheibe auf dem Rücken hatte und dass die Bemühungen verstärkt wurden, als sie und ihre SAS-Freunde gegen die Regeln kämpften, die zur Großen Unruhe führten. Neunzig Jahre alt war sie da, und sie kämpfte immer noch. Am Ende entschied sie sich für einen friedlicheren Tod, als *Eyes Forward* ihr zugestanden hätte.

Iris' Geburt gab ihrer Urgroßmutter die Möglichkeit zur Euthanasie. Die Lebensschenkung ihrer Namensvetterin war in vielerlei Hinsicht ein Segen. Ihre Geburt war eine Gnade.

Iris lehnt sich zurück, wischt sich mit dem Handrücken über die schweißnasse Stirn und atmet dann tief und kontrolliert durch. Ihr Wunsch, sich von ihrem Blut zu befreien, ist verschwunden, denn es ist nicht alles schlecht. Sie ist zum Teil Iris Taylor, und Iris Taylor war eine Legende.

Sie ist ein Cocktail aus beiden Seiten, ein Hybrid aus *Eyes Forward* und denen, die gegen sie sind.

Die Porters definieren sie nicht.

Sie ist nicht verdorben. Vielleicht verwässert, aber das Taylor-Blut in ihr ist dominanter. Auf keinen Fall wird sie wie die Porters sein.

Iris legt ihr Handy weg und geht zum Fenster. Ihre Wohnung überblickt den Hügel, der zum Stadtzentrum führt. Das gegenüberliegende Gebäude ist ein U-200-Block. Daneben steht ein Wohnheim für Punktlose. Sie sieht, wie die Mütter mit ihren Babys auf der Brust zweimal pro Woche losziehen, um ihre Pulverrationen abzuholen, und hört die Kinder drinnen spielen, selten draußen. Kinder zur Schau zu stellen, ist wie seine Privatsphäre zu entblößen. Grotesk. Unschicklich. Als würde man seine schmutzige Wäsche in der Öffentlichkeit waschen.

Dabei ist es das gar nicht. Das sind die Art von Menschen, die Iris' Urgroßmutter zu schützen versuchte. Und jetzt, da ihr Blut Iris' Arm markiert, wurde der Staffelstab an sie weitergegeben.

Iris' Mund formt eine ernste, gerade Linie und sie ballt ihre Faust. Sie muss zu Ende bringen, was ihre Namensvetterin begonnen hat.

31

AVA

„Was zum Teufel ist das, Ava?“

Mandisa flucht so selten, dass es Ava sofort aufhorchen lässt, als sie durch die Tür kommt. In der Hand hält Mandisa die Tasche mit zwei vakuumverpackten Päckchen hellblauen Pulvers. Es besteht kein Zweifel, was es ist – Fotos von Flake waren überall in den Nachrichten.

„Das ist Flake“, sagt Ava. Sie beherrscht es meisterhaft, jede Emotion aus ihrer Stimme zu verbannen, und spricht ohne den geringsten Anflug von Furcht oder Überraschung. „Ich bin eine hochrangige Gesellschaftspolizistin. Drogen zu beschlagnahmen gehört gewissermaßen zu meinen Hauptaufgaben.“

Mandisa wirft die Päckchen auf den Tisch, neben die Tasche, in der sie offenbar geschnüffelt haben muss, um sie zu finden. Ava verkrampft sich und schluckt. Sie hätte vorsichtiger sein sollen.

„Warum hast du sie dann mit nach Hause gebracht?“, fragt Mandisa. Ihr verkniffenes Gesicht macht deutlich, dass sie Avas Ausrede kein Wort glaubt.

„Es ist spät.“ Ava fügt zur Verdeutlichung ein Gähnen hinzu. „Du kochst heute Abend und ich wollte nicht, dass mein Essen kalt wird. Ich kümmere mich morgen darum. Ich habe noch viel Arbeit zu erledigen.“

Mandisa verengt die Augen, verzieht dann angewidert die Lippen und schiebt die Tasche von sich. „Schrecklich, so etwas in meinem Haus zu haben.“

Ava neigt den Kopf leicht und denkt nur wenige Sekunden nach. Solche Gedanken sollten länger brauchen, mehr Vorbereitung erfordern – doch die Idee kommt ihr so plötzlich, als hätte sich das Universum ausgerichtet. Eine Gelegenheit, die ergriffen werden will. Sie wünschte, sie hätte Zeit, sie zu verarbeiten – wenn sie weniger müde wäre, weniger erfüllt von Hass, wenn mehr Raum zum Planen, Abwägen, Durchdenken bliebe. Aber diese Gelegenheit richtet sich nicht nach Idealen. Avas jahrelanger Zorn überlagert jeden klaren Gedanken.

Das ist es, wovor Mae sie gewarnt hat: dass sie zu weit geht, dass sie ihre Moral der Sache geopfert hat. Ava hatte erwidert, der Zweck heilige die Mittel. Und die Idee, die sie jetzt hat – nun ja … sie könnte sie auf hundert verschiedene Arten rechtfertigen.

„Okay, okay“, sagt Ava mit einem Lächeln. „Ich wollte nur Zeit mit dir verbringen. Aber es sieht so aus, als hättest du noch nicht mit dem Kochen angefangen. Wir können es jetzt zur Zentrale der Gesellschaftspolizei bringen, wenn du willst? Ich habe den Schlüssel dabei.“

Mandisa wird bei diesen Worten munter, wie Ava es erwartet hatte. Das Innere eines solchen Gebäudes zu sehen, ist selten. Es ist das exklusivste Angebot, das Mandisa je bekommen hat. Mandisas verkniffenes Gesicht wird weicher und ihre Augen funkeln. „Du hast einen Schlüssel – zur Zentrale? Ich dachte, niemand außer den hochrangigen Vertretern von *Eyes Forward* darf das Innere dieses Gebäudes sehen.“

„Ich bin eine hochrangige Gesellschaftspolizistin. Sie hielten mich für wichtig genug.“

Mandisas Augen blitzen vor Ehrfurcht und Neid. Wichtig genug zu sein … das ist es, wonach sie sich immer gesehnt hat. Sie leckt ihre Lippen und setzt ihre kokettierende Stimme auf. „Sicher. Na gut, dann. Es wird schön sein, das Innere dieses Gebäudes zu sehen."

Mandisa zieht einen schickeren Anzug an, frischt Haar und Make-up auf. Ava beobachtet sie mit einer körperlichen Sehnsucht, die sie lange nicht mehr gespürt hat. Doch sie schüttelt das Gefühl ab. Jetzt ist nicht der richtige Zeitpunkt. Es ist zu spät. Es würde den nächsten Teil ihrer Idee nur erschweren.

Als sie gehen, fällt Avas Blick auf das Bild von Zia. Die Kerze daneben ist endlich ausgebrannt. Als hätte Zia sich abgewandt, diesen Teil nicht mehr mitansehen wollen. Ihre heilsame Güte ist verschwunden. Wahrscheinlich ist es besser so. Es besteht keine Möglichkeit, dass sie das gutgeheißen hätte.

Sie radeln in die Stadt, die Tüten mit Flake in Avas Rucksack. Ein Teil ihrer Route führt sie an einer alten Irrenanstalt vorbei, wo U-700-Leute landeten, als das abgelaufene Pres-X-Medikament, das sie nahmen, ihre Gedanken vergiftete. Als ihnen die Heilung für die Ameisensäure verweigert wurde, die sich in ihren Systemen ansammelte und sie zu Mord und in den Selbstmord trieb.

Mandisa radelt vor Ava her, ihr glänzendes schwarzes Haar weht im Wind. Ava knirscht mit den Zähnen und erinnert sich an Mandisas Rolle dabei. Sie war Teil des Teams, das zugelassen hat, dass die Älteren so sehr litten – das den weniger wohlhabenden Alten die Heilung verweigerte. Millie. Erin. Nur zwei der schrecklichen Todesfälle, die Ava persönlich miterlebte; ihre letzten, von Angst durchdrungenen Schreie hallen bis heute in ihrem Kopf nach. So viel Leid, so viel Tod – im Namen der *Enough*-Bewegung, die Mandisa mitpropagierte. Wer solchen Schmerz verursacht, sollte ihn mit Zinsen zurückzahlen.

Bei diesem Gedanken ist Ava fast erleichtert, Mandisa keine Avancen gemacht zu haben. Sie hätte sie vermutlich erwürgt – und das wäre deutlich chaotischer gewesen.

Dank der Ausgangssperre sind die Straßen ruhig genug. Es sind ein paar 400-Plus-Leute unterwegs, aber nicht genug, um irgendeine Art von Aufruhr in Avas Richtung zu verursachen. Trotzdem ist Ava froh, dass der Schlüssel, den sie sich beschafft hat, für eine Seitentür ist.

Sie parken die Fahrräder ein Stück entfernt – Avas Vorschlag. Ein sichererer Fahrradständer, behauptet sie, um keine Aufmerksamkeit zu erregen, wenn sie ein selten betretenes Gebäude aufsuchen. „Protokoll", nennt sie es. Mandisa schluckt die Erklärung bereitwillig, nickt eifrig zu den Einzelheiten des Verfahrens – denn nur die Exklusivsten würden so etwas wissen.

Sie ahnt nicht, dass es einzig darum geht, ihr Fahrrad nicht in der Nähe des Eyes-Forward-Gebäudes gesehen wissen zu wollen. Dass Ava nicht will, dass ihre Anwesenheit dort jemals zurückverfolgt werden kann. Nicht, dass irgendjemand so etwas vermuten würde. Ava ist eine 900 – nicht der Typ Mensch, der laut Statistik und Verhaltensmodell der Gesellschaft ein Verbrechen begehen würde. Und, wie Ava weiß, betritt niemand dieses Gebäude. Niemand verlässt es. Es hat nicht einmal Sauerstoff.

Ava öffnet die dicke, fensterlose Stahltür mit der Kopie, die sie von Lloyd Porters Schlüsselkarte gemacht hat, kurz nachdem ihr Messer zum siebten Mal seinen Bauch aufgeschlitzt hatte. Das ist ihre bevorzugte Waffe gegen die mit den niedrigen Punktzahlen. Für ihn schien es passend, ein solches Ende zu finden. Sie hatte gelächelt, als das Blut seine Kehle hochblubberte, während er auf dem Rücken lag, würgend, als die weinrote Suppe seine Kinnladen hinunterlief und aus seinen Wunden strömte. Sogar die Konservierten zeigen Angst. Sie fürchten den Tod mehr als jeder andere, denn es ist das, dem sie glaubten entkommen zu sein.

Betrüger gedeihen nie, so sagt man.

Ein Schwall kalter Luft kommt heraus, als sich die Tür öffnet, und bevor Mandisa blinzeln kann, stößt Ava sie hinein. Mandisa stolpert und dreht sich um, als Ava ihr in den Magen tritt und ihr dann die Handtasche von der Schulter reißt, in der sich ihr Handy befindet. Mandisa stößt atemlos Luft aus, greift sich an den Magen und ringt nach Atem.

„Ava", keucht sie. „Was zum Teufel-" Ihr Mund formt die Worte, aber es kommt kein Laut heraus. Kein Schrei. Kein Flehen. Ava schließt die Tür vor ihr und verriegelt sie dann.

Sie ist nicht einmal ins Schwitzen geraten, doch ihr Herz schlägt so schnell, dass es wie ein Summen ist. Sie lehnt ihre Stirn an die Tür, kneift die Augen zusammen und ein Kloß bildet sich in ihrem Hals.

„Tut mir leid, Mandi", sagt Ava zur Tür. „Für alles."

32

—·—

IRIS

Iris weicht Jason heute bei der Arbeit nicht aus, obwohl seine Annäherungsversuche glücklicherweise erst am Ende des Tages kommen, als sie gerade geht. Er wartet an den Drehkreuzen beim Ausgang, wirft ihr einen Kuss zu und zwinkert ihr dann zu. Als sie nicht reagiert, stellt er sich ihr in den Weg und macht eine anzügliche Bemerkung über ihre Oberweite, wie sie es viel schlechter treffen könnte als mit einem Begehrenswerten anzubandeln.

Begehrenswert. Für Jason ist es nicht nur ein Substantiv, das schreckliche Wort, das sich die Pres-X-2-Nehmer selbst gegeben haben. Er glaubt, dass es wahr ist, dass es ihn treffend beschreibt.

Iris schaudert bei dem Gedanken daran.

Sie huscht an ihm vorbei und schafft es aus dem Gebäude und auf ihr Fahrrad, ohne auch nur begrapscht zu werden. Sie kann sich nicht einmal über ihn beschweren. Sie war am Eingang, einem Gemeinschaftsbereich für Männer und unsichere Frauen. Solche Verhaltensunterschiede seien zu erwarten, so lautet das Mantra.

Sie grunzt bei jedem Pedaltritt und versucht, die Erinnerung wegzustrampeln. Die Schnellfahrspur für Fahrräder ist nicht schnell genug. Sie überlegt, in die Busspur zu wechseln, entscheidet sich aber dagegen. Sie will keine Punkte abgezogen bekommen, falls sie erwischt wird.

Warum kümmern dich die Punkte überhaupt noch?

Sich um ihre Lebenspunktzahl zu sorgen, ist instinktiv. Es ist schwer, ein Gehirn nach lebenslanger Konditionierung umzuprogrammieren. Sie umklammert den Lenker fester und schwenkt quer durch den Fahrradverkehr in die leere Busspur, um ein oder zwei Minuten freie Fahrt zu genießen. Niemand vor ihr, der Wind im Gesicht. Sie kann weit nach vorne sehen, statt nur auf den Hinterkopf der Person vor ihr. Sie fühlt sich frei.

Ein Bus kommt von hinten, hupt und die Gesellschaftspolizei zückt ihre Handys. Die Freiheit war nur von kurzer Dauer.

Aber ihr Geschmack für Rebellion bleibt. Sie ist jetzt eine Regelbrecherin. Lügen über Statistiken bei der Arbeit, Ellas Handy stehlen, in der Busspur fahren. Sie ist zurück in der Fahrradspur, keucht, als sie wieder zu Atem kommt, doch ihr Gesicht trägt das breiteste Grinsen.

Freiheit ist einfach, Iris, wenn du erst mal aus der Höhle raus bist. Du musst sie dir nur schnappen.

***

Ihre Schuhe platschen in eine Pfütze, als sie die Wohnung betritt. Auf dem Küchenboden liegt eine Lache Flüssigkeit, daneben Scherben zerbrochenen Glases. Der Flasche nach zu urteilen, war es Whisky.

„Opa Eddie wollte einen Whisky", sagt Georgie, als Iris sie wütend anstarrt. Der geöffneten neuen Flasche auf dem Tisch nach zu urteilen, wollte Opa Eddie wohl mehrere. Iris holt Kehrschaufel und Besen und beginnt aufzuräumen – Georgie wird es offensichtlich nicht tun. Dabei sollte sie sich ohnehin nicht so viel bücken. Und trinken wahrscheinlich auch nicht.

„Fünfzig verdammte Punkte", sagt Georgie und kippt den Rest ihres Glases hinunter.

„Was?"

„So viel haben sie meinen Wert erhöht, weil sie mich gegen meinen Willen sterilisiert haben. Ich hab jetzt über 300. Juhu!" Sie rülpst beim Reden, schenkt sich dann noch einen großzügigen Schluck ein und knallt die Flasche auf den Tisch. „Und rate mal? Ich werde befördert. Mein Arschloch von Chef hat einen Blick auf mein goldenes Implantat geworfen und mir gratuliert – *gratuliert*! Dann meinte er, ich sei jetzt sicher genug, um im Nachrichtenraum zu arbeiten."

Iris wirft das zerbrochene Glas in den Mülleimer. „Na ja. Immerhin etwas Gutes."

„Alles, was ich je wollte, war Nachrichtensprecherin zu werden. Nicht, dass ich den Job wirklich bekomme – aber ich bin mittendrin. Und das alles nur, weil sie mir die Eileiter durchtrennt haben. Als ob ich vorher nicht gut genug gewesen wäre. Dabei bin ich doch noch dieselbe. Ich bin immer noch ich."

Iris holt sich ein Bier und setzt sich an den Tisch.

„Und dieser Moderator", fährt Georgie fort und schwenkt ihr frisches Glas. „Du weißt schon, der mit der Stimme, die er aufsetzt, um rauchig zu klingen, aber stattdessen klingt, als müsste er Schleim hochhusten? Der hat ganz unverblümt einen Annäherungsversuch gemacht, der Trottel. Er sagte: 'Schön, hier etwas neues sicheres Fleisch zu haben. Lass uns mal was trinken gehen.' Kannst du das glauben? Ich habe ihm gesagt, dass ich Mädchen bevorzuge, und er zuckte mit den Schultern, als ob meine Vorlieben keine Rolle spielen. So ein Schwachkopf."

Iris schüttelt den Kopf, während sie zuhört. Georgie kann mit Perversen umgehen. Sie hätte sich nie einfach zur Wand gedreht und wäre still geblieben wie Iris bei Jason. Georgie hätte ihm in die Eier getreten und ihm die Nase gebrochen. Iris hat ihr nie von diesem Vorfall erzählt, sie hätte dafür eine Standpauke darüber bekommen, für sich selbst einzustehen, und Georgie hätte vielleicht etwas Unüberlegtes getan.

Der Nachrichtensender läuft in Dauerschleife. Die Lloyd-Porter-Story ist inzwischen auf Platz zwei gerückt – überlagert von der Aufregung um den neuen Punktzahl-Algorithmus.Iris nimmt mehrere große Schlucke aus ihrem Bier, genau in dem Moment, als der Lebenswert-Launch-Jingle ertönt. Sie umklammert die Flasche so fest, dass sie sich wundert, dass sie nicht zerbricht. Noch mehr zerbrochenes Glas ist das Letzte, womit sie sich jetzt beschäftigen will.

Es ist die Einführungswoche des neuen Algorithmus. Die Nachrichtensendung jagt den aufdringlichen Titelsong alle zehn Minuten durch den Äther – als ob jemand vergessen könnte, worum es geht. Falls nicht, erinnern einen die Wimpel über den Straßen und die Plakate an jeder Ecke. Ganz Berkshire ist davon durchdrungen, als könne Begeisterung durch Osmose übertragen werden.

Der Nachrichtensprecher ist so aufgeregt, dass seine normalerweise rauchige Stimme klingt, als hätte er eine Dosis Helium intus. „Um die Wunder des neuen Algorithmus noch weiter auszudehnen, hat Ihre Lebenspunktzahl-App eine neue Funktion. Sie wird in der Lage sein, Ihnen sofort die Lebenspunktzahl einer anderen Person mitzuteilen. Halten Sie einfach Ihr Handy hoch und es wird mittels Gesichtserkennung sowie Geräteortung – oder Implantat bei Frauen – den Wert jeder Person anzeigen, die Sie sehen! Sie können es auch auf Gruppenbeurteilung einstellen, sodass es Ihnen in jedem Raum anzeigen kann, wie viele Personen sich in welcher Punktstufe befinden. Nur damit Sie überprüfen können, ob Sie sich in der besten und angemessensten Gesellschaft befinden. Also, streben Sie weiter nach Punkten und sind Sie stolz! Denn dies ist die Gesellschaft, in der jeder seinen Platz kennt und jeder etwas erreichen kann."

„Um Himmels willen", sagt Iris. Sie zieht ihre Bluse aus der Hose und wedelt damit, fächelt sich Luft zu, ihr Ärger brodelt und droht überzukochen. Ihre Mutter, ihre eigene Mutter, steckt dahinter.

„Der ganze verdammte Nachrichtenraum hat diese Wimpel", sagt Georgie. Sie lallt vom Whisky und rückt die Wärmflasche auf ihrem Bauch zurecht. „Überall kleine Fähnchen mit diesem dummen einge-mauerten Auge drauf. Es ist widerlich."

Wenn man den Nachrichtenberichten glauben darf, wird der neue Algorithmus wunderbar sein. Fairer, sagen sie, wird er sein – integra-tiver. Der Fernseher spielt denselben Slogan noch einmal ab: Dies ist die Gesellschaft, in der jeder seinen Platz kennt und jeder etwas erreichen kann.

Ja, klar.

Iris lacht über die Stimme, die jetzt mehr wie ihre eigene klingt. Normalerweise ist es leicht, den Unterschied zu erkennen. Die Stimme schwankt, nicht aus Unsicherheit, sondern mit Elan, ein Vibrato der Weisheit. Im Gegensatz zu Iris' eigener Stimme, die für sie meistens jammerig und derb klingt. Aber ab und zu gibt es Überschneidungen, als ob der Wahnsinn vielleicht verschwindet und die Stimme die ganze Zeit sie selbst war, ihr Gewissen, ihr innerer Mentor.

Sie steht auf, um den Fernseher auszuschalten, gerade als ihr Handy klingelt. Tash ruft an.

„Iris, ich hab's raus. Den Hack. Ich weiß, was zu tun ist." Tash klingt hektisch, stolpert über ihre Worte, ihre Stimmlage schwankt wild auf und ab.

Iris keucht auf, ihre Hand fährt zum Mund. „Okay", sagt sie. „Lass uns alle zusammentrommeln. Treffen wir uns in einer Stunde hier."

Sie legt auf und braucht einen Moment, um das Gehörte zu verarbeiten. Tash hat einen Plan. Einen Hack. Sie werden tatsächlich einen Plan haben.

Georgie blickt von ihrem Drink auf. „Wer war das?"

„Tash. Sie kommen alle her."

„Cool", sagt Georgie und pfeift dann. „Schau mal in die Schränke. Ich hab Snacks aus dem Eckladen besorgt. Ziemlich gutes Zeug sogar. Die Vorteile, über 300 zu sein." Sie lacht über ihre letzten Worte.

„Gut." Iris nimmt ihr die Flasche weg und Georgie schmollt. „Du musst nüchtern werden. Das ist wichtig."

33

IRIS

„Wir kennen das genaue Datum nicht", sagt Iris zur Gruppe, als alle angekommen sind und sitzen. Die betrunkene Georgie hat hastig eine Auswahl an unpassenden Snacks auf dem Tisch arrangiert und arbeitet sich durch die meisten davon, sowie durch das Glas Wasser, das Iris vor sie gestellt hat. „Aber wir können ziemlich sicher davon ausgehen, dass es nächstes Wochenende passiert. Das hat Ava Maricelli beim Treffen gesagt – und es gibt dem neuen Punktzahl-Algorithmus genug Zeit, eventuelle Fehler auszubügeln. Ich schätze, dass danach eine ganze Menge mehr Leute so wenige Punkte haben werden, dass sie als Opfer infrage kommen. Das muss das Ziel sein: mehr Menschen in niedrige Punktzahlen stürzen."

„Ich habe nur 120", sagt Skylar. „Wenn sie es auf U-100er abgesehen haben, könnte ich dran sein. Ich könnte mit dem neuen Algorithmus 20 Punkte verlieren." Ihr blaues Haar hat nicht mehr das Volumen wie auf der Party – es sieht genauso erschöpft aus wie ihr Gesicht.

„Keine verdammte Chance", sagt Johan. Sein Bizeps spannt sich unter dem T-Shirt, während er mit geballten Fäusten auf seinen Oberschenkeln sitzt. Er erinnert Iris an einen Alpha-Gorilla. „Die werden dir kein Haar krümmen. Das lassen wir nicht zu."

Iris legt Skylar eine Hand auf die Schulter. „Wir beschützen dich."

„Der Hack wird einfach. Tash hat alles durchdacht. Sie ist eine Göttin bei sowas", sagt Johan.

Seine Fähigkeiten beschränken sich auf Schlagen und Grunzen, also ist seine Versicherung eines Hacks nicht besonders überzeugend. Iris verflucht sich selbst, dass sie nicht nützlicher ist. Sie war einmal eine passable Hackerin und kann besser programmieren als die meisten. Sie hat ihre angeborenen Fähigkeiten anscheinend von der alten Iris geerbt, derjenigen, die ihr Leben für sie gab, dem einzigen Familienmitglied, nach dem sich Iris sehnt. Aber sie hat es schleifen lassen. Die Technik entwickelt sich weiter und Iris nicht.

„Was, wenn der neue Algorithmus uns alle punktlos macht?", fragt Ezra. „Wir könnten alle gejagt werden, bevor wir überhaupt jemandem geholfen haben." Er sieht immer noch geisterhaft vor Trauer aus. Keiner von ihnen fragt, ob er Neuigkeiten von seiner Schwester gehört hat. Die Antwort ist klar.

„Das wird nicht passieren. Ich bin mir sicher, dass wir nicht alle punktlos sein werden." Iris ist sich dessen wirklich sicher, auch wenn sie ihnen nicht sagen kann, warum, aber es gibt keine Möglichkeit, dass Mae es so einrichtet, dass Iris mehr leidet. Iris hasst sie, aber sie ist immer noch ihre Mutter. Sie kennt sie gut genug, um das zu wissen. „Tash, du hast über 300, Georgie jetzt auch. Also seid ihr zwei wahrscheinlich sicher, denke ich. Stellt sicher, dass Georgie alles über den Hack weiß. Ich bin bei 270, wahrscheinlich auch okay, also werde ich auch sicherstellen, dass ich ihn in- und auswendig kenne. Das sind drei von uns, die wahrscheinlich nicht gejagt werden."

Wahrscheinlich. Sie bietet kaum viel Zuversicht. Tatsächlich ist sie sich schmerzlich bewusst, wie erbärmlich sie klingt. Aber sie wird keine leeren Versprechungen machen. Es ist die Aufgabe der Regierung, andere zu überrumpeln.

Skylar hat die Art von Gesicht, das sich von Angst zu Traurigkeit wandelt, mit kaum etwas dazwischen. Selbst ihr Lächeln ist das einer Person, die sich an die guten Zeiten mit einem verstorbenen Verwandten erinnert. Während sie dem Plan zuhört, starren ihre wässrigen blauen Augen ins Leere. Johan steht neben ihr, die Arme verschränkt, spielt den großen Bruder und versichert ihr, dass alles gut wird. Doch nach Ezras Gesichtsausdruck zu urteilen, wird nie wieder etwas gut sein.

„Johan hatte recht", sagt Tash. „Der Hack ist einfach genug. Ich meine, ich kann *Eyes Forward* nicht hacken, das kann niemand. Ihre Firewalls sind eine Festung."

„Ja, wissen wir", sagt Georgie mit einem Schluckauf. „Iris hat diese Firewalls erschaffen."

Alle drehen sich jetzt zu Iris um. Tashs Kinnlade fällt herunter.

„Iris, ernsthaft? Kannst du sie durchbrechen?"

„Nein. Ich habe leider gute Arbeit geleistet."

„Verdammt", sagt Johan.

Nach einer Sekunde winkt Tash mit der Hand in Richtung Iris. „Es spielt keine Rolle. Ich habe einen Plan. Wir können vielleicht nicht *Eyes Forward* hacken, aber wir können alle anderen hacken." Sie blickt in die Runde, alle außer Johan scheinen ziemlich verwirrt. „Es ist brillant in seiner Einfachheit. Ich habe es Plato genannt. Verstehst du?"

Iris lächelt halb, Georgie nicht. Iris macht sich eine gedankliche Notiz, ihr später Platons Höhle zu erklären.

„Also", fährt Tash fort, „wir müssen es am Tag des Jagdbeginns initiieren. *Eyes Forward* hat uns dabei geholfen. Ihr wisst, dass jedes Handy die Gesellschaftspolizei-App hat und sie läuft die ganze Zeit. Sie haben es zum Gesetz gemacht, dass jeder bei der Gesellschaftspolizei ist, also hat sich diese App automatisch auf jedem Gerät heruntergeladen, und sie ist ständig aktiv. Sie sagten, es sei wegen des Mordes an Lloyd Porter, aber in Wirklichkeit ist es, damit sie uns verfolgen können. Aber ich kann das abfangen. Ich kann es so einrichten, dass alle entkommen. Platon wird alle aus dieser Höhle herausholen."

34

IRIS

Da Berkshire die meisten 800-Plus-Bewohnern hat, gibt es dort eine Menge Konservierte und Begehrenswerte, die erwarten, in die elitärste Gruppe der 900-Plus aufzusteigen. Es gibt sogar einige mit über 900 Punkten, die damit rechnen, die Punktzahl-Leiter ganz nach oben zu klettern und die begehrte 1000er-Punktzahl zu erreichen. Iris glaubt, dass sie noch nie einen 1000er getroffen hat. Der Premierminister muss einer sein, denkt sie. Vielleicht gibt es nur einen einzigen.

Wen kümmert's?

Sie grinst. Die Stimme ist wieder vernünftig.

Bei der Arbeit scheinen Ella und Francis gemischte Ansichten über die ganze Sache zu haben. Wo Iris normalerweise innerlich über ihre lächerliche Wichtigtuerei lacht, knirscht sie jetzt mit den Zähnen und knackt mit den Knöcheln. Sie muss zur Kletterwand, um Dampf abzulassen, um ein Ventil zu finden, bevor sie wie ein Teekessel aufschreit. Sie beobachtet ihr gequältes Mitgefühl füreinander. Ihre größte Angst ist, dass ihr Status weniger exklusiv werden könnte, während niedrige Punktzahl den Tod fürchten.

„Was, wenn ein erbärmlicher 750er auf 900 kommt?", sagt Ella. „Das könnte alles ruinieren."

„Vertrau dem System, Ella", sagt Francis. „Du weißt, dass es uns gut dient."

Iris reibt sich die Schläfen und starrt stattdessen auf ihren Computerbildschirm, um sie aus ihrem Blickfeld zu verbannen, bevor sie das kochende Wasser im Wasserkocher, das Brotmesser, die Gläser oder irgendetwas anderes, womit sie die beiden angreifen könnte, ins Auge fasst.

Norman Bonnet ist heute bei der Arbeit erschienen, und so wie er durch das Büro stolziert, könnte man meinen, alle sollten dankbar und ehrfürchtig in seiner Gegenwart sein. Offenbar gibt es kein Mittagessen für Personen mit hohen Punktzahlen, das er nicht durch seinen voller Terminkalender aus Schmeicheleien und Lobbyarbeit hätte ersetzen müssen. Er marschiert durch den Flur, das Kinn hoch, den Bauch raus, bei jedem Schritt ein tiefes Grummeln. Iris zuckt zusammen. Ella und Francis biedern sich in seiner Nähe an, lachen über seine unlustigen Witze und stimmen begeistert allem zu, was er sagt. Sie mögen beide 900er sein, aber seine fast 900er-Punktzahl lässt ihre Höschen feucht werden.

„Mit dem großen Ereignis, das bevorsteht", sagt er mit dröhnender Stimme, „habe ich die Psychologie derer mit niedrigen Punktzahlen studiert."

„Mit einem Gehirn wie deinem muss das einfach sein", sagt Ella.

Iris rümpft die Nase. Wenn er nicht in der Nähe ist, sagen beide, was für ein Grobian er ist. Doch jetzt, wo er da ist, verhalten sie sich wie Kätzchen, die ihm die Milch aus der Hand lecken. Schleimen für Punkte – das ist alles, worum es ihnen geht.

„Und ich bin ziemlich zuversichtlich, dass ich sie ausfindig machen kann", fährt er fort. „Ich kenne ihre Verstecke und ihre Denkweise. Ich weiß, wie man einen Kampf gewinnt."

„Oh, Mr. Bonnet. Ich stimme Ihnen absolut zu", sagt Ella und hält sich die Hände an die Brust wie eine ehrfürchtige Tussi.

„Und ich kann erkennen, wer mit dem neuen Algorithmus auf der Punktzahl-Leiter abrutschen wird." Er hebt eine Augenbraue, ein koketter Ausdruck, der Francis dazu bringt, sich Luft zuzufächeln.

Francis wirft ihre Haare zurück und zieht dann die Schultern nach hinten, um ihre Titten nach vorne zu drücken. „Was für ein kluger Mann Sie sind, Norman."

Ella funkelt ihre Freundin böse an und bringt es durch ein Anti-Schwerkraft-Wunder fertig, dass ihr Busen fast Normans Kinn berührt. „Sie und Ihr Sohn. Wie inspirierend Sie sind."

Was Norman oder irgendeiner von ihnen in der Statistikabteilung tut, übersteigt Iris' Verständnis. Sie bekommt die Statistiken und teilt sie ihnen mit. Sie leiten die Informationen weiter; Papier hin und her schieben, das ist alles. Und sich wichtig fühlen.

„Danke, meine Damen", sagt Norman. „Wie wäre es, wenn wir alle gemeinsam Mittagessen gehen?"

Er macht sich nicht einmal die Mühe, subtil zu sein – so groß ist die Arroganz, die mit seiner hohen Punktzahl kommt. Selbst wenn Iris keine Ahnung hätte, was passieren wird, hätte sie jetzt eine verdammt gute Vorstellung davon. Das macht ihr noch mehr Sorgen, dass es kein Entkommen gibt. Sie wissen nichts von ihrem Hack, erinnert sie sich. Das wird sie überraschen. Die mit den hohen Punktzahlen haben keine Ahnung, wie gut sie vorbereitet sind.

Ihr habt die Oberhand. Sie sind zu selbstverliebt, um euch kommen zu sehen.

Die Stimme hat recht. Iris und ihre Freunde schleichen sich an *Eyes Forward* heran. Sie haben keine Ahnung, was auf sie zukommt.

Seit sie von ihren Vorfahren erfahren hat und Georgies Theorie kennt – dass sie diesen Job nur bekommen hat, damit man sie besser im Auge behalten kann –, geht Iris so einiges durch den Kopf. Vielleicht hat man ihr deshalb auch Internetzugang gegeben: um leichter zu überwachen, was sie tut. Wahrscheinlich dachten sie, sie würde irgendwo an einem Heimcomputer herumwerkeln. Paranoia rauscht durch ihren Körper. Sie ist alles, was *Eyes Forward* will – und gleichzeitig alles, was sie hassen.

Als sie letzte Nacht nicht schlafen konnte, durchsuchte sie Nebula nach Hinweisen auf Joan Porter – und einige Threads füllten ein paar Lücken. Sie hatte Pres-X erfunden, es dann selbst genommen, als sie bereits senil war, und starb wenige Wochen später in einer psychotischen Episode. Die U-750er, die Pres-X einnahmen und in Anstalten landeten, wurden als Opfer des Joan-Porter-Effekts bezeichnet. XL Medico diskreditierte sie, weil sie nicht aus dem richtigen Umfeld kam, aber dann stieg ihr Mann, der jetzt berüchtigte Lloyd Porter, zu neuen Höhen auf. Typisch: Die Frau zur Seite drängen und den Mann mit Auszeichnungen überhäufen. Dass er die Formel kannte, muss ihn in eine Machtposition gebracht haben. Genauso wie ihre Mutter.

Ihre verdammte Mutter.

Iris zappelt unruhig an ihrem Schreibtisch und wirft dann einen Blick auf die demografischen Daten. Der steile Anstieg zwischen 650 und 700 ist da, wie immer, der kleine Rückgang bis 800, und danach der abrupte Einbruch. Der Keil am unteren Ende der Skala, wo die Punktlosen liegen, ist noch vorhanden – wenn auch etwas kleiner. Ein Schauder läuft Iris über den Rücken. Keine Chance, dass diese Reduzierung der niedrigsten Punktzahlen bloß darauf zurückzuführen ist, dass sich mehr Bürger bemühen zu punkten. Das Massaker muss der Grund sein. Es fand nicht nur in Berkshire statt. Punktlosen-Wohnheime wurden in der ganzen Gesellschaft geräumt und ihre Bewohner getötet.

Und Iris weiß, dass dies erst der Anfang ist.

Während der Großen Unruhen, als Iris geboren wurde, wurde die Lebensspende-Politik als Säuberung bezeichnet.

Zehn Jahre später kostete die Freigabe von Pres-X für U-750er viele Leben – ältere Bürger wurden durch das Medikament in den Wahnsinn getrieben, doch XL Medico leugnete es lange Zeit und verteilte die Behandlung weiterhin. Jetzt hat Iris erfahren, dass sie die ganze Zeit davon wussten und das Gegenmittel nur an die Reichen gegeben wurde.

Das wurde als Säuberung bezeichnet.

Iris hatte früher immer über einen solchen Begriff gespottet – überdramatische Hyperbel für jene, die sich nach mehr Drama sehnen. Doch wenn niemand zur Rechenschaft gezogen wird, keine Strafe folgt, keine Entschuldigung ausgesprochen und keine Lehre daraus gezogen wird, wiederholt sich die Geschichte. Die Bürger der Gesellschaft steuern blindlings in einen weiteren Ausleseprozess. Weil sie sich weigern zu sehen, sich weigern zu hinterfragen. Dieses ummauerte Auge ist wie Platons Höhle – sie können nicht darüber hinausblicken. Sie glauben, die Mächtigen hätten ihre besten Interessen im Sinn. Dabei trübt ihr eigenes Verlangen nach Reichtum und all seinen Annehmlichkeiten den Blick auf das, was direkt vor ihnen liegt.

Ist es das, worauf alles hinausläuft? Ein Versuch nach dem anderen von *Eyes Forward*, die Gesellschaft von ihren weniger Wohlhabenden zu „befreien" – eine glückliche Allianz der *Enough*- und *Time's Up*-Fraktionen. Niemanden interessiert, welche Altersgruppen dieses Mal abgeschlachtet werden, solange sie arm sind.

Während Iris die demografischen Daten überprüft, sieht sie, dass immer noch so viele Arme und so viele mit niedrigen Punktzahlen allein in Berkshire gefährdet sind. Sie schüttelt den Kopf über so viel Dummheit – wie konnten Menschen nur so blind sein? Die Menschheit ist immer nur eine Generation davon entfernt, ihre Vergangenheit zu vergessen. Geschichten sterben auf verstummten Lippen. Seiten verrotten oder verbrennen. Computer löschen ihren Cache. Es erfordert Mühe, Wissen weiterzugeben. Doch es braucht keinerlei Anstrengung, um zu vergessen. Genau darauf setzt *Eyes Forward* – auf die angeborene Faulheit der Menschheit. Betäube die Sinne mit Berichten über andere Probleme und die Bürger ignorieren die viel größeren Themen. Halte den Köder erneuerter Jugend in ihrem Blickfeld und alles wahre Grauen wird überdeckt. Es ist, wie Georgie sagt: Ablenkungspolitik.

Iris mailt die Statistiken der demografischen Ergebnisse an Ella und Francis. Sie sagt zum ersten Mal seit ein paar Wochen die Wahrheit. Dann radelt sie langsam nach Hause, immer noch reichlich Zeit vor der Ausgangssperre. Die Geschichte von Lloyd Porter wurde ans Ende der Nachrichten verschoben. Die vierteljährlichen demografischen Ergebnisse haben heute die Aufmerksamkeit gestohlen. Der heutige Köder.

Es gibt keine Fortschritte bei der Suche nach dem Mörder. In den Berichten heißt es, man sei mit den Gedanken bei seiner Familie. Hatte er überhaupt noch eine andere Familie? Iris fragt sich das, obwohl sie diesen Mann aus tiefstem Herzen hasst. Sie ist froh, dass er tot ist. Sie hofft, dass es wehgetan hat – dass er Angst kannte, schlimmer als die, die sie und Georgie in jener Nacht empfanden, als sie gejagt wurden. Sie hofft, er starb in seinen eigenen Exkrementen, durchnässt von Urin. Vielleicht hätte ihn das wenigstens einen Hauch von Scham spüren lassen.

35

IRIS

Georgie spricht mit dem Spiegel, als Iris nach Hause kommt. Iris bleibt eine Weile stehen, beobachtet sie und hört zu, bis sie ihr Kichern nicht länger unterdrücken kann.

„Iris!", ruft Georgie, als sie sich ruckartig umdreht, ihre Wangen erröten. „Wie lange stehst du schon da?"

„Lang genug. Was machst du da?"

„Ich übe, eine Nachrichtensprecherin zu sein – so, wie ich es immer wollte." Sie hebt den Kopf ein Stück höher und in ihren Augen liegt ein Glanz, der nichts mit Whisky oder Tränen zu tun hat.

„Im Ernst? Geben sie dir einen Job?"

„Scheiß auf die. Ich geb mir selbst einen. Wenn wir sie zu Fall bringen, werde ich alles berichten – live vom Ort des Geschehens."

Iris schüttelt den Kopf. „Das kannst du nicht, Georgie." Sie versucht, denselben flehenden Blick aufzusetzen, den Georgie so oft benutzt – den, dem man kaum einen Wunsch abschlagen kann. „Das ist viel zu gefährlich. Wenn wir scheitern—"

„Werden wir nicht." Georgie wirkt entschlossener als je zuvor. Ihr Lächeln ist verschwunden, die Tränen ebenfalls. Keine Spur mehr von der Angst, die sie durchlitten hat. Ihre rubinroten Lippen sind zu einer festen Linie gepresst, die Schultern zurückgenommen und aufrecht, ihre Augen blinzeln nicht.

„Wir ziehen das durch. Wir haben einen Plan. Und der wird funktionieren."

Iris hat Georgie noch nie umstimmen können, wenn sie sich etwas in den Kopf gesetzt hat, aber sie versucht es, sie muss es versuchen. „Es ist zu riskant. Du bringst dich selbst in noch größere Gefahr. Und das alles nur, falls Tash den Hack zum Laufen bringt."

„Sie ist brillant. Sie wird es schaffen. Die mit den hohen Punktzahlen werden sich selbst zerstören, wenn alles klappt. Sie denken, sie werden Jagd auf die mit den niedrigen Punktzahlen machen, aber sie werden alles zerstören. Wir müssen uns in nichts einmischen. Wir können einfach zusehen, wie sie ihre ganze kostbare Gesellschaft und all ihre dämlichen Lebenspunkte auflösen."

Wenn der Hack funktioniert; Georgie hat recht. Erst jetzt wird Iris klar, dass die Zerstörung des Lebenspunkte-Netzwerks auch die Zerstörung ihrer Mutter bedeutet. Und die Medikamentenversorgung ihres Vaters. Es ist egoistisch, so zu fühlen. Sie werden einen anderen Weg finden, die Medikamente für ihren Vater zu beschaffen, wie sie es schon einmal gesagt hat. Wenn *Eyes Forward* ihre Mutter für irgendeinen Fehler kriminalisieren würden, nun, dann hätte sie es sich selbst zuzuschreiben.

„Es ist alles, was wir tun können, Iris. Wir müssen etwas unternehmen."

Iris nickt leicht und geht weg. In der Privatsphäre ihres Schlafzimmers lädt sie Nebula. Sie versucht immer wieder, nach anderen Grafschaften zu suchen, um zu sehen, ob in einer von ihnen eine Jagd bestätigt wurde. So viele Foren sind immer noch offline, aber es gibt neue. Egal wie sehr *Eyes Forward* versucht, die Leute zum Schweigen zu bringen, das Gerede hört nicht auf. Es gibt Gerüchte über geplante Jagden wie in Berkshire, andere mit niedrigen Punktzahlen haben davon gehört. Einige befürchten, dass es in ihrer Gegend schlimmer sein wird, da es dort mehr Personen mit niedrigen Punktzahlen gibt, obwohl einige denken, dass das gut sein könnte, da es weniger Leute mit hohen Punktzahlen gibt, die Amok laufen könnten. Die Gerüchte sind mehr als Klatsch. Leute haben etwas mitbekommen, gehackt und Beweise gesehen. Aber es gibt nichts, was darauf hindeutet, dass es schon einmal passiert ist. Also ist entweder Berkshire die erste Grafschaft, die einzige, oder es passiert überall in der Gesellschaft gleichzeitig.

Es ist nur für einen Moment da, bevor es verschwindet und gelöscht wird, aber es taucht immer wieder auf. Jemand postet es überall. Eine Liste, eine Punkteliste. Jemand, der sich GT28 nennt, hat sie geteilt. Es ist eine Liste, die zeigt, wie viele Punkte jedes genommene Leben wert ist. Ein Punkt pro Tötung. Aber bei zwanzig oder mehr bei einem Vorfall, zum Beispiel bei einem Gebäudeeinsturz, werden die Punkte verdoppelt und an alle verteilt, die geholfen haben, das Gebäude zu verbarrikadieren und zum Einsturz zu bringen. Leichter zu vertuschen, das ist klar.

Am Ende steht eine Nachricht: *KEINE SCHUSSWAFFEN. WIR SIND KEINE WILDEN. DIES MÜSSEN EHRENHAFTE TÖTUNGEN SEIN.*

Ehrenhafte Tötungen. Das steht da tatsächlich.

Iris könnte sich so leicht davon abwenden, mit ihrer nicht zu niedrigen Punktzahl wäre sie sicher. Sie könnte die Türen abschließen und einfach zusehen, wie die Welt um sie herum vor die Hunde geht. Das wäre die einfache Option, die sichere Option, eine Option, die sie mehr als einmal in Betracht gezogen hat – sich unter der Bettdecke zu verkriechen und zu warten, bis das ganze Elend vorbeigeht. Aber jedes Mal, wenn sie mehr darüber hört, spürt sie, wie die alte Iris Taylor sie anstupst und ein Feuer in ihr entfacht.

Wenn sie den Hack richtig hinbekommen, könnte es so gut funktionieren. Das Datum steht oben auf der Liste. Es ist der 15. März.

Iris schafft es, einen Screenshot von der Punkteliste zu machen, und zeigt ihn Georgie.

Georgie atmet langsam und laut aus. „Nun, das bestätigt es."

„Das ist ein Samstag. Nur noch zehn Tage."

Während Iris den anderen über die Datumsbestätigung Nachrichten schickt, verkünden die Nachrichten, dass die Quartalsergebnisse vorliegen. Das eingemauerte Auge füllt den Bildschirm und die Hymne von *Eyes Forward* erklingt. Es liegt etwas Verlockendes in der Melodie, als wäre es eine unterschwellige Botschaft. Iris und Georgie setzen sich hin und schauen zu – mehr aus Gewohnheit als aus Interesse, aus Konditionierung und historischer Pflicht. Solche *Eyes Forward*-Ankündigungen sind mit professionellem Licht und genau der richtigen Menge an Glanz choreografiert. Es ist fast unmöglich, nicht zuzusehen.

Es ist der Premierminister. Sein niemals alterndes Gesicht taucht jedes Quartal und bei den wichtigsten Ankündigungen dazwischen auf. So ist es schon, solange Iris sich erinnern kann. Sie hat es nie hinterfragt. Warum immer derselbe Mann? Was macht er den Rest der Zeit? Es ist einfach so, wie es ist, wie es immer war. Was für eine verdammte Närrin sie war, nie zu hinterfragen! Er wird von je einem Vertreter der *Eyes Forward* flankiert. Ihre fast symmetrischen Gesichter erscheinen ohne Lächeln, halb verborgen von den Schatten ihrer breitkrempigen Hüte. Der Fernseher von Iris und Georgie hat Schwierigkeiten mit den schwarzen Anzügen, sodass die Farben verschwimmen.

Das starre Gesicht des Premierministers starrt direkt in die Kamera – die Art von Blick, die einen direkt durchbohrt. „Bürger der Gesellschaft, die Quartalsergebnisse liegen vor. Während *Eyes Forward* die Mehrheit der Bürger für ihre anhaltenden Bemühungen, die Bevölkerung zu reduzieren, loben müssen, müssen wir leider berichten, dass wir unser Ziel von unter 100 Millionen noch nicht erreicht haben. Mit 110 Millionen ist die Bevölkerung derzeit immer noch um 10 Millionen zu hoch. Seien Sie versichert, als Gesellschaft werden wir dieses Problem angehen. Wir haben eine internationale Verpflichtung zu erfüllen und die Gesellschaft ist ein leuchtendes Beispiel dafür, was wir erreichen können, wenn jeder Bürger seinen Platz kennt."

„Die Demografie ist aus dem Gleichgewicht geraten. Es gibt zu viele Personen mit niedrigen Punktzahlen, die unseren Durchschnitt nach unten ziehen, aber wir haben große Hoffnungen, dass sich bis zur nächsten Quartalsmeldung unsere Methoden als effektiv erwiesen haben werden."

Dieser Satz reicht aus, um Iris aus der Trance zu reißen, und sie greift nach der Fernbedienung, um den Ton auszuschalten. „Effektiv". Das ist es, was sie unter Massenmord verstehen. Georgie greift nach Iris' Hand und drückt sie. Sie sitzen schweigend da, mit glasigen Augen, ins Nirgendwo starrend, während die Kälte Iris' Rückgrat hinaufkriecht.

Du wirst sie zu Fall bringen, Iris. Ich glaube an dich.

Die Stimme mag versucht haben, Iris etwas Zuversicht zu geben, aber es misslingt. Die Entschlossenheit von *Eyes Forward*, ihren Plan durchzuführen, schafft eine Barriere für die Hoffnung. *Eyes Forward* ist zu stark, zu entschlossen.

Iris' Schultern krümmen sich nach vorne. Sie zieht ihre Hand zurück und entscheidet sich stattdessen dafür, sich selbst zu umarmen, während sich ihr Magen angesichts der Hoffnungslosigkeit der Situation zusammenzieht.

Ohne weitere Hilfe stehen die Chancen gegen sie.

36

MAE

Mae

Die Formel war für Mae leicht zu rekonstruieren. Die spärlichen Notizen, die Lloyd Porter hinterlassen hatte, gaben einen Anstoß, obwohl er den Großteil seines Wissens sicher in seinem Kopf bewahrte. Komisch, dass diejenigen, die die Daten kontrollieren, deren Sicherheit nicht trauen. Der Anstoß war tatsächlich nur das, denn so sehr Mae auch versuchte, es in ihrem Geist zu vergraben, es tauchte immer wieder auf. Zahlen und Gleichungen scheinen sich nie aus Maes Gehirn zu löschen. Sie erinnert sich noch an jede Telefonnummer, die sie je hatte, an jede Postleitzahl, unter der sie je gelebt hat, und sogar an Restaurantrechnungen von besonderen Anlässen vor Jahren.

Die ursprüngliche Lebenspunktzahl-Formel, an der sie vor Jahren geschuftet hatte, zu rekonstruieren, war einfach. Sie in das umzuwandeln, was ihr Vater daraus gemacht hatte, dauerte etwas länger. Sie musste sich seinem Grad an Rücksichtslosigkeit nähern, sich in die Lage von jemandem versetzen, der so besessen von Elitismus war, dass er sich zurücklehnte und zuließ, dass die Ärmsten ihre Häuser verloren und nichts als Pulverrationen zu essen hatten. Aber immerhin hatten sie das. Sie starrt auf die Reihe von X und Y auf ihrem Bildschirm. Sie ist kürzer, als die meisten erwarten würden; theoretische Physiker wären sicherlich überrascht. In ihrer Einfachheit liegt eine Hässlichkeit. Dass Menschen durch eine solche Gleichung quantifiziert werden können, ist vulgär. Zu denken, dass sie jemals naiv genug war, bei der Erstellung einer solchen Formel zu helfen – dass sie so von ihrem Wunsch nach Logik und Ordnung eingenommen war, dass sie nie die Bösartigkeit darin sah. Ihre Hypothese wurde zu deren eigener geformt.

Iris hatte Platons Höhle erwähnt und das fasst es gut zusammen. Sie war so hingerissen von den Schriften an der Wand, dass sie nie versuchte, hinauszuschauen. Die Höhle war damals größer, es gab etwas mehr Bewegungsspielraum. Sie ist über die Jahre geschrumpft und jetzt quetscht sie ihre Arme an die Seiten und hält den Kopf gesenkt. Die Felsen knarren, während sie sich heranschleichen.

Das Ohm-Symbol auf der linken Seite der Gleichung ist eine veränderbare Zahl, die ihre eigene separate Formel hat, um sich mit externen Faktoren weiterzuentwickeln und die Wirtschaft im erforderlichen Gleichgewicht zu halten. Es ist das, was *Eyes Forward* als den lebendigen Teil der Gleichung bezeichnet. Anpassungsfähig, sagen sie. Die Formel strebt mit den Bürgern. Es ist dieser Teil, den sie ändern soll.

Sie weiß, was *Eyes Forward* will. Sie waren nicht einmal subtil, als sie es ihr sagten. Sie waren direkt in ihren Forderungen, als ob sie ihr sagten, welche Kaffeesorte sie kaufen soll.

Jeder U-200 soll herabgestuft werden. Das ist ihr Ziel: dass die Niedrigsten noch tiefer sinken.

Mae hat einen Bleistift in der Hand und arbeitet auf Papier. Es ist sicherer als ein Computer, weniger nachverfolgbar. Sie kann ihre Notizen bei Bedarf verbrennen.

Iris' Missbilligung hatte eine Saite in ihr zum Schwingen gebracht. Auch Pashas hatte das getan – eine, die sie hoffte, ignorieren zu können.

Wie kann sie ihre Familie schützen und gleichzeitig das tun, was Iris von ihr verlangt? Wie kann sie den niedrigsten Punktzahlen und ihrer Familie gerecht werden? Pashas Proteste waren von keuchenden Atemzügen begleitet und zerrissen ihr das Herz. Sie kann nicht tatenlos zusehen, wie er weiter leidet. Er hatte einmal gesagt, er sei ihre Rüstung. Jetzt ist es an der Zeit, dass sie seine ist.

Sie arbeitet heute bereits seit sieben Stunden und dreizehn Minuten an der Formel. Vierhundertdreiunddreißig Minuten. Fünfundzwanzigtausendeinhundertachtzig Sekunden. Sich mit einfachen Summen abzulenken, beruhigt sie zwar, bringt die Arbeit aber nicht voran. Sie kaut am Ende des Bleistifts, wischt die bereits sauberen Oberflächen ab und poliert dann die Spiegel, bevor sie wieder an die Arbeit geht.

Sie starrt auf die Zahlen, die Symbole, die einst ihre einzigen Freunde waren – die Symbole, die sie so gut kennt und versteht. Normalerweise arbeitet sie für sie, jetzt muss sie sie für sich arbeiten lassen.

Sie beißt sich auf die Lippe und stellt sich die Neuanordnung der Formel vor – subtile Änderungen, eine unmerkliche Anpassung.

Ein kleiner Fehler ist das, was sie braucht. Etwas, das leicht als Irrtum getarnt werden kann. Wie wenn sie beim Stricken eine einzelne Masche fallen lässt. Ein eng gestrickter Schal braucht länger um sich aufzutrennen, als ein locker gestrickter. Jede Aktion muss kunstvoll angewandt, heimtückisch verändert werden. Die Auswirkungen jeder Änderung wären subtil. Ein verändertes Verhältnis, ein wenig Chaos.

Sie blickt auf das Schachspiel, das sie seit zwei Tagen spielen, und zieht einen Bauern um ein Feld vor.

37

IRIS

Am Freitag überprüft Iris, wie alle anderen in der Gesellschaft, ihre Lebenspunktzahl. Sie öffnet die App und schaltet ihr Handy stumm, bevor die Jubelmusik ertönt. Sie schaut nicht in einer Bar oder einem Café für Personen mit hoher Punktzahl nach, wie es viele tun werden, oder in Gesellschaft von Freunden und Liebsten. Sie ist so sehr damit beschäftigt, die Zahlen für den Rest der Gesellschaft zu verdauen, dass sie sich erst daran erinnert, ihren neuen Lebenspunktestand zu überprüfen, als sie auf der Toilette sitzt. Er ist unverändert bei 270.

Während sie sich eine Tasse lauwarmen, bitteren Kaffee macht, lehnt sie sich gegen die Theke, die Ausdrucke der Diagramme in der Hand, und studiert dann die Demografien. Es gab nicht die große Verschiebung, die viele erwartet hatten: kaum U-800er, die in die 900er geschoben wurden, und nicht viele mit einer niedrigen Punktzahl, die weit abgerutscht sind. Das demografische Diagramm ist weitgehend gleich geblieben. Doch die Nachrichten erzählen eine andere Geschichte, ebenso wie Ella.

„Es muss ein Fehler sein", ruft sie und hängt an Francis, die sie wie ein lästiges Insekt abschüttelt. „Ich bin eine 900-Plus. Sie können mich nicht so niedrig einstufen. Das ist ein Fehler."

Francis schnalzt mit der Zunge und umgeht sie weiträumig, um ihrer Bedürftigkeit auszuweichen. „Es muss an deiner DNA liegen. Du hast sie doch eingereicht, oder?"

„Ja, natürlich. Aber meine Familie reicht Generationen zurück."

Francis mustert sie langsam, sorgfältiger als je zuvor, wenn sie beiläufige Komplimente machte, als ob sie nach dem Hauch eines Ausländers sucht, den Ella versteckt haben könnte. „Schau", sagt sie nach ihrer Inspektion. „Du bist immer noch konserviert und steril. Ich bin sicher, sie werden dich nicht feuern."

„Feuern?", keucht Ella. „Es geht mir nicht mal um meinen Job." Obwohl es wirklich danach klingt. „Ich habe Millionen Schulden, die ich als 900-Plus leicht mit den Zahlungen bewältigen kann. Jetzt werde ich abstürzen. Wo kann ich überhaupt noch essen?"

Francis reibt sich das Ohr und verzieht das Gesicht. Ella ist schrill, aber nicht *so* schrill. „Ich denke wirklich, du solltest dein Leben in Ordnung bringen, anstatt mich anzuschreien."

„180. Unter 200. Wie ist das überhaupt möglich? Meine Nachbarschaft ist 800-Plus. Ich werde deswegen mein Zuhause verlieren."

„Immerhin bist du nicht punktlos." Francis' Mangel an Mitgefühl überrascht Ella, was man an ihrem schockierten Gesichtsausdruck erkennen kann, obwohl Iris kaum unterhalten ist. Es ist immer dasselbe. Das Einfühlungsvermögen von denen mit einer hohen Punktzahl beschränkt sich auf die kleinen ästhetischen Dramen ihrer wohlhabenden Freunde. Echte Probleme registrieren sie gar nicht.

Ellas Augen weiten sich, Angst lässt rote Linien in das Weiße kriechen. Sie tritt näher an Francis heran, die den Abstand wahrt und zurücktritt. „Sie ändern es, weißt du", sagt sie. Ihre Stimme ist nicht das leise Flüstern, für das sie es wahrscheinlich hält. „Es sind nicht nur die Punktlosen, die ins Visier genommen werden. Es gab nicht genug Verschiebung. Oh mein Gott. Auch die U-200. Sie könnten auf mich Jagd machen!"

Francis verzieht den Mund und nickt. „Nun, wenn du in Frage kommst, dann ist das eben das Beste. *Augen Nach Vorn* weiß, was es tut. Es geht darum, was das Beste für die Gesellschaft ist, nicht nur für dich."

Tränen füllen Ellas Augen und schneiden dann Rinnen durch ihr Make-up ihre Wangen hinunter. Sie tut Iris fast leid. Fast.

„Vielleicht könnte ich bei dir wohnen?", fragt Ella Francis.

Francis macht einen weiteren Schritt zurück und hebt die Hände. „Meine Nachbarschaft ist exklusiver als deine. Ich kann kaum eine U-200er bei mir wohnen lassen." Sie starrt Ella an, als würde sie nach faulem Gemüse riechen und nicht nach dem blumigen Moschus ihres intensiven Parfüms.

Iris hört auf zu lauschen und setzt sich an ihren Schreibtisch. Sie fühlt sich recht glücklich, dass ihre Punktzahl nicht reduziert wurde, tadelt sich dann jedoch innerlich für diesen Gedanken und erinnert sich daran, dass das ganze System Quatsch ist. Sie will sich nicht darum kümmern, wirklich nicht, aber es gibt einen Teil ihres Gehirns, den sie nicht abschalten kann – den Teil, an dem *Eyes Forward* seit ihrer Geburt Marionettenfäden befestigt hat.

Bald, Iris, wirst du von frei sein.

Die Stimme klingt so sicher wie immer. Zumindest ist ihr Wahnsinn von der selbstsicheren Sorte.

Ella verlässt das Büro, ihre Haare in Unordnung und ihr Gesicht rot und nass von Tränen. Die Nachrichten laufen auf Dauerschleife auf dem Fernseher im Büro und Iris findet die Fernbedienung, um die Lautstärke höher zu drehen.

Laut den Nachrichten ist offenbar nicht nur Ella betroffen. Es ist nicht der übliche Moderator. Derjenige, der Georgie angestarrt hat, arbeitet nicht mehr für den Sender, seit er seinen neuen Wert von 200 registriert hat. Er ist das prominenteste „Opfer des anhaltenden Erfolgs der Gesellschaft", so lautet die Schlagzeile. Der neue Moderator grinst, als hätte er einen Kleiderbügel verschluckt. Die Verschiebung war etwas willkürlich, einige mit ehemals hohen Punktzahlen wurden auf fast punktlos herabgestuft. Der ein oder andere Punktlose ist jetzt ein 800-Plus.

Iris' Lippen verziehen sich zu einem Lächeln. Ihre Mutter würde keinen solchen Fehler machen. Sie ist nicht fähig, Zahlen zu verfälschen. Sie hat das Richtige getan. Irgendwie. Sie hat es nicht repariert, aber sie hat hervorgehoben, wie dumm das System ist. Sie hat etwas Unsinn in die Gleichung geworfen.

38

AVA

Ava hält sich von XL Medico fern und schickt stattdessen eine E-Mail, in der sie sagt, dass sie das ganze Wochenende neue Besichtigungen von Fabrikstandorten macht und ab Montag dort sein wird, um den Produktionsstart zu überwachen. Sie werden wahrscheinlich annehmen, dass Mandisa bei ihr ist. So kann sie vorerst Fragen aus dem Weg gehen und alles, was sie tun muss und was sie getan hat, besser voneinander trennen. Rache ist nicht so süß, wie sie gedacht hatte. Sie liegt schwer auf ihrer Brust und sie ist noch nicht einmal fertig.

Die neue Fabrik übernimmt das alte Einkaufszentrum. Die Entwicklung hat dem Stadtteil, der während der Großen Unruhe die schlimmsten Verwüstungen erlebte und seitdem am wenigsten renoviert wurde, neues Leben eingehaucht. XL Medico war zufrieden genug; es bedeutete, dass das Gebäude billig war. Das reichste Unternehmen der Gesellschaft hat seine Aktionäre sehr glücklich gemacht, indem es für sein bisher größtes Expansionsprojekt einen Hungerlohn ausgegeben hat. Ava machte einen kurzen Auftritt bei der Vorstandssitzung, bei der die Entwicklung angekündigt wurde, und alle Männer, die um den Tisch saßen, rieben sich buchstäblich ihre fetten Hände.

Da XL Medico auch der großzügigste Geldgeber von *Eyes Forward* ist, fragt sich Avas skeptischer Verstand, ob es von Anfang an der Plan war, dieses Stadtviertel herunterkommen zu lassen. Armut schaffen und die Wohlhabenden profitieren lassen. Es ist der Kreislauf des Lebens.

Es ist der Testtag für die Ausrüstung in der Fabrik. Die Ingenieure haben die Installation letzte Woche abgeschlossen, also ist dies der letzte Schritt, bevor sie in Betrieb genommen werden kann. Konservierungsdrogen herstellen. Angus ist bereits vor Ort, als Ava ankommt. Sein Logistikunternehmen hat sich als äußerst hilfreich erwiesen, um alles Nötige aus der gesamten Gesellschaft zu beschaffen, und diese Fähigkeiten und Kontakte hat Ava auch anderweitig genutzt.

„Morgen, Ava", sagt er, als sie sich nähert.

Sie blicken beide über ihre Schultern, als sie sich die Hände schütteln, dann bietet Ava ihm den Rucksack an. „Die letzten paar Kilo."

„Sollten nicht mehr brauchen. Das Datum rückt näher."

„Nebula?"

„Es funktioniert. Die Foren werden überall geschlossen, aber das Wort verbreitet sich. Es gibt mehr Nutzer als je zuvor. Ich war letztes Wochenende auf einer Party-"

„Ich weiß." Avas Tonfall ist bissig.

„Du weißt?"

„Ein Gesellschaftspolizist hat ein Foto von dir gemacht, wie du Flake verteilst. Du hast verdammtes Glück, dass ich es abgefangen habe." Sie lässt den Teil weg, dass es Iris war, die das Foto hochgeladen hat, und dass sie es nur wusste, weil sie Iris' Telefon angezapft hatte. „Ich habe dir ausdrücklich gesagt, dass du das nicht tun sollst."

„Ich musste überprüfen, ob es richtig funktioniert. Es hat eigentlich viel Spaß gemacht."

„Spaß ist hier nicht wirklich das Ziel."

„Ich weiß. Es tut mir leid. Und, Gott, danke für die Hilfe. Aber hör zu, alle dort haben Flake genommen. Und alle haben über einen Aufstand gesprochen und sie haben den ganzen *Eyes Forward*-Hype nicht verstanden. Einige zitierten *ETC*, dieser Codeschnipsel hat sich überall verbreitet. Ich habe es nur ein paar Mal gemalt, andere haben den Rest erledigt. Die Droge funktioniert wirklich. Sie bringt die Leute dazu, alles zu hinterfragen."

Es dauerte nicht lange, das richtige Rezept für die Droge zu finden. Nachdem Ava die chemischen Zusammensetzungen von B-Well und Memorexin durchgegangen war, wusste sie, dass sie schon zur Hälfte fertig war, indem sie die beiden einfach mischte. Die Zugabe einer Prise Psilocybin war es, was alles so wunderbar zusammenbrachte und etwas ist, das die staatlich kontrollierte Pharmafirma nie vorhergesehen hätte. Sie hätten nie in Betracht gezogen, dass eine so berauschende Mischung des Glücks es wert wäre, erforscht zu werden. Doch mit der Jagd, die so nah bevorsteht, ist die Zeit fast abgelaufen. „Es bleibt kaum noch Zeit bis zur Jagd."

„Ich werde das hier verteilen", sagt Angus. „Es wird denen mit niedrigen Punktzahlen einen Vorteil verschaffen. Es dämpft die Panik und verstärkt die Logik. Es verbessert sogar ihre Nachtsicht. Es wird ihnen eine bessere Überlebenschance geben."

Angus' Mut ist bewundernswert. Er hat nur eine mittlere Punktzahl. Es ist selten, dass jemand so leidenschaftlich an eine Sache glaubt, der nicht massiv davon profitiert oder stark darunter leidet. Mit seiner Punktzahl hat er eine bessere Auswahl an Restaurants als die niedriger Bewerteten, aber das war's auch schon.

„Du riskierst eine Menge", sagt Ava.

„Genau wie du. Gut gemacht übrigens, dass du die Regel ohne Schusswaffen durchgebracht hast. Ich glaube, ich habe dich dafür nie gelobt.“

„Es war nicht so schwer. Ich meine, woher sollten sie all die Waffen beschaffen? Das würde die Sache nur verzögern. Und am Ende liebten sie die Idee, ehrenhaft zu sein.“

Sie lachen beide darüber.

„Ich konnte die Sprengstoffe allerdings nicht verhindern. Hauptsächlich Granaten. Sie wurden schon vor einer Weile verteilt.“

„Ein paar Explosionen könnten nicht schlecht sein“, sagt er mit einem Grinsen.

Ihr Rundgang durch die Fabrik beweist, dass die Ausrüstung funktioniert. Alles erwacht zum Leben, als sie es mit dem Umlegen einiger Schalter starten. Zentrifugen und Förderbänder laufen reibungslos mit minimalem menschlichen Eingriff und es gibt Roboterarme für die Verpackung. Es ist wie ein Tanz. Wenn es irgendeine andere Droge herstellen würde, würde Ava auch tanzen. Konservierungsdrogen rechtfertigen jedoch keine solche Feier. Es hat das Schlimmste in allen hervorgebracht.

Das Gebäude wirkt wunderschön konstruiert, rote Ziegelsteine an der Außenseite verleihen ihm einen klassischen Flair, der im Kontrast zur glänzenden Stahlausrüstung steht. Die Böden sind sauber und gefliest, reflektierende Glasfenster lassen Licht herein und jeder Ziegel sowie jeder Zentimeter Putz und Fensterscheibe wirken zweckmäßig und robust.

„Rolan hat gute Arbeit beim Bau geleistet“, sagt Ava.

„Ja.“ Angus nickt. „Dad ist ein guter Architekt.“

Bei den Malen, als sie Rolan traf, war sie von seiner Aufrichtigkeit und seinem Engagement überwältigt. Es ist leicht zu erkennen, woher sein Sohn seinen moralischen Kompass hat. Aber seine Frau ist eine andere Sache. Sie könnte es mit Mandisa in Sachen Snobismus aufnehmen und glaubt, dass *Eyes Forward* richtig damit liegt, den Würdigsten am besten zu dienen. Sie hat sie nur einmal getroffen. Ihre Haut war noch rosig von der kürzlichen Pres-X-2-Behandlung, die sie jünger als ihren Sohn erscheinen ließ. Moira umschmeichelte Ava, bat um Selfies und lachte übertrieben über alles, was Ava sagte, als wäre Ava eine brillante Komikerin. Dabei ist sie das nicht, und sie wird zunehmend genervt von den Versuchen der Leute, sich bei ihr einzuschmeicheln, nur wegen ihres geringen Prominentenstatus. Es ist nur eine weitere Nebenwirkung des Gesellschaftsmodells, das für die Bevölkerung geschaffen wurde. Es hat eine solche Falschheit hervorgebracht, dass es unmöglich ist, zu wissen, wer echte Freunde sind und wer sich nur für Status und Pharmazeutika anbiedert.

„Es gibt keine Pres-X-2-Vorräte", erklärt Ava. „Die Nachfrage ist zu hoch, da die zweiten Dosen ausgeteilt werden. Es verkauft sich schneller, als wir es herstellen können. Wenn dieses Gebäude zerstört würde, würde es Chaos unter den 700-Plussern verursachen."

„Wäre das nicht eine Schande", sagt Angus mit einem Funkeln in den Augen.

„Nun, die Fabrik scheint einwandfrei zu funktionieren, also werde ich dafür sorgen, dass die gesamte Pres-X-2-Produktion sofort hierher verlegt wird. Gleich am Montag. Es sollte bis zum Wochenende in vollem Schwung sein und hundert Prozent von Berkshires Pres-X-2 und fünfzig Prozent der gesamten Gesellschaft herstellen."

„Perfektes Timing."

Ava empfindet nichts als Hass für Pres-X-2, für die Droge, die sie einnehmen musste, dafür, dass sie dadurch jünger aussah, und dass dies einer der Hauptgründe für ihren finanziellen Erfolg war und warum Mandisa sich wieder in sie verliebte. Sie glaubte nie an ihre Ausreden, dass ihre frühere Trennung dazu diente, Ava zu schützen und Mandisas verdeckte Arbeit für *Time's Up* unter dem Radar zu halten. Sie wollte einfach straffere Brüste und glattere Haut bei ihrer Partnerin. Das ist das Rezept für Erfolg.

Eyes Forward nutzt das Versprechen der Jugend als Bestechung und so viele Bürger fallen darauf herein. Sie halten die Massen unter Kontrolle, indem sie die Jugend der Bürger als Geisel nehmen. Strebe nach punkten und altere nie. Das wird ihnen eine Lehre sein.

Ava und Angus trennen sich, Ava geht zum Bestattungsunternehmen. Auf dem Weg dorthin hält sie am Gebäude der Gesellschaftspolizei an und biegt links in die Gasse ein, wo die dicken Gasrohre sind. Sie hat das so oft in ihrem Kopf durchgespielt, die Pläne immer wieder überprüft, die Handlungen im Privaten nachgeahmt; es ist fast schon in ihrem Muskelgedächtnis. Es dauert weniger als eine Minute, den Zufluss gegen den Abfluss auszutauschen.

Für einen kurzen Moment überlegt sie, die Tür zu öffnen und nach Mandisa zu sehen, um sich zu vergewissern, dass sie wirklich tot ist. Es kommt kein Klopfen von innen, nicht dass sie es von außen hören würde. Die Wände sind dick, panzerartig zum Schutz des wertvollen Datenzentrums im Inneren. Nach Avas Berechnungen ist Mandisa bereits vor Stunden an Sauerstoffmangel erstickt. Sie versucht, sich nicht ihre blauen Lippen oder ihre Hände an der Kehle vorzustellen, wie sie ihren letzten vergifteten Atemzug keucht. Nein, das hätte sie nicht getan. Sie wäre wohl etwas benommen, aber schmerzfrei dagesessen. Es wäre ein schöner Tod gewesen – ein Anflug von Euphorie vor dem Ende. Ein besserer Tod, als sie den Tausenden und Abertausenden zugestanden hatte, die zweifelhafte Pres-X-Dosen nahmen.

Es gibt eine alte Irrenanstalt in der Nähe der Fabrik. Sie versucht, sich stattdessen dieses Bild vor Augen zu führen, anstatt Mandisas toten Körper. Sie versucht, sich an den Klang des einstürzenden Gebäudes zu erinnern – die Schreie des Wahnsinns waren da längst verstummt. Manche sagen, die Alten seien angekettet zurückgelassen worden, um wie in einem mittelalterlichen Verlies zu verhungern. Sie stellt sich das vor: die Fesseln, die sich in knochige Handgelenke schneiden, ihre frisch konservierte rosige Haut, die blass wird, die Augen wild und verängstigt vor Furcht und Erschöpfung. Sie fragt sich, ob ihre Zia, wenn sie Pres-X genommen hätte, auf diese Weise gestorben wäre.

Es lässt die Schuld verschwinden und bringt die Waage wieder ins Gleichgewicht, so wie sie sein sollte.

Niemand vermutete Fremdverschulden, als die Irrenhäuser zusammenfielen. Zumindest sagte es niemand laut. Natürlich war Nebula voll von solchen Anschuldigungen. Aber das ist Geschwätz von Leuten mit niedrigen Punktzahlen. Es hat kein Gewicht, wenn die Pressemitteilung von *Eyes Forward* die Große Unruhe dafür verantwortlich macht und jeden daran erinnert, wie großartig sie sind, weil sie Frieden gebracht haben.

Die Kosten für die Versorgung solch geistig kranker Alter waren nicht zu rechtfertigen, hatte Mandisa eines Abends beim Essen gesagt „Das hier ist gnädiger." Ihr ursprünglicher Plan war, sie gar nicht erst einzuweisen, aber sie konnten die Situation nicht leugnen. „Eyes Forward muss dabei gesehen werden, dass sie etwas tun", hatte Mandisa gesagt. „Es ist das Beste für die Gesellschaft."

Vielleicht war sanftes Ersticken ein zu gnädiger Tod.

Den Gasfluss neu zu kalibrieren ist einfach. Jetzt muss sie nur noch warten. Ein einziger Funke ist alles, was es braucht.

Sie empfindet keine Reue für den bevorstehenden Untergang der Gesellschaftspolizei und schämt sich nur für ihren jahrelangen ergebenen Dienst. Die Gesellschaftspolizei hetzte Bürger gegen Bürger auf, Menschen schufen Hass, anstatt sich gegen den einen, wahren Feind zu vereinen. Bei diesem Maß an Feindseligkeit in der Öffentlichkeit bemerkt niemand, was die Regierung treibt. Es ist nur eine weitere Ablenkung von *Eyes Forward*.

Diese Rache ist fast zwei Jahrzehnte in der Mache und doch hat sie einen bitteren Beigeschmack, wie überreife Früchte.

Sie denkt an Zia, ihre Freundschaft und die Freundlichkeit, die Zia immer teilte.

Zia würde sie jetzt nicht wiedererkennen.

Als sie zum Bestattungsunternehmen zurückkehrt, wirft sie einen Blick auf das Foto ihrer Eltern an der Wand. Sie hatten ihrer Sache den Rücken gekehrt, um des persönlichen Profits willen. Ihre Seelen verkauft. Von außen betrachtet scheint Ava dasselbe getan zu haben. Der neue Punktzahl-Algorithmus würde behaupten, es liege in ihrer DNA. Sie wurde als Verräterin geboren.

Sie geht die Bücher im Bestattungsunternehmen durch und prüft, ob die Mitarbeiter tun, was sie sollen. Alles ist in Ordnung. Sie sind tadellos ausgebildet.

Auf der Liste steht Lloyd Porter. Ein weiterer Stich der Schuld pocht in ihrer Brust. Mae hat seine Daten als nächste Angehörige unterzeichnet. Das hatte Ava wirklich nicht erwartet. So entfremdet sie auch waren, sie hatte angenommen, Lloyd Porter hätte jemand anderen dafür vorgesehen. Vielleicht hätte er solche Angelegenheiten geregelt, wenn er gewusst hätte, dass er sterben würde. Sein Tod kam ziemlich überraschend.

Wenn man sich ansieht, was Mae für die Beerdigungspläne ihres Vaters unterschrieben hat, wird klar, dass sein Tod sie nicht erschüttert hat. Vielleicht kommt sie langsam zu der Einsicht, wie drastisch die Maßnahmen sein müssen. Vielleicht wird Ava nicht die Einzige sein, die Blut an ihren Händen hat.

39

IRIS

Am Wochenende wagten sie es nicht, sich zu treffen, da die Ausgangssperre ihnen verbot, ihre Wohnungen zu verlassen. Iris überprüft ständig Nebula nach Neuigkeiten. Es gibt Berichte über vereinzelte Tötungen, aber kein allgemeines Massaker. Das große Ereignis steht noch bevor.

Sie vereinbaren, sich unter der Woche in Iris' und Georgies Wohnung zu treffen. Phase eins, wie Georgie es nennt, diesmal nüchtern und mit viel mehr zu sagen. Sie haben die Wohnung aufgeräumt, einfache Snacks bereitgestellt und sogar die Toilette gespült. Wahrscheinlich ist die Wohnung so ordentlich wie schon lange nicht mehr.

Georgie streift sich eine schwarze, gestrickte Sturmhaube über – nur Augen und Mund bleiben frei.

„Was meinst du?", fragt sie Iris.

„Sieht warm aus."

Georgie nimmt sie ab, ihre Haare stehen durch die statische Aufladung zu Berge. „Es dient der Anonymität für die Nachrichtenstory."

„Oh! Verstehe. Gute Idee."

„Ich fange heute Abend an", sagt sie. „Wir müssen die Leute warnen. Und später, wenn wir eine Story senden, in der wir sagen, dass sich alle im *Eyes Forward*-Gebäude verstecken, wird das den Hack unterstützen."

Iris kann die Logik nicht leugnen. Es ergibt alles Sinn. Sie wünschte nur, es wäre nicht Georgie vor der Kamera. Sie beobachtet, wie sie eine Weile vor dem Spiegel übt, ihre Stimme projiziert und jede Silbe klar und fesselnd macht. Sie ist ein Naturtalent, viel besser als die eingebildeten Idioten, die normalerweise in den Nachrichten zu sehen sind. Hätte sie eine höhere Punktzahl gehabt, hätte sie schon seit Jahren einen echten TV-Job. Vielleicht, wenn sie Erfolg haben und es keine Lebenspunktzahlen mehr gibt, wird Georgie eine Chance bekommen.

Skylar, Tash, Johan und Ezra treffen pünktlich ein. Kaum ist Skylar in der Wohnung, steuert sie direkt auf die Snacks zu. Wie viele der Menschen mit den niedrigsten Punktzahlen ist sie dünn und blass, und ihr blau gefärbtes Haar lässt sie noch verlorener wirken. Iris bezweifelt, dass sie jemals getrocknete Früchte probiert hat. Nachdem sich alle frisch gemacht haben, zeigt Iris ihnen den Screenshot der Punkteverteilung – als Beweis, für den Fall, dass noch ein Rest Zweifel in ihnen steckt.

Ezras Blässe sticht sofort ins Auge – er sieht aus, als hätte er seit ihrem letzten Treffen kein Auge zugetan. Es gibt keinen Zweifel mehr: Seine Schwester und sein Neffe sind tot, zusammen mit unzähligen anderen. Und jetzt weiß er, dass sie für Punkte ermordet wurden – wie in einer kranken Neuauflage eines Computerspiels. „Nein", sagt er leise. „Wir dürfen nicht zulassen, dass das noch jemandem passiert. Es muss aufhören. Jetzt." Trotz seines gebrochenen Zustands ist da eine neue Entschlossenheit in ihm. Seine Wut gibt ihm Halt, treibt ihn an.

Georgie legt ihren Arm um ihn. „Das werden wir nicht. Wir werden sie alle retten."

Iris schluckt und hofft, dass es kein leeres Versprechen ist. Alle zu retten und ihr Bestes zu geben, sind zwei Enden einer sehr breiten Skala.

Sie gehen den Hack durch, Plato, wie Tash ihn nennt. „Ich bin ihn so oft durchgegangen. Tut mir leid, dass es so lange gedauert hat, aber ich denke, ich bin jetzt soweit. Ich habe alle Probleme beseitigt. Er ist ziemlich einfach zu bedienen. Ich zeig es euch.“

Iris und Georgie schauen zu und es ist so einfach, wie sie sagt, obwohl der Code dahinter meisterhaft sein muss.

„Es ist diesen Samstag“, sagt Iris, als sie gelernt haben, wie es funktioniert. „Nur noch vier Tage. Alle über 800 werden auf Beutezug gehen. Sie müssen jetzt schon unsere Straßen erkunden, Gebäude und Routen auskundschaften.“

„Die Ausgangssperre spielt ihnen in die Hände“, sagt Georgie. „Alle werden drinnen sein, zu Hause. Sie werden die Leute mit Gas aus den Häusern treiben, wie sie es bei Ezras Familie gemacht haben, oder einfach ganze Gebäude zum Einsturz bringen und ein Erdbeben dafür verantwortlich machen.“

Iris zuckt bei ihrer drastischen Bemerkung zusammen. Ein so lebendiges Bild von dem zu zeichnen, was Ezras Familie zugestoßen ist, fühlt sich übertrieben an – selbst wenn er nickt. Sein Gesicht bleibt hart wie Stahl.

„Wir müssen die Jäger jagen“, sagt Johan. Mit seiner breiten Statur und der tiefen Stimme wirkt er, als könnte er die Sache im Alleingang regeln. „Die rechnen nicht mit Gegenwehr. Sie glauben, sie hätten alle im Griff. Aber ich wette, keiner von ihnen hat je wirklich gekämpft – und sie würden es auch gar nicht wollen. Zu viel Angst vor Narben, davor, sich ihre hübschen Gesichter zu ruinieren. Wir müssen niemanden töten, nur zeigen, dass wir ihre dummen Gesichter ein bisschen aufschlitzen können.“

„Kampf ist ein großes Risiko“, sagt Iris.

Johan schlägt mit den Händen auf den Tisch. „Ein Risiko, das ich bereit bin einzugehen."

Ezra legt seine Hände auch auf den Tisch, obwohl er ein Zwerg neben Johan ist. „Ich stimme zu. Ich bin bereit, mir die Hände schmutzig zu machen. Mehr noch – ich will es."

„Es heißt, keine Schusswaffen." Johan schnaubt lachend. „Ehrenhafte Tötungen. Das fällt mir schwer zu glauben."

Skylar wirkt eher beeindruckt von Johan als eingeschüchtert. Nein – nicht eingeschüchtert, sondern fast ehrfürchtig, als hätte sie noch nie einen so großen, so entschlossenen Menschen gesehen. „Wir sollten nach Leuten Ausschau halten, die Bomben platzieren", sagt sie. „Die werden sich gut vorbereitet haben." „Du hast recht", meint Tash. „Plato muss aktiviert werden, bevor sie zünden – falls sie das wirklich vorhaben. Ich glaube kaum, dass sie mit Vorschlaghämmern auf die Gebäude losgehen. Wir können die Leute nicht einfach ausquartieren – sie würden auf offener Straße sterben. Wir müssen den Angreifern vorgaukeln, dass ihre Ziele woanders sind, bevor es knallt."

Georgie macht einen Schritt nach vorn. „Hier kommen meine Nachrichtenberichte ins Spiel. Ich werde sie glauben lassen, dass wir bereits eingegriffen haben."

„Also gut", sagt Iris und atmet tief durch. „Wissen jetzt alle, was zu tun ist?"

Sie nicken und murmeln ihre Zustimmung – alle bis auf Johan, der seine Antwort herausbrüllt. Keine besonders überzeugende Vertrauensbekundung, aber immerhin: eine Art Einigkeit in der Unsicherheit. Der Plan hat tausend Schwachstellen. Iris kann nicht einmal zählen, wie viele Dinge schiefgehen könnten. Doch es bleibt keine Zeit für Proben oder Korrekturen. Das hier ist alles, was sie haben. Das – und ihre Entschlossenheit.

Das ist alles, was zählt, Iris. Ihr könnt das schaffen.

40

Mae

Eyes Forward klopft. Ungewöhnlich für sie. Normalerweise platzen sie einfach herein, aber Mae erkennt den Rhythmus sofort – einen gleichmäßigen Trommelschlag. Niemand mit irgendeiner Art von Persönlichkeit würde so klopfen. Sie und Pasha tauschen einen Blick.

„Es ist schon okay", sagt Mae. „Ich gehe."

Drei von ihnen stehen dicht beieinander in der Türöffnung, als wären sie ein einziges Wesen. Wahrscheinlich, um einzuschüchtern. Die Art von Taktik, die Beute gegen ein Raubtier einsetzt, denkt Mae. Nur dass *Eyes Forward* definitiv niemals die Beute ist. Sie erwartet, dass sie von ihr verlangen werden, mitzukommen, aber stattdessen starren sie sie einen Moment lang in der Türöffnung an, bevor sie, ohne ein Wort zu sagen, an ihr vorbeigehen und sich einfach in ihr Zuhause begeben. Mae fragt sich einen Augenblick, ob sie das üben, ob sie unterwegs ihre Einschüchterungstaktiken besprechen oder ob sie alle einfach spontan den gleichen Gedanken haben.

Sie gehen durch den Flur und stellen sich dann in ihrem Wohnzimmer vor ihren Ehemann, wobei sie nur fünf Schritte machen, während Mae normalerweise sechs braucht. Pasha erweist ihnen nicht die Höflichkeit aufzustehen, obwohl sie das wahrscheinlich erwarten würden. Stattdessen treten sie näher, ragen über ihm auf, und er wirft ihnen für einen Moment einen Blick zu, bevor sein Blick zu Mae wandert. Sein beruhigender Gesichtsausdruck hilft nicht viel und Mae setzt sich schweigend neben ihn, den Blick auf den Boden gerichtet.

Mae beißt sich auf die Zunge und zieht ihre Ärmel herunter, windet sie in ihren Fäusten. Sie hätten sie einfach mitnehmen sollen, wie beim letzten Mal. Das hier ist schlimmer. Es ist ihr Zuhause. Er ist ihr Ehemann. Sie denkt an all das als etwas, das ihr gehört, aber sie weiß, dass es in einer Sekunde von *Eyes Forward* genommen werden könnte. Besitzen normale Bürger jemals wirklich etwas? Wird irgendetwas je wirklich von denen besessen, die keine Macht haben, oder ist das Leben, mit all seinen Segnungen, nicht eigentlich nur eine Leihgabe von den Mächtigen? Jederzeit kann jemand, der höher in der Rangordnung steht, einfach auftauchen und es sich nehmen.

„Pasha Taylor?", fragt ein *Eyes Forward*-Vertreter.

Pasha starrt alle drei an, als wären sie einzelne Menschen. „Ja."

„Ihre Frau war ungehorsam. Sie hat ihre Pflicht gegenüber der Gesellschaft nicht erfüllt."

„Ähm", Mae steht auf. „Ich bin direkt hier."

„Frauen, selbst Frauen im sicheren Alter, sollten angemessen kontrolliert werden. Wenn Sie das nicht tun, versagen Sie gegenüber der Gesellschaft."

„Entschuldigung!", Mae stampft mit dem Fuß auf.

Die *Eyes Forward*-Vertreter drehen sich langsam zu ihr. „Ihre Aufgabe war es, die 200er auf punktlos oder annähernd herabzustufen."

„Es ist schwierig. Sie haben mir nicht genug Zeit gegeben."

„Offensichtlich hat Ihr Ehemann Sie nicht motiviert. Er hat versäumt, Sie bei dieser Aufgabe zu unterstützen."

Mae sucht den Blickkontakt mit Pasha. Er bleibt unbeeindruckt, immer so verdammt cool.

„Hören Sie", sagt sie, ihre Stimme etwas fester. „Geben Sie mir einfach noch eine Chance. Lassen Sie meinen Mann da raus."

„Dementsprechend", fährt Eyes Forward fort, „wird sein Zugang zur Gesundheitsversorgung eingeschränkt, bis Sie Ihre Aufgabe erfüllen. Sie haben bis Freitag Zeit, den Algorithmus zu korrigieren."

„Das sind nur vier Tage! Ich kann unmöglich—"

„Jeder unter 200 wird bis Freitagabend punktlos sein. Wenn Sie scheitern, wird Ihre Tochter alle ihre Punkte verlieren und als punktlos eingestuft. Ist das klar?"

Maes Magen verkrampft sich, und sie nickt, während sie sich selbst hinausbegleitet.

„Ich muss es tun", sagt Mae und stützt ihren Kopf in die Hände. „Welche Wahl haben wir?"

„Mae, du kannst nicht", sagt Pasha, seine Stimme eindringlich. „Es muss einen anderen Weg geben. Wir können nicht zulassen, dass sie damit durchkommen."

Sie setzt sich auf den Stuhl neben ihm und er ergreift ihre Hand, lehnt sich dann vor und legt seine Stirn sanft an ihre. „Wir können nicht zulassen, dass Iris punktlos wird. Du hast die Gerüchte auf Nebula gesehen. Was, wenn sie wahr sind?"

„Du kannst das stoppen, Mae. Wenn es keine Lebenspunktzahlen gäbe, würde die Jagd nicht funktionieren."

Sie lehnt sich vor und schiebt das Haar aus seinem Gesicht, das teilweise über seiner Brille hängt. Es ist zu lang geworden. Er braucht dringend einen Haarschnitt. „Das ist ein großes Risiko. Sie würden wissen, dass ich es war. Sie würden wissen, dass wir es waren."

Er nimmt ihre Hand. Sein Zittern ist völlig verschwunden. Er ist wieder der stabile Fels, auf den sie sich immer verlassen kann. „Nichts zu tun, einfach mitzuspielen, ist ein viel größeres Risiko."

Mae sieht so viel von seiner Großmutter in ihm – und von Iris. Beide haben eine rücksichtslose Natur, einen Glauben, dass alles gut werden wird, wenn man nur handelt, um anderen zu helfen. Mae ist etwas realistischer.

„Du weißt, dass du es kannst", sagt Pasha, seine Stimme sanft, aber fest. „Aber ich habe auch einen Plan B."Mae spitzt die Lippen, ihre Augen verengen sich. Sie kennt diesen Tonfall, der immer bedeutet, dass er etwas Dummes geplant hat. „Was?"

„Sei nicht böse..."

Zu spät. Sie kennt ihn zu gut und könnte genauso gut jetzt schon wütend werden. „Oh Gott. Pasha, was hast du getan?"

„Es ist eine gute Idee. Etwas, das sie nicht zu uns zurückverfolgen können."

„Pasha", sagt sie seinen Namen durch ihre Zähne, die Stimme angespannt. „Was hast du vor?"

„Also..." Sein Gesicht rötet sich vor Schuld, während er nach den richtigen Worten sucht. „Wegen diesem Fotografiekurs, den ich mit Rolan gemacht habe..."

„Oh nein." Mae schüttelt den Kopf und hält sich die Ohren zu. „Das wird mir nicht gefallen. Was hast du getan?" Der Teppich vor ihr hat Krümel darauf. Wie hat sie die übersehen? Sie wird gleich staubsaugen. Das wird alles besser machen.

„Die Zeit, die wir zusammen verbracht haben... wir haben etwas geplant. Warte hier." Er verlässt den Raum für einen Moment und kehrt dann mit einer Papprolle zurück, aus der er einige aufgerollte Papiere herauszieht. „Schau."

Nein. Staubsaugen wird nicht ausreichen, um sie zu beruhigen. „Du hast Dokumente unter unserem Bett versteckt, die als vertraulich gekennzeichnet sind – nur für *Eyes Forward* und XL Medico CEOs. Pasha, wir hatten gerade *Eyes Forward*-Vertreter in unserem Haus! Was, wenn sie das gefunden hätten?"

„Es war im Schrank. Warum sollten sie dort nachsehen? Rolan konnte sie nicht bei sich zu Hause aufbewahren. Moira würde verrückt werden."

„Und ich nicht?"

„Du würdest es verstehen."

„Ich werde es verdammt nochmal nicht verstehen." Ihr Gesichtsausdruck spricht Bände, eine Mischung aus Wut und ungläubigem Staunen.

„Denk doch mal nach, Mae-Käfer. Die mit den hohen Punktzahlen. Alles, worum sie sich kümmern, ist Pres-X und Pres-X-2. Die neue Fabrik stellt alles davon her. Wenn die zerstört würde, würde das für eine ziemliche Ablenkung sorgen, meinst du nicht?"

„Du willst die Fabrik zerstören? Du wirst wegen Terrorismus dran sein, Pasha."

„Nein. Nur die Konservierungsmedikamente. Siehst du, Rolan hat die Fabrik entworfen, und alle Medikamente werden auf dieser Seite in großen Kühlschränken gelagert. Alles, was wir tun müssen, ist den Strom abzuschalten. Es gibt natürlich Backups, aber wenn wir die Kabel an all diesen Stellen durchtrennen und die Türen öffnen, dauert es vielleicht eine Stunde, bis alle Medikamente ruiniert sind."

„Und? Das ist Rache. Das stoppt nichts."

„Denk mal darüber nach. Die Fabrik wird offen sein, die Kühlschränke offen. Wir werden anonym einen Beitrag auf Nebula veröffentlichen und die Presse informieren. Dafür sorgen, dass der

Alarm losgeht. Glaubst du, dass sich all diese Ü-800er, die auf die erste und zweite Dosis warten, noch ums Jagen scheren, wenn sie sich die Taschen mit Konservierungsmedikamenten vollstopfen können – wenn sie die Konservierungsmedikamente retten können?"

„Das ist tatsächlich Pashas Plan. Sie könnten ihre Tochter genauso gut der Gesellschaftspolizei übergeben, einen Antrag stellen, dass sie nicht mehr punktlos ist, und dass sie beide ins Gefängnis kommen. Sie kann die Handschellen schon in ihre Haut schneiden spüren. Gott, sie würden in den Nachrichten sein. Ihr Gesicht überall.

„Du willst Medikamente im Wert von Milliarden Pfund zerstören und das, indem du in das Gebäude eindringst, das Rolan entworfen hat?" Sie spricht es aus und es klingt so absurd, dass sie sich fast aus ihrem eigenen Körper herauslösen könnte. Sie starrt auf das Paar, das diese Dummheit bespricht. Sie kann es nicht fassen. Das ist nicht sie. Das ist nicht ihr Ehemann.

„Er hat mir genau erklärt, wie ich in das Gebäude komme und wo all die Kabel sind", sagt Pasha, immer noch so verdammt ruhig. „Er will, dass das genauso sehr zerstört wird wie jeder andere. Er wird mich dort treffen."

Sie haben das tatsächlich geplant. Mae legt den Kopf in die Hände. „Das ist deine bisher dümmste Idee."

Iris

Georgie steckt ihre Haare hoch und befeuchtet ihre Hände, um die statische Elektrizität zu bändigen. Dann glättet sie die Strähnen, damit ihr Kopf unter der Sturmhaube nicht riesig aussieht. Als Nächstes trägt sie ihren üblichen rubinroten Lippenstift auf und überprüft ihre Wimpernverlängerungen – die einzigen Teile ihres Gesichts, die vor der Kamera sichtbar sein werden. Iris beobachtet jeden ihrer Handgriffe und kann nicht anders, als über die Schönheit zu staunen, die Georgie ausstrahlt, obwohl ihr Gesicht fast vollständig bedeckt ist. Selbst in dieser angespannten Situation bleibt sie eine beeindruckende Erscheinung. Iris versucht für einen Moment, ihre eigenen lockigen Haare zu bändigen, nur um neben Georgie nicht ganz so zerzaust auszusehen. Sie gibt schließlich auf und akzeptiert ihre Rolle hinter der Kamera.

Eine Weile experimentieren sie mit der Beleuchtung und dem Hintergrund, um alles perfekt einzurichten. Als sie fast fertig sind, reicht Iris Georgie eine Tasse warmes Wasser mit Zucker. Sie hätten sich Honig gewünscht, aber der ist alle, also hoffen sie, dass der Zucker trotzdem den richtigen Effekt hat.

Die Wand hinter Georgie ist jetzt frei von Bildern und Möbeln – was nicht schwer war, da in der restlichen Wohnung so viel leerer Raum ist. Nun bleibt nur noch der blanke Backstein übrig. Als sie eingezogen waren, war die Wand noch teilweise verputzt, doch die feuchte Luft, verursacht durch die fehlende Heizung, ließ den Putz nach und nach abblättern. Eines Tages, in einem Moment der Frustration über die ständigen Wandkrümel auf dem Boden, kratzten sie alles ab und beschlossen, dass der blanke Backstein eine eigene Art von Charme hatte. Jetzt ist er der perfekte Hintergrund für Georgie.

Iris stellt ihr Handy auf ein Stativ, um es ruhig zu halten. Die anderen sitzen hinter ihr auf Stühlen und blicken gespannt zu Georgie, als ihr erstes Live-Publikum. Sie haben sich entschieden zu bleiben – in der Gruppe ist man sicherer, und so müssen sie sich keine Sorgen machen, vor der Ausgangssperre noch nach Hause zu kommen.

„Ich denke, wir können eine sichere Verbindung für zwei Minuten aufrechterhalten", sagt Tash, während sie das sichere virtuelle private Netzwerk lädt. Es ist eine Software, die sie selbst entwickelt hat, und sie kann kaum ihre Aufregung verbergen, als sie es vorführt. „Es ist das privateste aller privaten Netzwerke", erklärt sie mit einem selbstbewussten

Grinsen. „Die meisten werden in Sekunden zurückverfolgt, aber dieses, diese Schönheit, in Dutzenden von Sekunden."

Iris bewundert sie und ein Kribbeln breitet sich in ihrem Bauch aus. Mit jemandem so Klugem wie Tash im Team können sie das vielleicht wirklich durchziehen.

Georgie räuspert sich, wischt ihre Handflächen an der Hose ab und nickt Iris zu. Iris drückt auf Aufnahme, wartet eine Sekunde und gibt Georgie dann einen Daumen hoch.

Georgie starrt direkt in die Kamera, ihre langen Wimpern unter der Sturmhaube unbeweglich. Iris' Haut kribbelt vor Gänsehaut. Georgie hat das im Griff.

„Berkshire. Insbesondere die mit den niedrigen Punktzahlen in Berkshire. Wir nehmen dies auf, um euch eine Nachricht zukommen zu lassen, unter großem Risiko für uns selbst. Unsere persönliche Sicherheit ist nicht länger unser Anliegen. Dies ist größer als wir."

„*Eyes Forward* will, dass die Bevölkerung so schnell wie möglich um über 10 Millionen sinkt, und dass dieser Verlust vollständig von den Ärmsten der Gesellschaft getragen wird. Viele von euch haben Leichen bemerkt und vermissen Angehörige, aber *Eyes Forward* und ihre sogenannte Gesellschaftspolizei zeigen wenig Interesse. Doch wenn jemand mit einer hohen Punktzahl getötet wird, schränken sie uns mit einer Ausgangssperre ein und leiten eine gründliche Untersuchung ein. Warum verdienen die mit den niedrigen Punktzahlen keine solche Untersuchung? Warum sind unsere Leben so wertlos?"

„*Eyes Forward* hält eure Jugend als Geisel. Sie gewähren die Konservierungsdrogen nur den Reichsten. Warum? Sie halten euch damit unter Kontrolle. Jahrelang haben wir uns diesem Ideal angepasst, aber jetzt gehen sie zu weit."

„Wir haben die Bestätigung, dass das Pres-X, das vor achtzehn Jahren an die mit niedrigeren Punktzahlen verteilt wurde, verunreinigt war, dass das B-Well, das seinen Nutzern gegeben wurde, ein anderes Medikament war. Bei den hohen Punktzahlen wirkt B-Well den schrecklichen Nebenwirkungen des Medikaments entgegen. Das B-Well, das den U-750ern gegeben wurde, tat dies jedoch nicht. Es sollte ihre Wirkung verlieren. Ihr geistiger Verfall war vorgeplant. Sie sollten nie überleben. Erinnert euch an *Time's Up* während der Großen Unruhe. Die Terroristen sind nie verschwunden. Sie leben unter uns. Sie haben sich zusammengeschlossen. Sie haben Macht."

Tash blickt von ihrem Computer auf und tippt auf ihre Uhr, dann dreht sie ihren Finger in der Luft, um Georgie zu signalisieren, dass sie sich beeilen soll.

„An diesem Wochenende planen diese Fraktionen der Großen Unruhe, ihre Macht zu nutzen. *Eyes Forward* hat den Ü-800ern nicht nur die Erlaubnis erteilt, Personen mit niedrigen Punktzahlen zu töten, es wird sogar belohnt. Für jeden Mord werden Punkte vergeben. Ein Massenmord ist doppelt so viele Punkte wert wie Einzelmorde. Für dieses Wochenende hat *Eyes Forward* ein Massaker genehmigt.

„Bitte, jeder unter 200, wenn ihr könnt, bleibt bei denen mit mittleren Punktzahlen und kommt vor Samstag dorthin. Vertraut nicht denen mit den höchsten Punktzahlen. Seid wachsam. Wenn ihr jemanden seht, den ihr nicht kennt, einen mit einer hohen Punktzahl, der um euer Gebäude herumschnüffelt oder euren Block auskundschaftet, konfrontiert ihn und beobachtet, was er tut."

„Glaubt kein Wort von dem, was die Nachrichten euch erzählen. Wir wurden jahrelang belogen. Wir steckten in einer Höhle fest, die *Eyes Forward* erschaffen hat. Es ist Zeit, aus der Höhle zu entkommen, und zu sehen, wer *Eyes Forward* wirklich ist. Sie haben schon früher versucht,

Säuberungen durchzuführen. Diesmal gehen sie jedoch extremer vor als je zuvor."

„Wir werden das ganze Wochenende über berichten, um euch auf dem Laufenden zu halten. Bitte, seid vorsichtig. Bleibt drinnen und seid leise. Öffnet eure Augen für das, was geschieht. Sie mögen wohlhabender und mächtiger sein, aber gemeinsam können wir sie besiegen. Wir werden überleben."

Georgies Ausdruck verändert sich. In der Lücke des Wollstoffs beobachtet Iris, wie sich ihre Augen verengen und sie in die Kamera starrt. „Die folgende Nachricht ist für *Eyes Forward*. Wir sehen euch, wie ihr wirklich seid, nicht nur wie ihr es uns erzählt. Andere Grafschaften tun das auch. Berkshire ist nicht die beste Grafschaft, die es gibt. Jede Grafschaft ist auf ihre eigene Art und Weise großartig und scheiße. Wir haben genug von eurer Kontrolle. Wir haben genug von eurer Propaganda. Und wir kommen, um euch zu holen."

Tash fährt mit der Hand quer über ihren Hals, um das Ende zu signalisieren, und Iris klickt, um die Aufnahme zu beenden, speichert das Video und gibt dann einen kleinen Quietscher von sich. „Oh, Georgie! Das war unglaublich. Ich habe Gänsehaut!"

„Absolut. Ich meine, das war der Wahnsinn!", sagt Johan.

„Wir sind so am Arsch, wenn sie herausfinden, woher das kommt. Es war *so* gut." Skylar klingt zum ersten Mal nicht ängstlich. Sie klingt aufgeregt, mächtig.

„Das werden sie nicht", sagt Tash. „Wir haben Nebula und meine eigene Verschlüsselungssoftware auf meinem persönlich entwickelten VPN. Für *Eyes Forward* könnte es genauso gut vom Mond kommen."

Sie laden das Video hoch. Immer und immer wieder, in jeden Nebula-Chat, den sie finden können. Sobald sie es hochladen, werden die Foren geschlossen. Sie eröffnen neue Foren und teilen es dann in sozialen

Medien. Es gibt Antworten, sowohl glaubende als auch ungläubige. In diesem Stadium sind sie sich einig, dass es nicht wichtig ist, ob die Leute ihnen glauben oder nicht. Es schlägt Wellen. Sie haben einen Stein ins Wasser geworfen, und die Wellen breiten sich aus.

Sie gehen paarweise zum Laden, um Vorräte aufzufüllen und dabei dem Klatsch zu lauschen. Die Leute reden. Sie kaufen Nudelhölzer, Spirituosen, Lappen, Streichhölzer und Feuerlöscher – allerlei Dinge zum Verteidigen und Kämpfen. Ladendiebstähle sind häufiger. Iris beobachtet mehrere Punktlose, die Paraffin und Streichhölzer in ihre Taschen stopfen.

Nicht jeder weiß es, nicht jeder glaubt es, aber einige bereiten sich vor.

Eine Rebellion beginnt mit wenigen Menschen. Kein Aufstand begann mit einer Armee. Das Geflüster wird lauter. Die Wahrheit braucht länger als die Lüge, um sich durchzusetzen. Iris fragt sich, warum das so ist. Weil Lügen maßgeschneidert sind, um glaubhaft zu sein, um dich anzulocken, um dich zu entwaffnen. Niemand glaubt der Wahrheit, wenn sie ihn vor den Kopf stößt, wenn sie nicht das ist, was er hören will, wenn er sich dadurch schwach fühlt.

Das ist die Botschaft, die sie verbreiten müssen, beschließen sie. Die Wahrheit wird sie stärker machen, weil *Eyes Forward* sich auf ihre Schwäche verlässt.

Sie gehen zum Laden, vorbei an den Wohnheimen der Punktlosen, die noch stehen und bewohnt sind. Sie sind ruhiger als sonst. Iris hofft, dass sie sich alle gut versteckt haben. Ihre einzige Verteidigung besteht darin, wegzulaufen oder sich irgendwelche Waffen zu schnappen, die sie stehlen können. Schuldgefühle schnüren Iris' Brust ein. Sie hätten das Video früher verschicken sollen. Sie wollten nicht zu viel Vorlauf geben, denn dann wüsste *Eyes Forward* auch schon Bescheid. Aber es ist nicht genug Zeit für die mit den niedrigen Punktzahlen. Nicht mal annähernd.

Die Nachrichten berichten nichts über ihre Geschichte. Die übliche Taktik. Die Worte derer zu ignorieren, die gegen sie sind, ist ihre Hauptverteidigung. Der Mord an Lloyd Porter dominiert wieder die Schlagzeilen und die Ausgangssperren werden verschärft. Es gibt verschiedene Berichte über die Auswirkungen des neuen Algorithmus-Chaos. Einige hoch Bewertete sind verzweifelt. Dann tauchen zahlreiche Berichte über seismische Aktivitäten auf dem Kontinent auf, die Iris erschaudern lassen. So sehr sie und die anderen sich auch vorbereiten, *Eyes Forward* tut es auch. Seismische Aktivität wird ihre Tarnung für zerstörte Gebäude sein. Für die Toten.

Georgie schaut die Nachrichten mit einem Grinsen, was bizarr erscheint, bis sie erklärt: „Sie reagieren. Wir haben sie aufgescheucht. Reaktiv statt proaktiv. Wir haben sie auf dem falschen Fuß erwischt. Sie geraten in Panik."

Siehst du, Iris. Du siehst es doch, oder? Man braucht keine Macht, um mächtig zu sein. Man braucht einen Grund, für das Gute, für die Erlösung. Du bist mächtiger, als du denkst.

Iris' Körperhaltung richtet sich auf. Sie steht aufrecht, größer als alle anderen. Sie spannt ihre Muskeln ein wenig an und streckt die Ellbogen aus. Außerhalb der Höhle ist Platz. Sie ist nicht mehr eingepfercht.

***

Der Samstag kommt viel zu schnell und die Straßen sind so menschenleer wie nie zuvor. Die sechs spähen aus dem Fenster und entdecken Menschen in bequemer Sportkleidung, die auf den Gehwegen spazieren oder auf teuer aussehenden E-Bikes die Fahrradspuren umkreisen.

Die Raubtiere sind draußen.

Die mit den hohen Punktzahlen scheinen nicht einmal vorsichtig zu sein. Sie halten sich für unbesiegbar und kundschaften am helllichten Tag die Wohnheime der Punktlosen und die Blocks der niedrig Bewerteten aus. Das ist ihr Schlachtruf.

Iris und ihre Freunde halten sich an den Händen, während sie auf die Vorbereitungen unten blicken. Georgies Hand drückt Iris' auf der einen Seite fest, Ezras auf der anderen. Sie sind eine Kette des Widerstands.

Die Rebellion hat begonnen.

41

IRIS

Iris schaltet ihr Handy stumm. Das unaufhörliche Piepen treibt sie und alle anderen in den Wahnsinn. Alle Nachrichten stammen von ihren Eltern. Sie machen sich Sorgen um sie, sind beunruhigt und sagen ihr, sie solle nichts Dummes tun: *Liebling, bitte pass auf dich auf. Bitte, bitte komm zu uns. Bring deine Freunde mit. Wir lieben dich so sehr.*

Iris weiß, dass ihre Mutter nicht genau das getan hat, was *Eyes Forward* wollte, und das hat ihre Verachtung ein wenig gemildert. Aber es gibt immer noch ein Leben voller Lügen, das nicht entschuldigt werden kann. Sie ist noch nicht bereit, sich ihnen zu stellen. Es gibt eine lange Geschichte, die sie erzählen wollen, und sie jetzt zu hören, würde nur als Ablenkung dienen.

„Du solltest sie besuchen", sagt Georgie. „Falls heute Abend etwas schief geht und du nie... du weißt schon... auf Wiedersehen gesagt hast."

„Wir bleiben hier, in unserer Wohnung. Wir sind völlig sicher", sagt Iris mit solcher Autorität, dass sogar sie es glaubt. „Wir haben nicht die Punktzahl, auf die sie es abgesehen haben."

„Trotzdem."

Iris' Daumen zucken eine Weile über ihrem Handy. Sie presst die Lippen zusammen und überlegt, was sie schreiben soll, bevor sie antwortet: *Wir sind in Sicherheit. Macht euch keine Sorgen. Grüße an Dad.*

Das ist das Beste, was sie im Moment tun kann.

Draußen ist die Sonne hinter der Stadtsilhouette untergegangen und lässt die Wolken in einem orangefarbenen Glühen wie Feuer erscheinen. Es ist schwül. Gewitter ziehen auf, sagte der Wetterbericht. Der Regen wird das Blut wegwaschen.

Iris wendet ihre Aufmerksamkeit von der Aussicht ab. Schönheit ist nicht das, worauf sie jetzt achten muss. Es sei denn, diese Schönheit ist ein Code. „Wie weit sind wir, Tash?"

Tash zeigt einen Daumen nach oben, wendet sich aber nicht von ihrem Bildschirm ab. „Alles gut", sagt sie und schiebt ihre Brille die Nase hoch.

Georgie hat dafür gesorgt, dass Tash stets mit Wasser und Snacks versorgt ist, und ab und zu auch mit einem Instantkaffee.

„Nicht zu viel Kaffee", sagte Tash. „Ich kann mir keine Zeit für eine Toilettenpause leisten."

Bei dem einen Toilettengang, den sie brauchte, nahm sie den Laptop mit, und navigierte ihren Weg ins Bad, ohne auch nur aufzublicken.

Iris versucht sich vorzustellen, was alles schief gehen könnte. Der Hack könnte scheitern, die mit den hohen Punktzahlen könnten massive Bomben einsetzen, sie könnten weniger wahllos vorgehen, das Waffenverbot könnte eine Lüge sein, sie könnten das falsche Datum haben, *Eyes Forward* könnte ihnen auf der Spur sein. Und das ist alles, was ihr in ein paar Sekunden einfällt. In einer Stunde wird sich ihre Liste verzehnfacht haben.

Ich glaube an dich, Iris.

Zumindest hat ihre imaginäre Freundin etwas Positives zu sagen.

Iris sitzt einen Moment in ihrem Zimmer. Ein paar Minuten Ruhe. Sie hat seit Stunden nichts gegessen. Ein paar Schlucke Wasser sind alles, was sie zustande bringt, obwohl ihr Mund so trocken ist, dass es sich anhört, als hätte sie Kies geschluckt. Alles, woran sie denken kann, ist, dass sie die Leute, die jetzt in ihrem Wohnzimmer sitzen, hierher geführt hat. Sie hat sie zum Handeln inspiriert. Sie war es, die sie nach dem Massaker auf der Party zusammengerufen hat. Sie war es, die ihnen von der Punkteliste erzählt hat. Sie hätte das alles ignorieren und ihnen erlauben können, in Sicherheit zu trauern. Wenn einem von ihnen etwas zustößt, ist es ihre Schuld.

In den letzten Tagen hat sie ihre Sachen aus dem Haus ihrer Eltern richtig ausgepackt. Vieles hat sie weggeworfen, aber auch einige alte Schmuckstücke und Erinnerungen hervorgeholt. Das Bild ihrer namensgebenden Urgroßmutter steht auf einem Regal, ihr freundliches und altes Gesicht lächelt sie an. Ihr Gesicht hat etwas Wunderschönes an sich, ein Gesicht, dem man das Leben und das Lachen ansieht, ein Gesicht, das eher seine Weisheit als seinen Teint bewahrt hat. Die Frau, die *Sisters and Spies* gegründet hat. Wenigstens gibt es ein Familienmitglied, das in diesem Moment stolz auf Iris sein würde. Iris kratzt an ihrer Tätowierung. Es reizt ihren Arm, als wolle es sie daran erinnern, wer sie ist und wie sie geboren wurde. Es ist eine Tragödie, dass sie ihre Urgroßmutter nie richtig kennengelernt hat, dass sie niemanden mehr hat, mit dem sie sprechen kann. Der Blutstropfen, der für ihre Tätowierung verwendet wurde, ist alles, was sie jetzt verbindet.

Iris kann die Vergangenheit nicht ändern, aber sie kann sich rächen. Sie nimmt das Bild in die Hand und spricht zu ihm. „Ich räche dich, Urgroßmutter Iris. Ich tue das für dich."

Ich weiß, Liebes. Ich weiß.

Iris erschrickt und lässt fast das Foto fallen. Sie hat keine Zeit mehr zum Nachdenken, als Schritte die Treppe hinaufkommen und Iris aus ihrem Zimmer stürmt. Es ist kein Ansturm, nur eine Person, eine schwerfüßige Person. Alle sehen sich an und suchen nach Antworten. Skylar zieht sich in eine Ecke zurück, Johan krempelt die Ärmel hoch und geht auf die Tür zu, Ezra dicht hinter ihm. Tash blickt kurz von ihrem Laptop auf, dann tippt sie weiter. Iris schluckt, dann geht sie auf Johan und Ezra zu, Georgie an ihrer Seite.

Es klopft und alle erstarren.

Eine Stimme dringt durch die Tür. „Georgie?"

Iris lehnt sich gegen die Wand und presst die Hände auf ihr rasendes Herz, während Georgie zur Tür eilt.

„Sam?" Georgie entriegelt die Türschlösser und schiebt die Stühle beiseite, die Skylar in einem panischen Moment dorthin gestellt hat. „Was zum Teufel machst du hier?"

„Ich würde deine Stimme überall erkennen." Sie zieht sie in eine Umarmung.

„Du solltest in deiner Wohnung bleiben."

„Komm mit mir. In meiner 500er-Nachbarschaft ist es sicherer als hier."

Georgie löst sich von ihr, tritt zurück und schüttelt den Kopf. „Wir müssen näher am *Eyes Forward*-Gebäude bleiben. Wir haben einen Plan, einen Hack-"

Iris räuspert sich.

„Es ist in Ordnung, Iris. Ich vertraue ihr."

„Vielleicht sollten wir einfach still sein, nur für den Fall?"

Georgie schürzt die Lippen und wendet sich wieder Sam zu. „Ich bleibe hier. Ich werde mich nicht in einer sicheren Zone verstecken."

„Georgie-"

„Das steht nicht zur Debatte. Ich bleibe hier. Ich werde hier gebraucht, um vor Ort zu berichten. Wir müssen die Nachricht verbreiten."

Sam wendet den Blick von Georgies flehenden und entschlossenen Gesicht ab, um den Raum zu überblicken, alle sechs, als würde sie jeden einzeln einschätzen. Um ehrlich zu sein, sehen sie nicht nach viel aus. Johan scheint die einzige Kraft zu sein, mit der man rechnen muss. Die anderen sehen alle aus wie ein Haufen unterernährter Nerds. „Na gut", sagt Sam, „dann bleibe ich auch. Vielleicht sind sie nachsichtiger mit euch, wenn ich hier bin."

„Wir sind nicht ihre Zielgruppe", sagt Georgie. „Wir haben alle über 200 Punkte." Georgie erwähnt Skylar nicht, die sich weiter in die Ecke zurückzieht.

Sam nimmt Georgies Hand, während Iris die Zuwendung beobachtet. Sie scheint sich wirklich zu sorgen.

„Soviel ich gehört habe", meint Sam, „geben die sich nicht mal mehr Mühe, ihre Sache geheim zu halten. Einigen von ihnen geht es nicht mal mehr um die Punkte. Sie sind auf Blut aus, auf den Kick, sie sind völlig besessen davon, unter die 100 Millionen zu kommen, um nicht mehr das Gespött der Welt zu sein. Das ist ihre Ausrede, aber ich glaube, es ist einfach ein Machtspiel. Ich glaube, nicht mal deine Punktzahl ist sicher." In diesem Moment fällt ihr Blick auf Georgies Implantat und der goldene Schimmer lässt ihr Kinn herunterklappen.

Iris tritt vor und sieht Georgie an. Sie ist immer noch blass von ihrer Behandlung. Ihre Wärmflasche liegt unbenutzt auf dem Tisch. „Georgie, du erholst dich noch. Niemand wird dich verurteilen, wenn du in Sicherheit sein willst."

„Nein", sagt sie so entschieden, dass Ezra zusammenzuckt. „Nicht nach dem, was sie mir angetan haben. Sie haben mir das aufgezwungen." Sie hebt ihre Hand, damit alle es sehen können. „Ich habe mehr Grund als jeder andere von euch, *Eyes Forward* für das zu hassen, was sie meiner Mutter und Opa Eddie angetan haben. Ich bleibe und ich werde berichten."

Die Straßenlaternen flackern draußen, als die letzten Sonnenstrahlen verschwinden, dann gehen sie ganz aus. Der Strom ist ausgefallen. Der orangefarbene Himmel ist jetzt erloschen und wurde durch das tiefste Schwarz ersetzt. Iris schaltet die Reservetaschenlampen ein, die sie für solche Fälle bereithalten, und sie rücken alle näher zusammen, um die Wärme zu bewahren.

„Ich bin drin!", ruft Tash vom Tisch aus. „Plato funktioniert, Leute. Ich bin in ihrem System."

Alle lächeln und schlagen in die Luft, außer Johan, der die Zähne fletscht und mit den Knöcheln knackt. „Jetzt geht's los."

42

MAE

Mae reibt sich den Nacken und lehnt Pashas Angebot einer Massage ab. Er war früher Physiotherapeut, er kann gut massieren, aber sie will dieser Anspannung nicht nachgeben. Jetzt ist nicht der richtige Zeitpunkt zum Entspannen. Sie nimmt eine Schmerztablette gegen ihre Kopfschmerzen, läuft im Wohnzimmer auf und ab und schnippt dann mit dem Gummiband an ihrem Handgelenk.

Ihr zweiter Versuch des neuen Algorithmus ist angeblich online gegangen, und es ist nicht das, was *Eyes Forward* will. Tatsächlich hat sie ihn sogar fast unverändert gelassen. Das allein würde schon ausreichen, um ihr vor Sorge übel zu werden, aber sie hat gerade ein Video auf Nebula gesehen, das bestätigt, dass Iris in Sachen dummer Ideen ganz nach ihrem Vater kommt.

„Versuch, ruhig zu bleiben, Mae", sagt Pasha, obwohl er fast genauso schnell auf und ab läuft wie sie. Wäre er wieder bei voller Kraft, wäre er noch schlimmer.

„Hast du dieses Video gesehen? Das war Georgie. Ich würde ihre Stimme und den knallroten Lippenstift überall erkennen. Das bedeutet, Iris stand hinter der Kamera. Die Mädchen machen etwas wirklich Dummes."

„Sie versuchen, Menschen zu helfen."

„Wage es ja nicht, anzudeuten, dass das in Ordnung ist. Unsere Tochter lehnt sich gegen die Regierung auf, gegen *Eyes Forward*. Sie beginnt eine Rebellion. Hast du eine Ahnung, was sie mit ihr machen werden? Alles, was wir getan haben, war, sie zu beschützen."

„Vielleicht ist sie über das Alter hinaus, in dem sie Schutz braucht?"

Wenn Blicke Fleisch zerfetzen könnten, würden Maes es tun. Hitze steigt von ihren Zehen bis zu ihrem Kopf, während sie ihn anstarrt. „Und ich frage mich, von wem Iris ihre Dumme-Ideen-Gene hat? Weißt du überhaupt, in welcher Gefahr sie schwebt? Diese Jagd findet statt."

Er nimmt ihre Schultern und legt seine Stirn an ihre. Er ist so kühl, dass sie überrascht ist, dass er ihr kein Gehirnfrostgefühl verursacht. „Deshalb tun sie es. Sei stolz. Sie vereint das Beste von uns beiden, Mae."

Mae zieht sich zurück. Sie wird auf eine lebende Tochter um einiges stolzer sein als auf eine tote. „Ich hätte es tun sollen, hätte tun sollen, was sie sagten. Sie ist jetzt so oder so punktlos."

Pasha seufzt schwer und setzt sich hin. „Iris kann auf sich selbst aufpassen."

„Sie kann sich nicht selbst aus der Patsche helfen."

Pasha nimmt ihre Hand, seine dunklen Augen sehen aus wie die eines bettelnden Welpen. „Sobald wir das Pres-X zerstören-"

Mae schnaubt ihn an.

„Die Panik über den Verlust der Konservierungsmedikamente wird die mit den hohen Punktzahlen verrückt machen. Es wird mit Sicherheit in allen Nachrichten sein. Aber es muss nicht einmal in den Nachrichten erscheinen. Wir werden die Nachricht überall verbreiten. Jeder weiß, dass der gesamte Vorrat von Berkshire dort ist. Sie werden darüber mehr in Panik geraten, als sich um die Jagd zu kümmern."

Es wird wahrscheinlich Chaos herrschen. Wird das als Ablenkung ausreichen? Sie ist sich nicht sicher.

Er lässt ihre Hand los und mit dem Verschwinden seiner Berührung ist es, als hätte jemand einen elektrischen Schalter in ihr umgelegt. Ihre innere Aufregung verpufft. Mae tritt zurück und betrachtet ihn eine Weile, dieses Gesicht, das sie so sehr liebt. Er ist viel stärker als noch vor ein paar Wochen, aber noch nicht in Topform. Bei weitem nicht. Sie darf ihn nicht verlieren.

Mae verlässt den Raum, kramt im Schlafzimmer nach dem, was sie braucht, und zieht sich um. Sie ist ganz in Schwarz gekleidet und bietet ihm ein ähnliches Outfit an. „Das bedeutet nicht, dass ich es gutheiße oder dass ich denke, dass es mehr als eine dumme Idee ist."

Seine dunklen Augen leuchten auf. „Du kommst auch mit?"

„Ich kann euch Idioten von Männern ja wohl kaum alleine etwas machen lassen."

Pashas Grinsen reicht von einem Ohr zum anderen, als er die Kleidung von ihr entgegennimmt. „Gib's zu, Mae. Du liebst die Idee."

„Ach, zieh dich einfach um. Wir haben Medikamente im Wert von Milliarden Pfund zu zerstören."

43

— · —

IRIS

Der Hack ist einfach. Na ja, so einfach wie die Übernahme der Handys aller Menschen in Berkshire. Für Tash ist es wie ein Zehn-Teile-Puzzle, sagt sie. Es ist klar, dass *Eyes Forward* jeden mit der Gesellschaftspolizei-App verfolgt, also tut Tashs Hack nichts anderes, als es so aussehen zu lassen, als würden sich alle U-200 im *Eyes Forward*-Gebäude, in der Zentrale der Gesellschaftspolizei und in Iris' Arbeitsplatz verstecken, nur zur Sicherheit. Die Jäger werden sie nicht aufspüren können und es besteht die Chance, dass sie sogar die Regierungsgebäude zerstören, wenn sie versuchen, sie zu töten. In diesem Fall könnten alle Datenzentren in der Grafschaft zerstört werden. Das scheint zwar weit hergeholt, aber möglich.

Die erste Lücke in ihrem Plan: Etwa eine halbe Million Menschen in Berkshire sind U-200. Nur ein Viertel davon lebt in der Stadt Reading.

„Da können wir nichts machen", sagt Tash. „Reading ist bei Weitem die größte Stadt. Und buchstäblich niemand außer dir, Iris, kennt die Bevölkerungszahl von Berkshire und Reading. Die statistischen Berichte sind immer gesellschaftsweit. Ich kann nicht so tun, als wären Leute in Gebäuden, die außer Reichweite sind. Die mit den höchsten Punktzahlen leben größtenteils in oder in der Nähe von Reading, also werden sie wahrscheinlich vor Ort jagen. Das ist das Beste, was wir tun können."

Es ist eine bittere Pille, die „Das Beste, was wir tun können"-Pille, anstatt der „Alle mit niedrigen Punktzahlen sind hundertprozentig sicher"-Pille. Die würde wie Eis ihre Kehle hinunterrutschen.

Diese Türme und Gebäude im Stadtzentrum sind wahrscheinlich groß genug, um so viele Menschen unterzubringen, wenn sie sich alle zusammenquetschen würden. Sie scheinen auch vernünftige Orte zu sein, wo die Leute denken könnten, sie wären sicher. Wahrscheinlich. Aber die Jäger könnten diese Gebäude zerstören, wenn sie versuchen, alle mit niedrigen Punktzahlen zu töten, die sich dort verstecken, und hoffentlich werden sie bei ihren Bemühungen die Datenzentren zerstören. Alle Lebenspunktzahl-Daten, Gesichtserkennung, Gesellschaftspolizei-Daten. Alles wird weg sein oder zumindest beschädigt. Und die mit den niedrigen Punktzahlen werden sicher sein.

Wahrscheinlich. Eigentlich, jetzt wo sie mehr darüber nachdenkt, ist „wahrscheinlich" optimistisch.

Iris hat es geschafft, noch einen Schluck Wasser zu trinken und einen halben Keks hinunterzuwürgen. Georgie starrt seit zwanzig Minuten in den Spiegel und übt ihre Stimme und Haltung. Georgie wird vor der Kamera stehen, aber Iris bekommt Lampenfieber.

Du schaffst das, Iris. Vertrau deinem Team.

Die Stimme redet wieder Unsinn. Iris schwitzt, kratzt sich, fächelt sich Luft zu und läuft auf und ab.

„Herrgott nochmal, Iris. Du machst alle nervös." Johan klingt nicht nervös, nur wie sein übliches wütendes Selbst.

Es gibt so viele Löcher in ihrem Plan, dass Iris sie nicht einmal zählen kann. Aber sie redet sich ein, dass es das Beste ist, was sie tun können. Wenigstens versuchen sie es. Das sagt sie sich immer wieder, wenn sie von ihrer mentalen Klippe heruntergeredet werden muss. Wenn es auch nur einen Menschen rettet, ist es das wert. Es sollte denjenigen, die wenig Punkte haben, zumindest ein bisschen mehr Zeit verschaffen und die, die viele Punkte haben, dazu bringen, an der Kompetenz von *Eyes Forward* und der Gesellschaftspolizei-App zu zweifeln. Es gibt zu viele „Vielleichts" ... aber im Moment ist die Zerstörung von *Eyes Forward* zweitrangig gegenüber der Rettung von Tausenden Personen mit niedrigen Punktzahlen sowie Punktlosen, die abgeschlachtet werden. Verstecke sie in der Technik. Der Hack dient als Tarnung.

Johan und Ezra lassen sich nicht davon überzeugen, drinnen zu bleiben und sich aus Schwierigkeiten herauszuhalten. Johan sieht aus, als könnte er in einem solchen Tumult gut sein, Ezra weniger. Er macht sich bereit zu gehen, unbekümmert um seine eigene Sicherheit. Sein Wunsch nach Selbsterhaltung endete, als sie seine Schwester töteten. Er ist auf Rache aus und es ist ihm egal, zu welchem Preis.

„Seid ihr euch sicher, Jungs?", fragt Georgie. „Niemand wird schlecht von euch denken, wenn ihr hier bei uns wartet und beim Hacken und Berichten helft."

„Nein", sagt Ezra zum hundertsten Mal. „Das ist für Jasmine und Otis. Ich muss das tun."

Johan grunzt. „Versuch gar nicht erst, mich zu überzeugen, still zu sitzen, während all diese armen Schweine in Gefahr sind. Auf keinen Fall. Ich kenne mich mit Computern nicht aus und das Kamerazeug ist einfach nicht mein Ding."

Tash verlässt für einen Moment ihren Laptop, um ihn zu umarmen. „Wenn es zu schlimm wird, kommst du zurück. Okay?"

„Du kennst mich doch, Kumpel", sagt Johan.

Tash schnalzt mit der Zunge. „Ja. Das tue ich. Das ist das Problem."

Sie haben Brecheisen als Waffen und Johan sagt: „Wir sehen uns in Wales, Kumpel", als sie gehen.

„In Wales", sagt Tash, die immer noch auf ihren Laptopbildschirm starrt. „Das ist einfach seine Art", sagt sie zu den anderen, nachdem sich die Tür hinter ihnen geschlossen hat. „Er war noch nie ein Freund von Formalitäten."

Das beruhigt Iris nicht sehr. Es bedeutet nur, dass Johan leichtsinnig ist.

„Wales?", fragt Iris.

„Dorthin gehen wir. Wenn wir frei sind. Ehrlich gesagt, weiß ich nicht, wie es angefangen hat. Wir haben es als Kinder angefangen zu sagen, und es ist irgendwie hängen geblieben."

„Er hat dich Kumpel genannt? Seid ihr kein Paar?", fragt Iris. So wie sie immer zusammen sind, hatte sie das angenommen.

„Johan und ich? Nee. Keine Chance. Wir sind Freunde seit wir Kinder waren. Gut, dann wollen wir mal loslegen."

Plato lädt. Die anderen drängen sich um sie herum und starren auf den Bildschirm. Sie hat einen separaten Monitor, der momentan schwarz ist. Der Laptop zeigt eine Karte von Berkshire. Sie zoomt in die Berkshire-Karte hinein, bis sie nur noch das Stadtzentrum von Reading zeigt. Der schwarze Monitor füllt sich dann mit Seiten und Seiten von Code, Tausende und Abertausende von Zeilen. Tash ist mit jedem Handy in Berkshire verbunden, und nachdem sie Anweisungen eingetippt hat, filtert sie die mit den niedrigsten Punktzahlen heraus. Sie fährt mit dem Cursor über den Bildschirm, wählt ein Drittel von ihnen aus, zieht dann ihren Standort über die Karte und lässt sie im Gebäude der Gesellschaftspolizei fallen.

„Okay", sagt Tash. „Erster Schritt erledigt. Bis jetzt läuft's gut."

Iris tritt zurück und neigt ihren Kopf zur Seite, wobei ihr Nacken knackt. Sie blickt zu Georgie hinüber, die ihren Daumennagel bis auf die Haut abgebissen hat. Neben ihr ballt und öffnet Sam ihre Fäuste. Skylars blasse Gesichtsfarbe wirkt noch grüner, und sie schluckt, als müsste sie sich übergeben.

Sie zucken alle zusammen, als Schreie von draußen durch die Wohnung hallen. Ein Knall, dann noch einer. Ein Grollen, das die Tassen auf dem Tisch klirren lässt.

Die Jagd hat begonnen.

Niemand drängt Tash, zumindest nicht verbal. Niemand will den Druck erhöhen, aber der Schweiß, der ihr über die Stirn rinnt, und das schnelle Klopfen ihres Fußes deuten darauf hin, dass sie eine Menge davon spürt.

„Du machst das gut", sagt Iris.

Ein weiteres Drittel wird markiert und dann in Iris' Arbeitsgebäude verschoben. Sie atmen alle erleichtert aus und Tash nimmt einen Schluck Wasser. Da bemerkt Iris, wie sehr ihre Hände zittern.

„Nimm's locker, Tash", sagt Iris. „Bis jetzt läuft's gut. Das sind fast zweihunderttausend Menschen, die du gerade gerettet hast."

„Nur noch das letzte Drittel", sagt Tash, als sie beim Abstellen des Glases beinahe das Glas verschüttet.

Fast zweihunderttausend Personen mit niedrigen Punktzahlen haben sich anscheinend in Regierungsgebäuden verschanzt. Das muss ihnen zumindest Zeit verschaffen. Die mit den höheren Punktzahlen werden nicht wissen, wo sie suchen sollen. Solange sie drinnen und sich ruhig verhalten, werden die Jäger nicht wissen, dass sie da sind. Sie werden denken, die Wohnheime der Punktlosen seien verlassen. Das Video wurde veröffentlicht und alle werden im Sicheren drinnen sitzen, mucksmäuschenstill.

Und wenn die mit den höheren Punktzahlen de Jagd auf die Regierungsgebäude ausdehnen und sie zerstören, wenn sie das ganze System zum Einsturz bringen, nun, das wäre der Jackpot.

Das letzte Drittel.

Tash markiert, zieht und lässt sie dann in der *Eyes Forward*-Zentrale fallen. Sie alle sehen, wie sich ihre Standorte verschieben, dann bleiben sie stehen und sind nun im Eyes-Forward-Hauptquartier sichtbar. Sie sind da. Alle Personen mit niedrigen Punktzahlen sind erfasst, sicher versteckt in den Regierungsgebäuden.

Iris atmet zitternd aus, ihre Hände wandern zu ihrem Mund. Sie haben es geschafft! Sie alle jubeln und umarmen sich und klatschen sich ab.

Der Bildschirm wird körnig. Sie alle erkennen einen Nebula-Glitch, wenn sie einen sehen, und sie starren, wagen kaum zu atmen, wünschen sich, dass der Bildschirm so bleibt, wie er ist, mit dem letzten Drittel immer noch sicher in der *Eyes Forward-* Zentrale versteckt. Das körnige Bild wird intensiver. Jetzt ist nur noch Schnee zu sehen, Streifen im Schnee. Dann werden beide Bildschirme schwarz. Bis auf ein paar Worte, die sich am unteren Rand bilden: *Alle Augen sind unsere Augen.*

Eyes Forward ist ihnen auf der Spur. Sie versuchen, die Kontrolle zu übernehmen.

„Nein, nein, nein!", schreit Iris.

Georgie beginnt an ihrem anderen Daumennagel zu kauen, während Sam gegen die Wand schlägt. Skylar rennt ins Bad und übergibt sich, sobald sie dort ankommt.

Tash tippt Code ein und versucht, was auch immer *Eyes Forward* tut, zu überschreiben. Sie hämmert auf die Tasten und flucht, dann schreit sie den Bildschirm an, bis sie fertig ist. Sie lehnt sich zurück, hält sich die Wangen und beobachtet einen Moment.

Der Bildschirm schaltet sich aus.

„Scheiße", sagt Tash.

„Mist", sagt Georgie.

Iris massiert Tashs Schultern. Es ist nicht ihre Schuld. Sie hat mehr geschafft, als jeder von ihnen hätte bewerkstelligen können. „Oh, Tash. Du hast es so gut gemacht. Zwei Drittel. Das ist unglaublich." Ihr Ton ist sanft, aber ihr Magen dreht sich vor Enttäuschung. Ein Drittel der Personen mit niedrigen Punktzahlen ist immer noch verwundbar.

„Es ist nicht gut genug", sagt Tash und wischt sich die Tränen aus den Augen. „Es reicht nicht."

Iris hockt sich neben sie und hält ihre Hand, die schwach und kalt ist.

„Wir müssen sie retten", fährt Tash fort. „Ich kann es schaffen. Ich könnte Plato zum Laufen bringen, wenn ich dort wäre. Vom Inneren des Gebäudes kann ich es tun."

Ein weiteres Grollen erschüttert die Fenster. Das Geräusch eines einstürzenden Gebäudes übertönt alle Schreie.

Iris schluckt. „Du willst quer durch die Stadt? Den ganzen Weg dorthin?"

„Nein. Aber das ist alles, was ich tun kann."

„Du willst in die *Eyes Forward*- Zentrale gehen?" Georgies vorherige Übung verhindert nicht das Zittern in ihrer Stimme.

Tash nickt. „Wenn ich alleine gehe-"

„Keine Chance", sagt Iris. „Ich gehe mit dir. Du kannst das nicht alleine machen."

„Na, ich bleibe nicht hier oben, während ihr da unten seid", sagt Georgie, jetzt mit sicherer Stimme.

Sam schüttelt den Kopf. „Georgie-"

„Ich kann vor Ort berichten. Wir können Aufnahmen machen. Alles aufdecken."

„Ich rufe Johan und Ezra an", sagt Iris. „Wir könnten ihre Hilfe gebrauchen."

Von draußen ertönen Schreie, ein tiefer Knall, den sie in ihren Füßen spüren. Sie halten einen Moment inne, während sich das Grollen legt. Die Straßenbeleuchtung draußen flackert für eine Sekunde auf, bevor alles wieder dunkel wird.

„Wie weit ist es von hier?", fragt Sam.

„Zwei Meilen", meint Iris. „Nicht mehr. Nur zwei Meilen."

44

— · —

IRIS

Tasha packt den Laptop zusammen mit dem USB-Stick in eine gepolsterte Tasche und hängt sie sich dann über die Schulter. Sie hat zwei weitere Kopien des Hacks auf separate USB-Sticks gezogen.

„Es wird langsamer sein, es auf den Computern von *Eyes Forward* zu machen", sagt sie. „Ich bin mir nicht einmal sicher, ob es möglich ist, aber einen Versuch ist es wert. Also nehmt diese... ihr wisst schon... nur für den Fall."

Sie gibt Iris einen USB-Stick zusammen mit dem zweiten Monitor und packt alles in einen Rucksack. Ein Backup. Georgie nimmt den anderen USB-Stick und starrt ihn an, als wäre er so zerbrechlich, dass sie ihn zerstören könnte, dann wickelt sie ihn in Seidenpapier und steckt ihn in ihre Tasche.

Iris dreht den Esstisch auf den Kopf, um die Metallbeine abzuschrauben, und gibt eines Georgie, eines Skylar und eines Tash, dann behält sie eines für sich selbst.

„Und was ist mit mir?", fragt Sam und wirkt tatsächlich enttäuscht.

„Du bist eine 500-Plus. Das ist Waffe genug."

Sam nickt, erfreut über die Schmeichelei, und sie verlassen die Wohnung. Sie gehen leise die Treppe hinunter und warten für einen Moment an der Außentür. Das Gewitter grollt in der Ferne, die Schwüle verwandelt sich in feinen Nieselregen, während ein langsamer und schrecklicher Wind sich seinen Weg die Straße hinunter schlängelt.

Tash holt aus ihrer Tasche eine Tüte Flake heraus.

„Ähm", sagt Iris, „ich glaube nicht, dass jetzt der richtige Zeitpunkt für eine Party ist."

Tash kippt es auf ihr Handy und macht mit einer Karte fünf kleine Lines. „Es schärft die Sinne. Man wird wachsamer, gerät weniger in Panik, die Sicht wird schärfer-"

„Meine Sicht war seltsam", meint Georgie.

„Es glitzert ein bisschen, aber der Kontrast im Dunkeln ist besser. Vertraut mir. Das könnte uns einen Vorteil verschaffen. Es ist überall auf Nebula. Die Leute sagen, wie viel aufmerksamer sie sind, dass ihre Nachtsicht besser ist. Es ist, als wäre es dafür gemacht."

„Sie hat recht, G", sagt Iris und erinnert sich an ihre Zeit auf Flake. „Es macht Sinn." Sie inhaliert eine Line und zuckt zusammen, als es den ganzen Weg nach oben brennt.

Georgies Lippen zucken einen Moment, dann nimmt sie auch eine.

Skylar weicht zurück. „Ich möchte keins, danke. Ich hab's noch nie genommen und will auch jetzt nicht damit anfangen."

„Du warst auf der Party nüchtern?", fragt Iris überrascht.

„Offensichtlich macht es dich dann doch nicht so scharfsinnig."

Tash nimmt ihre Dosis. „Schon gut. Wie du willst."

Iris bemerkt, dass Skylars Gesicht grau und klamm ist, Angst und Übelkeit zeichnen sich in ihren Zügen ab. „Eigentlich, Skylar, solltest du vielleicht lieber hier bleiben. Wir brauchen jemanden, der auf die Wohnung aufpasst. Vom Fenster aus hat man eine gute Aussicht. Du könntest uns Bescheid geben, wenn es hier Ärger gibt."

„Du... du willst nicht, dass ich mitkomme?"

„Du hast nur 120 Punkte", sagt Tash nüchtern. „Du bist eine Gefahr."

„120!", pfeift Sam. „Ja, das ist nicht gut."

Skylars Augenbrauen senken sich, während sie allen in die Augen sieht. „Nein. Alle sagen mir immer, was ich nicht kann oder nicht tun soll. Ich kann hier nützlich sein. Ich kann helfen, Tash und den Laptop zu beschützen. Ich bin keine nutzlose Person mit einer niedrigen Punktzahl. Das hier bedeutet mir mehr als jeder von euch."

„Okay, okay", meint Iris. „Wir machen das alle aus freien Stücken. Was auch immer passiert, passiert. Wir kennen alle die Risiken, richtig?"

Alle nicken.

„Unser Ziel ist die *Eyes Forward*-Zentrale", fährt Iris fort. „Wenn jemand auf dem Weg dorthin verloren geht, ist das Pech. Versucht, nach Hause zu kommen und schickt uns eine Nachricht, damit wir wissen, dass es euch gut geht. Wenn ihr in Schwierigkeiten seid, werden wir euch danach suchen, aber wir können es uns nicht leisten, zu spät zur Zentrale zu kommen. Verstanden?"

Sie nicken alle erneut.

„Gut. Okay, also versuchen wir alle zusammenzubleiben, und hoffentlich schaffen wir es alle."

„Also", sagt Georgie, „welchen Weg nehmen wir?"

Sie blicken auf die Straße hinaus; die Dunkelheit lässt jede Richtung so einladend wie ein Verlies erscheinen. Der Wind trägt Schreie aus der Richtung der Stadt heran.

„Es gibt Wohnheime für Punktlose in der *Gosbrook Road*. Mehrere davon", sagt Iris.

„Die U-200-Wohnungen um *Amersham*", meint Georgie.

Iris denkt darüber nach. „Wir können den Fluss an der Caversham-Brücke überqueren, um das zu vermeiden."

„Das bedeutet aber eine längere Strecke durch das Stadtzentrum", sagt Georgie mit einem Zucken. „Ich weiß nicht, was schlimmer ist."

Iris schaut die anderen nach Ideen an, aber sie starren nur ausdruckslos. „Kommt darauf an, wo der Ärger ist", sagt sie. „Ich schätze, wir müssen abwarten und sehen."

Johan und Ezra kommen zurück, ihre Augen starren durch sie hindurch. „Wir haben einen mit einer hohen Punktzahl gesehen, der aussah, als würde er Sprengstoff an einem der Wohnheime deponieren."

„Scheiße, wirklich?" Iris blickt dann auf seine Brechstange, an deren Spitze faserige Blutspuren hängen. Sie stellt keine weiteren Fragen.

„Einige machen das definitiv wegen des Adrenalinkicks", sagt Ezra, seine Brechstange ist ebenso beschmutzt.

„Ich hab's euch gesagt", sagt Sam, „sie tun es einfach, weil sie es können. Der Punkteanreiz spielt kaum eine Rolle. Sie wollen einfach nur töten."

„Kommt schon", sagt Iris. „Wir sollten uns beeilen."

Sam, Ezra und Johan nehmen den Rest des Flake, während Iris noch einmal nach oben rennt, um eine Taschenlampe zu holen. In letzter Minute fällt ihr noch etwas ein, und sie schnappt sich außerdem eine Flasche Wodka – das Brennbarste in der Wohnung – sowie einige Lappen und ein Feuerzeug, falls sie einen Molotow-Cocktail brauchen. Sie stopft alles in ihre Tasche und sie brechen auf. Sie steigen auf ihre Fahrräder und fahren den Berg hinunter, rollen, ohne zu bremsen, so schnell sie können. Georgie, die ihre Sturmhaube trägt, hält ihr Handy vor sich und macht eine Aufnahme für die Kamera.

„Nördlich des Flusses ist es jetzt ruhig, aber wir können die Erschütterungen von einstürzenden Gebäuden spüren und Menschen schreien hören. Einige Hochpunktierende wurden dabei beobachtet, wie sie Sprengstoff gelegt haben. Doch sie konnten eliminiert werden.

Öffnet eure Augen, Leute. Es gibt keine Erdbeben oder was auch immer *Eyes Forward* als Erklärung für die Zerstörung benutzen wird. Das ist ein durch Anreize befeuertes Gemetzel. Bitte bleibt drinnen, wenn ihr könnt. Seid leise. Lasst sie euch nicht hören. Und ihr mit den hohen Punktzahlen, ihr werdet damit nicht davonkommen. Die Zeit von *Eyes Forward* ist vorbei."

Georgie steckt ihr Handy weg und die anderen zeigen ihr einen Daumen nach oben.

Ein paar Schreie in der Ferne verklingen, als der Wind an ihnen vorbeirauscht. Am Fuß des Hügels bremsen sie abrupt, als das gegenüberliegende Gebäude wackelt und dann einstürzt, wobei Trümmer über die Straße verstreut werden.

Georgie filmt und kommentiert. „Ein weiterer Wohnblock zerstört. Wie viele Unschuldige waren da drin?"

Zumindest aus diesem Block sind keine Schreie zu hören. Es muss ein leerer gewesen sein. Sie warten, bis sich der Schutt gesetzt hat, bevor sie absteigen, um ihre Fahrräder über die rauen Kanten zu tragen. Auf der anderen Seite der Trümmer fahren sie weiter.

45

— · —

IRIS

Ihre alten Fahrräder quietschen allesamt vor Rost und Alter – außer Sams, bei der die elektrische Unterstützung noch funktioniert. Iris verflucht sich selbst, dass sie die Räder nicht aufgeladen hat. Ein dummer Fehler. Gerade heute hätte sich der zusätzliche Stromverbrauch definitiv gelohnt.

Die Straßen sind verlassen, stiller als je zuvor, und Iris erfüllt ein Gefühl von Stolz. Die einzige Erklärung für diesen gespenstischen Zustand ist, dass ihre Botschaft angekommen sein muss – oder alle sich tatsächlich an die Ausgangssperre halten. Doch das erscheint ihr kaum möglich. Es gibt doch immer ein paar Draufgänger. Sie scannen die Gassen nach Leuten, die Sprengstoff platzieren, doch in diesem Teil der Stadt ist niemand zu sehen.

„Wir haben den Bereich vorhin geräumt", sagt Johan, und Ezra nickt, immer noch mit diesem entrückten Blick.

Ihre Fahrradlichter flackern fast bis zum Erlöschen – außer Sams, die vorne fährt, um den Weg zu beleuchten. Die Straßenbeleuchtung geht nur sporadisch an. Sie sind größtenteils in fast völliger Dunkelheit, bis viel hellere Lichter hinter ihnen auftauchen. Iris blickt zurück. Diese Silhouetten kennt sie. Zu gut.

Sie schaut zu Georgie, deren weit aufgerissene, nicht blinzelnde Augen Iris verraten, dass sie es auch bemerkt hat. „Iris. … schon wieder!"

Iris stellt sich auf die Pedale, drückt mit aller Kraft in jeden Tritt. „Passt auf, sie sind hinter uns her. Los, los, los!"

Sie treten kräftig in die Pedale, aber Iris weiß, dass sie gegen die Fahrräder der Verfolger keine Chance haben werden. Die blendenden Lichter kommen immer näher und näher. Zu ihrer Linken taucht die alte Schule auf, Oak High, die sie alle einmal besucht haben.

„Die Schule!", ruft Georgie. „Wir können sie dort in die Enge treiben."

Sie machen eine scharfe Kurve in die Schuleinfahrt, lassen dann die Fahrräder oben an den Betonstufen stehen und rennen hinunter, nehmen dabei zwei oder drei Stufen auf einmal und stolpern, als sie die letzten paar hinuntergehen. Iris ist sich sicher, dass es früher mehr waren – als ob die Welt schrumpfen würde. Alles schien damals größer. Oder sie war damals einfach kleiner. Unten angekommen, blickt sie zurück. Diese Fahrradlichter erlöschen, als die Verfolger absteigen.

Sie rennen auf das Schulgebäude zu, das Iris seit einem Jahrzehnt nicht mehr betreten hat, bevor sie ihr Tempo verlangsamen und vorsichtig und leise gehen. Das keuchende Atmen der Verfolger kommt die Betonstufen herunter. Iris' Herzschlag pocht in ihren Ohren. Sie mustert die Umgebung. Das Gebäude wird so selten besucht, dass sich niemand mehr um den Spielplatz kümmert. Im schwachen Mondlicht hängt eine Schaukel schief, nur noch an einer Kette, die andere vom Rost zerfressen. Gras bricht durch den rissigen Asphalt, verwischt Hüpfkästchen und das gemalte Schachbrett. Alles ist nur noch ein Trümmerhaufen, wie das eingestürzte Gebäude am östlichen Rand – nie abgerissen, nie ersetzt. Wozu auch, wenn es kaum noch Kinder gibt? Die Bänke stehen noch da, vermutlich dieselben wie damals – mehr Kaugummi als Holz.

In der Senke, in der die Schule liegt, ist es noch dunkler. Der Mond verschwindet hinter den Gebäuden. Iris will ihre Taschenlampe einschalten, überlegt es sich dann anders – zu riskant – und schaltet sie wieder aus. Das Flake hilft, wie Tash gesagt hat – ihre Nachtsicht ist etwas besser geworden. Nur Skylar tappt vorsichtig voran, als würde sie barfuß auf Reißnägeln treten. Tash nimmt ihre Hand, zieht sie mit sich, reißt sie auf die Beine, als sie über den unebenen Boden stolpert.

Riesige Banner der Gesellschaftspolizei flankieren beide Seiten des Eingangs. Der weiße Hintergrund leuchtet im Licht der Taschenlampen hinter ihnen. Die Verfolger holen auf. Ava Maricellis Gesicht auf dem Banner blickt herab, darunter das eingemauerte Logo der Regierung.

Iris wendet sich Johan, Skylar und Tash zu. „Ihr zwei, versteckt euch hinter dieser Mauer." Zu Georgie, Sam und Ezra sagt sie nun: „Ihr, da drüben. Duckt euch."

Sie hat schon eine Bank für ihr eigenes Versteck ins Auge gefasst und will gerade losrennen, als eine Stimme ertönt: *Iris, duck dich!* Zu spät. Ein harter Schlag trifft sie am Kopf und reißt sie zu Boden.

Sie greift sich an den Kopf. Eine kleine Wunde, nicht zu schlimm. Als sie aufblickt, stehen die beiden Verfolger über ihr. Ihre langen Metallschwerter glänzen im Mondlicht.

Einer von ihnen tritt vor. „Hallo, Iris."

46

IRIS

Diese grunzende Stimme würde sie überall erkennen. „Jason Bonnet", sagt sie ohne eine Spur von Angst in der Stimme. „Wusste gar nicht, dass du Fahrrad fahren kannst."

„Ein vorlautes Mundwerk, die Kleine", sagt er zu seinem Partner. Norman, wie Iris erkennt. „Gibt nicht gerne ohne Kampf auf."

Iris beißt sich auf die Lippe. Sie ist sich sicher, dass sie weder gekämpft noch je Widerworte gegeben hat. Sie war einfach nie so gefügig, wie sie es gern gehabt hätten.

Norman lässt das Schwert durch seine Hand gleiten. „Na, umso besser. Ich mag Kämpfe."

„Wäre schade, sie aufzuschlitzen, bevor wir unseren Spaß mit ihr hatten. So ein hübsches Ding sollte man nicht verschwenden."

Norman klopft ihm auf den Rücken. „Tu, was du tun musst, mein Junge."

Jason tritt näher. Selbst vom Boden aus kann Iris diesen ranzigen Atem riechen, als ob die E-Zigarette, die er immer raucht, Müllgeschmack hätte.

Norman leuchtet mit der Taschenlampe herum und Iris sucht im Lichtstrahl nach Auswegen. „Sieht so aus, als hätten dich all deine kleinen Freunde mit niedrigen Punktzahlen im Stich gelassen. Macht nichts. Wir werden sie bald finden. Du allerdings bist unsere Priorität. Werden dieses Taylor-Gen endgültig auslöschen. Besonders die, die die Porter-Linie beschmutzt haben."

Iris gelingt es nicht, ihre Miene zu wahren – ihre Augen weiten sich bei diesen Worten.

„Die Kleine hier ist schon länger auf unserem Radar", sagt Jason. „Ich hab die Nase voll, sie ständig beobachten zu müssen. Mir egal, ob sie über 200 ist. Sie taugt nichts für die Gesellschaft." Jason reicht seinem Vater das Schwert und zieht seine Jacke aus, während er spricht, dann tritt er näher und öffnet seinen Hosenschlitz.

„Moment mal, mein Sohn..." Norman schaut auf sein Handy und seine Lippen verziehen sich zu einem hinterhältigen Lächeln. „Sie ist jetzt punktlos."

Iris widerspricht nicht, nimmt einfach an, dass er lügt. Sie ist nicht punktlos. Das kann nicht sein.

„Wirklich?" Jasons Stimme überschlägt sich beinahe vor Vorfreude. „Hab schon immer davon geträumt, eine Punktlose dreckig zu ficken. Gut, dass wir's beim letzten Mal nicht geschafft haben. Das wird jetzt umso süßer."

Sie waren es beim letzten Mal? Diese kranken Wichser. Sie hätten Georgie fast erwischt. Iris ballt ihre Fäuste, als Jason nach ihren Knöcheln greift. Sie reißt die Beine frei und trifft mit voller Wucht seine *begehrenswerte* Nase.

„Aua!", schreit er, als das Blut spritzt. „Verdammte Schlampe. Diese Nase ist mehr wert als alles, was du besitzt."

Er will sie wieder packen, aber Iris weicht zurück. Norman tritt näher und richtet ein Schwert auf sie. Als sie zu ihm aufblickt, fängt sein wabbeliges Kinn das Taschenlampenlicht ein, ein Speichelfaden sammelt sich in seinem Mundwinkel. „Bleib besser still, du punktloser Abschaum."

Jason kniet sich vor sie hin, leckt sich über seine widerlichen Lippen und zieht dann seine Hose runter. Dann ein dumpfer Schlag – Blut spritzt auf Iris' Gesicht.

Sie zuckt zusammen, starrt dann fassungslos: Für einen kurzen, herrlichen Moment wirkt Jasons Gesicht mehr verwirrt als schmerzverzerrt. *Schade eigentlich*, denkt sie, als sein Körper erschlafft und zur Seite kippt – und sein Vater direkt auf ihn fällt, dessen eingedellter Schädel auf dem Beton aufschlägt.

Ezra und Johan heben ihre Brecheisen erneut und schlagen ihnen zur Sicherheit noch ein paar Mal auf die Schädel. Das Geräusch ist herrlich.

Die anderen treten aus ihren Verstecken. Georgie rennt herüber, um Iris zu umarmen, während Iris zum ersten Mal seit mindestens einer Minute Luft holt.

„Sie waren es, die uns gejagt haben?", fragt sie und vergräbt ihren Kopf in Iris' Schulter.

„Ja. Aber es ist okay. Sie werden das nicht noch einmal tun." Sie wischt Georgies Träne mit ihrem Daumen weg.

„Ich hab's auf Video", sagt Georgie mit einem schiefen Lächeln und wendet sich dann an Johan und Ezra. „Danke, Jungs."

Johan grinst und wischt sich die Hände an der Jeans ab. „Kein Problem."

Ezras Augen funkeln, sein Gesicht ist zu einem Grinsen verzogen. „Gar kein Problem."

47

IRIS

Iris gibt die Taschenlampe an Skylar weiter, da sie sie am dringendsten braucht.

„Danke", sagt Skylar, und Iris fällt auf, wie ruhig sie ist. Fast unheimlich ruhig. Und das, obwohl sie gar kein Flake genommen hat. Iris hätte gedacht, Skylar wäre nach dieser Begegnung völlig am Ende – nach dem Anblick von Gehirnmasse auf dem Asphalt. Aber sie zittert nicht mal. Im Taschenlampenlicht haben ihre sonst so verlorenen Augen einen Funken Genugtuung, eine messerscharfe Klarheit, die vorher fehlte. Ihre Wangen haben etwas Farbe.

Sie gehen die Treppe hoch, holen ihre Fahrräder und radeln dann von der Schule weg in Richtung Stadt. Sie fahren schweigend. Die verlassenen Straßen sind wie ein stiller Schleier. Iris hat noch nie solchen Frieden erlebt – und trotz des Angriffs fühlt es sich an wie echte Ruhe. Als wäre sie genau dort, wo sie hingehört.

Du wurdest geboren, um gegen sie zu kämpfen, Iris.

Die Stimme ist lauter als sonst – sicher wegen des Flakes in ihrem System – und in der Stille trifft sie Iris wie ein Stromschlag. Sie lässt die Worte wirken, lässt sie bis in ihre Knochen sickern. *Sie wurde geboren, um zu kämpfen. Um die Dinge richtig zu stellen.*

Vielleicht sollte sie Reue empfinden für die Männer, Trauer über ihren Tod. Töten sollte sich nicht so einfach anfühlen, nicht so … verzeihlich. Sie hat den Brecheisen nicht selbst geschwungen, aber sie hat zugestimmt. So zu tun, als ginge sie das nichts an, wäre wie zu sagen, *Eyes Forward* sei nicht verantwortlich für das Massaker an denen mit den niedrigen Punktzahlen.

Sie zu töten war kein Mord. Es war Rettung.

Iris atmet tief durch und lächelt beim Ausatmen. Sie wirft einen kurzen Blick auf die neben ihr Radelnden und weiß, dass sie gerade so viele Menschen gerettet haben.

Vielleicht ist es das Flake, das sie so ruhig bleiben lässt. Es sorgt für Klarheit. Sie wollten sie vergewaltigen und töten – alle von ihnen umbringen.

Scheiß auf sie.

Als sie an der Caversham-Brücke ankommen, bremsen sie abrupt. Die Straßenlaternen funktionieren im Moment, schwach, aber ausreichend, um ihnen einen Eindruck von dem zu geben, was vor ihnen liegt. Es sind so viele Menschen, dass sie die Schritte durch den Boden spüren können. Im düsteren orangefarbenen Schein leuchten einige Taschenlampen, die mit den Schritten schwanken.

Sie sind jetzt so nah an dem Haus ihrer Eltern. Sie könnten dorthin gehen, sich verstecken, warten, bis das Wochenende vorbei ist, und dann mit den Folgen leben. Es ist so verlockend, sich zu ducken und *Eyes Forward* damit durchkommen zu lassen. Angst erzeugt eine Sehnsucht nach dem Status quo. Aber sie verdrängt all diese Gedanken aus ihrem Kopf. Sie sind schon so weit gekommen. Die Odyssee der Gleichheit ist nicht ohne Hindernisse. Sie spannt ihre Muskeln an, bereit zum Sprung.

Als sich Iris' Augen an das Licht gewöhnen, erkennt sie eine Wand aus Menschen, dicht gedrängt, chaotischer als jede übliche Fußgängerzone. Keine Ordnung, nur Bewegung wie kriechender Nebel. Im nächsten Moment, als ihr Blick schärfer wird, sieht sie: Das sind keine Spaziergänge – sie rennen. Einige Menschen tragen wenige Habseligkeiten bei sich, und viele Frauen haben kleine Kinder vorne umgebunden. Es müssen Punktlose sein. Die meisten von ihnen haben nicht einmal Fahrräder.

Sie beobachten sie für einen Moment, Skylar leuchtet mit der Taschenlampe in ihre Richtung, dann nähern sie sich vorsichtig der Menge, um einen besseren Blick zu bekommen, das Hämmern ihrer Schritte hallt wider. Georgie hat ihr Handy erhoben und filmt lautlos. Eine Grube bildet sich in der Menge, weil so viele übereinander fallen. Schreie übertönen die Schritte und die Massenpanik geht weiter.

Sie werden nicht durch diese Menge kommen. Keine Chance.

Iris dreht ihr Rad um hundertachtzig Grad und fährt zurück, schreit nach Georgie, nach Tash, nach allen. Doch das Kreischen der fliehenden Menge verschluckt ihre Stimme. Die Menschen sind direkt hinter ihr, so nah, dass sie deren Atem spüren kann, den Gestank von Schweiß und Petroleum. Hinter ihr steigen Flammen in den Himmel.

„Georgie!" Iris schaut sich um, die Augen weit aufgerissen, panisch, während sie nach Georgie, Skylar, nach allen sucht. Sie sind im Gedränge getrennt worden. „Georgie!", schreit sie erneut, und im Lärm hört sie andere Rufe, unverständliches Panikgeschrei. So viele Menschen jetzt vor ihr. Von der Seite stoßen andere gegen ihr Rad, sie schwankt, kämpft darum, nicht zu stürzen. Rechts vor ihr sackt die Menge zusammen – jemand fällt – und wird niedergetrampelt.

Bitte nicht Georgie! Bitte lass es keinen von ihnen sein!

Eine winzige Lücke öffnet sich vor ihr und sie tritt kräftiger in die Pedale, nutzt jeden Zentimeter. Am Flussweg angekommen, teilt sich die Menge. Doch auch hier ist es voll, der Pfad ist eng und Menschen stürzen in die Themse, das Wasser spritzt. Jetzt kann sie die Rufe hören, die Namen, die sie schreien – weniger Menschen, aber umso hörbarer ihre Panik.

„Georgie!", ruft sie wieder.

„Iris!"

Woher kam das? Irgendwo knapp hinter ihr, hinter hundert rennenden Schritten und ebenso vielen anderen Schreien und Rufen.

„Iris!"

Jetzt näher. Als sich der Flussweg zu den Christchurch Meadows öffnet, weicht Iris zur Seite aus, lässt die Menge vorbeiziehen, mustert jedes Gesicht auf der Suche nach Vertrautem. Kurz darauf hört sie das Klappern von Fahrrädern. Zuerst Georgie – Gott sei Dank – dann Sam. Danach Tash, noch immer mit der Laptoptasche, Johan an ihrer Seite, Ezra auf der anderen. Iris ruft sie zu sich und sie versammeln sich, stehen eng beieinander, zittern trotz der Hitze der Masse, schnappen nach Luft. Iris tastet nach ihrer Tasche. Noch da. Georgie überprüft den Reißverschluss und bestätigt, dass der Monitor okay ist. Tash schaut in die Laptoptasche – alles heil. Sie sind alle in Ordnung. Alle sind da.

Die Massenpanik hat sich jetzt gelichtet. Die meisten Menschen sind vorausgegangen, obwohl sie nicht wissen, wohin. Nirgendwo ist es sicher. Sicherheit in der Masse funktioniert nicht einmal, wenn die Masse so groß ist. Die mit den niedrigen Punktzahlen werden trotz ihrer Bemühungen immer noch gejagt.

„Bringt es überhaupt was? Fallen irgendwelche Jäger darauf herein?", fragt Iris.

„Schau", sagt Tash. „Die mit den niedrigen Punktzahlen sind jetzt alle weg und niemand verfolgt sie, weil sie sie nicht orten können. Es hilft. Es muss helfen."

Sie hat recht. Iris weiß, dass sie recht hat. Als sie alle wieder zu Atem gekommen sind, wollen sie sich wieder in Bewegung setzen, bis Ezra spricht und sie alle erstarren.

„Skylar? Wo ist sie?"

48

— · —

IRIS

Sie suchen die unmittelbare Umgebung nach Skylar ab. Sie haben jetzt keine Taschenlampe mehr, nur noch ihre Flake-Sicht. Ein Knoten bildet sich in Iris' Magen. Skylar ist nur eine 120. Sie ist Beute.

„Skylar?", ruft Johan.

Die letzten Nachzügler der Stampede starren ihn einen Moment lang an, dann gehen sie weiter.

„Sie könnte überall sein", sagt Georgie. „Zertrampelt, im Fluss oder vielleicht ist sie zurückgegangen."

„Ich versuch's mal mit ihrem Handy." Iris wählt, aber es geht direkt die Mailbox ran.

Sie verbringen kostbare Minuten damit, am Flussufer zu suchen. Unter Wasser zu sein, scheint die logischste Erklärung dafür, dass ihr Handy nicht klingelt.

Dann piept Iris' Handy und sie nimmt es in die Hand. „Hey Leute, wartet mal. Vielleicht ist das... Oh."

„Was?", fragt Georgie.

„Es ist nicht Skylar. Nur ein Lebenspunktzahl-Update. Anscheinend bin ich jetzt wirklich punktlos."

Alle keuchen auf und halten sich erschrocken die Hände vor den Mund.

„Das spielt keine Rolle", sagt Iris bestimmt. „Wir werden dieses System heute Nacht sowieso zu Fall bringen, oder?"

„Klar", meint Georgie. „Aber in der Zwischenzeit-"

„Ich bin nicht schlechter dran als Skylar. Wir haben immer noch eine Aufgabe zu erledigen."

„Ich gehe zurück und suche nach ihr", sagt Johan.

„Nein!", widerspricht Iris sofort. „Dieses Gebäude zu erreichen ist wichtiger – wichtiger als jede einzelne Person. Das weiß sie. Das wissen wir alle. So war's abgemacht. Wir können keine Zeit mehr verschwenden, und niemand von uns ist entbehrlich. Wir suchen sie danach." Ihre Worte klingen entschlossen, doch es schmerzt, sie auszusprechen. Iris hatte sich selbst gesagt: Wenn sie auch nur eine Person retten, war es das wert. Und jetzt haben sie ausgerechnet die Person verloren, der sie versprochen hatten, sie zu beschützen.

Niemand widerspricht. Nur Ezra sieht aus, als sei er anderer Meinung, aber er hält den Mund.

„Okay, wenn alle einverstanden sind, lasst uns weitergehen", sagt Iris. „Wir müssen immer noch den Fluss überqueren."

In stiller Übereinkunft treten sie in die Pedale. Als die Fahrradbrücke in Sicht kommt und menschenleer wirkt, nutzen sie die Gelegenheit, schwenken scharf nach rechts und überqueren sie. Auf der anderen Seite folgen sie dem schmaleren Pfad, ohne stehen zu bleiben, bis sie *King's Meadow* erreichen. Das alte Freibad, halb eingestürzt, das leere Becken mit Ziegeln statt Wasser gefüllt, bietet für einen Moment einen guten Unterschlupf. Iris zählt durch. Abgesehen von Skylar sind alle da.

„Ich frage mich, ob wir ab hier besser zu Fuß weitergehen", sagt Tash. „Es ist nicht weit bis zum Rathausplatz. Zu Fuß können wir uns viel besser durch die Gassen schleichen. Wir wären auch leiser."

Iris sieht zu Ezra und Johan, als wolle sie eine Antwort von ihnen. Sie weiß selbst nicht, warum. Weil sie Männer sind? Weil sie ein Metallrohr besser schwingen können als die anderen? Wahrscheinlicher ist: Sie will nicht selbst die Verantwortung für diese Entscheidung tragen.

Die beiden Männer sehen sich einen Moment lang an, dann nickt Ezra. „Okay. Wahrscheinlich keine schlechte Idee."

Das spürbare Zögern lässt Iris innerlich zusammenzucken.

Sie schließen die Räder ab und machen sich auf den Weg, hetzen in Richtung Rathausplatz. Die *Forbury Gardens* sind kein großer Park, doch im Vergleich zu den schlangenartigen Gassen und Seitenstraßen wirken sie wie eine weite, bedrohliche Ebene. Sie schleichen im Gänsemarsch am Backsteinzaun entlang, der den Park umrundet, die Köpfe unter der Mauerkrone geduckt.

Stimmen ertönen und sie erstarren. Iris hält den Atem an, ihre Augen tränen, da sie es nicht einmal wagt zu blinzeln. Die Stimmen klingen männlich und werden von grölendem Gelächter unterbrochen, das Iris die Zähne knirschen lässt. Sie erinnern sie an Norman.

„Ich mag die einzelnen Punkte lieber als die Massenwertung."

„Ich auch. Es fühlt sich persönlicher an, eine größere Leistung."

„Ich will einfach mehr Punktlose. Die U-200er sind in Ordnung, aber all diese punktlosen Frauen und ihre Gören müssen beseitigt werden."

„Aber wie konnten so viele abhauen? Das ist so typisch für diese Regierung. Geben uns einen Hauch von Erfolg und Spaß und dann vermasseln sie es, weil sie sich diesen Bettlern verbeugen. Wenn ich heute Nacht nicht die 900 erreiche, bin ich sauer."

„Ich sage, wir machen das, was Craig vorgeschlagen hat. Zerstören wir das verdammte Gebäude. Da drin verstecken sich Tausende. Wir werden ihre Schreie hören und diejenigen verfolgen, die entkommen."

„Der Regen kommt sowieso. Es wäre gut, jetzt noch einige umzulegen und vor dem Sturm zu Hause zu sein, um ein Bier zu trinken. Lass mich das Forum checken."

Ihre Schritte stoppen – direkt auf der anderen Seite der Mauer. Sie können höchstens einen oder zwei Meter entfernt sein. Es raschelt in den Manteltaschen.

Wut blitzt in Johans Augen auf, Iris packt sein Handgelenk, als er aufstehen will. Sie schüttelt den Kopf und formt lautlos mit den Lippen *Nein*. Das wäre viel zu gefährlich. Sie können nicht sehen, womit diese Männer bewaffnet sind, und ein Aufruhr könnte alles noch viel schlimmer machen. Die beste Rache wäre, diesen Wahnsinn zu stoppen.

„Sie sind schon auf dem Weg dorthin", sagt einer der Männer. „Zum Statistikgebäude in der Stadt. Dieselbe Idee wie wir. Sie haben mehr Sprengstoff als wir."

„Großartig. Dann lass uns etwas punktloses Blut vergießen!"

Sie alle warten. Iris hält Georgie so fest an der Hand, dass dieser sie leicht anstupsen muss, um sie zum Loslassen zu bringen. Sie kauern still, bis die Stimmen verhallen und die Schritte in der Dunkelheit verschwinden. Um sie herum dampft die Luft, als sie gleichzeitig ihren angehaltenen Atem ausstoßen.

„Verdammte Scheiße", flüstert Georgie. „Könnt ihr das glauben?"

Iris schüttelt den Kopf. „Zeigt aber, dass der Plan funktioniert, oder?"

„Ich wollte jubeln, als sie über das Tracking geredet haben", sagt Tash.

Johan und Ezra richten sich auf und spähen nach weiteren Personen. „Die Luft ist rein", sagt Johan. An seinen zusammengepressten

Lippen kann Iris erkennen, dass er verärgert ist. Er wollte diese Typen verprügeln. Sie kann es ihm kaum verübeln. „Hier lang."

Sie schleichen weiter an der Mauer entlang. Iris zuckt zusammen, als sie auf eine Chipstüte tritt – das knisternde Geräusch ist so laut wie ein einstürzendes Gebäude. Ezra starrt sie an, als ob es absichtlich gewesen wäre, und sie zuckt mit den Schultern. Er legt den Finger an die Lippen, als ob sie nicht wüsste, dass sie leise sein soll. Sie schnaubt lautlos und sie gehen weiter.

Nur noch ein paar kleine Straßen. Viel Deckung gibt es nicht mehr, nur offene Straßen vor ihnen. Kein Laut, keine Bewegung. Es wirkt sicher.

„Lasst uns von hier aus losrennen", meint Tash. „Wir können den ganzen Weg bis zur *Eyes Forward*-Zentrale laufen."

„Der Rathausplatz ist total offen", sagt Georgie.

„Deshalb müssen wir rennen."

Beide blicken zu Iris, als hätte sie die endgültige Antwort. Die Straße macht eine Kurve nach rechts und sie können nicht sehen, was dahinter liegt. In der Stille spitzt sie die Ohren. Kein Geräusch, gar nichts.

„Ich sage, wir rennen los", meint Johan.

Es folgt eine zögerliche Pause. Mit dem Rücken an ein Gebäude gepresst, neigen sie ihre Köpfe nach vorn, um die Reaktion aller einzuschätzen. Georgie nickt. Johan zeigt einen Daumen nach oben.

„Okay", flüstert Iris. „Wir rennen die ganze Strecke. Kein Anhalten, einfach weiterlaufen, und wir halten erst an, wenn wir in der Zentrale sind. Seid ihr bereit?" Sie wartet, bis alle nicken. „Bei drei. Eins, zwei, drei. Los!"

Iris stößt sich mit den Händen von der Wand ab und sprintet los. Sie ist neben Johan, während Georgie und Sam vorne sind. Nach wenigen

Schritten brennen ihre Lungen. Sie blickt zurück und sieht Ezra und Tash nur ein kleines Stück hinter ihnen.

Sie biegen um die Kurve, vor ihnen liegt eine offene Straße. Am Rand liegt ein Körper, die Augen offen, ein Arm unter dem Leib verdreht, eine Blutlache um den Kopf, mehrere pfeilähnliche Stäbe stecken im Torso. Iris reißt den Kopf zur Seite, als sie daran vorbeiläuft, und stolpert fast über Johan. Im nächsten Moment zischt etwas an ihrem Ohr vorbei, pfeifend durch die Luft. Ein langer Metallspeer – wie aus einer Armbrust. Solche Waffen unterscheiden nicht. Ihre Bolzen durchbohren jedes Herz.

Er landet irgendwo vor ihnen und verfehlt sie alle.

Ein leiser Schrei – keine Zeit zu prüfen, wer ihn ausgestoßen hat. Keine Zeit zum Nachdenken. Iris erhöht ihr Tempo, holt zu Johan auf, der ein paar Schritte voraus ist, doch jeder Schritt wirkt wie in Zeitlupe. Noch ein Bolzen. Er sirrt durch die Luft wie ein Kinderspielzeug, doch das metallische Klirren am Boden verrät: Das ist kein Spielzeug.

Iris läuft weiter, ihre Adern pulsieren und der Rand ihres Blickfelds verschwimmt.

Georgie und Sam laufen noch immer voraus. Iris ist sich nicht sicher, ob sie die Bolzen bemerkt haben. Ein weiterer kommt, streift aber den Boden vor ihr, als sie vorbeiläuft.

Ein dumpfer Aufprall – jemand fällt auf den Boden. Johan hechtet zur Seite, reißt Iris mit sich, und sie ducken sich in einen Ladeneingang, von drei Seiten geschützt. Ihr Herz rast, sie presst die Hände auf den Mund, um ihr lautes Atmen zu dämpfen. Tränen verschleiern ihre Sicht, während sie nach Georgie sucht. Auf der anderen Straßenseite steht ein Imbisswagen – dahinter kauern Georgie und Sam. Gott sei Dank, Georgie lebt. Doch sie ist dort gefährlich exponiert, von drei Seiten ungeschützt. Die Bolzen kamen von rechts – also müsste Georgie von dort sicher sein. Johan beugt sich vor, späht um die Ecke. Iris kann nicht hinsehen. Sie klammert sich an seine Jacke und hofft inständig, dass er okay ist. Er keucht und zieht sich zurück.

„Scheiße. Es ist Tash. Tash liegt am Boden!"

„Nein!" Iris beugt sich jetzt auch vor. Tash liegt mit dem Gesicht nach unten auf der Straße. Kein Blut, kein Bolzen im Rücken. Iris sieht, wie ihre Hände sich leicht ballen und wieder öffnen – eine kleine Bewegung. „Sie lebt. Ich glaub, sie ist nur gestürzt." Der Laptop-Rucksack ist noch auf ihrem Rücken.

„Sie ist so verdammt tollpatschig." Johan lugt erneut hinaus. Er wirkt sprungbereit.

„Warte", sagt Iris. „Wo ist Ezra?"

Sie starren jetzt beide hinaus, Johan schirmt den größten Teil von Iris ab. Nur wenige Meter entfernt kommt Ezra aus einem Schatten hervor, eilt zu Tash und hebt sie hoch. An ihrem blutigen Gesicht klebt ein wenig Kies, ihr rechter Arm hängt leblos an ihrer Seite. Aber sie lebt.

Ezra legt seinen Arm um sie und stützt sie, schleppt sie vorwärts. Ein Fuß nach dem anderen, Tash zuckt bei jedem Schritt zusammen. Ezra murmelt ihr etwas ins Ohr.

Er merkt nicht, wie der nächste Bolzen ihn mitten in der Brust trifft.

Noch zwei Schritte, dann gibt sein Körper nach, wird schlaff. Er schaut nicht einmal auf das Blut, das aus der Wunde strömt. Vielleicht spürt er keinen Schmerz. Ein weiterer Bolzen trifft ihn – durchbohrt ihn wie Butter – begleitet von einer Fontäne aus Blut. Er blickt hinab, die Knie knicken ein, dann fällt er vornüber aufs Pflaster.

Iris krümmt sich, ihr Schrei kommt von innen, wird aber von der starken Hand gegen ihren Mund gedämpft. Sie starrt Johan an, dessen weit aufgerissene, wilde Augen geradeaus blicken, jeder Muskel seines

Gesichts tritt durch das Anspannen seines Kiefers hervor. Sein Griff um Iris' Mund drückt in ihre Wangen.

Als ihr Schrei verklungen ist, lässt er sie los und sie schluchzt lautlos in ihre Hände.

49

MAE

Pasha hat seit etwa einem Jahr kein Fahrrad mehr. Seitdem sich seine Mobilität verschlechtert hat, ergab es keinen Sinn mehr, und Mae verkaufte sein Fahrrad, als sie umzogen. Also gehen Mae und Pasha zu Fuß zur Fabrik, wobei Mae eine kleine Tasche mit Werkzeugen über ihrer Schulter trägt. Es ist nicht weit, normalerweise nur fünfzehn Minuten, wenn der Fußgängerverkehr sie mitzieht. Heute Abend jedoch ist es totenstill. Die Luft trägt die Geschichte eines Aufruhrs am anderen Ende der Stadt, ein tiefes Dröhnen und gelegentliches Heulen, wie ein starker Wind, der an Gebäuden vorbeipfeift. Irgendwo herrscht Panik.

Zwischen ihnen und der Fabrik gibt es keine Wohnheime für Punktlose, und näher an der Fabrik gibt es überhaupt keine Wohnhäuser mehr. Nur Ruinen und Schutt.

Mae meldet sich während des Gehens in der Lebenspunktzahl-App an. *Eyes Forward* hat weder ihre noch Pashas Punktzahl herabgestuft – noch nicht. Sie sucht in der Datenbank nach Iris' Namen. Niemandes Lebenspunktzahl ist geheim. Jeder kann die Punktzahl von jedem einsehen, wenn er möchte. Es bestätigt ihre Befürchtung. Iris ist punktlos. Sie bestrafen ihre Tochter für ihre Missetaten. Iris wird gejagt werden.

Sie steckt ihr Handy ein und erzählt Pasha nichts davon. Es hat keinen Sinn, ihn auch in Panik zu versetzen.

Sie halten sich im Schatten, der reichlich vorhanden ist, da die Straßenbeleuchtung nur stoßweise angeht. Auf den Straßen liegt der übliche Müll, der in Wirbeln über den Asphalt fegt: Essensverpackungen, Vapes und Flaschen. Alles Zeichen von Leben, Hinweise darauf, dass normalerweise Menschen hier sind. Maes Brust schwillt vor Wärme an. Iris' und Georgies Video ist sicher der Grund, warum die Straßen so ruhig sind. Sie haben die Leute gewarnt und die Leute haben zugehört.

Pasha wird immer noch schnell müde, trotz seiner Fortschritte. Er hat Monate und Monate der Inaktivität aufzuholen und ist noch weit von seiner alten Fitness entfernt. Ab und zu machen sie Pause, aber nur für wenige Sekunden, bevor Pasha darauf besteht, weiterzugehen.

Als sie an der Fabrik ankommen, ist sie verlassen. Das rote Ziegelgebäude steht unheimlich perfekt inmitten der verfallenen Ruinen. Die Fassade ist im Mondlicht karminrot, als wäre sie mit Blut bemalt.

„Rolan müsste inzwischen hier sein", meint Pasha und blickt auf sein Handy. Er versucht, ihn anzurufen, aber es geht nur die Mailbox ran. „Komm schon, Ro. Geh ran."

„Bist du sicher, dass du die Uhrzeit richtig verstanden hast?"

„Ganz sicher." Pasha tippt nervös mit dem Fuß, während er erneut wählt. „Wir können nicht länger warten. Wir müssen jetzt die Aufmerksamkeit von der Jagd ablenken."

„Schaffst du es auch ohne ihn?"

„Ja. Ja, klar. Es wird schon klappen."

Sein Tonfall überzeugt nicht ganz. Wenn Pasha sagt, es wird schon, ist das kaum ein Grund zur Beruhigung. Trotzdem macht er sich an die Arbeit, öffnet eine Reihe von Türen mit Codes, die er auswendig kennt.

Er muss das geprobt haben, es bis ins Detail durchgegangen sein. Er und Rolan müssen das hundertmal geübt haben. Der gerissene Idiot.

Drinnen ist eine ganze Wand mit verchromten Kühlschränken gesäumt und sie machen sich daran, alle Türen zu öffnen. Aus jedem entweicht ein kühler Luftstoß, die Regale mit unzähligen Flaschen von dem ursprünglichen Pres-X als auch seinem Nachfolger, Pres-X-2, klirren. Die Medikamente, die die Welt verändert haben, die Maes Leben ruiniert, ihr aber eine zweite Chance gegeben haben. Die Medikamente, die die Gesellschaft entzweit haben, indem sie den Reichen Jugend und Chancen gaben, während die weniger Wohlhabenden aufs Abstellgleis geschoben wurden. Mae hasst diese Medikamente und hat ihnen doch so viel zu verdanken. In diesen Schränken steckt das Lebenswerk ihrer Mutter. Die Arbeit, die Joan Porter mehr liebte als Mae selbst.

„Reich mir mal den Seitenschneider, Mae", sagt Pasha und streckt die Hand aus.

Sie kommt der Aufforderung nach und er nimmt ihn ihr ab, dann durchtrennt er Kabel. Er geht zum anderen Ende der Fabrik und schneidet weitere durch. Er macht Fotos von den offenen Kühlschränken und seinem einfachen Vandalismus und erstellt einen Beitrag, der bereit ist, geteilt zu werden. Das alles dauert vielleicht zehn Minuten. Als er fertig ist, tritt er einen Schritt zurück und greift nach Maes Hand.

„Machen wir das wirklich?", fragt Mae.

„Es ist schon passiert. Jetzt gibt es kein Zurück mehr."

Zu spät für Reue oder Zweifel. Sie haben gerade ein Verbrechen begangen, das so groß ist, dass es sie lebenslang ins Gefängnis bringen würde. Maes Kopf pocht, als hätte sie einen zu engen Hut auf. Sie gehen, ohne die Türen hinter sich zu schließen.

Der Wind frischt auf und trägt weitere Schreie aus nicht allzu weiter Ferne heran. Mae starrt nach oben über die Skyline. Rauch fängt das Mondlicht ein.

„Okay", sagt Pasha, „ich lade es nur noch schnell auf Nebula hoch."

Sie gehen ein Stück zurück, bevor er auf Senden klickt, dann kommt eine große orangefarbene Explosion aus dem Gebäude.

Es ist wie in Zeitlupe. Die Explosion ist das hellste Licht, das Gebäude wölbt sich, als würde es tief Luft holen. Eine Sekunde lang herrscht völlige Stille, als hielte die Welt den Atem an – dann zerbersten Ziegel, Beton und Glassplitter in alle Richtungen, als sie durch die Luft geschleudert werden.

Die Druckwelle schleudert Pasha und Mae nach hinten und presst Mae die Luft aus den Lungen. Ein ohrenbetäubendes Dröhnen, so laut, dass es in ihrem Kopf klingelt. Ihr Blick wird grau, die ganze Welt blendend weiß – bis auf ein Bild aus dem Augenwinkel. Eine Gestalt. Angus.

Dann wird alles schwarz.

50

IRIS

Eine schwarze Wolke schießt in den Himmel und der Boden bebt. Das ist die größte Explosion, die sie je gespürt haben.

„Scheiße", sagt Iris und schluckt.

Sie wirft einen Blick auf Georgie, die noch halb hinter dem Imbissstand versteckt ist, Sams Arme um sie geschlungen, genauso wie Johans Arme um Iris. Johans ganzer Körper zittert, als würde er mit Mühe Wut oder Angst unterdrücken – Iris ist sich nicht sicher. Die beiden Emotionen sehen gleich aus: scharlachrotes Gesicht und weit aufgerissene Augen.

„Ich muss zu Tash", sagt er.

Iris wagt es, für einen kurzen Moment hinauszuspähen. Es gibt Blut, aber es sieht alles nach Ezras Blut aus. Armer, armer Ezra. Tashs Faust bewegt sich noch immer wie zuvor.

„Sie lebt, Johan. Ich glaube, es geht ihr gut. Sie bleibt nur unten. Ich denke nicht, dass ein Bolzen sie getroffen hat."

„Ich werde jeden einzelnen dieser Mistkerle umbringen. Ich werde ihnen die Köpfe abreißen."

Definitiv Wut, ein Gefühl, das Iris nur zu gut kennt. Sie senkt ihre Stimme und beruhigt sich. „Pst. Hör zu. Wir müssen klar denken. Wir müssen Tash holen und sehen, ob Ezra noch lebt, und dann zur Zentrale gehen."

Johan schlägt mit einer Hand in die andere und reibt seine Faust in seine Handfläche.

„Johan, hör zu. Du hilfst Tash nicht, indem du dich umbringen lässt."

Er atmet ein paarmal tief durch und presst seine Handflächen gegen seine Stirn. „Okay. Mir geht's gut. Okay. Ist dein Rucksack in Ordnung?"

Sie nickt.

„Geh zum *Eyes Forward*-Gebäude. Geh mit Sam und Georgie. Ich warte hier noch ein bisschen. Ich hole Tash, wenn ich denke, dass die Luft rein ist. Wenn wir uns aufteilen, haben wir wahrscheinlich sowieso eine bessere Chance. Mach den Hack, wenn du kannst. Tash und ich kommen gleich als Verstärkung nach."

Vor ihnen liegt die kleine Gasse, die zum Rathaus führt. Die Turmspitze des altmodischen Gebäudes ragt wie eine alte Burg über die näheren Häuser hinaus. Die Zentrale der Gesellschaftspolizei ist nicht weit entfernt, weniger als eine Minute Laufweg.

„Nimm meine Brechstange", sagt Johan. „Du könntest sie brauchen, um reinzukommen."

Iris blickt zu Georgie. Sie ist auf der falschen Seite. Sie muss die Straße noch überqueren – die Straße, auf der Ezra gerade ins Herz getroffen wurde. Sie möchte nicht, dass Georgie mitkommt. Es ist zu gefährlich. Aber sie ist dort so exponiert. Wer weiß, ob es tatsächlich hilft, jemanden mit einer 500-Plus-Punktzahl dabei zu haben. Sie stellt Blickkontakt mit Georgie her und hofft, dass ihre Augen die richtige Botschaft vermitteln, dass Georgie irgendwie wissen wird, was zu tun ist, wo Iris es nicht weiß.

Georgie gibt ihr ein kleines Nicken, dann rennt sie, Hand in Hand mit Sam, über die Straße zu Iris und Johan.

Die Bolzen fliegen mit solcher Kraft, dass sie in die Ziegel des Gebäudes eindringen. Aber Georgie und Sam schaffen es zu ihnen.

„Es ist ihnen egal, auf wen sie schießen", sagt Sam. „Ich hab über 500 Lebenspunkte. Ich habe das nicht verdient."

Iris runzelt die Stirn. „Niemand hat das verdient."

„Ich konnte nicht viel sehen", sagt Georgie. „Wenn du lebst, bleib liegen. Sich tot zu stellen, klingt vernünftig."

„Ich hoffe nur, Tash stellt sich tot", sagt Iris. „Ich glaube nicht, dass Ezra das tut."

„Ich werde tun, was ich kann", sagt Johan. „Ich lasse Tash nicht zurück. Geht jetzt einfach. Vorsichtig. Schnell. Beginnt mit dem Hack und ich komme gleich mit Tash nach."

„Nur eine Minute", sagt Georgie und holt ihr Handy heraus.

Iris runzelt die Stirn. „Jetzt? Ernsthaft?"

„Zwei Sekunden." Sie zieht ihre Sturmhaube an, filmt dann Ezra und Tash, die dort liegen, und zoomt auf die Blutlache unter ihnen, bevor sie die Kamera wieder auf sich richtet. „Überall sind Jäger, sie benutzen Armbrüste und Pfeile und Gott weiß was noch. Bitte bleibt drinnen und seid leise. Wir tun alles, was wir können."

Sie lässt die Kamera weiterlaufen, richtet sie auf ihre Füße, während sie nicken, dann rennen sie los.

Iris' Beine bringen jedes bisschen Kraft und Adrenalin auf, die sie noch übrig hat, während Georgie im Hintergrund weiter berichtet. Sie fliegen den Rest der *Forbury Road* hinunter, ohne anzuhalten, um zu sehen, ob die Luft rein ist, als sie rechts in die Gasse zur *Blagrave Street* abbiegen. Das Rathaus ist so nah. Sie müssen es nur bis zum Eingang schaffen. Sie halten für eine Sekunde inne, als die Straße sich zum Rathausplatz öffnet, und drücken sich in einen anderen Geschäftseingang. Es liegt so offen. Sie sind leichte Beute.

„Wartet hier", sagt Iris. „Ich gehe zuerst. Wenn ich es nicht schaffe, könnt ihr folgen."

Georgie packt ihren Arm. „Du bist kein Kanonenfutter. Wir gehen zusammen."

„Ich gehe", sagt Sam. „Ich werde den Platz hinuntergehen und mein Handy hochhalten, um meinen 500-Plus-Status zu zeigen. Sie würden es nicht wagen, auf jemanden mit über 500 Punkten zu schießen."

„Das ist sehr edel von dir", sagt Iris und bereut den schweren Sarkasmus. „Aber sie würden es tun."

„Würden sie nicht. Und ich werde es beweisen."

„Wenn du nicht 800-plus bist, schießen sie meiner Meinung nach", sagt Iris.

„Du bist nur eifersüchtig auf meine Punktzahl. Das warst du schon immer. Ich habe hart dafür gearbeitet. Ich habe mit nur 400 angefangen."

Iris schnaubt. „Gut. Du gehst und ich folge dir mit dem USB-Stick. Wenn sie denken, ich sei mit jemandem so Wichtigem wie dir zusammen, schießen sie vielleicht nicht."

Sam lächelt darüber – ein selbstgefälliges Grinsen.

„Was soll ich tun?", fragt Georgie.

Iris umarmt sie, dann löst sie sich. „Warte hier als Backup."

Sie gehen los, Sam verkündet lautstark ihre Anwesenheit, indem sie ihre Punktzahl nennt, während Iris sie als Schutzschild benutzt. Von hinten dringt Georgies geflüsterter Kommentar durch. „Der Mut, den die Menschen heute Nacht zeigen, indem sie sich diesem Massaker entgegenstellen, ist atemberaubend. Das beweist, dass Menschen mit niedrigen Punktzahlen die Besten von uns sein können. Man muss keine hohe Punktzahl haben, um wertvoll zu sein."

Als sie den Eingang des Rathausgebäudes erreichen, versucht Iris zu entscheiden, ob sie erfreut oder wütend ist, dass sie es geschafft haben; dass Sams Taktik der Prahlerei geholfen hat. Sie ist erfreut, aber zutiefst enttäuscht. Verdammte Elitisten.

Georgie stößt Sekunden später zu ihnen und zeigt den Daumen nach oben. „Wir haben es geschafft!"

Iris rüttelt an der Tür. „Scheiße." Wie konnten sie nicht daran denken, wie man in ein so sicheres Gebäude einbricht? Die Türen sind offensichtlich geschlossen und verriegelt. Ein schneller Blick um die Ecke zeigt, dass alle unteren Fenster genauso gesichert sind. Sie versucht, die Brechstange zwischen die Türen zu klemmen und sie aufzuhebeln, aber sie bräuchte etwas viel Stärkeres. Sie macht ein paar vorsichtige Schritte auf den offenen Platz hinaus, dann neigt sie den Kopf nach oben und späht zum Himmel. Der Turm an der Spitze hat ungesicherte Fenster.

Sie wird hochklettern müssen.

51

MAE

Mae hustet, während ihre keuchenden Lungen nach Luft ringen. Eine Staubwolke entweicht ihrem Mund. Sie ist mit Trümmern und Asche bedeckt. Ihre sandigen Augen sehen nur Grau und tränen, als sie blinzelt. Pasha? Wo ist er?

„Pasha?", keucht sie. „Pasha!"

Sie dreht den Kopf zur Seite und ihre Sicht klärt sich ein wenig, aber ihre Sicht wird teilweise von Ziegeln und Trümmern versperrt. Sie versucht, sich aufzusetzen, aber es ist zu schwer. Teile des Gebäudes liegen auf ihr und beide Arme sind eingeklemmt. Die Welt wird wieder dunkel, aber sie kämpft dagegen an.

„Pasha!" Es ist leiser als ein Flüstern. Ihre Lungen können die Luft nicht richtig ausstoßen. Ihre Rippen schmerzen zu sehr, um es zu versuchen.

Sie dreht den Kopf zur anderen Seite und nimmt das Gemetzel in Augenschein. Die Fabrik ist völlig verschwunden. Einige der untersten Ziegel befinden sich noch in ihrer ursprünglichen Position – in der Mitte ein geschwärztes Loch. Verdrehtes Metall und zertrümmerter Beton haben alles andere ersetzt.

Es gibt eine Wölbung in den Trümmern und sie bewegt sich. Ein Arm streckt sich aus, die Hand bewegt Ziegel, Putz und Metall.

„Pasha!" Sie schafft es, etwas lauter zu rufen.

Sein Kopf erscheint. Er sitzt aufrecht, die Haare weiß vom Staub. Maes Sicht verschwimmt noch mehr, als Tränen ihre Augen fluten. Seine Silhouette kommt näher, dann kniet er sich neben sie. Sein Mund bewegt sich, aber Maes Ohren funktionieren nicht richtig, und seine Stimme klingt verzerrt. In ihrem Kopf ist ein rauschendes Echo. Er greift nach den Trümmern, schiebt sie von ihr und wirft sie zur Seite. Sie blinzelt, nach nur ein Paar kleinen Schritten ist er da. Seine Augen scheinen in Ordnung zu sein, aber seine Kleidung ist in Fetzen gerissen. Er packt ihre Gliedmaßen, während sie daliegt, und bewegt sie. Sie scheinen alle zu funktionieren.

Vorsichtig hilft er ihr, sich aufzusetzen. „Alles okay, Mae?"

Sie liest mehr von seinen Lippen ab, als dass sie ihn hören kann, aber sie versteht ihn. Ihre Zähne klappern, als sie nach seinem Gesicht greift und seine Wangen streichelt. Ihm geht es gut. Das ist alles, was zählt. „Mir geht's gut", sagt sie. „Ich hab dir gesagt, dass das eine bescheuerte Idee war."

Er lacht kurz auf, dann zischt er und hält sich die Rippen. „Kannst du dich bewegen?", fragt er.

„Ja. Ich glaube schon."

Sie versucht, sich etwas gerader hinzusetzen, und die Dunkelheit vermischt sich mit den wenigen Farben, die es gibt. Pasha hält sie fest. Sie sitzen nebeneinander und starren auf das schwarze Loch, wo einst die Fabrik stand.

„Hab ich das falsche Kabel durchtrennt?", fragt Pasha.

„Ich glaube...", Mae strengt sich an, sich zu erinnern, und reibt sich die Stirn. Sie hat jemanden gesehen. „Angus. Ich hab Angus gesehen."

„Angus? Wirklich? Was hat er hier gemacht? Scheiße, geht's ihm gut?"

Maes Gehör ist immer noch schlecht, sie versteht nur jede zweite Silbe. Sie dreht sich um, aber die Welt dreht sich schneller, und sie klammert sich an Pasha. „Er war hier. Ganz in der Nähe. Ich bin mir sicher, dass ich mich daran erinnere." Schreit sie? Es ist schwer zu sagen. Pashas Stimme klingt weit weg.

„Ich sehe ihn nicht. Warum sollte er hier sein?" Pasha überbetont seine Worte, sein Mund bewegt sich übertrieben. Vielleicht sind seine Ohren auch schlecht. „Rolan hat darauf geachtet, ihn da rauszuhalten. Wir sollten nach ihm suchen."

Mae blickt über ihre Schulter, wobei ihr Nacken knackt. Das Knacken zieht sich bis zu ihrer Kopfhaut hoch. Sie zeigt in eine Richtung. „Er war da drüben, weiter weg als wir. Oder vielleicht in die Richtung, ich weiß nicht genau."

Eine weitere Stimme dringt durch – ein gurgelnder Klang, als wären sie unter Wasser. „Pasha! Mae!" Angus rennt mit weit aufgerissenen Augen herbei. „Oh mein Gott!"

Pasha dreht seinen Kopf. An seinen Haaren klebt Blut.

„Es tut mir so leid", sagt Angus. „Ich hab euch erst gesehen, als es zu spät war. Es tut mir so leid."

Pasha lächelt ihn an, der Staub sammelt sich in seinen Augenfältchen. „Uns geht's gut, Angus, wirklich. Was machst du hier?"

„Die Fabrik in die Luft jagen. Hier sollte eigentlich niemand sein. Was macht ihr hier?"

„Die Medikamente zerstören. Die Kühlschränke außer Betrieb setzen."

Angus schnaubt lachend. „Das ist eine weniger berichtenswerte Art, es zu tun."

Mae blickt von einem zum anderen und ihr Kopf pocht.

Angus bietet ihr seine Hand an und hilft Mae behutsam auf die Beine. Jeder Wirbel, ihre Knie und Hüften knacken und knarren, als sie aufsteht, jeder Atemzug schmerzt in ihren Rippen. Ihre Sicht hat sich jetzt geklärt, nicht mehr überall dieser weiße Schleier, aber ihre Umgebung dreht sich noch immer. Sie kann die Brandflecken und die orangefarbenen Flammen sehen, schwarzer Ruß ragt aus ihren Spitzen. Mae kneift die Augen zusammen wegen der Helligkeit. Sie wird stark geblendet, wie bei einer Migräne. Sie hatte die Hitze vorher nicht bemerkt, aber das Feuer breitet sich aus. Ihre Füße vibrieren immer noch.

„Hört ihr das?", fragt Angus.

Mae verzieht das Gesicht, schüttelt dann den Kopf und zeigt auf ihre Ohren. „Ich kann nicht viel hören. Meine Ohren funktionieren nicht."

„Meine auch nicht." Pasha deutet auf seine Ohren.

Mae schaut noch einmal auf seinen Hinterkopf, sucht in seinen Haaren nach der Quelle. Es ist eine kleine Beule und blutet nicht mehr. Sie fasst sich an ihren eigenen Hinterkopf. Ihre Hand kommt nass und rot zurück. Es fällt ihr schwer, sich zu konzentrieren, und ihre Sicht verschwimmt wieder, als Übelkeit durch ihren Magen gurgelt.

Angus zeigt in eine Richtung. Mae kann nicht denken. Was ist in der Richtung? Sie erkennt nicht wirklich etwas. „Jäger, schaut. In Richtung *Castle Hill*."

„Sie müssen die Explosion gehört haben", sagt Pasha. Zumindest glaubt sie das. Alles klingt jetzt verzerrt, wie weißes Rauschen. „Das war eine ziemliche Show."

„Das ist nicht gut für uns. Wir müssen hier weg."

Sie reden so schnell, dass es für Mae schwer ist, alles zu verstehen. Sie sollten einfach nach Hause gehen. Es gibt bestimmt irgendwo einen Bus. Warum sind sie überhaupt so spät noch unterwegs? Mae hat Mühe, sich zu erinnern. Ihr Kopf hämmert, als wäre ihr Schädel zu eng. Ihr Magen dreht sich und eine frische, heiße Welle der Übelkeit steigt bis zu ihrem Kopf auf. Sie beugt sich vor und erbricht sich auf den Boden.

„Scheiße! Tante Mae", sagt Angus, während er versucht, sie aufrecht zu halten.

Sie ist jetzt müde und sicher, dass es nach ihrer Schlafenszeit ist. „Lass uns nach Hause gehen und ein Nickerchen machen", sagt sie.

Angus sagt etwas zu Pasha, aber Mae versteht es nicht. Ihre Gesichter sind ernst, mit zusammengezogenen Augenbrauen und zusammengepressten Lippen.

„Die *Caversham*-Brücke ist jetzt unpassierbar", meint Angus, ohne zu erklären, warum. Wovon spricht er? „Lass uns nach Osten gehen und versuchen, über die *Reading*-Brücke zurückzukommen. Kannst du laufen?"

Pasha verzieht das Gesicht, als er einen Schritt macht. Er macht immer dieses Gesicht. Mae sollte seine Physiotherapie mit ihm machen. Sie wird es tun, sobald sie ein Nickerchen gemacht hat. Er sollte nicht draußen sein. Warum sind sie überhaupt so weit hierher gekommen?

Sie gehen los, Angus schleift Mae mit. Wie unhöflich. Ihre Beine sind nicht so schnell wie seine. Ihr Kopf dröhnt und ihre Beine sind wackelig. Der Boden bewegt sich ständig, als wären sie auf einem Boot. Sie würgt wieder, aber es ist nur ein trockenes Würgen.

„Die mit den hohen Punktzahlen werden uns einholen", sagt Angus.

Mae sieht Angst in Pashas Augen. Warum macht er sich Sorgen um die mit den hohen Punktzahlen? Sie haben jetzt doch auch eine hohe Punktzahl, erinnert sie sich und lacht. Es sind jetzt mehr Menschen da, viel mehr, viele Fußgänger wie immer.

„Komm schon, Mae", sagt Angus. „Wir müssen schneller gehen."

Ihre Brust schmerzt, weil Angus sie mitschleift, aber Pasha ist auch nicht schneller. Er hinkt hinter ihnen her.

Angus' Handy klingelt. Es ist der neue Lebenspunktzahl-Jingle als sein Klingelton.

„Ava?"

Ava. Warum spricht er mit ihr? Hat er *Ava* gesagt?

„Iris?", sagt er. „Was ist mit ihr?"

Trotz ihres Nebels im Kopf hört Mae den Namen ihrer Tochter. Sie würde ihren Namen im größten Lärm hören. Iris! Geht es ihr gut?

„Iris..." Pasha ist jetzt nah, neben Angus. „Was ist mit Iris?"

Angus antwortet nicht, sondern hört noch eine Weile dem Telefon zu – eine quälende Zeit, in der sich Szenarien in Maes Kopf abspielen. Angus scheint nicht glücklich zu sein. Sein Mund verzieht sich besorgt, genauso wie Pashas.

Angus steckt sein Handy ein.

„Ihr beiden, ihr habt eine hohe Punktzahl. Mittlerweile 900, soweit ich weiß. Wann ist das passiert?"

„Lange Geschichte", sagt Pasha. „Was ist mit Iris?"

„Das ist gut." Er beugt sich näher heran und senkt seine Stimme, während Mae ihren Kopf zu seinem Ohr neigt. „Diese Leute hier werden keinen Verdacht schöpfen. Ich denke, ihr solltet sicher sein."

„Iris?", fragt Pasha.

„Sie ist punktlos."

Mae wusste das. In ihrem Hinterkopf war es da.

Pasha schüttelt den Kopf. „Die Bastarde haben es tatsächlich getan."

„Da ist noch mehr", sagt Angus. „Sie ist draußen. In der Stadt. Ava hat vor einer Weile ihr Handy angezapft. Sie machte sich Sorgen um sie."

Pasha keucht schmerzerfüllt auf. „Wo ist sie?"

„Nicht weit von hier. In der Nähe des Rathausplatzes. Was zum Teufel macht sie dort?"

Pasha humpelt zu Mae und nimmt ihr Gesicht in seine Hände. „Mae. Angus wird sich um dich kümmern. Hörst du mich? Ich muss Iris holen gehen."

„Nein. Ich gehe", sagt Angus. „Ich bin in dreißig Sekunden dort. Du nimmst Mae und suchst einen sicheren Ort zum Verstecken für eine Weile. Dort, zwischen diesen Geschäften." Er zeigt in die Dunkelheit; auf der einen Seite ein Ü-800-Bioladen, ein Cuppa-Go auf der anderen.

Angus lässt Mae los. Sie hatte nicht bemerkt, wie sehr er sie gestützt hatte, bis ihre Beine nachgeben. Pasha fängt sie gerade noch auf.

Angus verabschiedet sich oder so ähnlich. Mae kann es nicht verstehen. Sie gehen zu dieser Gasse, während Pasha etwas über Iris sagt und dass alles in Ordnung sei.

Er hat vielleicht noch etwas über Eis gesagt, aber sie will kein Eis. Ihr ist kalt, so kalt. Ihre verschwommene Sicht ist wie ein Kaleidoskop und die Welt eine Zentrifuge. Sie ist leicht, schwebt in der Luft und alles verblasst einfach.

52

—·—

AVA

Ava verbrachte den Tag damit, nervös herumzuzappeln, auf und ab zu gehen und ständig auf die Uhr zu schauen, nur um sich dann mit Aufgaben zu beschäftigen, die eigentlich völlig unnötig waren. Heute Morgen hatte sie noch einmal die OGI-Kamera vom Bestattungsinstitut L.M. gecheckt. Sie hätte nicht nachsehen müssen, aber sie wollte noch ein letztes Mal durch das Institut gehen – der Ort, den ihr Vater aufgebaut hatte, das Geschäft, das ihr ein finanziell sorgenfreies Leben ermöglicht hatte, das Geld aufs Konto brachte – der Anfang von allem. Es wird einen größeren Brand im Gebäude der Gesellschaftspolizei wohl kaum überstehen – falls es überhaupt zum Brand kommt. So sehr Ava auch zweifelt, es scheint eher unwahrscheinlich, dass es *nicht* geschieht. Die Temperaturen dort drinnen dürften bereits stark ansteigen. Ein einziger Funke würde genügen.

Die OGI-Kamera zeigt, dass der Sauerstoffgehalt im Gebäude der Gesellschaftspolizei bei über siebzig Prozent liegt. Zu spät für Mandisa, deren Leiche dort inzwischen vermutlich verwest, zu Brei zerfällt in der Hitze. Sie wird als eines der Opfer der heutigen Nacht abgeschrieben werden, gemeinsam mit anderen, die heute sterben werden. Als eine mit einer hohen Punktzahl ist sie nicht das Ziel von *Eyes Forward*, aber jede Sache hat ihre Opfer. Zumindest sagte Mandisa das immer.

Ava überprüft ihr Handy. Angus hat sich noch nicht gemeldet. Nach allem, was er für die Sache getan hat, ist der Versuch, seiner Cousine zu helfen, die kleinste Gefälligkeit. Iris hat auch viel beigetragen, um die Nachricht zu verbreiten. Und sie ist Maes Tochter.

Von ihrem Wohnzimmer in einem schönen und sicheren Teil der Stadt aus loggt sich Ava in die Überwachungskamera des Bestattungsinstituts ein. Eine ist nach außen gerichtet und bietet einen klaren Blick auf das Gebäude der Gesellschaftspolizei. Zu ihrer Erleichterung sind die Straßen ruhig. Die Warnung auf Nebula, gepaart mit der Ausgangssperre, hat alle drinnen gehalten. Es sollte keine Opfer durch eine einzelne Explosion geben. Zumindest keine Opfer mit niedrigen Punktzahlen. Sie wippt mit den Füßen und zuckt mit den Lippen. Die Ungeduld macht sie rastlos. Sie fragt sich, wie hoch die Temperatur dort drinnen jetzt ist. Es muss erstickend sein – ohne Klimaanlage, nur brennbares Gas und Tonnen von wärmeproduzierenden Computern.

Nur ein einziger Funke.

Ihr Handy piepst. Der CEO von XL Medico ruft an. Sie lehnt ab, immer und immer wieder. Er ist hartnäckig. Das muss wichtig sein. Sie kann jetzt nicht reden. Sie hat ihre Reaktionen – Überraschung, Leugnung und *Was zur Hölle machen wir jetzt?* – noch nicht einstudiert. Stattdessen schreibt sie: *Tut mir leid. Beschäftigt. Was ist los?*

Die Antwort kommt prompt: *Explosion in der Fabrik. Was zum Teufel? Sagen Sie mir, dass wir Vorräte von Pres-X und Pres-X-2 anderswo haben!!!*

Sie antwortet knapp: *Es ist alles dort. Wollen Sie damit sagen, es ist weg – alles?*

Scheiße. Verdammt. VERDAMMT!!!

Ava grinst, als sie seine Nachricht liest. Angus hat es tatsächlich getan. Jetzt bereut sie, den Anruf nicht entgegengenommen zu haben – allein um die Panik in der Stimme des CEOs zu hören. Sie hätte per Video anrufen sollen, um zu sehen, wie seine Schläfenvene pulsiert. Sie wünschte, sie könnte jetzt in einem Vorstandstreffen sitzen, um das geistige Chaos live zu erleben, die Leute sehen, die ihre erste oder zweite Dosis herbeisehnen – und dann die Enttäuschung, wenn sie merken, dass ihre Falten bleiben werden.

Sie legt die Hände hinter den Kopf und lehnt sich in ihrem Stuhl zurück, atmet tief durch und lässt Zufriedenheit jeden Zentimeter durchdringen. Aber es gelingt nicht ganz. Die Explosion der Fabrik ist eine Sache, aber das Gebäude der Gesellschaftspolizei steht noch. Wenn es nur einen Funken braucht – dann wird sie ihn liefern.

Sie zieht sich an, ganz in Schwarz, wie immer, bindet sich dann ihre Haare zurück und schließt ihr Fahrrad auf.

Es reicht ihr nicht, das alles nur auf dem Handy zu sehen oder Berichte aus zweiter Hand zu hören. Sie will den Geruch frisch verkohlter Gebäude in der Nase haben, den Zusammenbruch von Eyes Forward mit eigenen Augen sehen, das Knacken ihrer Knochen hören.

Bevor sie losfährt, schickt sie anonym eine Nachricht an die Presse – über die Fabrik.Rache wird so süß, wie sie es sich immer erhofft hat.

Dann klingelt ihr Handy.

53

MAE

Es ist kalt, als Mae aufwacht. Der nasse Boden sickert durch ihre Hose. Sie kommt auf hartem Asphalt zu sich, angelehnt an... was ist das? Eine Mülltonne. Sie hat neben einer Mülltonne geschlafen – in einer Gasse – während der Regen in einem heulenden Wind auf sie herabregnet. Der beißende Geruch von feuchtem Beton füllt ihre Nase. Sie blinzelt, ihre Sicht ist verschwommen, wie durch einen Nebel.

Hä?

„Mae!" Pashas Gesicht ist nah an ihrem, ihr Name dringt durch ihre Benommenheit. Seine Augenbrauen sind zusammengezogen und ihr Kopf pocht, als würde ihr Gehirn versuchen auszubrechen.

„Pasha. Was machen wir hier?"

„Du hast dir den Kopf gestoßen, Mae. Ich glaube, du hast eine Gehirnerschütterung."

Das erklärt die höllischen Kopfschmerzen. Sie reibt sich die Schläfen und sogar ihre Arme schmerzen. Ihre Brust tut bei jedem Atemzug weh.

Iris! Der Gedanke trifft sie wie ein weiterer Schlag auf den Kopf.

„Iris!" Sie richtet sich ruckartig auf, und ein Schmerz zerreißt ihren Körper. „Angus hat gesagt, Iris sei in Gefahr." Sie weiß nicht mehr, warum sie bei Angus waren, aber irgendetwas war mit ihrer Tochter.

Mutterinstinkte durchdringen selbst die schlimmsten Kopfverletzungen.

„Angus ist losgegangen, um ihr zu helfen. Er ist aber schon eine Weile weg. Er wollte anrufen." Pasha schaut auf sein Handy, dann wählt er. „Nur die Mailbox. Verdammt." Er prüft die Uhrzeit, verzieht die Lippen und wählt erneut. „Ava?..."

Ava! Mae versucht ihn finster anzusehen, aber es unterscheidet sich kaum von ihrem schmerzverzerrten Gesichtsausdruck. Warum zum Teufel ruft er diese Frau an?

„Kannst du sehen, wo sie ist? *Eyes Forward*-Zentrale! Was zum Teufel? Nein, wir haben nichts von Angus gehört. Es ist zu lange her... Okay, ich gehe dorthin... Mae hat eine Gehirnerschütterung. Ich muss sie hier lassen... Kannst du kommen? Großartig. Danke. Sie ist in einer Gasse in der *Minster Street*."

Er steckt sein Handy ein und nimmt dann Maes Hände. Seine Augen sind blutunterlaufen, ein Kontrast zu seinem staubig weißen Gesicht. „Mae, ich werde Iris holen. Warte hier, okay? Beweg dich einfach nicht. Ava kommt, um dir zu helfen."

Sie zieht sich zurück und schüttelt den Kopf. „Nicht Ava."

„Mae, jetzt ist nicht der Zeitpunkt, um dich um euren Streit zu sorgen. Du musst einfach hier bleiben. Versprich mir, dass du hier bleibst. Sie wird in zehn Minuten hier sein, vielleicht fünfzehn. Ich muss los und Iris helfen."

Mae packt seine Hände so fest sie kann und lässt nicht los, als er sich zu lösen versucht. Sie will nicht, dass er geht. Sie kann nicht beide verlieren. „Bitte."

Sein Kopf sinkt, er hebt ihre Hände und küsst sie. „Du weißt, dass ich gehen muss, Mae. Ich bin so schnell wie möglich zurück. Warte einfach hier."

Die Wärme seiner Hände verschwindet im Moment, als er geht. Mae bleibt allein zurück, frierend, mit kaum einer Erinnerung daran, warum.

54

— · —

IRIS

Iris' Handy vibriert in ihrer Tasche und sie nimmt es heraus. Eine Nachricht von Angus, ausgerechnet: *Die Pres-X-Fabrik ist gerade explodiert. Wo bist du?*

Iris runzelt die Stirn und steckt ihr Handy weg. „Leute, diese Explosion war die Pres-X-Fabrik. Das sollte die mit den hohen Punktzahlen für eine Weile ablenken." Georgie schenkt Iris keine Aufmerksamkeit. Stattdessen zieht sie ihren Lippenstift nach. Iris verdreht die Augen darüber, dass sie ihn tatsächlich mitgebracht hat.

„Jetzt, Georgie? Ernsthaft?"

„Ich brauche nur eine Minute. Ich habe noch nichts hochgeladen, nur gefilmt. Ich muss nur das VPN einschalten."

„Du siehst wunderschön aus, Georgie", sagt Sam.

„Danke." Georgie lächelt und zieht ihre Sturmhaube auf, dann reicht sie Iris ihr Handy. „Halt es ruhig."

„Klar. Bitte entschuldige, wenn meine Hände nach mehreren Nahtoderfahrungen zittern." Iris öffnet die Kamera-App und gibt Georgie ein Daumen-hoch.

„An die mit den niedrigen Punktzahlen, ich kann bestätigen, dass die Jagd eröffnet ist. Ich habe mich in den Schatten versteckt und gefilmt, was vor sich geht. Ich werde in Kürze einige Videos hochladen. Seid gewarnt, sie sind erschütternd. Die Jäger schießen mit Armbrüsten auf Menschen, sind mit Schwertern bewaffnet und darauf aus, so viele wie möglich zu töten.

„Sie können euch weder orten noch verfolgen, also bleibt bitte versteckt und ruhig. Ich habe aus zuverlässiger Quelle erfahren, dass die neue Pres-X-Fabrik explodiert ist, zusammen mit dem gesamten Vorrat an Konservierungsmedikamenten. Entschuldigt, wenn wir kein Mitleid haben. Vielleicht würden die mit den hohen Punktzahlen das Leben mehr schätzen, wenn sie wie wir altern dürften."

„Bitte, bleibt in Sicherheit. Und an *Eyes Forward*: ich hoffe, ihr genießt eure letzten Minuten an der Macht. Heute Nacht endet eure Herrschaft."

Iris beendet die Aufnahme und gibt ihr das Handy zurück. „Fertig? Kann ich jetzt mit der Mission weitermachen?"

„Ja."

Sam packt sie beide. „Scheiße, schaut! Da kommt jemand."

Alle springen zurück in die Ecke des Eingangs. Iris lehnt sich vorsichtig nach vorn. Es gießt jetzt in Strömen. Die Gestalt, die sich nähert, ist durchnässt, hinkt und hat keine Waffe. Kein Jäger. Iris blinzelt gegen das schwache Licht an – das Flake und ein paar flackernde Straßenlaternen helfen ein wenig, aber es dauert, bis sie erkennt, wer es ist.

„Das ist... das ist kein Jäger, ich bin mir sicher..." sagt sie ungläubig. „Das ist... mein Dad? Dad?"

Pasha rennt mitten durch den Rathausplatz, vollkommen ungeschützt. Ein Bolzen zischt durch die Luft und trifft ihn in die Schulter, schleudert ihn nach vorn.

„Dad!" Iris will zu ihm rennen, aber Georgie und Sam halten sie zurück. „DAD!"

Er bleibt auf den Beinen, läuft langsamer, hält seine linke Schulter mit der rechten Hand.

„Ich bin ein 900er, ihr Arschlöcher!", ruft er in die Nacht. Dunkles Blut durchtränkt seine Jacke. Iris blickt in den Himmel – in Sorge vor weiteren Bolzen oder Schwertern. Er läuft mitten durch das Zentrum, wie ein Wahnsinniger, ohne sich im Schatten zu halten.

Ich hoffe, er schafft es. Bitte, bitte!

Als er nur noch ein paar Meter entfernt ist, reißt sich Iris los und greift nach ihm, zieht ihn in den Schutz des Türrahmens.

„Dad! Oh mein Gott. Geht es dir gut? Scheiße. Soll ich ihn rausziehen?" Der Bolzen steckt immer noch in seiner Schulter, das Metall glänzt im Zwielicht.

„Es ist in Ordnung, Schätzchen. Keine Organe getroffen. Tut nur weh, das ist alles."

Sein Haar, seine Haut, alles ist mit rotem und weißem Zeug bedeckt – Staub, der im Regen zu einer Paste geworden ist. Seine durchnässte Kleidung ist zerrissen und er hat überall kleine Schnitte. „Was zum Teufel machst du hier?"

„Ich wollte dich das Gleiche fragen."

„Du siehst aus, als wärst du in eine Explosion geraten."

„Tja..."

Iris schlägt sich die Hände vors Gesicht. „Scheiße, Dad. Die Pres-X-Fabrik."

Er verzieht das Gesicht. „Lange Geschichte."

„Wo ist Mum?"

„In Sicherheit. Es geht ihr gut", sagt er mit einem Stöhnen, während er den Bolzen begutachtet. Iris holt ein Tuch aus ihrem Rucksack und beginnt, die Wunde damit zu versorgen. „Also", sagt er, „willst du mir vielleicht sagen, was genau du hier draußen machst?"

Iris kaut einen Moment auf ihrer Lippe, dann erzählt sie ihm alles. „Es funktioniert, Dad. Sie können die mit den niedrigen Punktzahlen nicht aufspüren. Und wir haben ein paar Jäger sagen hören, dass sie das Gebäude zerstören wollen, in dem ich arbeite. Das ist das letzte. Wir müssen das letzte Drittel hier drin verstecken. Und dann wenn vielleicht dieses Gebäude zerstört wird, und das Gebäude der Gesellschaftspolizei, sind das alle Datenzentren in Berkshire. Selbst wenn sie das Gebäude nicht zerstören, können sie den Rest von den Personen mit niedrigen Punktzahlen nicht aufspüren. Ich muss da rein, damit Plato funktioniert. Ich werde hochklettern."

Iris überprüft den USB-Stick und den Monitor in ihrer Tasche. Sie sind noch da, immer noch trocken, und sie steckt die Brechstange in ihre Jacke.

„Kümmere dich um ihn", sagt sie zu Georgie.

„Natürlich."

Sie sieht alle drei eindringlich an. „Ihr müsst hier weg. Wartet nicht auf mich."

„Halt die Klappe, Iris", sagt Georgie. „Natürlich warten wir auf dich."

„Nein. Die Jäger könnten kommen und diesen Ort in die Luft jagen, sobald der Hack beginnt. Also müsst ihr weg sein, bevor das passiert. Ich schreibe euch eine Nachricht, wenn Plato läuft."

Pasha packt ihr Handgelenk. „Es hat keinen Sinn, dich davon zu überzeugen, das nicht zu tun, oder?"

Sie schüttelt den Kopf und küsst dann seine Wange. „Keine Chance, Dad."

Er sackt gegen den Türrahmen und Iris wirft ihm einen letzten Blick zu, als sie sich zum Gehen wendet. „Sei vorsichtig, Liebling. Mach deine Urgroßmutter stolz."

55

MAE

Mae driftet für einen Moment gedanklich ab – oder länger – sie kann es nicht sagen. In ihrem Kopf wiegt sie Baby Iris in den Armen. Sie hat sie nie viel gehalten, nicht so oft, wie sie es hätte tun sollen. Sie verbrachten ein Jahr in ihrer Wohnung eingesperrt, nur Pasha ging gelegentlich raus, um Lebensmittel zu besorgen. Die Anhänger der *Enough*-Bewegung töteten Babys und selbst die tätowierten waren nicht sicher. Neue Mütter wurden getötet. Jeden Moment hätte jemand in ihre Wohnung stürmen und Baby Iris wegnehmen können.

Also versuchte Mae, sie nicht zu sehr zu lieben. Sie sah eher ein grausames Ende als eine leuchtende Zukunft. Ist das jetzt dieses grausame Ende – endlich? Wäre es schwerer für sie, damit umzugehen, wenn sie zärtlicher gewesen wäre?

Mae liebte sie, tut es immer noch, so sehr, dass es ihr Angst macht. Jeden Aspekt des Elternseins findet sie erschreckend, jetzt, wo Iris erwachsen ist, genauso wie als sie ein Baby war. Eine Umarmung von Iris lässt sie fühlen, als würde sie vor Liebe explodieren, als würde sie etwas unglaublich Kostbares festhalten und sie hat Angst, es zu verderben. Alles, was Mae berührt, geht kaputt.

Sie darf sie jetzt nicht verlieren, nicht, ohne dass Iris je erfährt, wie sehr sie sie liebt. Diese Liebe macht ihre Knochen schwer – ihre Liebe zu Iris – und erfüllt sie mit einer beunruhigenden Wärme.

Der Boden ist zu kalt, um lange darauf zu sitzen, also verlagert Mae ihr Gewicht, bei jeder Bewegung hämmert ihr Kopf. Regen strömt nun in die Gasse und der Wind peitscht kalte Luft durch sie hindurch. Ihre Jacke ist zu dünn, oder es ist zu kalt. Ist das nicht dasselbe? Sie versucht, Ziegelsteine und Pflasterplatten zu zählen, aber es fällt ihr schwer, sich zu konzentrieren, und alles Graue verschwimmt mit dem übrigen Grau. Ihr Magen verkrampft sich. Es kommt kein Erbrochenes hoch, aber in der Ecke liegt noch altes. Es riecht nach verdorbener Milch.

Warum braucht Pasha so lange? Was, wenn er versagt und es nicht zu Iris schafft? Sie hörte ihn mit Ava sprechen. Was hat sie gesagt? *Eyes Forward*-Zentrale. Ihr Gedächtnis besteht aus Puzzleteilen und sie muss das Puzzle zusammensetzen. Sie rollt sich auf die Seite und bereut es sofort, als Rippenschmerzen durch sie hindurchstechen, aber sie erhascht einen kurzen Blick nach draußen. Sie weiß, wo sie ist. Es ist nicht weit zu diesem Gebäude.

Pasha und seine bescheuerten Ideen. Iris ist nicht besser.

Sie stützt sich an der schroffen Ziegelwand ab und steht langsam auf. Nach einem Moment lässt das Schwindelgefühl nach. Sie versucht ein paar Schritte die Gasse entlang. Ein bisschen wackelig, aber nicht zu schlimm.

Iris, ich komme.

Ein wackeliger Schritt nach dem anderen, tastet sie sich an der Ladenwand entlang vorwärts. Sie blinzelt, reibt sich die Augen. Alles wirkt so weit entfernt, als würde sie durch ein Fernglas verkehrt herum schauen.

Einmal ist sie für dieses Kind quer durchs Land gewandert. Da schafft sie jetzt auch ein paar hundert Meter quer durch Reading. Sie spannt jeden Muskel so fest an, wie es der Schmerz zulässt, beißt die Zähne zusammen und geht ein Stück weiter.

Der Regen prasselt, aber über das Tosen hinweg hört sie eine Stimme – eine, die sie kennt – wie sie ihren Namen ruft.

„Mae!"

Iris

Der Aufstieg ist schwierig, jeder Ziegelstein ist vom Regen rutschig. Iris versucht, leise zu sein, unterdrückt ihr Stöhnen von der Anstrengung und zuckt bei jedem Klirren und Kratzen zusammen, wenn die Brechstange auf den Ziegel trifft. Sie muss sie oft benutzen, um tiefere Griff- und Trittlöcher in die Ziegel zu schlagen. Das Mauerwerk bröckelt weniger leicht als erhofft. Natürlich ist dieses Gebäude eines der wenigen, um das sich *Eyes Forward* tatsächlich kümmert. Die scharfen Kanten schneiden in ihre Hände, trotz der Hornhaut aus jahrelangem Klettern. So gut es geht, hält sie drei Kontaktpunkte zur Wand und ihren Körper dicht an der Mauer. Ihre Jacke ist kaum wasserdicht. Kalte Regentröpfchen kriechen durch die Nähte.

Gelegentlich hält sie inne, wappnet sich für einen Bolzen, der auf sie zufliegen könnte, aber es ist still draußen. Die anderen verstecken sich im Türeingang. Iris, ganz in Schwarz gekleidet und eng an die Wand gepresst, wäre schwer zu entdecken. Unerwartet. Die Straßenlaternen werden dunkler und sie muss blind nach dem nächsten Loch zum Festhalten tasten. Jedes Mal, wenn sie die Brechstange zurückschwingt, um weitere Löcher in das Mauerwerk zu schlagen, stellt sie sich vor, es sei das Gesicht *Eyes Forward*-Vertreters.

Du machst das großartig, Iris. Weiter so.

Die Stimme erschreckt sie nicht. Sie ist tröstlich und aufmunternd, als würde jemand ihre Hand halten.

Die Fenster zu überwinden, ist leichter. Die Metallstreben davor geben ihr sogar etwas Auftrieb, auch wenn sie rutschig unter den Füßen sind. Sie versucht, durch die Fenster zu spähen, aber sie sind abgedunkelt oder verbrettert. Niemand darin kann hinausblicken. Seltsam, dass die Vertreter von *Eyes Forward* keinen Ausblick wollen. Als sie sich über das Ziegeldach tastet, rutscht sie beinahe ab, findet aber ihr Gleichgewicht wieder. Dann ist es nur noch ein kurzes Stück am Turm hinauf. Iris orientiert sich auf die vom Rathausplatz abgewandte Seite, um sich im Schatten zu halten. Leise schleicht sie weiter.

Mit einer Hand hält sie sich fest, ein Fuß steckt in einer notdürftig geschlagenen Stütze. Mit dem linken Arm holt sie weit aus, nutzt den gesamten Schwung und zerschlägt das Fenster. Der Lärm ist gewaltig. Wenn bisher niemand wusste, dass sie da war, dann jetzt. Sie muss sich beeilen. Sie zwängt sich durch die Öffnung, schneidet sich an den spitzen Glassplittern. Keine Zeit, das zu spüren. Keine Zeit für Schmerz. Sie landet auf dem Boden, rollt ab, um den Aufprall abzufedern, und atmet schwer, hinterlässt eine nasse Spur auf dem Beton.

Sie hat es geschafft. Sie ist im Gebäude.

Zum hundertsten Mal überprüft sie den Inhalt ihrer Tasche. Alles ist in Ordnung.

Keine Zeit zu verlieren. Weiter, Iris!

Wohin? Sie sieht sich um – keine Computer in Sicht. Der Turmboden ist leer. Bloße Backsteinwände, nur ein windschiefes Geländer. Sie rennt los, ihre Schritte hallen, dann verlangsamt sie sich, tritt leiser. Sie hat keine Ahnung, wer sich in diesem Gebäude aufhält. Daran hatte sie nicht gedacht – eines der vielen Löcher in ihrem hastig gestrickten Plan. Wenn sie auf einen Eyes-Forward-Vertreter trifft – könnte sie kämpfen? Beim Hämmern gegen das Mauerwerk war es leicht, sich das vorzustellen. Aber Fleisch ist etwas anderes.

  EMMA ELLIS

Du kannst alles tun, was nötig ist.

Leicht gesagt – für eine imaginäre Stimme.

Auf Zehenspitzen steigt sie eine enge Treppe hinab, die nassen Schuhe quietschen bei jedem Schritt. Sie gelangt zu einem vergitterten Fenster. Die verdunkelten Bretter lassen an einer Seite einen schmalen Spalt frei, durch den sie auf den offenen Rathausplatz blicken kann.

Sie kann den Moment in Zeitlupe sehen, wie ein alter Film, der sich vor ihren Augen abspielt. Georgie rennt auf einen großen Fremden zu, aber sie läuft, als wolle sie ihn umarmen. Nur tut sie das nicht. Sie stürzt sich auf seine Taille, reißt ihn zu Boden, Georgie schreit, als sie beide auf den Asphalt aufschlagen. Sie stehen auf und sie tritt ihm in den Schritt. Iris kann nichts anderes tun, als zuzusehen, wie die Granate aus seiner Hand rollt, während Georgie auf sein Gesicht tritt.

Die Granate rollt in Richtung des Eingangs zum Rathaus. Sie liegt dort für einen Moment, dann wird es blendend hell, erschüttert den Boden und das Gebäude. Das Epizentrum ist genau dort, wo Pasha und Sam warten.

56

IRIS

Trümmer verdunkeln ihre ohnehin eingeschränkte Sicht durchs Fenster, dicke Regentropfen verwandeln alles in schlammige Schlieren und das Gebäude bebt. Iris hämmert mit den Fäusten gegen das Glas, ruft ihre Namen.

„Dad! Georgie!"

Doch unten ist nichts zu erkennen, nur eine Staubwolke, vom Regen durchzogen. Der Boden unter ihren Füßen wölbt sich, Risse ziehen sich durch die Wand. Sie will zurück zu dem Fenster, durch das sie hereingeklettert ist – setzt einen Fuß vor den anderen, hält dann inne. Der Rucksack auf ihrem Rücken. Wenn sie tot sind, dann darf es nicht umsonst gewesen sein. Es darf einfach nicht umsonst gewesen sein. Sie hat ihren Vater hierher geführt. Georgie hierher geführt.

Nutze diesen Zorn. Du musst das zu Ende bringen.

Iris zögert, hin- und hergerissen zwischen ihrer Mission und ihrer Familie. Sie wischt sich nasse Strähnen aus dem Gesicht, geht noch einmal zum Fenster. Da ist niemand mehr. Keine Menschen. Nur Asche, die sich legt. Das Gebäude ächzt.

Auch wenn die Gebäude zerstört sein könnten, sind die Punktlosen immer noch verwundbar.

Tu es, Iris! Beeil dich!

Sie dreht sich um, tappt durch den Raum und huscht weitere Treppen hinunter. Die Wände sind mit staubigen Relikten aus der Vergangenheit bedeckt. Immer noch kein Computer in Sicht. Auch keine Vertreter von *Eyes Forward*. Der Ort riecht nach Feuchtigkeit und Verfall. Vielleicht gibt es im Erdgeschoss noch Anzeichen von Leben. Sie umklammert die Brechstange und hält sie hoch, während sie geht. Sie findet eine weitere Treppe und geht runter und stößt auf eine Metalltür. Ihr Herz macht einen Sprung, als sie das leise Summen einer Klimaanlage hört.

Sie drückt mit ihrer Hüfte gegen die Metalltür, dann blinzelt sie, als die Bewegungsmelder die grellen Lampen aktivieren. Mehr als nur Leben. Es blendet sie. Sie hebt den Arm, um ihre Augen zu schützen, während das Summen anschwillt. Benommen vom Licht bleibt sie stehen und wartet, bis sich ihre Augen daran gewöhnt haben. Es ist eiskalt. Sie zittert – vom Frost und von der durchnässten Kleidung. Dann macht sie einen Schritt nach vorn. Die Hauptbeleuchtung dimmt. Über ihr flackern grüne Leuchtstreifen an der Decke.

Jetzt, wo ihre Augen sich angepasst haben, kann sie sich umsehen. Zu beiden Seiten: Serverreihen vom Boden bis zur Decke, blaue Lichter blinken an den Fronten. Der Gedanke trifft sie plötzlich – vielleicht ist das hier doch eine Nummer zu groß für sie. Der USB-Stick klappert in ihrer Tasche, aber wohin mit dem verdammten Ding? Ungefähr das millionste Loch in ihrem Plan.

Sie geht ein paar Schritte weiter. In manchen Ecken reicht die Klimaanlage nicht, dort staut sich die Hitze, während in der Mitte klirrende Kälte herrscht. Der enge Gang weitet sich zu einem größeren Raum. In der Mitte hängt ein vierseitiger Monitor wie ein Kronleuchter von der Decke. Das Gesicht eines *Eyes Forward*-Vertreters ziert den Bildschirm. Es ist unheimlich, bewegungslos. Doch wie bei einem Gemälde starren die Augen sie direkt an. Als sie näher tritt, flackert der Bildschirm, das Bild blinkt und eine Stimme ertönt.

„Iris Taylor. Willkommen in der Gesellschaft."

57

—·—

IRIS

Iris blinzelt ein paar Mal. Sie muss unter Schock stehen oder dehydriert sein – oder beides. Doch es ertönt erneut eine Stimme.

„Iris Taylor. Willkommen in der Gesellschaft."

Sie blickt über eine Schulter, dann über die andere. Die Stimme kommt vom Monitor, vom Bild des *Eyes Forward*-Vertreters. Die Hälfte seines Gesichts ist vom Rand seines Hutes verdeckt, der Monitor kämpft mit der Schwärze seines Anzugs.

Ein anderer Monitor an der Seite flackert, gefolgt von ihrem Bild, das den Bildschirm füllt. Kein Live-Bild, sondern ihr Ausweisfoto, das für Gesichtserkennungszwecke verwendet wird. Daneben stehen alle Informationen über sie. Alles. Enkelin von Lloyd und Joan Porter. Urenkelin der Rebellin, ihrer Namensvetterin, Iris Taylor. Ihre täglichen Bewegungen, ein Bildschirm darunter zeigt eine Montage von Videoclips: sie an ihrem Schreibtisch sitzend, zur Arbeit fahrend, in einem Laden – gewöhnliche, alltägliche Dinge. Daneben eine Einschätzung: *Hohes Risiko und wertvolle Ressource*. In fetten Buchstaben über beide Bildschirme: PUNKTLOS.

Der zentrale Monitor spricht wieder. „Iris Taylor. Willkommen in der Gesellschaft."

„Halt die Klappe!", schreit sie zurück. „Ich lebe in der Gesellschaft. Mein ganzes Leben lang."

Sie wendet ihren Blick vom Bildschirm mit ihren Informationen ab und geht im Kreis zu einem anderen Bildschirm. Endlose Datenströme rieseln den Monitor hinunter. Zahlen und Symbole wirbeln in einer Geschwindigkeit vorbei, der Iris nicht folgen kann.

Ein weiterer Monitor ein Stück weiter spielt *Eyes Forward*-Pressemitteilungen und Bevölkerungsberichte ab – alles in Supergeschwindigkeit. Viele davon erkennt Iris aus der jüngsten Zeit, obwohl sie alle gleich aussehen. Das Datum in der Ecke blitzt in den Videos auf. Einige von diesem Jahr, einige vom letzten, wieder ein Sprung zu diesem Jahr, dann weiter zurück. Der Premierminister, eingerahmt von den Vertretern zu beiden Seiten – immer. Sie ändern sich nie, altern nie. In der Gesellschaft ist das Alter ein abstrakter Begriff.

Ein weiteres Video startet, gleiches Layout. Die Datumsanzeige rast vorbei – doch ein Moment lässt sie zusammenzucken. Nicht dieses Jahr. Nicht das letzte. Sondern das nächste. Sie neigt den Kopf, starrt länger. Wieder ein Sprung – zwei Jahre in der Zukunft. Dann ein weiteres, für das nächste Quartal.

Wie kann man das verdammte Ding langsamer machen?

Sie tastet nach Knöpfen und Reglern, findet den Geschwindigkeitsregler und drosselt ihn, bis sie die Einzelbilder erkennen kann. Ihre Finger zittern, als sie die Lautstärke aufdreht.

Es ist der Bevölkerungsbericht von letzter Woche. Den kennt sie. Alles identisch.Dann beginnt das nächste Video – ein Quartalsbericht für das kommende Quartal. Bereits aufgezeichnet.

„Bericht zu den neuesten Bevölkerungszahlen. Die Gesellschaft hat ihr Ziel von weniger als hundert Millionen Bürgern erreicht ..."

Iris reibt sich die Stirn. *Wie ist das möglich?* Sie hat die Daten noch nicht eingereicht.

„Iris Taylor. Willkommen in der Gesellschaft."

Du kennst die Antworten auf deine Fragen längst.

Die Stimme klingt weitaus sicherer, als Iris sich fühlt. Und wenn das stimmt, dann muss sie nur die richtigen Fragen stellen. Draußen könnte ihr Vater im Sterben liegen, aber ihr Denken fühlt sich an wie ein Marsch durch Sirup. Sie zittert, presst die Fäuste gegen ihre Schläfen. Sie kennt diese Technologie. Sprachaktiviert, auf Fragen reagierend – beliebt vor hundert Jahren. Nur ... aufgerüstet.

„Iris Taylor. Willkommen in der Gesellschaft."

Sie kratzt an ihrem Kopf und schreit: „Was zur Hölle ist die verdammte Gesellschaft?"

Der Computer wiederholt ihre Frage, die Worte bilden sich auf dem Bildschirm: *Was zur Hölle ist die verdammte Gesellschaft?*

Gegenüberliegende Monitore summen und flackern und Bilder erscheinen, während der Computer weiter spricht:

„Die Gesellschaft ist eine Methode zur Verwaltung einer Bevölkerung. Die Gesellschaft ist ein aus der Notwendigkeit geborenes Konstrukt. Die Gesellschaft ist der Ort, wo jeder seinen Platz kennt. Die Gesellschaft ist Führung. Die Gesellschaft ist der Ort, wo alle Bürger quantifizierbar sind. Die Gesellschaft hat einen numerischen Wert zwischen 0 und 1000. Die Gesellschaft ist ein Verwaltungssystem. Die Gesellschaft ist hier."

Trotz ihrer feuchten Kleidung und der kalten Klimaanlage steigt Iris' Körpertemperatur. Sie geht ein paar Schritte in die eine Richtung, dann in die andere, während der Computer seine Antwort wiederholt. Ein paar Phrasen treffen einen Nerv mehr als der Rest.

Die Gesellschaft ist ein aus der Notwendigkeit geborenes Konstrukt ... Die Gesellschaft ist ein Verwaltungssystem. Die Gesellschaft ist hier.

Iris lässt ihre Gedanken zu Nebula zurückschweifen, zu dem Klatsch in den Foren, zu den Theorien und Ausbrüchen und Reden, von denen sie in letzter Zeit so viel gehört hat. Ein einziger Satz aus dieser Zeit klingelt ihr plötzlich in den Ohren – wie ein Tinnitus der Erkenntnis.

Die Gesellschaft ist nicht real.

Jemand hat das gesagt. Georgie vielleicht. Oder jemand anderes auf Nebula. Iris kratzt sich am Kopf, ihre Erinnerung ist verschwommen. Sie dreht sich um und sieht all die Computer an, die Hardware, die ihr entgegenblinkert wie Morsezeichen, die ihr etwas längst Offensichtliches mitteilen wollen.

„Iris Taylor. Willkommen in der Gesellschaft."

Ihr Kiefer sinkt nach unten, sie wischt sich die feuchten Handflächen an ihrer Kleidung ab. Sie geht zwischen den Monitoren umher, an endlosen Datenströmen vorbei, an Pressemeldungen, die in Endlosschleife laufen – und sie fröstelt. Die Gesellschaft ist kein Land, keine Grenzen, keine Menschen. Sie ist nicht das, was Großbritannien einmal war. Kein neu strukturiertes Land mit Regierung, Gesetzen und Bürgern.

Die Gesellschaft ist nicht real.

Sie sucht und das Label auf allen Festplatten bestätigt es. *Die Gesellschaft, Modell 300.*

Die Gesellschaft ist bloß irgendeine beschissene Festplatte?

Sie reibt sich erneut die Schläfen, während sich Hitze durch ihren Körper zieht. Ihr Hals ist trocken, sie schluckt schwer. Es bleibt keine Zeit, das alles zu durchdenken. Sie atmet langsam ein, versucht Ruhe einzuatmen, Sauerstoff ins Gehirn zu bringen, um schneller denken zu können.

Mit ruhigen Händen steckt sie den USB-Stick in die nächstgelegene Festplatte. Es scheint ihr so gut wie jeder andere Ort. Sie schließt den Monitor daneben an. Der Hack *Plato* erscheint auf dem Bildschirm und sie klickt auf *Ausführen*. Der Bildschirm füllt sich mit Code – Tashs kunstvoller Programmierung. Sie darf jetzt nicht an Tash denken. Sie hat keine Ahnung, ob überhaupt noch jemand lebt, den sie liebt. Schon gar nicht die besonders gefährdeten mit niedrigen Punktzahlen. Ihre einzige Chance ist, dass es funktioniert. Sie sind schon so weit gekommen. Wenn es jetzt scheitert, sind sie alle komplett am Arsch.

Du schaffst das, Iris. Ich bin so stolz auf dich.

Das hilft nicht. Die Stimme ist nur Ablenkung. Sie versucht, ihren Kopf davon freizubekommen. Das Flake ist noch in ihrem System – der ganze Code und die Lichter scheinen heller als normal, ihr Herzschlag ist ruhiger, als er sein sollte.

Das Gebäude senkt sich ein wenig, ein weiteres Grollen – ob nah oder fern, kann sie nicht sagen. Sie klammert sich am Schreibtisch fest, stellt ihre Füße breiter auf, dann sendet sie eine Nachricht an die Gruppe: *Ich bin drin. Geht's euch allen gut?*

Das Gesicht auf dem zentralen Bildschirm flackert. Ihr Text erscheint auf dem Monitor: *Ich bin drin. Geht's euch allen gut?*

Verdammt. Sie können von hier drinnen alles überwachen. Sie überprüft den Hack. Der läuft immer noch durch den Code. Sie rennt zum Ausgang – aber der Haupteingang liegt nicht in dieser Richtung. Sie ist noch ein paar Stockwerke über dem Boden, und sie findet keinen anderen Weg rein oder raus als den, den sie genommen hat. Risse ziehen sich vom Boden aus die Wände hoch. Die Granate hat Schaden angerichtet, aber es gibt immer noch keinen Ausweg. Sie läuft zu den Fenstern, aber sie sind geschwärzt und vergittert – genauso wie zuvor. Die anderen müssen fliehen, sich in Sicherheit bringen, falls das hier funktioniert und die Jäger dieses Gebäude bombardieren. Sie tippt erneut eine Nachricht: *Geht! Haut ab hier! Plato lädt. Ich finde schon zurück. LOS!*

Ihr Text erscheint wieder auf dem Bildschirm und sie fletscht die Zähne. Verdammte Technik.

Dann dämmert es ihr. Es gibt keinen Weg hinein oder hinaus. Niemals. Die *Eyes Forward*-Zentrale wird überhaupt nicht von *Eyes Forward*-Vertretern verwendet.

Sie rennt zurück zu einem anderen Computer und klickt auf Dateien. Sie findet eine Liste von *Eyes Forward*-Vertretern für Berkshire. Die Leute, die alle gleich aussehen. Es sind zehn. Nur zehn. Alle sind alte Konservierte bis auf einen in Ausbildung. Alle ihre Fotos sind gleich. Haare im gleichen Stil geschnitten, schwarze Buzzcuts, die gleichen ausdruckslosen Gesichter, alle Unterschiede verborgen durch den Schatten eines breitkrempigen Hutes. Es folgt eine Liste ihrer Aufgaben: ... es gibt keine. Gehen. Patrouillieren.

Keine Ministerpositionen. Keine öffentlichen Dienstposten.

Sie tun nichts.

Sie klickt auf Lloyd Porters Akte. Er wurde als Hüter des Punktzahl-Algorithmus benannt, wie Mae sagte. Aber das ist alles. Es scheint, als wäre er der Einzige mit einem tatsächlichen Job. Sie sucht nach Berufsbezeichnungen und der Computer zeigt nichts an. Es gibt keine Minister, kein Parlament oder irgendetwas. Nichts. Es sind nur Gesichter – dasselbe Gesicht, das immer noch auf dem zentralen Monitor ist.

„Iris Taylor. Willkommen in der Gesellschaft.“

Sie stöhnt und zerrt an ihren Haaren. Ist das alles? Die ganze Gesellschaft? Es gibt nicht einmal einen Premierminister. Er ist nicht aufgelistet und in jedem Nachrichtenclip ist er immer gleich. Er ist nur ein Bild. Erschaffen von einer KI.

Es ist nur ein Computersystem. KI-Software. Ein Haufen Männer, ein paar Frauen, wahrscheinlich ausgewählt, weil sie sich alle irgendwie ähnlich sehen. Die Nachrichten der Zukunft sind längst vorentschieden. Es sind nicht nur die Lebenspunktzahlen, die von einem Algorithmus gesteuert werden – die ganze Gesellschaft ist es. Algorithmen innerhalb eines Algorithmus. Platons Höhle ist kein physischer Ort. Sie ist nur Code.

Plato gibt ein Signal – der Hack ist geladen. Sie überprüft den Monitor und beginnt, das letzte Drittel der U-200er in das *Eyes Forward*-Gebäude zu ziehen. Das *Eyes Forward*-Gebäude, in dem nie ein Mensch einen Fuß setzt – irgendein Datenzentrum, das gebaut und zugenagelt wurde. Nicht, dass die mit den höheren Punktzahlen das wüssten. Manche vielleicht, aber sie hat jetzt keine andere Wahl, als zu pokern. Der Großrechner für die gesamte Grafschaft besteht nur aus Nullen und Einsen, als wäre das Leben nur eine binäre Entscheidung nach der anderen.

Aus dem Bett aufstehen, 1 oder 0

Den Kaffee trinken, 1 oder 0

Guten Morgen sagen, 1 oder 0

Als wäre es so einfach.

Aber das ist es. Es steht direkt vor ihr, der Code, der sie alle regiert. Denn genau das ist *Eyes Forward*. Code. Wie ein Computerspiel. Das Spielzeug eines Teenagers.

Eyes Forward, mit ihrer weißer-als-weißen Haut und ihren schwärzer-als-schwarzen Anzügen – sie sind die Personifikation des Binären.

Sie zückt ihr Handy und filmt, wie der Computer sie in der Gesellschaft willkommen heißt, filmt den Namen der Festplatte, die Rollen von *Eyes Forward* und alle Beweise, die sie sammeln kann.

Sie scrollt durch weitere Dateien, bis sie eine findet, die sie erstarren lässt. Es ist das Handbuch für die Gesellschafts-KI-Software. Sie klickt und liest die Überschriften. Sie hat keine Zeit, alles zu lesen, aber sie filmt es und nimmt dabei die Kapitelüberschriften auf.

Die Gesellschaft ist ein KI-Programm, das bestrebt ist, das perfekte Gleichgewicht der menschlichen Bevölkerung zu schaffen.

Menschen brauchen Ablenkungen von ihren Gefahren. Die KI wird solche Eitelkeitsprojekte priorisieren, um die Bevölkerung mit trivialen Dingen zu unterhalten und zu beschäftigen.

Die KI ist darauf ausgelegt, ein perfektes Wirtschaftssystem zu erschaffen.

Die KI ist darauf ausgelegt, Menschen von unnötigen Denkprozessen zu entlasten.

Menschen benötigen die Illusion der Wahl. Sie benötigen keine echte Wahl.

Die KI ist darauf ausgelegt, perfekte Konformität zu erzeugen, sodass jeder Bürger seinen Platz und seine Bestimmung kennt.

Jeder Mensch hat einen numerischen Wert. Die KI kann jeden Bürger auf diese Weise quantifizieren.

Im Falle von Fehlberechnungen der KI ist es möglich, das System zurückzusetzen.

Das lässt Iris innehalten und dann noch einmal lesen. Es ist möglich, das System zurückzusetzen. Iris studiert diese Anweisungen genau. Es ist nicht so einfach wie Strg+Alt+Entf zu drücken, aber es ist nicht weit davon entfernt. Sie könnte es tun. Sie könnte die gesamte Gesellschaft herunterfahren und neu starten.

Aber es ist eine Illusion. Sie kann sie zurücksetzen, aber sie wird immer noch da sein.

Es sei denn, die mit den höheren Punktzahlen zerstören das Gebäude.

Was hatten diese Jäger gesagt – „Nach Hause auf ein Bier, bevor es regnet?" Es regnet jetzt. Sie kommen vielleicht nie. Zurücksetzen reicht nicht. Sie muss das ganze verdammte System selbst vernichten.

Du weißt, was zu tun ist, Iris.

Iris weiß es ganz genau. Sie greift nach der Brechstange.

Scheiß drauf.

Sie schwingt auf den Monitor, auf die Festplatte, dann auf einen weiteren. Sie zerschlägt Server um Server. Die oberste Gesellschaftspolizei wird jeden Moment hier sein, um sie wegzubringen. Es ist ihr egal. Der Hack reicht nicht. Sie kann sich nicht darauf verlassen, dass die Jäger das Gebäude zerstören. Sie muss es jetzt vernichten.

Sie schlägt erneut zu, schreit dabei, die Erschütterungen ziehen durch ihre Arme und Schultern. Das Gebäude neigt sich, ein Knall, lauter als zuvor. Sie stürzt auf den Hintern, steht wieder auf, findet das Gleichgewicht auf dem schiefen Boden. Die Explosion draußen hat Schaden angerichtet, das Gebäude schwankt. Es wird mit Sicherheit einstürzen, aber sie muss sicherstellen, dass nichts heil bleibt. Nichts von der Gesellschaft darf bestehen bleiben.

Sie schlägt weiter zu. Funken sprühen aus einem der Server, sie zerschlägt noch mehr, bis kleine Flammen aufflackern. Sie findet die Klimaanlage und schlägt sie ebenfalls kaputt. *Lass es hier drin kochen. Lass alles durchbrennen!* Sie lässt das Brecheisen fallen, greift nach der Spiritusflasche und dem Stofffetzen aus ihrer Tasche. Sie zündet ihn an und wirft ihn in eine Ecke. Sie bleibt stehen und lächelt, als die Flammen züngeln.

Schritte kommen von der Treppe. Irgendwie ist jemand hereingekommen. Dieser letzte Knall muss ein Loch in die Seite des Gebäudes gesprengt haben. Das Gebäude neigt sich zum Eingang hin, dort, wo ihr Vater ist. War. Lebt er noch? Ein feiner Riss zieht sich durch die geschwärzten Fenstern. Draußen sind Lichtblitze zu sehen. Ein grollendes Beben lässt ihre Füße vibrieren.

Es gibt eine Explosion im Inneren, die Iris nach hinten fallen lässt. Ein Loch wurde durch die Wand gerissen, wo ihr Molotowcocktail war. Der gummiartige Geruch verbrannter Elektrik erfüllt die Luft. Sie hebt das fallengelassene Brecheisen wieder auf und schlägt weiter auf jedes Stück Technik ein, das sie finden kann.

„Iris Taylor. Willkommen in der Gesellschaft."

„Verrecke, verdammt!" Sie springt und schlägt auf die Bildschirme ein. Als sie das nicht zerstört, zieht sie einen Schreibtisch heran, steigt hinauf und hämmert weiter. Splitter aus Plastik und Metall regnen auf sie herab, während sie schreit und alles zerschlägt, bis sie vom Schreibtisch fällt und unsanft auf die Knie landet. Sie spürt keinen Schmerz. Selbst die Splitter, die sie schneiden, nimmt sie nicht wahr. Alles, was sie fühlen kann, ist die Hitze ihrer Wut.

Als nichts mehr bleibt außer dem Feuer, das am aufgebrochenen Mauerstück entlangklettert, blickt sie auf. Schweiß und Tränen vernebeln ihr die Sicht, aber da steht eine Frau, die aussieht wie ihre Mutter. Der einzige noch funktionierende Monitor – zerbrochen, flackernd – versucht weiterhin, einen Eyes-Forward-Repräsentanten zu zeigen, doch das Bild ähnelt mehr einem Picasso-Gemälde: verzerrt, gespalten, grotesk. Der Lautsprecher kreischt und kratzt:

„Joan Porter. Willkommen in der Gesellschaft."

58

IRIS

Iris starrt, reibt sich die müden Augen und macht dann einen Schritt zurück. „Du siehst genauso aus wie sie.“

„Nun, sie ist meine Tochter. Wir haben Pres-X zur gleichen Zeit genommen, also sehen wir äußerlich gleich alt aus.“

Iris' Finger klammern sich um die Brechstange, als hätte sie Krallen statt Hände. Sie möchte dieser Frau die Augen auskratzen. Sie ist etwas blasser als Mae, ihr rotes Haar ist genauso feurig, ihr Körperbau etwas kräftiger. Aber das war's auch schon. Ansonsten sieht Iris nur ein Monster. Dieses Monster ist ihre Großmutter. Ihre angeblich tote Großmutter.

„Warum bist du hier?“, fragt Iris.

„Um das hier zu Ende zu bringen, falls du es nicht konntest.“

„Du solltest tot sein“, zischt sie durch zusammengebissene Zähne, knurrend wie ein Hund.

„Ich habe mich für einen Neuanfang entschieden. Ich bin Chemikerin. Es gibt Medikamente, die man nehmen kann, um den Anschein des Todes zu erwecken.“ Ihre Stimme klingt gleichgültig, als würde sie über irgendeine Fernsehsendung sprechen und nicht über ihre eigene verdrehte Existenz.

Iris' Haut kribbelt, als würden eine Million Insekten die gleiche Luft atmen statt dieser einen konservierten Schlampe. Sie sieht eigentlich erbärmlich aus. Diese alte Frau, getarnt als feige Mittvierzigerin. „Ich schätze, *Eyes Forward* hat es herausgefunden.“

„Sie wissen alles“, sagt sie und verschränkt locker die Arme vor der Brust. „*Alle Augen sind unsere Augen* ist noch untertrieben. Es stellte sich heraus, dass sie mich brauchten. Pres-X war nur der Anfang. Ich habe auch Pres-X-2 erfunden.“ Sie hebt ihr Kinn, als sie das sagt, mit einem Hauch von Überlegenheit in ihrem Gesichtsausdruck.

„Was für eine Errungenschaft“, sagt Iris und rümpft die Nase. „Soll ich beeindruckt sein? Du hättest Krebs oder eine andere Krankheit heilen können.“

Ihre Mundwinkel heben sich. In diesem Lächeln liegt keine Wärme. Es ist unheimlich und kalt. „Alter ist eine Krankheit. Obwohl du zu jung bist, um das zu verstehen – zu jung und zu schön. Lass mich dich nur einen Moment lang ansehen.“

„Verpiss dich.“ Iris weicht zurück. „Du hast meine Mutter, deine Tochter, im Stich gelassen, aber nicht deine böse Regierung.“ Die Wirkung des Flake ist jetzt völlig verflogen, als hätte das Adrenalin es aus ihrem System gespült. Ihr Herzschlag steigt. Die Brechstange fühlt sich schwer an, dennoch hebt sie sie höher. Sie ist noch nicht bereit aufzugeben.

„Sie war schon immer ein Sonderling“, sagt das Monster mit einer so höhnischen Stimme, dass Iris sich vorstellen könnte, Moira würde es sagen. „Sie ist besser dran ohne mich. Aber du, meine Liebe. Du bist wirklich außergewöhnlich. Du machst ihre Existenz lohnenswert.“

Iris schnaubt. „Ich? Ich bin nichts. Niemand.“

„Du bist *alles*.“ Sie tritt näher und Iris' Griff um die Brechstange wird fester. „Du bist alles, wovor sich *Eyes Forward* immer gefürchtet haben. Du und deine Freundin waren die Ersten eurer Generation, die versucht haben, etwas über ein anderes Land herauszufinden. Ihr seid der Beweis, dass ihre Konditionierungsmethoden nicht ausreichen. Wir Wissenschaftler akzeptieren Misserfolge, Politiker nicht."

„Politiker? Es ist doch nur ein Algorithmus."

„Algorithmen hassen Anomalien auch. Du kannst programmieren, du verstehst das."

Iris' Gesicht verzieht sich vor Ärger. Sie versteht es.

„Deshalb mussten sie Frauen die Nutzung von Computern verbieten."

„Moment", fährt Iris auf. „Das war wegen uns?" Georgie hatte recht!

„Du bist der Beweis, dass Frauen immer tratschen, immer Ärger machen, nicht tun, was man ihnen sagt. *Eyes Forward* wird abstürzen. Es ist nur eine Software", sagt sie mit einer solchen Gleichgültigkeit, als wären Iris' Bemühungen ein Kinderspiel. „Software veraltet irgendwann. Das ist der Neustart, den das Land braucht. Es wird Führung brauchen – und welches Team wäre besser geeignet? Ich, die Hüterin der Jugend, mit Iris Taylor an meiner Seite."

Iris schwingt die Brechstange vor sich, trifft dabei Kabel über ihr, die Funken regnen lassen. „Ich bin niemand!"

„Du vielleicht. Aber deine Abstammung..." Ihre Stimme zeigt nicht den geringsten Hauch von Besorgnis. Das ärgert Iris nur noch mehr. Sie will, dass sie Angst hat. Sie will, dass sie sich zurückzieht, in eine Ecke gedrängt wie eine verängstigte kleine Ratte.

„Jede Regierung hat ihre Kritiker, ihre Rebellen", sagt das Monster. „Aber deine Namensvetterin – die, die ihr Leben für dich geopfert hat – sie war der Name hinter dem Shadownet. Die Erfinderin von Nebula. Sie gründete Sisters and Spies. Abstammung macht neunzig Prozent dessen aus, was die Leute von dir halten. Du kannst sie kontrollieren – ich meine, *überzeugen*. Du kannst Großbritannien wieder vereinen."

„Joan Porter. Willkommen in der Gesellschaft."

Die Monitore hängen nur noch an einem Kabel, Joan steht darunter, während die gesprungenen Bildschirme rauschen und die Lautsprecher knistern.

Du bist so wichtig, wie sie sagt, Iris. Du kannst dem ein Ende setzen.

„Ich will niemanden kontrollieren oder überzeugen", sagt Iris. „Deshalb bin ich nicht hier."

„Du willst die Regierung zerstören. Was glaubst du, wird danach passieren, wenn niemand die Kontrolle übernimmt?"

„Es hat sowieso niemand die Kontrolle. Es ist keine Regierung. Es ist nur KI. Algorithmen."

„Sie sorgen für Ordnung."

Schauer laufen über Iris' Rücken und sie lacht, als wäre sie genauso verrückt wie diese Frau. „Ich glaube kaum, dass das Massaker da draußen Ordnung ist."

„Und was wird ohne die Gesellschaftspolizei, ohne Algorithmen passieren?" Sie zählt ihre Liste an ihren manikürten Fingern ab – der rosa Nagellack ist zu mädchenhaft für so eine Person. „Nur noch Menschen ohne Zweck, ohne Bestrafung. Mit mir an der Spitze wird das Versprechen von Pres-X-2 die Ordnung aufrechterhalten."

Iris knackt mit dem Nacken und ihre Nasenflügel beben. „Weil das alles ist, worum sich die Menschen kümmern. Ein bisschen jünger aussehen."

Sie schenkt Iris ein gezwungenes Lächeln. „Warte ab. Du wirst genauso empfinden."

Iris hält die Brechstange vor sich, ihre Hände werden feucht. Sie fuchtelt damit in der Luft, als wolle sie Joan Porters Ideale vertreiben.

Wenn man nach den Bürgern der Gesellschaft geht, sind ihre Obsessionen ansteckend. Iris erwidert ihr Lächeln. „Pres-X-2 ist weg. Die Fabrik ist explodiert."

Die Monsterfrau zuckt mit den Schultern. „Ein bisschen Knappheit ist nicht schlecht. Die Leute gehorchen dann besser. Noch ein Grund, warum ich so wichtig bin. Mein Rezept ist patentiert."

Iris schüttelt den Kopf, ihr Gedanken Überschlägen sich. Die Konservierungsmedikamente sind alle zerstört, aber hier ist die Frau, die es erschaffen hat, die geholfen hat, diese Bestechung zu erschaffen, nach der sie alle leben. Es scheint so unwahrscheinlich, dass Joan Porter die Einzige ist, die das Rezept kennt. Aber was, wenn... was, wenn das wahr ist? Wenn sie nicht mehr wäre, gäbe es nie wieder Pres-X oder Pres-X-2. Dieses Monster denkt, sie sei so wertvoll, aber Iris stellt sie sich in zwei Hälften vor, zerbrochen, unter Trümmern, die letzten Überreste von *Eyes Forward*.

Der Boden senkt sich noch mehr und Iris beugt die Knie, um die Erschütterung auszugleichen, die Brechstange vor sich haltend. Die Monitore schwanken, bis sie von der Mitte herabhängen, direkt über der Stelle, wo Joan steht, nur noch an einem Kabel befestigt, das entlang der Decke verläuft und den Schreibtisch neben Iris erreicht. Ihre Knöchel sind weiß vor Anspannung um die Brechstange.

„*Eyes Forward* war nie streng genug, Iris. Wir können es besser machen. Du und ich, wir können die Gesellschaft leiten."

„Es gibt kein *du und ich*! Es gibt keine Gesellschaft! Nichts davon ist real!"

Beende es, Iris!

Iris hebt ihre Brechstange und schlägt mit einem Schrei auf das Kabel. Joan macht einen Schritt nach vorn, als die Monitore und ihre Gehäuse krachend herunterfallen und in Millionen Stücke zerspringen.

Iris hebt die Brechstange erneut und zerschlägt alles, was noch übrig ist. Jedes Stück Plastik oder Metall, das noch nicht zerbrochen ist, schlägt sie kaputt. Ihre Sicht ist weiß vor Wut, völlig tunnelförmig, außer dem, was direkt vor ihr ist. Sie schlägt die Brechstange in die Möbel, dann in weitere Monitore, gefolgt von den übrigen Fragmenten der Festplatten. Sie wird alles zu Staub verwandeln. Den ganzen Kram niederbrennen. Kein Teil der Gesellschaft wird überleben. Sie wird alles vernichten.

Als ihre Arme zu schwach sind, um weiterzumachen, steht sie keuchend da, am ganzen Körper zitternd, Tränen strömen, ihre Ohren klingeln.

Joan steht mit vor der Brust verschränkten Armen da und behält einen neutralen Gesichtsausdruck bei, während Iris die letzten Schritte auf sie zugeht, ihre Brechstange erhoben. Das letzte Stück der Gesellschaft und von *Eyes Forward* muss auch zerstört werden.

„Du bist keine Mörderin, Iris."

Iris schreit ihr ins Gesicht, umklammert das Metall, die Arme bis zum Zerreißen angespannt.

Dann lässt sie das Brecheisen sinken, der Kopf senkt sich, sie starrt auf den Boden. Das Feuer in ihr flackert, wie von Wind angegriffen.

„Schließ dich mir an, Iris. Lass uns die Gesellschaft neu aufbauen, so wie sie gedacht war."

Das Summen hat fast aufgehört. Es knistert aus der Ecke, wo das Feuer sich durch die Elektrik frisst. Iris hebt ihr Kinn und blickt ihrer Großmutter in die Augen. Obwohl sie ihrer Mutter so ähnlich sieht, ist sie eine Fremde. Es gibt kein Atom in ihrem Körper, das sich ihr anschließen will. Aber sie hat recht. Sie ist keine Mörderin.

Iris macht einen Schritt zurück. Ein Messer fliegt an ihrer linken Wange vorbei – so nah, dass der Luftzug ihr Ohr vibrieren lässt. Joan Porters Gesichtsausdruck wechselt von neutral zu verwirrt, als sich die

Klinge in ihren Hals bohrt – eine weitere trifft sie in die Brust. Ein weiteres Messer klirrt am Boden, verfehlt sie, aber das letzte trifft ihren Bauch mit dumpfem Schlag. Blut spritzt, trifft Iris ins Gesicht. Joan streckt die Hand nach ihr aus, doch Iris weicht zurück, während Joan zu Boden geht.

Iris starrt mit aufgerissenen Augen, für einen Moment ist sie wie gelähmt vor Schock. Dann dreht sie sich um – in der Tür steht Skylar mit einem weiteren Messer in der Hand. Sie sieht Iris mit einem manischen Gesicht an, das Iris nicht deuten kann.

„Skylar... was...“

Iris' Herz rast, ihr Mund bewegt sich, aber sie findet keine Worte. Joan Porter liegt am Boden, Blut rinnt aus ihrem Mund, der sich wie der eines Guppys öffnet und schließt. Dann ist sie still. Ganz still.

Iris schaut zu Skylar, die kein Wort sagt, sondern Iris nur leicht zunickt und sich dann selbst die Kehle durchschneidet.

„Nein!“, schreit Iris, aber es ist zu spät. Die ganze Traurigkeit in Skylars Gesicht ist verschwunden. Während das Blut aus ihr herausströmt, nimmt es auch ihre Melancholie mit. Im Tod lächelt sie. Sie sieht friedlich aus.

Das Gebäude neigt sich erneut, es ertönt ein weiteres Grollen von draußen. Iris steht einen Moment lang schweigend da – eine tote Frau vor ihr, eine andere hinter ihr. Die Trümmer der Server und Monitore liegen überall verstreut, während die Flammen um sich greifen.

Es ist nichts mehr übrig. Alles ist zerstört. Iris' Atem wird flach, während sie hektisch von einer Seite zur anderen starrt. Sie ist allein. Einsamer als je zuvor. Wo ist die Stimme, die sie beruhigt? Wolkige Flecken bilden sich in ihrem Sichtfeld. Es fällt ihr schwer, sich an den Ausweg zu erinnern. Alles sieht jetzt so anders aus. Rauch sammelt sich an der

Decke, schlängelt sich näher, tiefer, die Temperatur steigt sprunghaft an, doch sie ist wie festgefroren.

Hat Joan recht? Wird jetzt Chaos ausbrechen, da es nichts mehr gibt, das die Kontrolle hat? Iris' legt die Hände vors Gesicht, dann umklammert sie ihren zitternden Körper und krümmt sich zusammen, während Tränen fließen und all ihre Muskeln erschlaffen.

Leise Schritte knirschen über den Schutt. In der Tür steht ihre Mutter.

„Mum", sagt sie, als Mae nähertritt und inmitten des Chaos steht. „Mum, es tut mir leid. Scheiße, es tut mir so leid."

Was habe ich getan?

59

IRIS

„Iris?“

Iris hat schon eine Weile nicht mehr aufgepasst. Stattdessen liegt sie wie ein Kind still in den Armen ihrer Mutter und lässt deren Umarmung ihr Zittern beruhigen. Sie klammert sich fester an Mae, als diese leicht schwankt. Oder ist es das Gebäude, das sich bewegt?

„Iris?“

Ava Maricelli winkt sie zu sich.

„Wir müssen gehen. Jetzt.“

Iris wirft einen Blick zurück auf den Körper der Frau, die ihrer Mutter so ähnlich sieht, dass es ihr einen Schauer über den Rücken jagt. Ihr Gesicht ist aschfahl, das Blut, das aus ihrem Mund lief, inzwischen getrocknet.

Der Geruch von brennendem Gummi wird intensiver; Iris hatte gar nicht bemerkt, wie die Flammen wütender wurden. Sie löst sich von ihrer Mutter, hält stattdessen ihre Hand, als sie sich zum Gehen wenden. Über Skylars Leiche zu steigen, trifft Iris wie ein Schlag in die Brust. Sie hat so viele Fragen an sie, die nie beantwortet werden.

Sie verlassen den Serverraum. Der Rest des Gebäudes ist bereits geschwärzt vom Rauch und den Schäden der Explosionen. Das Gebäude ächzt bei jeder Bewegung. Sie gehen nicht den Turm hinauf, sondern klettern die raue Kante einer beschädigten Wand hinunter, durch ein Loch im Mauerwerk und hinaus in den strömenden Regen.

„Vorsichtig, Mae", sagt Ava und hilft ihr, Ziegel für Ziegel hinabzusteigen.

Der Hinterkopf ihrer Mutter ist verfilzt und tiefrot, ein scharfer Kontrast zu ihrem blassen Gesicht.

Iris klettert mühelos hinunter und springt den letzten Meter, um mit einem Platschen in einer Pfütze zu landen. Mae steht schweigend da und Iris hakt sich bei ihr unter. Sie gehen ein paar Schritte und biegen um die Ecke des Gebäudes, wo der Eingang ist – oder war. Wo Georgie, Pasha und Sam gewartet haben. Am Boden und um die Tür herum ist alles schwarz verkohlt, aber es gibt keine Leichen, keine wartenden Menschen. Die Leere lässt Iris erstarren.

„Es geht ihnen gut", sagt Ava. „Sie sind alle zu deinen Eltern zurückgegangen. Lass uns jetzt dorthin gehen."

Iris mustert die Fenster, die Skyline und dann den offenen Platz vor ihnen.

„Niemand schießt", sagt Ava. „Die Jagd ist definitiv vorbei."

Iris bewegt sich immer noch nicht. Sie steht wie versteinert da und starrt Ava an. „Die Jagd, die du organisiert hast."

Ava nimmt Maes Hand fest und zieht sie mit sich. „Es gibt vieles, was du nicht weißt. Komm jetzt."

In Avas Stimme liegt etwas, auch in ihrem Gesichtsausdruck – etwas, das aufrichtig und freundlich wirkt. Iris hatte es schon in der alten Kirche gesehen. Es fällt ihr schwer zu glauben, dass Ava von derselben Sorte ist wie Norman oder Jason. Also folgt sie den beiden und hält Maes Hand. Blitze zucken über den Himmel und beleuchten den Weg in unregelmäßigen Abständen. Rauchballen steigen aus zerstörten Gebäuden auf, hin und wieder knallt und knistert es wie bei einem Feuerwerk irgendwo in der Stadt. Es ist schwer zu sagen, woher der Rauch genau kommt. Der Wind trägt nassen Staub und Asche mit sich, die im schummrigen Licht wie Schneeflocken wirken.

Ein donnerndes Grollen kommt aus dem Boden, und Iris dreht sich um, als das letzte Stück der *Eyes Forward*-Zentrale zusammenbricht. Mae übergibt sich auf den Boden.

„Mum! Was ist los?" Eine dumme Frage eigentlich. Was stimmt noch – das, wäre eine treffendere Frage gewesen.

„Sie hat eine Gehirnerschütterung", erklärt Ava. „Komm, wir bringen sie nach Hause."

Die Straßen sind immer noch größtenteils ruhig. Ein paar Leute rennen an ihnen vorbei, während einige vor einem eingestürzten Gebäude weinen, aber es fliegen keine Bolzen – also keine neuen Leichen auf dieser Route.

Angus öffnet die Tür. Iris erstarrt bei seinem Anblick und macht einen Schritt zurück.

„Iris", sagt er. „Gott sei Dank, dir geht's gut." Er streckt die Arme nach ihr aus, aber sie macht einen Schritt zurück.

Sie schaut von Ava zu Angus und verengt die Augen. „Ihr zwei", sagt sie, ohne den Kiefer zu lockern. „Ihr habt das alles angerichtet."

Ihr Vater humpelt zur Tür, sein blutiges Hemd mit Bandagen unterfüttert, dann tritt er hinaus in den Regen, um sie zu begrüßen. „Iris!" Er umarmt sie beide so fest er kann, einen Arm um jede von ihnen. Ein leises Schniefen an ihrem Ohr. Sie hat ihren Vater noch nie weinen gehört. Er löst sich aus der Umarmung und schnieft etwas lauter. „Kommt rein", sagt er, während er sich über die Augen wischt. „Ihr müsst trocken werden."

Georgie macht Tee in der Küche und quietscht vor Freude, als sie Iris sieht. „Du hast es geschafft, Iris! Wir haben es geschafft! Das Gebäude der Gesellschaftspolizei, das Lebenspunktzahl-Gebäude, die *Eyes Forward*-Zentrale, alles. Sogar die Fabrik ist weg."

Tee wird nicht reichen, also öffnet Iris den Kühlschrank in der Hoffnung auf Bier, findet aber keins.

„Komm schon", sagt Georgie und reicht ihr eine Tasse. „Du musst hören, was alle zu erzählen haben."

***

Pasha versorgt Maes Wunden, bringt sie dann ins Bett und sieht alle paar Minuten nach ihr. Alle anderen sind zu aufgedreht, um auch nur an Schlaf zu denken. Die Geschichten ziehen sich bis spät in die Nacht. Ava erzählt von den Jahren, in denen sie alles geplant hat, und wie Angus ihr mit dem Flake geholfen hat. Es war immer als Hilfe gedacht. Er hatte sich nur verspätet, weil er auf der Flucht vor Jägern war, als Iris das *Eyes Forward*-Gebäude erklommen hatte. Pasha meint, das sei genau das gewesen, was er und Rolan geplant hätten, obwohl Angus es weitergetrieben habe. Sie haben es geschafft – alle gemeinsam. Egal ob hohe, mittlere oder niedrige Punktzahlen, alle arbeiteten auf ein gemeinsames Ziel hin.

Es gibt kein Beben mehr von einstürzenden Gebäuden, keine Schreie von draußen. Die Eyes-Forward-Zentrale war das letzte Gebäude, das fiel. Der 24-Stunden-Nachrichtensender ist seit einer Weile verstummt, die Kamera zeigt nur noch einen leeren Schreibtisch. Georgie teilt weiter ihre Videos und sie bleiben online. Keine Bots, die sie löschen, niemand, der etwas zensiert. In einem mutigen Moment lädt sie das Ganze sogar ins offene Internet hoch.

Von Tash und Johan hat noch niemand gehört. Iris und Georgie haben ihnen geschrieben und gesagt, sie sollen kommen, aber es gibt noch keine Neuigkeiten.

„Ich habe ein Foto von dieser blau-haarigen Frau gemacht", sagt Ava. „Ich habe die Datenbank auf meinem Handy. Die Gesichtserkennung identifiziert sie als Skylar Harrison. Sie war eine 650er, die vor neun Jahren Pres-X genommen hat. Sie war vierundneunzig Jahre alt."

„Nein!", sagt Iris und legt ihre Hand auf den Mund.

„Kurz danach wurde sie in eine psychiatrische Anstalt eingewiesen", fährt Ava fort. „Eine, die später eingestürzt ist. Sie und ihr Ehemann – wobei es so klingt, als sei er noch stärker betroffen gewesen. Offenbar hat sie den Einsturz irgendwie überlebt. Sie muss entkommen sein, denke ich. Vielleicht hatte sie Familie. Ich kann nur spekulieren, denn es gibt keine Hinweise darauf, wo sie all die Jahre war oder wie sie es geschafft hat zu überleben."

„Ich wette, sie hat die ganze Zeit Rache an XL Medico geplant", sagt Iris.

Ava nickt. „Haben wir das nicht alle."

60

IRIS

Am nächsten Tag ist der Sturm vorbei und ein blauer, warmer Himmel liegt über Berkshire. Iris sieht sofort nach ihrer Mutter, sobald sie aufwacht. Mae ist benommen und schwach, aber sie lebt. Sie weint, als sie Iris sieht, als sie sich umarmen, als sie sich sagen, wie sehr sie sich lieben. Das ist alles, woran Mae sich aus der zweiten Nachthälfte erinnert – ihre Angst um Iris. Ihr Bedürfnis, zu ihr zu gelangen.

„Es geht mir gut, Mum. Uns allen geht's gut."

Iris ist sich nicht sicher, ob Mae sich an Joan im Gebäude erinnert oder sie überhaupt bemerkt hat. Sie weiß nicht, ob sie es erwähnen soll. Trotz ihrer Verletzungen und Gehirnerschütterung kam ihre Mutter zu ihr. Inmitten all des Chaos war Mae da.

Georgie wacht etwas später auf und sie öffnen Nebula. Ihre Videos wurden fast hunderttausend Mal angesehen. Iris fügt ihr eigenes hinzu – das Video, das sie in der Zentrale aufgenommen hat. Es fällt ihr schwer, den anderen zu erklären, was sie gesehen hat, oder besser gesagt, was sie nicht gesehen hat. In der gesamten Gesellschaft funktionieren die Lebenspunktzahl-Apps und die Apps der Gesellschaftspolizei nicht mehr. Es gibt nirgendwo Vertreter von *Eyes Forward*. Laut Berichten auf Nebula fanden in vielen Grafschaften Jagden statt, ebenso wie Aufstände mit unterschiedlichem Erfolg. Aber die Zerstörung der Berkshire-Zentrale, der Grafschaft mit der höchsten Konzentration von 800-Plus-Leuten, hat eine Arterie durchtrennt.

Ava schlief letzte Nacht auf dem Sofa, Angus in Pashas Liegestuhl. Sie sind jetzt alle wach und schalten den Fernseher ein.

Der Nachrichtenschreibtisch ist immer noch chaotisch, aber nicht mehr unbesetzt. Die zerzausten Moderatoren sind hysterisch über den Verlust der Konservierungsmedikamente und dass Terroristen das Leben der Wichtigsten zerstört haben.

„Der Krieg gegen das Altern ist verloren", sagt einer von ihnen. „Selbst die Besten von uns sind wieder sterblich."

Die eigentlichen Nachrichten werden nicht erwähnt. Sie berichten über ein Problem mit dem Lebenspunktzahl-System und rufen zur Ruhe auf, doch ihre Stimmen zittern vor Panik. Sie erinnern alle daran, dass sie *Eyes Forward* vertrauen müssen. Sie werden diese kleine Störung bald beheben.

Iris und alle anderen lachen darüber.

Georgie lehnt sich an Iris. „Ich habe eine Idee."

***

Iris, Georgie und Ava verlassen die Wohnung und treten vorsichtig hinaus, ziemlich unsicher, wie schlimm es auf den Straßen sein wird. Es herrscht nicht das Chaos, das Joan Porter vorhergesagt hat, zumindest noch nicht. Es gibt mehrere beschädigte Gebäude und auf der Straße zurückgelassene Waffen, aber sie sehen keine Leichen.

Zuerst gehen sie zu der Stelle, wo Ezra zusammengebrochen ist, und finden seinen Körper dort, wo sie ihn zurückgelassen haben. Sie drehen ihn um und schließen seine Augen. Iris und Georgie nehmen seine

Hände und sitzen eine Weile bei ihm, lassen ihre Tränen fließen und sagen Lebewohl und Dankesworte. Iris hofft, dass er in Frieden ruht. Sie hatten Laken in einer Tasche eingepackt und bedecken ihn damit, unsicher, was sie sonst tun sollen. Ava sagt, sie glaube nicht, dass ihr Bestattungsunternehmen zu stark beschädigt wurde. Sie hat die Kameras überprüft und es ist wahrscheinlich, dass das Krematorium noch funktioniert, dann geht sie, um das Fahrzeug zu holen und die Leiche abzuholen. Sie verspricht, ihm etwas Würde zu geben.

Es gibt keine Spur von Tash und Johan. Iris schreibt ihnen erneut eine Nachricht und hofft weiterhin auf eine Antwort. Sie ärgert sich über sich selbst, dass sie nicht einmal ihre Adresse kennt, als Georgie meint, dass sie wahrscheinlich nach Hause gegangen sind.

Sie erreichen den Nachrichtensender gerade, als alle üblichen Mitarbeiter und Moderatoren in voller Panik sind. Erste Dosen von Pres-X-2 werden nicht möglich sein, geschweige denn zweite Dosen. Sie sind sich nicht sicher, ob jemals wieder Konservierungsmedikamente existieren werden. Die Telefone klingeln ununterbrochen, ein paar Büroangestellte weinen, ein paar weitere gehen. Iris fragt sich, ob das, was Joan Porter gesagt hat, wahr ist und es kein Rezept gibt. Das scheint unwahrscheinlich, nur das übertriebene Ego einer Konservierten. Wenn sich das Ganze beruhigt hat, werden sie einen Weg finden, die Jugend wiederherzustellen. Wer dann Zugang bekommt, ist die große Frage.

Mit dem Nachrichtenraum in einem Zustand der Unordnung und den Moderatoren, die zu sehr mit ihrer eigenen Bestürzung beschäftigt sind, schaltet Georgie die Kameras ein und geht dann kühn zum Nachrichtenpult, als ob sie dorthin gehören würde. Sie trägt ihren rubinroten Lippenstift auf und blickt direkt in die Kamera.

Sie erzählt die Wahrheit. In ihrer Gesamtheit. Sie hat kein Skript. Sie spricht von Herzen zu den Menschen, zu denen, die die Wahrheit am dringendsten erfahren müssen. Sie spielt die Videos ab, die sie im Shadownet verbreitet hat, einschließlich Iris'.

Es ist nur ein Berkshire-Kanal. Die Nachrichten sind wie alles dezentralisiert. Aber sie weiß aus dem Shadownet, dass sich die Nachricht verbreitet. Ihr Bericht ist nur ein Schritt.

Als sie nach Hause zurückkehren, vorbei an dem Gebäude, das in der Nacht zuvor eingestürzt ist – war das erst gestern Nacht? es scheint wie ein Leben her – erreichen sie ihre Wohnungstür und finden einen Zettel daran befestigt: *Sind nach Wales gegangen. Tash und Johan.*

Georgie quietscht vor Freude und macht einen Luftsprung. „Sie haben es geschafft! Es geht ihnen gut!"

„Sie hat gesagt, Johan legt nicht viel Wert auf Förmlichkeiten." Iris' Stimme bricht, als sie spricht. Sie hält den Zettel an ihre Brust und blinzelt Tränen weg. Es geht ihnen gut. Und sie haben genau das getan, was sie gesagt haben. Iris wünschte, sie könnte ihnen danken. Wenn Johan nicht gewesen wäre, wäre sie vor dem Schulgebäude vergewaltigt und getötet worden. Wenn Tash nicht gewesen wäre, hätten sie nichts erreicht. Eine Wärme breitet sich in ihrer Brust aus, eine Wärme, die sie nur der Dankbarkeit zuschreiben kann. Sie hofft, sie wissen, wie dankbar sie ist.

Iris sitzt eine Weile auf ihrem Bett und versucht, das Ganze zu verarbeiten. Es ist Sonntag. Sie sollte morgen zur Arbeit gehen, aber diesen Job gibt es nicht mehr. Die ganze Abteilung und das Ethos, für das sie in den letzten sechs Jahren gearbeitet hat, existieren nicht mehr. Sie hat so lange Zeit damit verbracht, *Eyes Forward* zu Fall bringen zu wollen, dass sie nicht an die Folgen gedacht hat, an das, was es für sie oder ihre Zukunft bedeutet.

Auf ihrem Regal steht das Bild ihrer Urgroßmutter, ihrer Namensvetterin, Iris Taylor. Sie hat die Stimme nicht mehr gehört, seit sie das *Eyes*

Forward-Gebäude zerstört hat. Ihr Tattoo juckt nicht mehr. Es ist, als würde ein Teil von ihr endlich Frieden finden. Sie starrt das Foto an, die Güte in ihren Augen, die Freude in ihrem Lächeln. Man würde von diesem Gesicht nie erwarten, dass sie bis zu ihrem letzten Atemzug vor all den Jahren gegen die Regierung gekämpft hat. Sie gab ihr Leben für Iris und jetzt hat Iris geholfen, ihre Aufgabe zu vollenden. Sie nimmt das Foto und küsst das Glas. „Ich hoffe, ich habe dich stolz gemacht."

Ihr Handy piept mit einer Nachricht von ihrem Vater. Mae ist auf den Beinen und er fragt ob sie Kaffee trinken gehen wollen. Iris holt Georgie und sie gehen los.

Iris und Georgie sind die Ersten, die ankommen, und bleiben eine Weile unschlüssig vor dem Café stehen. Es ist ein 700-Plus-Café, aber das bedeutet inzwischen nichts mehr. Das Schild ist zur Hälfte übersprüht, aber immer noch lesbar. Es soll immer noch *700 Plus* heißen. Sie stehen in unbeholfenen Posen da, die Hände in den Taschen, während sie auf den Fußballen wippen.

Nach einer Weile gibt Georgie ihr einen Stups. „Komm schon. Lass uns einfach reingehen."

Ein 700-Plus-Café. Keine von beiden war je in einem solchen Laden. Es wirkt recht bescheiden, gemütliches Dekor und bequeme Sessel. Der Kaffeeduft ist einladend. Sie setzen sich an einen Tisch und können sich nicht entspannen, erwarten jeden Moment, dass ihnen jemand sagt, sie gehörten nicht hierher, dass Leute wie sie nicht in so einem exklusiven Café sein sollten. Aber niemand tut es.

Pasha, Mae, Angus und Ava kommen ein paar Minuten später an. Ava ist die Einzige, die ohne einen Hauch von Unsicherheit hereinkommt. Sie setzen sich alle an den Tisch. Ava bestellt die Kaffees und sie kommen in hübschen Porzellantassen mit kunstvollen Mustern im Milchschaum.

„Wie sieht's im Bestattungsinstitut aus?", fragt Iris.

„Ein paar Schäden an der Vorderseite vom Brand des Gesellschaftspolizei-Gebäudes, aber nicht so schlimm, wie ich dachte. Dein Freund ruht jetzt dort. Sag mir Bescheid, was du für die Beerdigung möchtest."

„Danke. Und gute Nachrichten – unseren anderen Freunden geht es gut."

Alle grinsen darüber. Wales ist allerdings der Teil, den Iris immer noch nicht begreifen kann. Sie fragt sich, ob sie wirklich gegangen sind.

Mae ist immer noch blass, aber nach einer Dusche und mit dem Blut aus dem Haar sieht sie deutlich besser aus. Sie und Pasha sind übersät mit Kratzern und blauen Flecken, aber sie lächeln beide. „Wie geht's dir, Mum?", fragt Iris.

„Gar nicht so schlecht. Brauche nur ein paar Schmerztabletten. Ich mache mir mehr Sorgen um die Schulter deines Vaters."

„Die ist schon in Ordnung." Pasha winkt ab. „Ich denke, alles in allem sind wir ganz gut davongekommen."

„Nicht dank mir", sagt Angus und beißt sich auf die Lippe.

„Hey", sagt Pasha. „Du hast getan, was du tun musstest. Dein Vater und ich hätten dir unseren Plan verraten sollen."

„Wir alle hätten offener über unsere Pläne sprechen sollen", meint Ava zu Mae. „Freundschaften sollten nicht so leicht beiseite geschoben werden."

Mae nickt. „Uns geht's gut. Das ist alles, was jetzt zählt."

„Wie geht's Moira?", fragt Iris und versucht, nicht das Gesicht zu verziehen.

Angus zuckt mit den Schultern. „Sie ist nicht besonders begeistert, aber sie wird darüber hinwegkommen. Sie hat mitbekommen, was Dad vorhatte. Deshalb kam er zu spät zum Treffen mit Pasha. Er ist begierig darauf, die Grafschaft so schnell wie möglich wieder aufzubauen. Er ist ziemlich sauer auf mich, weil ich die Fabrik in die Luft gejagt habe.

Aber er wird alles wieder aufbauen. Viele bezahlbare Wohnungen, sagt er, nicht nur in den reichen Gegenden. Kein Schutt mehr."

„Das ist toll", sagt Pasha.

„Ich glaube nicht, dass Mum und Dad zusammenbleiben", fährt Angus fort. „Ich weiß nicht. Das ist ihre Sache, denke ich. Ich mische mich da nicht ein. Ich glaube, ich werde mit dem Fahrrad nach Schottland fahren."

Iris verschluckt sich fast an ihrem Kaffee. „Schottland!"

„Ja. Edinburgh besuchen und in allen Grafschaften auf dem Weg vorbeischauen. Ich meine, warum nicht? *Eyes Forward* wollte nie, dass wir in andere Grafschaften reisen. Ich will sehen, worum es bei dem ganzen Trubel geht."

Pasha hat ein Funkeln in den Augen. „Vielleicht sollten wir zurück nach Cornwall fahren, Mae? Dieser Strand, erinnerst du dich?"

Mae kuschelt sich an ihn. „Ja. Warum nicht?"

„Nun", sagt Georgie. „Ich werde für eine Weile hier bleiben. Ich denke, ich könnte jetzt tatsächlich einen Job als Nachrichtensprecherin bekommen. Was meint ihr?"

Alle stimmen zu.

„Was ist mit dir, Iris?", fragt Mae.

Iris spielt mit dem Ärmel ihrer Jacke. „Ich? Was soll mit mir sein?"

„Wie sehen deine Zukunftspläne jetzt aus?"

Iris lehnt sich für einen Moment zurück, blickt aus dem Fenster und atmet langsam aus. „Ich schätze...", sie denkt noch einen Moment nach. „Ich weiß es nicht, um ehrlich zu sein. Ohne jemanden, der mir sagt, was ich tun soll, bin ich mir nicht sicher, was ich tun soll."

„Ich denke, das Tolle ist, dass du dich nicht entscheiden musst, oder?", sagt Georgie. „Keine Grenzen, kein Lebenspunktzahl-Klassensystem, keine *Eyes Forward*, die jeden unserer Schritte überwachen. Du kannst eine Weile über die Dinge nachdenken."

Iris lächelt ihr breitestes Lächeln. „Ja. Ich habe die Wahl." Ein Kribbeln durchfährt ihren Körper, als ihr die Erkenntnis kommt. „Ich habe die Wahl", sagt sie noch einmal. „Wir können jetzt tun, was wir wollen, und sein, wer wir sein wollen. Wir sind frei."

61

Eine Nachricht von Emma

Bitte scanne den den QR-Code, um dieses Buch zu bewerten.

„Rebelliere" ist das dritte Buch der *Eyes Forward*-Reihe. Wenn es dir gefallen hat, würde ich mich freuen, wenn du eine Bewertung auf Amazon und Goodreads hinterlässt. Rezensionen sind für Indie-Autoren wie mich enorm wichtig und zu wissen, dass dir meine Arbeit gefallen hat, macht das Ganze lohnenswert. Schau auf meiner Webseite und auf Facebook vorbei, um Updates zu meinen nächsten Veröffentlichungen zu erhalten.

Die Gesellschaft in meinen Büchern entspringt meiner eigenen alternativen Lebensweise. Seit einigen Jahren lebe ich als Nomadin und verbringe die meiste Zeit damit, durch die Berge und entlang der Küsten Europas zu streifen. Dystopische Literatur spielt mit unseren Ängsten, unseren Was-wäre-wenn-Gedanken. Ich habe überall in Großbritannien gelebt – unter anderem lange Zeit in Reading und Cornwall. Die Grafschaften dort sind alle wunderbar einzigartig und ich liebe es, sie zu erkunden. Wäre es tabu, Grafschaftsgrenzen zu überqueren, würde ich, glaube ich, verrückt werden. Es gibt so viel zu entdecken in dieser kleinen Welt.

In dieser Welt wäre ich vermutlich für Pres-X-2 zugelassen. Würde ich es nehmen? Ich denke nicht. Ich bin ganz zufrieden damit, vierzig zu sein und auch so auszusehen – obwohl ich schwöre, meine Knie sind mindestens sechzig. Das ursprüngliche Pres-X allerdings, um mit achtzig wieder jung zu sein ... Ich weiß nicht. Frag mich in vierzig Jahren noch mal.

Wie sieht's bei dir aus? Lass es mich wissen!

62

DANKSAGUNG

„Rebelliere" wäre ohne die Hilfe meiner wunderbaren Testleser und Kritikpartner nicht in Druck gegangen. Mein Dank geht an Maggie, Barry, Joan und Julie – eure Zeit und euer ehrliches Feedback haben dieses Buch zu dem gemacht, was es heute ist. Danke auch an meine Lektorin Shannon K. O'Brien für ihre unglaublich gründliche Arbeit und an Natasja Smith für ihre Korrekturlesekunst.

Besonderer Dank gilt meinem Partner John, der mir den Raum und die Zeit zum Schreiben gibt – für seine Unterstützung, Geduld und Ermutigung.

Und danke dir – dafür, dass du dieses Buch liest.